El Último Verano

- **Dirección editorial:** Marcela Aguilar
- **Edición:** Melisa Corbetto
- **Coordinación de Diseño:** Leticia Lepera
- **Coordinación de Arte:** Valeria Brudny
- **Diseño de interior:** Florencia Amenedo
- *Lettering* **de Tapa:** Marien Jacquier

un sello de
V&R Editoras

© 2022 Anabella Franco
© 2022 VR Editoras, S. A. de C. V.

www.vreditoras.com

MÉXICO: Dakota 274, colonia Nápoles
C. P. 03810, alcaldía Benito Juárez, Ciudad de México
Tel: 55 5220-6620 · 800-543-4995
e-mail: editoras@vreditoras.com.mx

ARGENTINA: Florida 833, piso 2, oficina 203,
(C1005AAQ), Buenos Aires
Tel.: (54-11) 5352-9444
e-mail: editorial@vreditoras.com

Primera edición: abril de 2022

ISBN: 978-607-8828-06-7

Impreso en México en Litográfica Ingramex, S. A. de C. V.
Centeno No. 195, colonia Valle del Sur, C. P. 09819
Alcaldía Iztapalapa, Ciudad de México.

Anna K. Franco

El último verano

"Un ciervo herido salta más alto".

Emily Dickinson

I

AALIYAH

1

¡Genial! Cruzaba la acera repleta de gente cuando la espalda de un chico que iba bromeando con sus amigos colisionó contra mí.

Quedamos tan cerca que tuve que aferrarme a su brazo para no caer. Sin querer, mis dedos se colaron por dentro de la manga de su camiseta y entraron en contacto con su piel.

Giró la cabeza. Cuando nuestras miradas se encontraron, experimenté una sensación muy extraña. Por más raro que pareciera, bastó un segundo para que ese desconocido despertara algo en mí.

Tenía el pelo castaño, los ojos marrones, un rostro que bien podía ser latino y una pequeña cicatriz cerca de la boca. Nada del otro mundo. Era más bien un chico común que solo tenía a favor un peculiar atractivo que no sabía de dónde provenía y que no podía definir.

—Perdón —dijo con tono preocupado y mirada arrepentida.

—Está bien —respondí, quitando la mano de su brazo, y me alejé.

—¡Aaliyah! —gritó mi amiga Ollie, y me tomó de la mano para arrastrarme al interior de una tienda de ropa—. ¿Te gusta esta? —preguntó, mostrándome una falda blanca estampada con flores rosadas y hojas verdes.

—Sí, me encanta. ¿La comprarás para usarla el sábado?

—¿Iremos a la fiesta?

—No es que tengamos algo mejor que hacer —repliqué, encogiéndome de hombros. Iba a decir algo más, pero la alarma de mi móvil me impidió seguir—. Me tengo que ir —le informé.

La saludé con un gesto y me fui. Si llegaba tarde al trabajo otra vez, temía que Raimon, mi jefe, me despidiera. Había agotado mis retrasos por ese verano.

Corrí a la parada del autobús y luego a la cafetería. Entré quitándome la camiseta. Como estábamos en la playa, Raimon quería que utilizáramos solo un pantalón corto y la pieza superior del traje de baño. Los chicos trabajaban con el torso desnudo.

Saludé a Justin, mi compañero, apoyando una mano en su espalda. En ese momento, él estaba dejando un pedido en una mesa y no pudo girar para devolverme el saludo. Me apresuré a ir detrás del mostrador y busqué mi anotador.

—¿Todavía necesitas eso? —me preguntó Raimon, sin apartar la mirada de la caja registradora. Contaba dinero con las gafas en la punta de la nariz.

—Solo cuando el pedido es grande —respondí.

—Deberías ejercitar la memoria.

—Ajá —murmuré, y me dirigí a una mesa. Prefería atender clientes que seguir escuchando sus protestas.

Creí que se olvidaría de quejarse, pero en cuanto regresé para ingresar el pedido en el ordenador, comprendí que me había equivocado.

—Las deportistas son así. No tienen mucho cerebro para otras cosas —soltó, y acompañó el ácido comentario con una risa áspera ahogada.

Al único al que esa indirecta disfrazada de broma le parecía graciosa era a él. Apreté los dientes deseando decirle todo lo que ese imbécil se merecía, pero preferí conservar mi empleo. *Es mi último verano en su cafetería,* pensé. *El año que viene me mudaré para ir a la universidad. Conseguiré esa beca.*

Por suerte, se fue cuando comenzaba a caer el sol. Le gustaba controlar a sus empleados, pero odiaba el atardecer allí: la multitud invadía la tienda antes de irse de la playa y, como nuestros clientes de ese horario eran casi todos jóvenes, subíamos el volumen de la música hasta casi no escucharnos. Eso les recordaba las fiestas en la playa y las discotecas, quizás por esa razón entraban tantos. A Raimon le encantaba el dinero que recaudábamos con nuestra estrategia, pero no toleraba la música y la gente, así que dejaba a Justin a cargo. Éramos afortunados de que, al menos, confiara un poco en él. Lo que más abundaba a esa hora eran pedidos para llevar. Para agilizar el servicio, Justin y yo nos quedábamos en el mostrador mientras que Belle se ocupaba de las mesas.

Terminaba de ingresar una orden en la computadora cuando una voz que me sonó conocida pronunció mi nombre. Alcé la cabeza y me reencontré con el chico que me había llevado por delante en la puerta de la tienda de ropa. ¡Así que había escuchado a Ollie y recordaba cómo me llamaba! Yo, en cambio, para ese momento me había olvidado por completo de él hasta que apareció.

—Hola. ¿Qué podemos servirte hoy? —pregunté. Era una norma de la cafetería recibir a los clientes con esa frase hecha.

Cuando sonrió, recordé de golpe lo extraña que me había sentido durante nuestro primer encuentro, y la sensación me agradó.

—Creo que recordaré tu nombre para siempre. Es tan único como tus ojos. Son más lindos que el mar cuando refleja la luz del sol, casi diría que son de color turquesa.

Hice una mueca con una mezcla de molestia y diversión. Estaba acostumbrada a las tonterías que decían los chicos que visitaban la cafetería en verano. Muchos solían confundir a las camareras con chicas ansiosas por tener sexo en el asiento trasero de un auto, entonces desplegaban sus artes de seducción. El ambiente de la playa creaba la falsa sensación de que todos éramos amigos y el flirteo era moneda corriente. Además, todos los que querían tener sexo conmigo halagaban mis ojos; eran fáciles de distinguir en mi rostro de piel blanca y con el marco de mi pelo castaño rizado. Sí, vivía en una ciudad de playa, pero odiaba estar bronceada.

Aunque sabía que objetivamente quizás era bonita, creía que me faltaba altura, y si bien no estaba excedida de peso, tampoco era delgada. Era más bien maciza a causa del ejercicio físico y no me parecía en nada a las chicas que podían ganar un concurso de modelos de la playa.

Por todas esas razones, lo que más destacaba dentro de mi envase de "chica bonita, aunque común y corriente", eran mis ojos. El secreto estaba en cuán original fuera el cumplido, y ese, a decir verdad, era tan elaborado que merecía, al menos, un poco de paciencia.

—Okey —dije, evitando sonreír—. ¿Qué vas a llevar?

La risa del desconocido me resultó contagiosa, se notaba que era feliz. En sus ojos había algo especial, una luz interior que no había visto antes en ninguno de los cientos de chicos que pasaban por la cafetería, y eso me resultó atrapante y tentador. ¿Sería un visitante? Tenía pinta de turista.

—Tres limonadas y una sonrisa de la camarera, por favor —contestó.

—¡Ey, Belle! —grité de buen humor. Mi compañera giró para mirarme—. Este chico quiere que le sonrías.

Belle mostró los dientes en algo parecido a una sonrisa que desentonaba con su estilo gótico y volvió a prestar atención a los clientes. Él rio.

—Me gusta tu sentido del humor —concluyó.

—Son nueve dólares —dije. Me pagó con diez y me pidió que guardara el cambio—. Genial. Te entregaremos tu pedido por el otro mostrador con el número que figura en tu ticket. Gracias por comprar en Raimon's.

Enarcó las cejas, bajó la cabeza y giró sobre los talones de forma exagerada. Me mordí el labio mientras lo observaba alejarse. A simple vista, no tenía nada especial, sin embargo me parecía tan lindo… Me despertaba ternura, y ese era un sentimiento muy extraño en mí. Las chicas duras de mi barrio no sentíamos cosas así, y menos por alguien que apenas conocíamos.

Atendí el siguiente cliente y recogí los pedidos que Carson, el encargado de la cocina, había dejado sobre el mostrador interno. Volví a recibir órdenes y otra vez fui en busca de las que ya estaban listas. En esa nueva tanda encontré las limonadas del chico de sonrisa contagiosa.

—Gracias —dijo cordialmente cuando se las entregué, y se retiró.

Nada más que eso. No sé por qué, aunque le había dejado claro que no tendría una oportunidad conmigo, me hubiera gustado que se despidiera con otro de esos cumplidos rebuscados que le habían hecho ganarse mi paciencia.

Esa noche regresé a casa pensando en él. Recordar su ingenio y su sonrisa hizo que inevitablemente me cayera bien.

Cuando llegué, encontré a papá mirando televisión. No había rastros de Dee, mi hermana menor, y al parecer mamá todavía no había regresado del trabajo. Me apenaba que tuviera que esforzarse tanto, a diferencia de mi padre, que literalmente hacía nada. Lo quería, porque llevaba su sangre, pero había hecho cosas imperdonables, y por él yo tenía que convivir con la vergüenza. Nos llevábamos pésimo, aunque a la vez sentía culpa por rechazarlo. Él, en cambio, no parecía sentirse culpable por nada, ni siquiera porque nos había arruinado.

Le dije "hola" solo por compromiso.

—¿Hasta qué hora trabajará mamá hoy? —pregunté.

—Los Davis invitaron a sus amigos a cenar y le pidieron a tu madre que se quedara hasta que se fueran —respondió él, incorporándose en el sillón—. Parece que su hija consiguió un papel como extra en una película. ¿Quién lo aguanta al jefe de tu madre ahora? Es un idiota con suerte, y los idiotas con suerte son unos arrogantes. Lo odio tanto como a Raimon. ¡Otro idiota! Ojalá que el gobierno le clausure esa estúpida cafetería.

—Al menos John Davis le da trabajo a mamá, y Raimon, a mí, por eso no deberías desear que clausuren la cafetería —contesté—. En cambio, ¿quién te da trabajo a ti? ¿No te preguntas por qué? Es porque mamá y yo de verdad queremos trabajar, en cambio tú solo quieres mirar televisión.

—Te he dicho mil veces que yo no tengo la culpa de que me hayan despedido de la concesionaria y de que los jefes sean todos unos idiotas.

—Te despidieron porque robaste.

—Yo no robé. Solo tomé prestado dinero que les sobraba.

—¿Eso le dijiste al juez? ¡Con razón te metió en la cárcel tres años! ¿Dónde está Dee? —Era mejor que dejáramos de discutir por lo que ya no cambiaría.

—No sé.

—¿No sabes? Tiene trece años, no puede andar por ahí como se le dé la gana. Mamá te matará si se entera de que no tienes idea de dónde se metió tu hija.

—Llámala al móvil —sugirió con desgano, y volvió a echarse en el sofá para mirar un partido de fútbol americano.

Respiré hondo para contener una mala reacción ante la impotencia, subí las escaleras y me encerré en mi dormitorio. Me quité el traje de baño, me puse el pijama y llamé a Dee. Atendió después de tres intentos.

—¿Dónde estás? —pregunté. Oí música y voces detrás de ella.

—¿Llegó mamá?

—No. Pero necesito saber dónde te encuentras.

—Estoy con mis amigas. Vuelvo en un rato.

—Tienes que regresar ahora. Es tarde para que andes sola por la calle. Si mamá regresa y no estás…

—Cállate, Aaliyah, tú no eres mi madre. Déjame en paz.

—Soy tu hermana mayor y… ¿Hola? ¡¿Hola?!

Había cortado.

Arrojé el teléfono sobre la cama y me acosté. Apoyé un antebrazo en la frente y cerré los ojos. Empecé a imaginar saltos con garrocha. Me propuse contar hasta cien para tranquilizarme, pero perdí la cuenta alrededor del número cincuenta y me dormí.

Desperté por el sonido de la alarma de mi móvil; eran las seis de la mañana. Aunque estaba muy cansada, me duché y me puse ropa deportiva para salir a correr. Espié la habitación de Dee y la de mis padres: todos dormían. Casi siempre era la que se levantaba más temprano, en especial los días de entrenamiento. Desayuné algo liviano y me fui. Me gustaba ver el amanecer en la playa mientras me imaginaba en la universidad, manteniendo el contacto solo con mamá.

Mientras recorría la rambla, sin querer me encontré pensando en el chico simpático. "¿Qué vas a llevar?". "Tres limonadas y una sonrisa de la camarera". Sonreí, tal como él quería, pero recién en ese momento en que estaba recordándolo.

A decir verdad, no era una persona que sonriera demasiado. Como solo lo pasaba bien con mis amigos, ellos eran los únicos que conocían mi faceta divertida. No había mucho que me pusiera contenta en casa, en mi trabajo o en la escuela. Ese chico, en cambio, parecía tan feliz... Estaba segura de que provenía de un hogar sin problemas económicos y de una familia mucho más estable que la mía. Me hubiera gustado tener su vida o la de la hija del jefe de mamá. Pero ella limpiaba la mugre de la gente como ellos mientras que yo servía sus bebidas.

Me dirigí al gimnasio antes de que mi buen humor desapareciera bajo la sombra de los problemas de mi casa. En vacaciones entrenaba dos veces por semana, dos horas cada día. Amaba la gimnasia, era mi forma de conectarme con el mundo y, además, no quería perder el ritmo. Cuando comenzaran las clases, aumentaría el tiempo para llegar en condiciones a la competencia. Tenía que ganar la beca para ir a la universidad, y la gimnasia artística era mi salvación en todo sentido.

—¿Te estás alimentando bien? —me preguntó mi entrenadora ante mi tercera falla.

—Sí —repliqué, caminando en círculos con las manos en la cintura.

—¿Descansaste lo suficiente?

—No.

—Entonces ese es el problema.

—Estoy bien.

—El cansancio provoca errores, los errores ocasionan lesiones, y si te lesionas, no podrás competir. No desperdiciaré el tiempo que invertí en ti. Tómate un descanso por hoy. Regresa el martes con un mínimo de nueve horas de sueño. Adiós, Aaliyah.

—Por favor, no. Necesito entrenar.

—Adiós.

Agitó la mano volviéndose de espaldas. Entonces entendí que no había vuelta atrás: cuando Lilly decía "no", significaba "no", y no atendía súplicas.

Miré la hora en el móvil. No quería regresar a casa para escuchar la discusión entre mis padres y Dee por su desaparición de la noche anterior y por la holgazanería de él, así que llamé a Ollie y nos encontramos en la rambla para tomar un helado. Como tampoco quería volver para el almuerzo, nos compramos algo en un local al paso y estuvimos un rato en la playa.

Esa tarde, en la cafetería, volví a pensar en el chico simpático. La mayoría de nuestros clientes lo eran, pero ahora, cuando se me ocurrían esas dos palabras: "chico-simpático", solo me acordaba de él. Era como si hubiera ocupado el lugar de mi mente en el que antes había una multitud sin rostro y lo hubiera modificado para bien.

Mentiría si dijera que no lo esperé para volver a sentir su calidez. Miré varias veces hacia la puerta cuando oía que se abría e incluso estuve atenta a los ventanales por si lo veía pasar por la playa, acompañado de sus amigos. Tenía ganas de que volviéramos a jugar con las palabras: él, diciendo algo cliché, y yo, intentando contradecirlo. No hubo señales de él ese día. Tampoco el viernes ni el sábado.

Sabía que debía descansar, pero por otro lado no tenía ganas de estar en casa, así que fui con Ollie y dos amigos a la fiesta de música electrónica que se hacía esa noche en la playa. Ella y yo éramos compañeras de colegio. Conocíamos a Gavin y a Cameron del barrio, y además este último era el novio de Ollie.

Ni bien llegamos.compramos tragos. Cameron ya era mayor de edad y conseguía bebidas para todos. Pidió una en cada mostrador para que los expendedores no se dieran cuenta de que estaba comprando tantas para repartir entre los que todavía éramos menores, hasta que todos tuvimos una en la mano.

Comenzó a sonar *Instant Crush,* una canción de Daft Punk, justo cuando a Gavin se le resbaló el vaso. Di un salto hacia atrás para no ensuciarme con la bebida que se derramó por el aire, y al hacerlo me encontré con la espalda de alguien.

Giramos los dos al mismo tiempo. La sonrisa del chico simpático volvió a tomarme por sorpresa. Me pareció tan increíble volver a verlo, que me quedé sin palabras y ni siquiera atiné a pedirle disculpas.

—¡Hola! —exclamó con tono alegre—. Parece que estamos destinados a encontrarnos. ¿Vives por esta zona?

Me quedé mirándolo en silencio como una idiota. Quería que conversáramos, incluso quizás que pasara algo más, pero de pronto, un mundo cayó sobre mis hombros y entendí que no podía. En una ciudad tan grande, no era común cruzarse con la misma persona tres veces en tan pocos días. Y, sobre todo, no era normal que yo experimentara las mismas sensaciones cada vez que lo veía. Quizás este chico, a diferencia de otros, me atraía en serio, y no debía meterlo en problemas.

Él rio a la vez que abría los brazos en un gesto de rendición.

—¡Vaya! Ni que te hubiera preguntado el cálculo de una teoría de Einstein —bromeó.

—Lo siento —contesté, bajando la cabeza. Sentí que mi expresión, ausente de máscaras, me hacía lucir vulnerable, por eso me esforcé para ocultar mis emociones. Aunque nadie jamás podría adivinarlo, la culpa me hacía creer que todos lo sabían, que todos se daban cuenta de lo que había hecho mi padre.

Acudí a lo único que me daba resultado en ocasiones como esa: ponerme a la defensiva. Me acerqué a él y señalé el estacionamiento que estaba a unos metros.

—¿Cuál es tu auto? —indagué—. Déjame adivinar. ¿Es el convertible rojo?

—No. Es el convertible azul. Aunque, a decir verdad, no es mío, es de mi padre. ¿Por qué?

—Oh, claro, ¿cómo no se me ocurrió antes? Los colores varían entre el amarillo, el rojo y el azul. Podía ser cualquiera de esos.

—No entiendo, pero me caes bien —contestó él, riendo otra vez.

—Te estoy diciendo cuál es mi problema contigo —expliqué—. ¿Sabes cuántas veces por día escucho las mismas palabras de chicos como tú? No creo que pueda salir algo bueno de esto. Aunque no lo entiendas, en realidad te estoy haciendo un favor —señalé vagamente la multitud—. Mira alrededor: tienes un centenar de chicas para elegir. ¡Ve, tigre! —exclamé, y le palmeé el pecho para desearle suerte. Sin dudas la tendría, pues si bien no era el típico carilindo de película, había algo irresistible en él.

Su sonrisa volvió a cautivarme aunque me negara a aceptarlo.

—Creo que entiendo. Pero yo no soy así —contestó con serenidad, negando con la cabeza.

No, jamás lo entenderías, pensé. *A veces ni siquiera yo me entiendo.*

Puse los ojos en blanco.

—También he oído eso.

—Pero no de mí. Te diré la verdad: claro que me importa el sexo. Me pareces hermosa, así que quiero tener sexo contigo. Pero no es lo único que me interesa de ti. Me gustaría conocerte, porque creo que hay algo fascinante en ti.

¡Vaya! ¡Creía que no tenía sexo con chicos solo porque tenía ganas! Si eso servía para protegerlo, estaba bien.

—¿Para qué querrías conocerme? Ni siquiera te conviene.

—Dame una oportunidad. Es el único modo en que podría demostrarte que soy diferente de esos chicos con los que te has encontrado y me estás comparando. ¿Qué pierdes con que conversemos un poco? —hizo un breve silencio—. ¿Qué dices? ¿Tengo una oportunidad?

"¿Qué pierdes con que conversemos un poco?". El que tenía mucho para perder era él.

Me azotaron mil recuerdos en un segundo. La policía allanando mi casa, la humillación de que abrieran mis cajones, los vecinos mirando y murmurando. Mi padre esposado, su voz gritando insultos, el juez sentenciándolo a prisión, mi novio despreciándome.

—¡Tu padre es un ladrón!

—¡Pero es mi padre! —exclamé. Lloraba. Fue la única vez que no pude contenerme y lloré delante de alguien.

—Y tú debes ser como él.

Sentí el mismo dolor de siempre, mezclado con un gran enojo. Había perdido a mi novio, mi dignidad y mi honor por culpa de mi padre. Había tenido que aprender a ser dura y orgullosa para resistir la vergüenza de ser "la hija del ladrón". ¿Por qué tenía que privarme también de pasarlo bien con alguien que me atraía? ¿En verdad era tan peligrosa para él?

¡Si lo más probable era que fuera un turista! Se iría rápido, mi padre ni siquiera se enteraría de que lo había conocido.

Estaba exagerando. Me estaba dejando llevar por un temor absurdo y por la culpa que experimentaba cuando asociaba a cualquier persona con mi ex.

—Está bien —acepté, y sentí que acababa de meterme en un espiral de adrenalina.

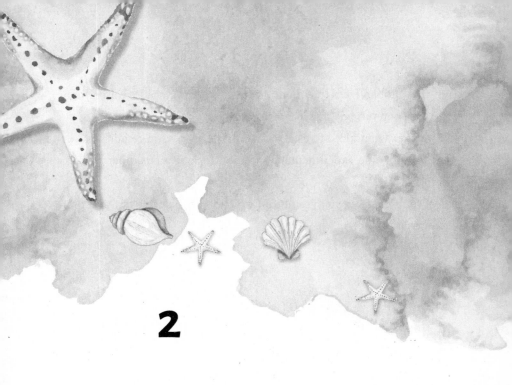

2

Lo primero que hizo para aprovechar su oportunidad fue invitarme a tomar algo. Para mi sorpresa, solicitó dos tragos sin alcohol.

—¿Cuántos años tienes? —le pregunté.

—Dieciocho. ¿Y tú? —respondió.

—Diecisiete. ¿Ya terminaste la preparatoria?

—Sí. Este es mi último verano antes de ir a la universidad. ¿Tú estás por comenzar el último año?

Asentí.

—¿De dónde eres? —indagué.

—Soy de Connecticut.

—¡Guau! ¡Del otro lado del país! —exclamé. Tal como sospeché, se trataba de un turista.

Ollie se colgó de mi brazo y señaló en una dirección.

—¡Mira quién vino! Creí que estaba en Boston. Debe haber regresado por las vacaciones.

Todavía no había divisado a Frank entre la multitud, y aun así mis mejillas se encendieron de solo deducir que Ollie se refería a él. Cuando lo descubrí entre sus amigos, los mismos con los que habíamos compartido tantos momentos divertidos, me invadió la vergüenza. Sucedía cada vez que la casualidad me acercaba a él. ¿Sería una señal? ¿Por qué tenía que aparecer? Tal vez me había dejado llevar por la atracción, pero en realidad estaba haciendo mal. Quizás era un recordatorio de que cada uno debía quedarse en el mundo al que pertenecía, porque cuando los universos se mezclan, todo sale mal.

No pensaba así antes de Frank. Por lo general, cuando conocía a alguien, lo que menos me importaba era su procedencia. No es que todavía estuviera enamorada de mi primer novio, pero jamás superaría el hecho de que mi padre le hubiera robado al suyo y de que el suyo hubiera enviado al mío a la cárcel. El robo había provocado nuestra ruptura, y aunque Frank solo había hecho referencia a ello en la discusión en la que rompimos, verlo me recordaba todo lo que estaba mal en mi familia y por eso prefería tenerlo lejos. Por suerte vivíamos en una ciudad. Si hubiéramos vivido en un pueblo, habríamos tenido que mudarnos porque todos hubieran sabido que mi padre era un ladrón, y yo, su hija. Frank lo sabía, y eso me avergonzaba.

—¿Vamos a otro lado? —le pedí a Ollie.

—¡Ay, no! ¡Acabamos de llegar! —protestó ella—. Ignóralo, Aali. No sé para qué te avisé que había llegado. Si sabía que te pondrías así, no te lo hubiera dicho.

Pero yo no podía tan solo ignorar a Frank.

Como mi mejor amiga no quería acompañarme, miré al desconocido con el que estaba bebiendo algo. Era él o volver a casa y soportar a mi padre. No podía quedarme allí con el riesgo de encontrarme cara a cara con Frank, pero tampoco quería regresar a encerrarme en mi cuarto.

—¿Caminamos un poco? —propuse.

Me di cuenta de que mi determinación lo desconcertó. Era un chico muy transparente. A diferencia de otras personas, y en especial de mí, sus sentimientos escapaban de él sin que pudiera disimularlos.

—¿Quieres que vayamos a una cafetería? —ofreció.

—No hay ninguna cerca.

—Podemos ir en mi auto.

—Prefiero caminar por la playa.

—De acuerdo —dijo—. Espera a que les avise a los chicos.

Mientras él hablaba con sus amigos, yo les informé a los míos que me alejaría por un rato. Les pedí que no se marcharan sin mí y volví a buscarlo para que nos fuéramos.

Salimos en dirección al mar. Me descalcé para pisar la arena y él me imitó. Fuera de la fiesta, la playa estaba tranquila y desierta.

—¿A qué se dedican tus padres? —pregunté. Por su automóvil, imaginé que podían ser profesionales.

—Mi madre diseña ropa y la vende en su tienda. Mi padre es dueño de una farmacia.

—¿Alguna marca reconocida?

—No. Son negocios locales. ¿A qué se dedican los tuyos?

—Mi padre está desocupado y mi madre es empleada doméstica en una casa de Beverly Hills —dije con voz dura. Había aprendido a manifestar orgullo callejero en mi barrio, y así me mostré.

En ese momento, pisé algo que alguien había dejado en la arena y levanté el pie para masajearme la planta dolorida.

—¿Estás bien? —me preguntó él. Asentí—. ¿Quién es Frank?

Solté mi pie de forma brusca y, aunque todavía me molestaba, intenté caminar.

Me sentí casi tan incómoda como cuando había visto a mi ex en la fiesta, pero al menos evité que mis mejillas se sonrojaran girando la cabeza para contemplar el mar en plena oscuridad.

—No se te escapa ningún nombre, ¿verdad? —bromeé, intentando salir del aprieto. Él rio.

—Soy observador. Quisiste irte en cuanto tu amiga te dijo que él estaba en la fiesta.

—Es mi exnovio —respondí, desganada—. ¿Podemos cambiar de tema?

—Claro. Disculpa. Por favor, no pienses que intento entrometerme en tu vida, solo soy curioso. Me interesan las personas, porque están llenas de experiencias interesantes. ¿Te gusta la música electrónica?

El alivio se notó en mi voz cuando respondí:

—A veces. Depende de mi estado de ánimo. ¿Y a ti?

—Un poco. Pero supuse que a ti te agradaba.

—¿Te gusta suponer cosas de la gente? —indagué, sonriente. Él volvió a reír.

—Debo confesar que sí. No puedo hacer que mi mente deje de tejer historias.

—¿Y qué supones de mí?

—No te gustaría escucharlo.

—¿Por qué no? ¡Claro que sí! Por eso pregunté.

—Creo que has tenido una vida difícil.

Nos miramos un momento en silencio.

—¿Por qué vacacionan aquí? —pregunté para cambiar de tema.

—Es una larga historia. ¿Tienes ganas de escucharla?

—Deja que me siente primero —respondí, y me dejé caer en la arena, de frente a las olas. Él se acomodó a mi lado.

—Sam y Josh han sido mis amigos desde que tengo recuerdos —explicó—. Como este es nuestro último verano antes de ir a universidades diferentes, les pedí a mis padres que me permitieran vacacionar con ellos. Entonces me prestaron su auto y así llegamos aquí. Esa es la versión resumida.

—¿Ya está? No era una historia tan larga después de todo. ¿Entonces viajaron en auto desde el otro extremo del país?

—Solo te conté parte de la aventura. En realidad, me hubiera gustado venir en mi coche, pero no es tan bueno como el de mis padres y si hubiera sufrido algún desperfecto mecánico, no habría sabido qué hacer.

—Imagino que habrán hecho paradas para dormir.

—Sí. También nos intercambiamos para conducir. Se tarda alrededor de cuarenta y dos horas en viajar desde Connecticut hasta Los Ángeles, pero es muy fácil ir de un extremo al otro del país si tomas la Interestatal 80.

Me hubiera gustado hacer lo mismo con Ollie, Cameron y Gavin, pero en mi casa, como en la de mis amigos, el dinero escaseaba y no había para ese tipo de "aventuras". Siempre había soñado con viajar por el país, pero nunca había salido de Los Ángeles.

—Admiro lo que están haciendo.

—Gracias. Es una experiencia grandiosa. Cuando viajas en auto te das cuenta de que cada estado tiene su magia.

—Me suena a que eres un alma en busca de experiencias.

—Podría decirse que sí. Cuéntame, ¿qué hay de ti? ¿Qué te gusta hacer?

—Soy gimnasta. Amo el deporte.

—¡Vaya! Te admiro por tener tanta energía. Esto me restará puntos, pero debo confesar que yo soy bastante malo en los deportes.

—¿Por qué te restaría puntos? —pregunté, riendo.

—Porque es algo que a ti te gusta. Además, se supone que los chicos tenemos que ser estrellas deportivas, y yo no lo soy.

—No sé si los estereotipos sean tan importantes hoy en día. Apuesto a que igual tienes bastante éxito con las chicas.

—Depende de con qué chicas. Te dije que soy diferente. No pertenezco al grupo de chicos que supusiste que era.

—Eso está por verse —contesté en broma, entrecerrando los ojos. Ya me había dado cuenta de que no lo era.

—¿Hace mucho que vives en Los Ángeles? —indagó.

—Toda mi vida.

—¿Ya pensaste a qué universidad asistirás? ¿Qué vas a estudiar?

—Quiero ser deportista. De hecho la gimnasia será mi puerta de acceso a la universidad. Todavía no sé a cuál iré ni qué carrera estudiaré, dependo de que me otorguen una beca por mis habilidades deportivas. Para eso competiré este año en gimnasia artística.

Me miró con los ojos brillantes de excitación.

—¡Estoy fascinado! ¿A qué rama de la gimnasia artística te dedicas?

Tuve que ahogar una sonrisa llena de ternura. Nunca me habían dicho que yo pudiera "fascinar" a alguien.

—¿Te refieres a los tipos de ejercicios? —pregunté—. Hago todos, pero mis favoritos son los de suelo. Entreno los martes y los jueves. Si de verdad te parece interesante, puedes venir a verme algún día mientras estés en Los Ángeles.

—Me encantaría. Gracias.

—Creí que no te gustaba el deporte. Como dijiste que no eras bueno en eso…

—No me gusta, pero me interesa. Tú misma lo dijiste: busco experiencias. Además, siempre es lindo ver a alguien haciendo lo que lo apasiona.

Mi teléfono sonó. Lo extraje y respondí solo porque se trataba de Ollie; no quería que se terminara la conversación.

—Cameron se peleó con un chico y nos estamos yendo de la fiesta —dijo, amontonando las palabras—. ¿Regresas con nosotros o ese chico te llevará a tu casa más tarde?

—¿Dónde están?

—En el estacionamiento.

—Ya voy.

Confiaba en el chico simpático, pero no quería que me llevara a casa. Mi padre todavía estaría despierto mirando televisión, y si veía su coche por la ventana, podía hacer preguntas que yo no quería responder. Por ejemplo, si ya tenía otro novio rico, como solía expresarse él.

—Lo siento, tengo que irme —le avisé, y nos pusimos de pie.

—¿Dónde te veo el martes?

—¿Quieres darme tu número y te paso la dirección por mensaje?

Me miró con la frente arrugada, sin alzar la cabeza, y la ternura volvió a invadirme.

—Nunca me escribirás, ¿verdad? —preguntó—. No sé por qué harías eso, si ya comprobaste que la vida se empecinó con que nos encontremos.

—¡Ahora tú estás prejuzgando! —reí—. Si quieres, te doy mi número. Y antes de que lo menciones: no, no te daré uno falso. También puedes seguir mi cuenta de Instagram. Soy Aaliyah "Star" Russell. No le prestes atención al "Star", abrí la cuenta cuando tenía catorce años y era más tonta que ahora.

Él rio mientras buscaba su teléfono.

—Mejor no te muestro la mía —contestó.

—Ah, no, ahora quiero verla —dije. Su solicitud de seguimiento llegó enseguida y la acepté. Le envié una a él—. "The Sterling", leí en voz alta. ¿Por qué ese nombre? ¿Qué significa?

—Es mi apellido. Me llamo Shawn.

—Shawn Sterling —repetí—. Suena bien. Gracias por el paseo, Shawn.

—Gracias a ti por la conversación, Aaliyah. Aunque el asiento de mi auto se haya quedado triste sin ti. ¿Me permites invitarte a algún lado otro día?

Me hizo reír.

—Dile a tu asiento que se puede ir comprando una tonelada de pañuelos para secarse las lágrimas, porque no subo a coches de desconocidos.

Él rio también.

—Está bien. Haré lo posible para que me conozcas antes de subir a mi auto, entonces. Te acompaño hasta donde estén tus amigos —ofreció.

—Gracias, caballero del convertible azul —respondí, e hice una reverencia como si me hallara frente a un príncipe.

Cuando Shawn volvió a reír, me di cuenta de que lo estábamos pasando muy bien. Me sentía en confianza, tan cómoda como con los chicos que conocía de toda la vida, y me dio la impresión de que él se sentía de la misma manera conmigo. Saltaba a la vista que proveníamos de mundos muy distintos, pero por alguna razón congeniábamos.

Caminamos hasta el estacionamiento donde me esperaban Ollie, Cam y Gavin. Enseguida divisé a Cameron sentado en el capó de su viejo Ford, limpiándose una herida en la comisura de los labios.

—¿Qué sucedió? —pregunté.

—Un idiota se molestó porque Cam se lo llevó por delante

—explicó Ollie—. No debimos hacerle caso, estaba ebrio. Por cierto, ¿nos presentarás a tu amigo o qué?

—Sí, lo siento —dije—. Él es Shawn. Shawn, ellos son Ollie, Cameron y Gavin.

—Hola —les dijo Shawn.

Solo Ollie alcanzó a responder el saludo.

—Vámonos —determinó Cameron, y se dirigió a la puerta de su auto. De por sí nunca era amable con los desconocidos, pero ahora, además, se hallaba enojado y había bebido.

—Adiós —le dije a Shawn en voz baja, y alcé una mano para saludarlo mientras mis amigos subían al vehículo. Me apresuré a hacer lo mismo antes de que me abandonaran allí.

A Cameron le costaba conducir a causa de la ira y del alcohol. Para empeorar las cosas, Ollie le dijo que no debió haberse peleado con ese chico, entonces comenzaron una discusión, y eso hizo que empezáramos a zigzaguear. Tuve que aferrarme al apoyacabezas del asiento de adelante para mantenerme en mi lugar. A Gavin, que iba en el medio de la butaca trasera, no le preocupó demasiado y terminó riendo, apoyado en mi costado. También estaba un poco ebrio.

Agradecí llegar a casa sana y salva. Cuando entré, por suerte encontré que las luces estaban apagadas. Supuse que todos dormían, por eso subí las escaleras a hurtadillas.

La voz de mi hermana casi me arrancó un grito de horror.

—¿Por qué llegas a esta hora? —protestó, con toda la intención de que mi madre oyera y que yo quedara al descubierto—. Me controlas, pero tú haces lo mismo —agregó en voz baja.

—Yo no tengo trece años —respondí.

—Y yo no soy más una niña.

Me acerqué para hablarle en susurros.

—Mamá trabaja todo el día y a veces buena parte de la noche para que tengamos un techo sobre nuestras cabezas. No es justo que, además, tenga que preocuparse por ti.

—No tienen de qué preocuparse, sé cuidarme sola —replicó mi hermana, sin piedad por las horas de descanso de los demás.

—¿Qué ocurre? —intervino mamá. Giré la cabeza para mirarla. Se acercaba por el pasillo desde su habitación.

—Nada, descansa —respondí, y me encerré en mi dormitorio.

Mientras me ponía el pijama pensé, como tantas otras veces, en cómo podía ayudar a cambiar la situación de mi casa. Todo seguiría igual hasta que mamá decidiera echar a papá de una vez por todas. No entendía por qué no se divorciaban. Ella mantenía a un vago ladrón y, aunque fuera mi padre, no merecía nuestra compasión, porque él no la sentía por nosotras.

En cuanto me acosté y revisé el móvil, encontré un mensaje de Shawn. Pensar en él me rescató de seguir pendiente de los problemas de mi familia.

Me encantó compartir tiempo contigo hoy. Aunque fue breve, lo pasé muy bien. Ojalá que tú también. ¿Me darás la dirección y el horario para que vaya a verte el martes?

Le di lo que me pidió y le pregunté si seguía en la fiesta de la playa. Como respuesta me envió una foto haciendo una mueca graciosa. De fondo se veía el DJ.

Para no sentirme una molestia, respondí solo con un emoticón y me entretuve mirando sus fotos de Instagram. Tal como supuse, se notaba que era un chico feliz. Tenía amigos, una linda familia y una mirada que desarmaba mi mundo interior. Incluso en fotos que había subido hacía algunos años se lo notaba simpático y, sobre todo, auténtico. Quizás ese era su secreto para resultar atractivo: que no utilizaba máscaras, era tan solo él.

El domingo por la mañana, en lugar de salir a correr, dormí. El martes tenía que entrenar muy duro por la clase que había perdido el jueves y quería hacerle caso a Lilly.

Después del mediodía, mientras conversaba con Ollie de lo que había sucedido con Cameron y ese chico en la fiesta, recibí un nuevo mensaje de Shawn.

> Hola, Aali. ¿Puedo llamarte así? Estoy en la playa con Sam y Josh. ¿Quieres venir con tus amigos?

Estaba aburrida y, ¿para qué negarlo?, tenía ganas de volver a ver a Shawn. Por eso le ofrecí a Ollie pasar a buscarla por su casa e ir a la playa. Arreglé con él la zona en la que nos encontraríamos y salí.

En cuanto lo divisé en la puerta de la tienda en la que habíamos quedado en encontrarnos, me sentí muy bien. Cruzamos la calle hasta la playa; sus amigos se habían quedado ahí. Después de las presentaciones, todos nos sentamos sobre las toallas y comenzamos a conversar de lo primero que se nos ocurrió. Ellos contaron algunas anécdotas de su escuela, y nosotras, de la nuestra. Terminé hablando de Raimon.

—Siempre me dice que las deportistas no pensamos demasiado —conté.

—¡Qué tontería! —exclamó Shawn—. No imagino a una gimnasta sin estrategia. Además, creo que no hay personas más disciplinadas que los deportistas: entrenan muchas horas, se entregan por completo a lo que hacen y dan todo de sí hasta las últimas consecuencias.

—Para ser alguien a quien no le apasionan los deportes sabes ponerte en el lugar de los que sí —contesté—. Yo no podría haberlo explicado mejor.

—Shawn es un experto en ponerse en el lugar de los demás —añadió Josh, apoyando el codo en su hombro—. ¿Te contó que...?

—Cállate —lo interrumpió él. Parecía avergonzado.

—No, ahora me intriga ese comentario —se entrometió Ollie.

Shawn apartó el codo de su amigo de su hombro y negó con la cabeza.

—No tiene importancia, te lo aseguro —afirmó, y se puso a contar la historia de un entrenador que era una especie de celebridad en su localidad por su estrategia matemática para ganar partidos de béisbol.

Nos invitó con jugo de frutas y, cuando atardecía, se ofreció a llevarnos a casa. Le dije que no, pero la voz de Ollie se superpuso a la mía y le agradeció que nos llevara a la casa de ella.

Mi promesa de jamás sentarme en su auto se fue por la alcantarilla en cuanto me hallé en la butaca de atrás, apretada junto a Ollie y a Josh. Sam iba adelante con Shawn.

Su Mercedes me pareció alucinante. No era de último modelo, pero estaba bien cuidado y relucía por todas partes. Shawn presionó un botón para que la capota se plegara y pudiéramos apreciar el cielo. Accionó la música y comenzó a sonar *Selling the Drama,* una canción de Live. Ollie se puso las gafas para el sol y me miró con expresión de diva. Después inició una conversación con Josh. Me di cuenta de que se atraían y pensé en Cameron, pero no podía mandar sobre las acciones de mi amiga.

—No puedo creer que tu padre te haya prestado su auto así como así —comenté. Pensaba que ese coche debía costar más que mi casa y me sorprendía que un padre se lo prestara a su hijo sin más. Mi padre jamás lo hubiera hecho por mí. Bueno, a decir verdad, él jamás hacía nada por nadie.

Sam giró la cabeza para mirarme.

—No conoces a Shawn —dijo—. Es el chico más responsable del planeta. No bebe, no fuma, no se droga, no tiene sexo —Ollie soltó una carcajada. Shawn estiró un brazo y golpeó a su amigo en el brazo—. Bueno, quizás en lo último mentí un poco, pero por lo demás, si su padre no confiara en él, no habría en quien confiar.

Dirigí la mirada a Shawn y lo estudié un momento. Estaba segura de que su amigo decía la verdad. Había solicitado dos bebidas sin alcohol en la fiesta de música electrónica, no cabía duda de que era responsable.

—¿Aquí cursan las mismas asignaturas que nosotros? —preguntó Josh, apoyando una mano en la rodilla de Ollie. Ella no se la apartó.

—¡Ay, no sé! —replicó mi amiga, riendo—. ¿A quién le importa el colegio ahora?

—¿En qué eres buena? —le preguntó Josh. Yo no podía apartar los ojos de su mano, que ahora acariciaba la pierna de mi amiga.

—En nada. Odio el colegio —respondió ella.

La conversación continuó hasta que el precioso Mercedes azul se adentró en nuestro barrio, como un collar de diamantes cae en el barro. Por suerte ya era de noche, y eso redujo la horrible primera impresión que esos chicos podían llevarse del lugar donde vivíamos Ollie y yo. Los saludamos desde la esquina de la casa de mi amiga, y una vez que se alejaron, ella empezó a reír colgándose de mi brazo.

—Shawn está muerto contigo —afirmó—. Te mira de una manera increíble. Nunca vi a nadie mirar así.

—No es por mí. Así es él —aseguré—. Observa.

Le mostré algunas fotos de Instagram en las que se apreciaba su expresividad, y ella negó con la cabeza.

—Está loco por ti —determinó.

—Y Josh por ti. Creí que lo alejarías.

—¿Por qué lo haría?

—Porque sales con Cam, tal vez.

Ollie volvió a reír.

—Adoro a Cam, pero también adoro pasarlo bien. No vas a juzgarme, ¿verdad?

—Claro que no. Pero Cam también es mi amigo y no me gustaría que saliera herido por ti.

—Tranquila. Sé manejar estos asuntos y estoy segura de que él anda haciendo lo mismo por ahí. Ve a casa. Nos vemos mañana —dijo, y se alejó por el camino de la entrada.

Esa noche no pude dejar de pensar en lo bien que lo habíamos pasado, e incluso una parte de mí extrañó un poco a Shawn.

3

El lunes esperé que Shawn me escribiera y hasta llegué a pensar que quizás aparecería por la cafetería, pero no lo hizo. Le escribí por la noche y no respondió. Cuando me levanté el martes, lo primero que hice fue mirar el teléfono. No había notificaciones de él. Ni siquiera había mirado mi mensaje, era como si se lo hubiera tragado la tierra. ¿Y si había regresado a Connecticut sin avisar? ¿Tan poco había durado su interés por mí? Era evidente que mi barrio y mi casa lo habían espantado. Podía imaginar a sus amigos burlándose de Ollie y de mí.

Salí a correr bastante molesta y luego fui a entrenar.

Veinte minutos después de que había comenzado, mientras efectuaba un salto en la barra de equilibrio, divisé a Shawn en un rincón del gimnasio. Por supuesto, perdí la concentración, caí mal en la barra y terminé en el suelo.

Shawn se cubrió la boca con una mano, arrugando la frente con gesto preocupado. Yo apreté los labios haciendo una mueca graciosa para no demostrar que me había dolido hasta el alma.

—¿Estás bien? —me preguntó Lilly.

—S... sí —aseguré, tambaleándome al ponerme en pie.

Mientras ella me daba algunas indicaciones para que perfeccionara el salto, miré a Shawn. Estaba agitada, y otra vez me había invadido esa sensación extraña que se apoderaba de mí cada vez que lo veía.

—¿Qué miras? —indagó Lilly, y giró la cabeza hacia atrás al tiempo que yo la volvía hacia ella. No había escuchado nada de lo que me decía, y tampoco vi venir un coscorrón—. ¡Ahora entiendo! —se ofuscó.

—¡Auch! ¡Eso dolió! —me quejé, tocándome la cabeza.

—No más de lo que debe haberte dolido la caída y, para no quedar como una tonta delante de ese chico, lo ocultaste muy bien —replicó—. Vete.

—No, lo siento —contesté, apresurada—. Ya perdí mucho tiempo de entrenamiento el jueves. Para hoy descansé.

—No me sirves de nada distraída. Prefiero que te vayas con ese chico y que, cuando vuelvas, estés concentrada. Además, estás de vacaciones. Descansa.

—No, por favor. Solo un rato más. Te prometo que no volveré a mirarlo hasta que terminemos el entrenamiento. Por favor, Lilly... Por favor... —supliqué, con las manos unidas debajo del mentón, como una niña implorándole a su madre que le comprara unos dulces. Ella suspiró.

—Es tu última oportunidad —me advirtió con el dedo índice en alto. Asentí.

En un principio me costó ignorar a Shawn, pero cuando menos lo esperaba, me olvidé de él y, entonces, la rutina me salió mejor.

En cuanto Lilly anunció que habíamos terminado, me sequé el sudor con una toalla y fui a su encuentro.

—¡Lo que haces es increíble! —exclamó.

—Gracias —respondí con una sonrisa. Pocas veces me halagaban; para la gente solían ser más importantes las asignaturas asociadas con el intelecto o las categorías masculinas de los deportes—. Si tienes un momento, me doy una ducha y podemos conversar un rato.

—Claro. Pensé en invitarte a almorzar.

—El entrenamiento me da hambre, así que es una idea genial. Gracias.

Me duché rápido. No había llevado maquillajes, así que me acomodé el cabello y regresé al gimnasio así como estaba. Salimos y subimos a su auto.

—No creí que vinieras —confesé—. Ayer te escribí pero no respondiste.

—Perdí mi teléfono dentro de la casa y, como lo tenía en silencio, no pude encontrarlo hasta hoy a último momento. Ni siquiera miré las notificaciones, perdón.

—¿Lo perdiste dentro de la casa? ¿Qué bomba atómica cayó ahí? —pregunté sorprendida, imaginando el desorden que debían de hacer tres chicos viviendo solos para perder un móvil dentro de su propia vivienda. Shawn rio.

—No está tan desordenado como imaginas. Apareció en un lugar que ya había revisado; sospecho que Josh me lo quitó para jugarme una broma.

—¿Te quitó el teléfono? Eso sí que es pasarse de la raya. Si mis amigos me quitaran el móvil, los mataría. ¿Cómo resistes una broma tan pesada?

Él se encogió de hombros.

—Siempre las hace, pero no tiene mala intención —replicó—. ¿A dónde te gustaría ir?

—¿A dónde te gustaría ir a ti? Tú eres el turista.

—Compremos algo y vayamos al Parque Griffith. Todavía no lo visité y me dijeron que es muy bonito.

—¡Claro! Pero tengo que regresar a tiempo para entrar a trabajar en la cafetería.

—Tienes mi palabra —me prometió, alzando una mano en gesto de juramento.

Compramos sándwiches y gaseosas y fuimos al parque para hacer un picnic en una de las áreas habilitadas para ello. Después de comer, caminamos un poco y terminamos sentados entre los árboles.

—No puedo creer que lo primero que me dijiste fuera esa tontería acerca de mis ojos —bromeé.

—No es cierto. Lo primero que te dije fue "perdón" cuando nos cruzamos en la calle. Además, lo de tus ojos es cierto. Son preciosos.

—Okey —repliqué y me mordí el labio poniendo los ojos en blanco.

—¿Por qué pones esa cara? —indagó él, riendo—. Es poco original, lo sé. Todos deben decirte lo mismo, pero es la verdad. A ver, cuéntame: ¿hay algo que te guste de mí?

Volví el rostro hacia él con mirada pícara. A decir verdad, no había nada que me disgustara de él. Entonces, tal vez, me atraía todo.

—Tu mirada me agrada, es muy expresiva. Y también la cicatriz —respondí, apoyando la punta de mi dedo a un centímetro de su labio inferior.

—¿La cicatriz? ¡Por Dios, Aali! No sé si tomarlo como un cumplido o como un chiste. Es lo que más odio de mí.

—A mí me encanta. Te hace peculiar. Es única.

—¡Basta! Me estoy sonrojando —suplicó en broma y se cubrió la cara con las manos, pero se notaba que estaba avergonzado de verdad.

Me dio tanta ternura que me arrodillé, sujeté sus muñecas y lo obligué a bajar los brazos.

—¿Cómo te la hiciste? —indagué.

—Me corté con un cúter cuando era niño.

—¿Quién fue tan descuidado para dejarlo al alcance de un niño?

—Te conté que mi madre es diseñadora. Trabaja con ese tipo de herramientas. No fue su culpa, yo me metí en su taller y creí que eran para jugar.

Me pareció noble que intentara proteger a su madre de que yo la considerara una irresponsable al igual que había hecho con sus amigos y sus bromas pesadas. Había pasado poco tiempo con Shawn, pero se hacía evidente que siempre le buscaba el lado bueno a todo y que manaba la bondad de su interior.

Le toqué el pelo donde terminaba la frente sin pensar en lo que hacía, motivada solo por lo bien que me sentía con él. Percibí sus manos en mi cintura, y un calor placentero invadió mi cuerpo.

—Hay mucho más que me agrada de ti —añadí—. Creo que eres una

mezcla perfecta entre chico cliché y creativo.

Él volvió a reír.

—Aunque no sé si la primera parte me convenga, la última me gusta más que lo de la cicatriz. Es lo mejor que me podrías haber dicho.

—¿Por qué?

—Me avergüenza explicarte el motivo. Tiene que ver con lo que no quise que Josh les contara el otro día en la playa.

Su reacción, por supuesto, me intrigó todavía más.

—Ya te conozco sonrojado, ¿cuánto más te puedes avergonzar? —le pregunté, guiñándole un ojo. Él bajó la cabeza con una sonrisa.

—Me gusta escribir.

—¡¿De verdad?! —exclamé—. ¿Qué tipo de libros escribes?

—Solo algunos pensamientos sueltos.

—Quiero ver.

—¡No! —replicó, otra vez avergonzado. Lo sacudí tomándolo de los hombros para que se relajara.

—¡Vamos! Tú me viste caer de la viga de equilibrio de la peor manera en años. Exijo leer alguno de tus textos y, si de verdad son para avergonzarse, que estemos a mano.

Le demandó un momento decidirse, pero finalmente buscó el móvil en el bolsillo y me lo entregó. Me senté en el césped con la emoción de hallarme frente al escritor y leí el título.

—"Debajo".

—¡No lo leas en voz alta, por favor! —exclamó él, muerto de vergüenza.

Reí de su timidez y me concentré en el escrito.

Debajo

Debajo de la cama conservo una caja, y en la caja estamos los dos.

Aquella palabra que no me dijiste, pero que yo adiviné. La mirada que me indicó que podía besarte y la caricia que nos inició en el recreo del amor. La lluvia que nos cubrió aquella noche después del cine, la brisa que nos sacudió mientras decidíamos ser novios en una montaña rusa.

Debajo de la cama conservo una caja, y en la caja está nuestro pasado.

Las horas que me dijiste que me amabas, las noches que cubrí tu

cuerpo con mi respiración. Las flores que nunca te di —"no me gusta matar la naturaleza", dijiste—, y los sueños que nunca concreté.

Debajo de la cama conservo una caja, y en la caja está tu alma, la que yo tanto amé.

Están el arma, la bala, la sombra.

¿Por qué no me lo dijiste? Te habría amado más.

Si odiabas matar la naturaleza, ¿qué eras tú?

Debajo de la cama conservo una caja, y en la caja por siempre estaremos los dos.

—¡Shawn! —exclamé.

—Te dije que eran muy malos.

—Me erizó la piel. No esperaba ese final. Creí que era un texto de amor. En parte lo es —lo miré con la angustia escapando de mis ojos—. ¿Ella se suicidó? —él asintió—. ¿Te sucedió? ¿Tu novia se quitó la vida?

—¡No! —exclamó, riendo—. Es ficción. ¿Se siente real?

—Demasiado.

—Me alegro. Debe provocar esa sensación.

—¿Se llama "Debajo" porque en realidad esa palabra se refiere a la tumba, y la caja representa un ataúd, donde murió su amor, por eso los dos están allí?

—¡Exacto! ¿Cómo lo supiste? No creí que alguien se diera cuenta.

—Está bastante claro para mí. Dame más.

Leí una decena de escritos, uno más sorprendente que el anterior.

—¿De verdad te gustan? —indagó como si no lo pudiera creer.

—¿Por qué te mentiría? ¿Vas a estudiar para ser escritor?

—Estudiaré Literatura en Princeton. Luego quiero especializarme en enseñanza y escritura creativa.

—Nunca lo hubiera apostado. Esto es muy extraño.

—¿Qué cosa?

—Nosotros —contesté—. Siento como si te conociera de toda la vida y a la vez no sé nada de ti.

—¡Me ocurre lo mismo! Tampoco entiendo el motivo. No nos parecemos en nada. Tú eres deportista y trabajas con el cuerpo, en cambio yo escribo y trabajo con la mente. Vives en la Costa Oeste y yo en la Costa Este. Somos polos opuestos, sin embargo, eres como un imán para mí.

—Y tú para mí —confesé.

Permanecimos un momento en silencio, intentando comprender la razón del hechizo que nos hacía sentir de esa manera. Quería que me besara. Lo deseaba como a nada en el mundo, pero la alarma de mi móvil me arrancó del sueño y me devolvió a la cruda realidad.

—Es el aviso de que pronto mi carroza se convertirá en calabaza —expliqué—. Tenemos que salir para la cafetería ahora mismo o llegaré tarde, y Raimon no toleraría otro retraso de su empleada "deportista no pensante" —ironicé, apoyando las manos en el suelo para levantarme. Shawn me lo impidió tomándome de la muñeca.

—No vuelvas a decir eso —pidió—. Pocas personas saben que escribo: solo Sam, Josh, mis padres y mi profesora de Literatura. Nadie, excepto tú y mi profesora, se dio cuenta de que "Debajo" se llama así en representación de la tumba y que la caja, simbólicamente, es un ataúd. Así que Raimon no entiende nada de cómo o cuánto piensas tú.

—No soy muy buena que digamos en las asignaturas del colegio, incluida Literatura, pero eso no me hace creer que lo que dice Raimon es cierto. No te preocupes, mi autoestima está intacta —aseguré, y me levanté.

Creí que nos besaríamos en el automóvil, cuando me dejó frente a la cafetería, pero tan solo me sujetó de la cabeza, me atrajo hacia él y me besó en la mejilla.

Fue peor que si me hubiera tocado en alguna parte íntima. Bajé de ese coche sin ganas de despedirme de él.

"Soy diferente de esos chicos con los que te has encontrado y me estás comparando", dijo cuando acepté darle una oportunidad. Ya creía que sí.

4

Esa noche, cuando mi turno terminó y salí de la cafetería, encontré a Ollie, Shawn, Sam y Josh en la puerta.

—¿Qué están haciendo aquí? —pregunté, sorprendida. Mi amiga se acercó y me tomó del brazo.

—Josh me envió un mensaje para saber qué íbamos a hacer esta noche, y como le dije que nada, me pasaron a buscar y vinimos por ti. ¡Hay fiesta en la casa temporal de Shawn!

Ollie me empujó al estacionamiento y dentro del coche. Esta vez quedé sentada junto a Shawn, en el lugar del acompañante.

Mi amiga se acomodó atrás, entre Sam y Josh. Aproveché el paseo por la costanera para avisarle a mamá que me quedaría a dormir en lo de un amigo. Ella creería que hablaba de Cam o de Gavin; no podía decirle que había aceptado la invitación de prácticamente tres desconocidos.

Cuando levanté la mirada, vi por el espejo retrovisor que Ollie y Josh estaban besándose. Mi amiga había dicho que sabía manejar la infidelidad, pero dudaba de que fuera consciente de lo que hacía. La capota estaba plegada, y cualquiera podía verla dentro del auto, besándose con alguien que no era su novio. Claro que la ciudad era grande y que una multitud la invadía en verano, pero de haber sido como ella, yo jamás hubiera tentado la suerte de esa manera. Jamás hubiera engañado a mi novio, en realidad.

Shawn y yo intercambiamos miradas. Él sonrió con cierta picardía; sin dudas no sabía que mi amiga tenía novio, aunque tampoco estaba segura de que a alguno de ellos le importara.

Descubrí que la casa que, suponía, habían alquilado los padres de Shawn para él y sus amigos, no estaba cerca de la cafetería cuando tomó la autopista Pacific Coast y entró en la región este de Malibú.

El frente estaba pintado de celeste y las aberturas, de blanco. Tenía dos pisos, y si bien no era grande, se veía preciosa. Un balcón con balaustrada y una ventana con vidrios repartidos le daban un aspecto clásico y a la vez veraniego. Había una puerta por la que se ingresaba a un pequeño parque, pero entramos por un portón que Shawn abrió con un control remoto desde el auto. Bajamos en el garaje y subimos una escalera hasta el primer piso.

Ingresamos a una sala. Al fondo había un gran cortinado blanco que contrastaba con las paredes de color celeste. Los muebles eran de buena calidad, muy diferentes de los de mi casa, y la claridad de las lámparas podía competir con la luz natural. Apostaba a que, si hubiera sido de día y el cortinado hubiera estado abierto, podríamos haber visto la playa y el océano.

—Muy bien, ¿con qué empezamos? —preguntó Sam, dirigiéndose hacia donde, supuse, se encontraba la cocina.

—Deberíamos cenar primero —opinó Shawn.

—¡Al diablo con la cena! —exclamó Josh, y fue a donde se encontraba su amigo para ayudarlo a cargar unos packs de cervezas.

Ollie estaba feliz. Recogió una lata riendo y le pidió a Shawn que pusiera música. Él conectó su móvil a un parlante y accionó *Blackbird,* una canción de Alter Bridge con un poder impresionante.

—¡Ay, no, viejo! ¿Quieres que nos echemos a llorar? —exclamó Josh a los gritos, destapando una lata para él, y se acercó al parlante.

Conectó su teléfono y puso *In my Feelings,* un rap de Drake. Ollie celebró la decisión y enseguida comenzaron a bailar. Poco a poco, ella fue poniéndose de espaldas a él. Empezó a mover la cadera contra sus piernas mientras Josh le acariciaba la cintura. Era evidente cómo iban a terminar, y aunque respetaba las decisiones de mi amiga, me sentí mal por Cam.

Shawn se sentó a mi lado, en el sofá. Abrió una lata para él y otra para mí.

—Tu amigo dijo que no bebías —señalé.

—No bebo si tengo que conducir. Tampoco me embriagué jamás, pero no soy un monje —bromeó.

El timbre sonó mientras Ollie y Josh bailaban la tercera canción y se acababan la segunda cerveza. A ese ritmo, se embriagarían más rápido de lo que Sam tardó en levantarse y anunciar que él abriría la puerta.

—Espera —le dijo Shawn, y lo siguió a la cocina, donde supuse que se encontraba el portero eléctrico.

Presentí que algo raro estaba pasando y miré a Ollie. Ella seguía en su nube en la que era la protagonista de un video de reggaetón, así que me levanté y me aproximé a la cocina sola.

Me detuve cerca de la arcada, aguzando el oído para escuchar la conversación que se desarrollaba entre Sam y Shawn. Alcancé a ver que Sam presionaba un botón del portero eléctrico, pero no quién se reflejaba en la pantalla de la cámara de seguridad.

—¿La invitaste? —indagó Shawn.

—¿Por qué no? No iba a ser el único que se quedara sin follar. ¿Por qué no le pediste a tu amiguita que trajera una colega más?

—No la llames así. No son "amiguitas" en el sentido que le das a esa palabra.

Sam rio y le palmeó el brazo. Como intuí que iba a salir, me oculté en un pasillo. "No iba a ser el único que se quedara sin follar. ¿Por qué no le pediste a tu amiguita que trajera una colega más?".

Me pareció una forma de referirse a nosotras muy desagradable. Si bien sabía que para los chicos que pasaban el verano en Los Ángeles las chicas como Ollie y yo solo significábamos un revolcón, escucharlo me molestó. Había tenido sexo con algunos chicos sin ser novios, pero había significado lo mismo para los dos, y ninguno me había hecho sentir un objeto descartable.

Me sentí mal de haber aceptado la invitación, y peor al descubrir que, aunque ellos pensaran eso de nosotras, no quería irme. Shawn me atraía y quería tener sexo con él. Eso no me convertía en una "amiguita" descartable, sino en un ser humano con los mismos deseos que esos chicos, solo que jamás se me hubiera ocurrido pensar en ellos como un objeto para utilizar.

—¡Aali! —exclamó Shawn, apareciendo en el pasillo—. ¿Qué haces aquí?

—Estaba buscando el baño —mentí sin entusiasmo.

—Es para el otro lado —respondió, señalando hacia atrás con el pulgar.

—Gracias —dije, y lo esquivé con intención de alejarme.

Antes de que pudiera poner un pie en la sala, me encontré atrapada entre la pared y su cuerpo.

—¿Estás bien? —me preguntó, acomodándome un mechón de pelo que caía sobre mi frente.

—Necesito ir al baño —respondí.

—Si te sientes incómoda, puedo llevarte a tu casa.

—¿Por qué supones que me siento así?

—Estás diferente de cuando pasamos tiempo a solas. Tal vez no te gusten la casa o mis amigos. Y está bien.

No me gusta que me consideren un objeto, pensé.

—Estoy bien —aseguré, y lo esquivé para ir al baño.

Pasé un momento a solas en el sanitario hasta que ordené mis pensamientos. Cuando regresé a la sala, encontré a una rubia muy hermosa sentada en las rodillas de Sam.

—Ella es Aaliyah —me presentó él, señalándome—. Aaliyah, ella es Cindy, la conocimos hoy en la playa.

—¡Holaaa! —exclamó Cindy, con una sonrisa enorme y una alegría exagerada.

—Hola —respondí, demasiado seria, como solía verme siempre.

Volví a sentarme en el sofá de dos cuerpos. Josh y Ollie seguían bailando, pero ahora contra la pared, uno frente al otro, entre besos y caricias. Pronto Sam y Cindy estuvieron haciendo lo mismo en el sillón, ella sentada a horcajadas sobre él.

Shawn apoyó un brazo en el respaldo, detrás de mis hombros, y me miró.

—Creo que deberíamos buscarnos una habitación —susurró cerca de mi oído con tono bromista.

—Los que deberían buscarse una son ellos —contesté, señalando a las parejas.

—No creo que se muevan de aquí por ahora —respondió.

Lo miré con el ceño fruncido. ¿Me estaba proponiendo que tuviéramos sexo a solas o lo estaba malinterpretando? ¿Me estaba alejando de un momento incómodo o era una estrategia para llevarme a la cama? De cualquier manera, no podía seguir allí como espectadora de dos parejas a punto de tener sexo, así que acepté.

Fuimos al dormitorio principal y cerramos la puerta. Había una cama de dos plazas y un pequeño vestidor. Las paredes estaban empapeladas en color azul y blanco, y sobre la cabecera había un tríptico con la imagen de unas flores al tono de las líneas del revestimiento. El piso era de madera clara y cálida. Me pareció un lugar muy bonito y prolijo, de no ser por las zapatillas que descansaban sobre una alfombra mullida y la valija con ropa revuelta que estaba en el suelo. Resultaba evidente que había sido pensado para un matrimonio y no para un chico de dieciocho años, y el contraste me pareció a la vez grotesco y divertido.

Me senté en la orilla de la cama y Shawn se recostó boca arriba sobre el cobertor. Desde esa posición comenzó a tocarme la punta del pelo. La caricia llegó a mis raíces como un suave y placentero cosquilleo.

—Ven aquí, Aali, te prometo que mi estupidez no es contagiosa —soltó.

Su estupidez me hizo reír y me relajó un poco. Me recosté sobre su brazo y él continuó acariciándome, esta vez en la sien.

—Por suerte, tu risa sí lo es —contesté.

Shawn le hizo honor a mi comentario riendo.

—Gracias, eso me hace sentir bien. ¿Qué quieres hacer?

La pregunta me confundió. No tenía idea de a qué se refería, pero mi mente acostumbrada a cierto tipo de vínculos solo pudo pensar en sexo. Si tenía que ser sincera, quería hacerlo de forma natural y relajada con él. Pero no quería sentirme el objeto de nadie. No me sentía cómoda para hacerlo esa noche después de lo que había escuchado en boca de su amigo, así que fui honesta.

—Si te refieres a tener sexo, no sé si quiera hacerlo hoy.

—Perdona, no fui claro. No hablaba de tener sexo, supongo que eso llega cuando tiene que llegar. Por lo menos, me gusta que sea así. Me refería a lo que sea, solo quiero que lo pasemos bien —explicó—. ¿Por qué no comemos algo? Pasaste varias horas en el trabajo, debes tener hambre.

—¡Adivinaste! —respondí.

Shawn se levantó, abrió la puerta y espió el pasillo. La música seguía sonando a todo volumen. Sin embargo, giró la cabeza, me miró y susurró:

—Zona despejada —y se fue. Un rato después, la música terminó; supuse que él la apagó. Regresó con una bandeja y la depositó en el suelo. Nos sentamos uno frente al otro para disfrutar de la cena.

—Preparé dos clases de sándwiches: uno tiene jamón, y el otro, tocino. Déjame adivinar: prefieres el jamón.

—¿Cómo lo supiste? —indagué, riendo.

—Porque yo prefiero el tocino —respondió, riendo conmigo—. Adivinaré esto también: dulce o salado. Prefieres lo salado.

—¡Sí! —exclamé.

—Lo supe porque yo prefiero lo dulce. ¿Te das cuenta? No coincidimos en nada, pero eso hace que nos complementemos. Jamás tendríamos que competir por quién se come el sándwich más grande. Te lo regalo, ¡es todo tuyo!

—¡Sería mi sueño hecho realidad! Con mi exnovio nos matábamos por ver quién se comía el mejor.

—¿Cuántos has tenido?

—¿Novios? Solo uno.

—¿Frank?

—Sí, Frank —asentí.

—¿Te molesta si te pregunto con cuántos chicos has...? Tú sabes.

—No, ya no me molesta, porque me siento en confianza contigo —contesté con sinceridad—. Mmm... Serán unos cinco o seis. ¿Y tú?

—Una.

—¡¿Solo una?! —exclamé—. Debes estar mintiendo. No puede ser.

—Aunque no me creas, no mentí cuando te dije que no era como la mayoría.

—¿Era tu novia? —pregunté, anonadada.

—No. Nunca tuve una, no sé cómo se me dará eso de "ser novio".

En ese momento, se oyó una exclamación de Cindy. Me cubrí la boca para ahogar la risa, pero Shawn rio por mí.

—Será mejor que pongamos un poco de música —determinó—. ¿Qué quieres escuchar?

—*Blackbird* estará bien —respondí.

—Es mi canción favorita —explicó él, manipulando el móvil—. ¿Cuál es la tuya?

—Creo que, por ahora, es *Price of Fame,* de Submersed. Pero eso va cambiando con el tiempo.

—¡Parece que al fin coincidimos en algo! También creo que nuestros gustos cambian con el tiempo. Dime una película.

—Cualquiera de superhéroes.

—*La lista de Schindler.*

—¡Shawn! Es tan deprimente.

—¡Es conmovedora! —discutió él.

—Intentemos coincidir en algo más. Salgo a correr los martes y los jueves, que son mis días de entrenamiento. ¿Quieres acompañarme?

—Creo que mejor me quedo escribiendo mientras tú corres. Te espero en una casa junto al mar con el almuerzo. Un sándwich de jamón para ti, uno de tocino para mí.

—¡Ah, vamos! —exclamé, riendo—. Hasta los escritores necesitan estar en forma.

—Mis dedos están en forma —bromeó él, moviéndolos de forma graciosa.

—¿De verdad no haces nada de ejercicio? Tu cuerpo no evidencia eso.

—Seré honesto contigo: voy al gimnasio dos veces por semana, además de lo que hacíamos en el colegio. Pero sigo siendo muy malo en los deportes. Leo algún libro mientras uso la cinta para correr y la bicicleta, porque me aburre muchísimo.

—¡¿Cómo puedes leer mientras estás corriendo?! —exclamé, riendo.

—Estoy entrenado en eso. Si quieres, te enseño. Dime tu libro favorito.

—¿Tus escritos? —respondí, encogiéndome de hombros.

—¡¿No lees?! —ahora el sorprendido era él.

—Nunca encontré nada que me gustara realmente.

—Te voy a regalar libros y sé que los vas a amar.

—Los acepto. No soy como tú, que te niegas a correr.

En ese momento, ninguno de los dos pensó que en poco tiempo no volveríamos a vernos. Hablábamos como si el destino pudiera mantenernos unidos o como si no existiera la distancia.

Conversamos hasta que se me escapó el primer bostezo. Miramos la hora: las dos de la madrugada. No me iría sin Ollie, y Ollie estaba encerrada con Josh en un dormitorio, así que Shawn y yo nos acostamos en la cama de dos plazas.

—Acércate, Aali, te dije que lo que tengo no contagia —bromeó.

Giré sobre mí misma para aproximarme y él me abrazó. Su respiración sobre mi frente y sus labios sobre mi nariz me despertaron sensaciones maravillosas. Apoyé una mano en su cadera y mis dedos se colaron del otro lado de su camiseta hasta quedar sobre su abdomen.

—¿Y qué tienes? No vuelvas a decirme que eres estúpido, porque no es cierto —advertí.

—Un deseo inmenso por ti —respondió, y mi cuerpo se estremeció.

Sus dedos se enredaron en mi pelo, detrás de mi nuca, me alzó la cabeza con delicadeza y apoyó los labios en mi mejilla. Me agité mientras mis dedos se hundían en su piel. Su boca se deslizó en dirección a la mía muy despacio, y de pronto sentí una breve e intermitente caricia de su lengua en la comisura de mis labios. Los entreabrí por instinto y, entonces, nos besamos.

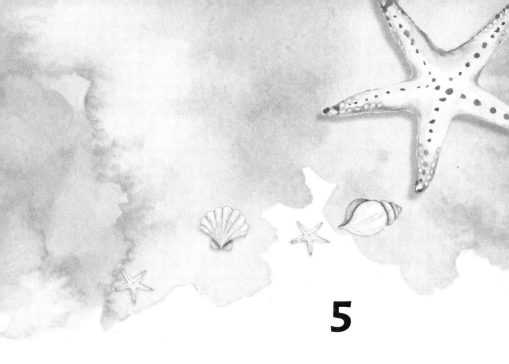

5

Cuando desperté, Shawn y yo todavía estábamos abrazados. Abrí los ojos despacio y me encontré con su mentón. Levanté un poco la cabeza, él bajó la suya de golpe y me sorprendió con un beso. Luego se echó a reír sobre mi boca.

—Era hora de que despertaras —dijo—. ¿Quieres que vayamos a comprar un pastel o, mejor, algo salado?

—Sería la tonta del siglo si rechazara esa oferta —respondí, y coloqué las manos en su abdomen. Mi resistencia se desvanecía cada segundo más, y esta vez fui yo la que inició un beso.

Me tomó de la mano para ir a la puerta e hizo un gesto de silencio. Asentí mordiéndome el labio para no reír y lo acompañé a la sala. Todos los demás dormían; sin dudas habían tenido una noche muy intensa.

Subimos al auto y salimos del garaje para buscar una pastelería.

Shawn me pidió que eligiera lo que quisiera y, además, llevó algunas cosas para cuando se despertaran los demás. Desayunamos solos en el balcón que daba al mar.

—Ojalá no tuviera que trabajar hoy —musité.

—¿Estás muy cansada? ¿Quieres dormir otro rato? —preguntó él. Yo reí.

—¿Cómo no entiendes? Lo que digo es que no quisiera irme porque me agrada pasar tiempo contigo.

Shawn sonrió. Gracias a la transparencia de sus emociones, me di cuenta de que le alegraba que me sintiera a gusto con él.

Cuando salimos para la cafetería, los chicos todavía no se habían levantado. Mientras él conducía, lo observaba de a ratos, y me parecía cada vez más atractivo. Me entretuve tanto, que el viaje se me hizo muy corto. Necesitaba más tiempo a su lado.

Nos despedimos con un beso mientras me acariciaba la cabeza, y así me hizo desearlo aún más. Me pregunté si acaso lo notaría, y supe que no. Seguíamos siendo polos opuestos: mientras que sus sentimientos escapaban por cada fibra de su cuerpo, yo era una experta en ocultar.

—Ya que mañana no trabajas, ¿quieres que pase por tu casa esta noche? Con los chicos iremos a una discoteca y pensé que tal vez tú y Ollie quisieran acompañarnos —propuso. Después de haber estado en un sueño, sentí que me despertaba por una pesadilla.

—No —murmuré, bajando la cabeza. No podía aceptar que pasara por mi casa, debía impedir que mi padre lo viera—. Hoy Ollie tiene algo que hacer y me mataría si fuera a la discoteca sin ella. Mejor dame la dirección, que cuando se desocupe, nosotras iremos por nuestra cuenta.

Me miró con el ceño fruncido, como si no me creyera, pero aún así me dio la dirección y bajé del coche.

—¡Vaya, vaya! —exclamó Justin ni bien entré—. Me gustaría que un chico así me pasara a buscar a la salida del trabajo y me trajera al otro día con la misma ropa puesta —señaló mi vestimenta.

—¡Cállate! —repliqué, incapaz de no reír.

—Tiene muchos encantos, además de ese Mercedes —siguió diciendo él. A Justin le atraían los chicos, pero me constaba que a Shawn no y, además, lo quería para mí.

—Una hermosa casa de temporada en Malibú. No está ubicada en la parte más lujosa de la ciudad, pero igual es preciosa —contesté. No pensaba confesarle lo que en realidad me atraía de Shawn: su bondad y su sensibilidad.

—Ay, sí, solo una casa temporal en Malibú —se burló él.

—¿Qué quieres que diga? ¿Que es sensible, bueno y encantador?

—Que tiene un amigo gay idéntico a él, por favor —rogó, y yo reí.

—Dudo que exista otro chico como él. Ni siquiera Frank era así. Es una pena que viva del otro lado del país.

—El otro lado del país no es el otro lado del mundo, linda —dijo Justin, con un guiño. Su optimismo no logró convencerme. El otro lado del país, para dos chicos como nosotros, era igual a decir el otro lado del mundo. Además, si teníamos en cuenta mi contexto y el suyo, eso sí que era lejano e inconveniente. Solo teníamos una linda relación de verano. Fin.

Ya casi terminaba mi turno cuando Ollie me envió un mensaje. Como estaba prohibido usar el teléfono en el trabajo, lo espié en el pasillo que llevaba a la cocina.

Prepárate. Nos vamos a una discoteca con los chicos de Connecticut. Arreglé con Josh que pasaran a buscarnos por tu casa a las once.

—¡No! —exclamé.

—¿Sucede algo? —la voz de Raimon me sacudió, y casi se me cayó el móvil. ¿Qué hacía ahí? Sin dudas estaba realizando un control sorpresivo—. ¿Por qué estás usando el teléfono en horario laboral? —me reprendió.

—Lo... lo siento —murmuré.

—Te dije mil veces que no quiero que usen el móvil en el trabajo. ¿Qué parte no entiendes? ¡Cierto! Olvidé que las deportistas son cortas de entendederas.

—Disculpe —dije, guardando el móvil en el bolsillo de mi pantalón, y me apresuré a ir al mostrador.

Llamé a Ollie en cuanto terminé mi turno, pero no respondió. Le envié un mensaje a Shawn fingiendo con naturalidad que habíamos cambiado de planes y que mejor pasara por lo de mi amiga. Nunca lo vio.

Me resigné a que tendría que ingeniármelas para salir sin que mi padre viera el coche y me dirigí a casa.

Cuando llegué, lo encontré en la misma posición de siempre, mirando televisión. Mamá trabajaba y mi hermana había salido.

En cuanto Ollie apareció, le pregunté por qué les había pedido a los chicos que pasaran por mi casa y le rogué que nunca más hiciera algo así.

—No podía permitir que pasaran por la mía —argumentó, con las palmas de las manos hacia arriba—. En la esquina se reúnen los amigos de Cam, y si Josh me saluda con un beso... —dejó la frase en suspenso. En ese momento, su teléfono sonó. Atendió—. Ah, hola, Cam. Estoy con Aali, sí. Te dije que hoy no puedo, tenemos una salida de amigas. No te pongas pesado. No, no voy a decirte a dónde vamos porque no quiero que aparezcas, ya te dije que es una salida de amigas. Adiós.

Me mordí el labio, quitándome la cuarta blusa que me probaba.

—¿Por qué no lo dejas y ya? —cuestioné.

—Porque estoy bien con él —contestó Ollie, encogiéndose de hombros.

—Si tienes la necesidad de engañarlo con otros, no estás bien con él.

—¿Por qué presiento que te molesta que me divierta? Mejor cuéntame: ¿qué tal es Shawn en la cama? Si es igual a Josh... ¡nos sacamos la lotería! —me puse a buscar otra blusa sin responder—. ¿Qué? No me digas que todavía no te acostaste con él. ¿Durmieron en la misma cama y no follaron?

—¿Teníamos que hacerlo?

Ollie rio, mirando el móvil.

—Esos chicos no viven en California, idiota. Deja de desperdiciar el tiempo. Esa blusa te queda bien. Déjatela, me avisó Josh que ya están entrando en el barrio y que pronto pasarán por aquí.

Desistí de seguir probándome ropa y me puse los accesorios para salir; unas argollas grandes en las orejas y algunas pulseras.

Cuando bajamos las escaleras, papá nos miró desde la arcada de la cocina con una lata de cerveza en la mano. La casa no podía estar más oscura y sucia, igual que él.

—¿Vas a salir con esa minifalda? —indagó, buscando pelea. Siempre hacía lo mismo cuando bebía—. ¿No te enseñamos a vestirte como una muchacha decente?

—Ojalá alguien te hubiera enseñado a ser decente a ti —murmuré.

—¿Qué has dicho? —rugió él.

—Nada —respondí, abriendo la puerta, y salimos.

Cerré dando un portazo y miré los escalones del porche. Aunque hacía calor, sentí un escalofrío.

—Las cosas nunca mejoran con él, ¿eh? —dijo mi amiga, y me abrazó. Gracias a ella, me sentí mejor.

La bocina del auto de Shawn nos interrumpió. Miré automáticamente hacia la ventana. Mi padre no parecía estar espiando, pero por las dudas me apresuré a bajar a la acera para irnos lo más rápido posible.

Sam bajó del lugar del acompañante y me lo cedió. Ollie se lanzó a los brazos de Josh y se besaron. Me arrodillé en el asiento para saludar a Shawn, pero justo en ese momento, una voz conocida me impidió terminar de hacerlo.

—¿Así que "salida de amigas", eh? ¡Lo sabía!

Quité la rodilla que había llegado a apoyar y me volví para mirar a Cam. Ollie se apartó de Josh y se le acercó destilando seguridad. Conocía a mi amiga y sabía que intentaría dar vuelta la situación en su favor.

—¿Qué haces aquí? ¡No confías en mí! —protestó.

—¿Qué haces tú con ese imbécil? —replicó él, mirando a Josh. Luego me señaló—. Y tú, regalada, lo sabías. ¡Lo sabías y no me lo dijiste!

—Lo siento, no pude —respondí, tartamudeando—. Ollie es mi amiga.

—¿Y yo no soy tu amigo? Ya veo. No solo me traicionó mi novia, sino también tú. ¡Perra! —bramó.

—Oye, hermano… —comenzó Josh, pero un golpe de Cam le impidió continuar con su explicación.

—Yo no soy tu hermano, idiota —gritó Cam.

—¡No! —exclamé yo, y me lancé sobre Cam para intentar detener su siguiente golpe. Estaba acostumbrado a arreglar cualquier asunto con violencia, y como él ya era mayor de edad, temía que algún día acabara en prisión.

Logré interponerme entre Cam y Josh, pero en cuanto intenté sujetarle los brazos a mi amigo, se sacudió de tal forma que su codo chocó contra mis labios y caí al suelo.

Me hundí en un estado de confusión durante un microsegundo hasta que Shawn me sujetó de la cintura y me levantó. Me acomodó en el asiento del acompañante y se volvió hacia sus amigos. Cam ni siquiera registró que me había golpeado, continuaba intentando llegar a Josh.

—El que se quiera quedar aquí, peleando hasta meterse en problemas, se arregla. Nosotros nos vamos —determinó Shawn.

Se volvió hacia el auto, cerró la puerta de mi lado y dio la vuelta para sentarse él. No podía creer que, en lugar de involucrarse en la pelea, prefiriera alejarse. Sus amigos saltaron dentro del coche antes de lo esperado, mientras que Ollie se quedó discutiendo con Cameron. Shawn se echó a andar, y abandonamos mi calle muy rápido.

—Maldito imbécil —protestó Josh, limpiándose sangre de la cara, y luego puso una mano en el respaldo de mi asiento—. ¿Por qué no me avisaste que la putita de tu amiga tenía novio? ¡¿Por qué no me lo dijiste?!

Shawn le apartó la mano y lo miró por el espejo retrovisor.

—No le hables así —ordenó con voz calmada, pero firme.

—¡Por su culpa ese imbécil me golpeó! —le gritó Josh.

Dejé de aguantar y giré en el asiento, furiosa.

—Ese imbécil es mi amigo, y su novia lo engañó contigo, que solo querías revolcarte con ella y que la llamas puta, ¡así que cállate!

—Aali —me dijo Shawn con voz suave, y apoyó una mano en mi antebrazo.

—¡No me toques! —bramé, sacudiéndome para quitármelo de encima—. Quiero bajar. Detente. ¡Detente ahora!

Dobló en una esquina y estacionó cerca de un contenedor de basura. Intenté abrir la puerta, pero él volvió a apoyar una mano en mi antebrazo y me quedé quieta.

—Déjennos a solas un momento, por favor —solicitó a sus amigos.

Los chicos volvieron a hacerle caso. Para entonces, yo estaba agitada, pero mis deseos de bajar se habían ido.

—Aali… —susurró Shawn, y me giró la cabeza con suavidad tomándome de la barbilla. Me acarició la mejilla con el pulgar. Sus ojos expresaban tantas emociones que no tuve fuerzas para resistirme a su calidez—. Lo siento. Josh está enojado, pero no piensa que tu amigo sea un imbécil ni que tu amiga sea una zorra.

—Sí, tus dos amigos piensan eso de nosotras —lo interrumpí—. También le oí llamarme "amiguita" a Sam. Para ustedes, solo somos putas.

Shawn asintió con aire comprensivo.

—No es lo que yo pienso, ¿okey? —bajé la mirada, y él me acarició otra vez—. Mira cómo te dejó la cara… ¿Lo había hecho antes?

—Conmigo no. No se dio cuenta. Cameron es bueno.

—¿Y con su novia? —guardé silencio—. Creo que será mejor que vayamos a la casa de Malibú. Tenemos que ponerte hielo, y ya no creo que estemos de ánimo para ir a la discoteca.

El sonido de mi móvil interrumpió la conversación. Lo busqué dentro del bolso. Me di cuenta de que estaba temblando porque me costó sostenerlo y atender. Era Ollie.

—Regresen por mí, Cameron ya se fue. Es un maldito idiota —gritó. Su voz debía escucharse más allá de mi oído, porque Shawn me miró.

—Ve a casa, Ollie —respondí.

—¿Por qué? Regresen por mí, quiero ir a la discoteca. Quiero follar con Josh y que Cameron se pudra.

—No estás razonando.

—¿Vas a volver o tendré que sentirme traicionada por ti?

Mis labios se abrieron. Su respuesta me provocó una horrible sensación de impotencia.

—Podemos volver —me dijo Shawn en voz baja, acariciándome una mano—. Ella también necesita tranquilizarse.

Lo pensé un momento. No me parecía una buena idea regresar en busca de mi amiga, pero tampoco podía dejarla sola en ese estado. Temí que Cameron regresara y que terminaran peleando de nuevo.

—Ahora vamos —informé a Ollie, y corté mientras Shawn les hacía un gesto a sus amigos para que regresaran.

Ni bien nos vio llegar, Ollie saltó al interior del coche y abrazó a Josh.

—¡Lo siento tanto! —exclamó.

—¿Estás bien, bebé? —le preguntó él, acariciándole el pelo.

Me dio asco. De ser una "putita" había pasado a ser su "bebé". Me pregunté qué hacía Shawn con esos chicos que no parecían tener un pelo en común con él.

—¿Iremos a la discoteca? —preguntó Sam de la nada, con el móvil en la mano—. Cindy me está esperando.

—¿Aali? —me preguntó Shawn.

—Me da igual —respondí sin ganas.

Como la mayoría quería ir a la discoteca, todos terminamos allí. Nos sentamos en un rincón bastante oscuro, donde nos esperaba Cindy con la alegría que la caracterizaba. Ni siquiera se dio cuenta de que mis labios y los de Josh estaban sangrando. Comenzó a besarse con Sam y se perdieron entre la multitud.

Josh desapareció con Shawn; supuse que habrían ido al baño, así que me quedé sola con Ollie. Ella empezó a relatar todo lo que Cameron le había dicho, defendiendo su postura de que, como seguramente él también la engañaba a veces, ella tenía derecho a hacer lo mismo.

—Ollie —murmuré—. ¿Cuántas veces te golpeó como hizo conmigo recién?

—No estarás culpándolo, ¿verdad? ¡Fue un accidente!

—Claro que no. Solo quiero saber si siempre tiene el mismo "accidente" contigo. Sé que alguna vez lo ha tenido. ¿Ocurre seguido?

Ollie se mordió la parte interior de la mejilla y comenzó a mover una pierna. Siempre hacía eso cuando se ponía nerviosa; le ocurría cada vez que teníamos un examen y necesitaba aprobar sí o sí.

—A veces. Pero no lo hace a propósito. Sabes que pierde la razón en algunas oportunidades, pero es bueno.

—Ya sé que es bueno, pero no debería hacer eso.

—¿Qué sucede contigo? No permitas que pasar tiempo con estos chicos malcriados te engañe. Lo que hace Cam es el modo en que todos en nuestro barrio arreglan sus problemas. Nosotros no somos niños mimados de escuelas privadas como estos.

—Pero tampoco somos matones.

—Cameron no es un matón.

—No lo entiendo, Ollie. De verdad no comprendo por qué, si lo quieres, lo engañas, y por qué, si te quiere, te maltrata.

—Porque la vida es así. Querer no es lo mismo que follar. Silencio,   ahí viene Josh.

Supuse que Josh y Shawn habían ido al baño, pero el único que regresó fue Josh. Se había limpiado la herida del labio.

—¿Dónde está Shawn? —pregunté.

—No sé. Creí que estaba contigo —respondió, y tomó de la mano a Ollie—. Vamos a bailar, necesito relajarme un poco.

Debió decir "vamos a besarnos y a tocarnos", porque seguro era eso lo que en realidad quería hacer.

Mientras ellos se alejaban, vi regresar a Shawn. Tenía en la mano un pañuelo que antes llevaba atado en la muñeca. Se arrodilló frente a mí y usó parte de la tela para limpiarme el mentón, donde un hilo de sangre seca me hacía cosquillas. Luego apoyó algo muy frío junto a la herida: había envuelto hielo en el pañuelo.

—¿Fuiste a pedir hielo? —pregunté, aunque era obvio. Su actitud afectuosa me llevó a cuestionarme la mía—. Disculpa por cómo reaccioné en el auto. El problema fue culpa mía y de Ollie, sin embargo me enojé contigo.

—No te preocupes —contestó—. ¿Tú estás bien?

—Tendré que hablar con Cameron. No quise mentirle, pero no podía traicionar a Ollie.

—Los amigos a veces nos ponen en una posición incómoda, pero todo se resolverá cuando se calmen las cosas, ya verás.

Estuvimos un rato en silencio, escuchando la música y las voces de los que hablaban alrededor, mientras que yo seguí sosteniendo el hielo en mi mejilla.

—¿Qué quieres tomar? —me preguntó Shawn.

—Tráeme lo que no te guste, porque seguro que a mí sí me gusta. Así funcionamos, ¿verdad? Somos polos opuestos —bromeé.

Él sonrió y se levantó. Le avisé que iba al baño mientras solicitaba la bebida y me dirigí allí para limpiarme la herida. Por suerte no era más que un pequeño corte; si el hielo había servido y no se hinchaba ni se amoratraba, mis padres no lo notarían.

Mientras me miraba al espejo y veía reflejadas a otras chicas que conversaban en grupos, comencé a pensar en muchas cosas. Ninguna era buena. Repasé la pelea entre Cameron y Josh, y me pregunté por qué estaba exponiendo a una buena persona como Shawn a eso.

Salí del baño y transité el pasillo, cabizbaja. Me detuve antes de llegar a los sillones y, al alzar la mirada, divisé a Shawn utilizando el móvil.

Sentí que el mío vibraba en mi bolso, sin dudas me había escrito para saber si estaba bien, ya que había demorado demasiado. Observé los vasos sobre la mesa y noté que había llevado un trago con alcohol para mí y un refresco para él. Parecía una tontería, pero esa actitud removió mucho dentro de mí. Era un buen chico, responsable y cariñoso. Si me empeñaba en seguir adelante, acabaría enamorándome de él, y lo nuestro era imposible. Lo que había sucedido esa noche con Cameron era la primera prueba de que nuestros mundos no debían mezclarse. Era mejor que cada uno siguiera por su camino.

Cambié el rumbo y me dirigí a la salida. Atravesé la puerta de la discoteca y bajé por la rampa que conducía a la acera. Le escribiría cuando llegara a casa con alguna excusa. Era mejor cortar la relación de raíz.

Shawn me tomó del brazo antes de que pudiera pedir un taxi con el móvil.

—¿Qué haces? —preguntó. Volver a sentirlo tan cerca me hizo dudar.

—Me tengo que ir —respondí.

—Espera, Aali —dijo, y me rodeó las mejillas—. ¿Por qué tengo la sensación de que estás huyendo?

—No estoy huyendo —repliqué con voz temblorosa.

—A mí me parece que sí —contestó, y apoyó sus labios sobre los míos—. No huyas, Aali, por favor —susurró, y me besó.

No sé qué clase de hechizo lanzó sobre mí, pero en menos de un segundo lo abracé por el cuello y respondí al beso como si fuera el último. Nunca había experimentado sensaciones tan intensas ni había deseado a nadie como deseaba a Shawn. Después me hundí en su pecho, abrazándolo por la cadera, y pasamos un momento en silencio.

—Supongo que, aunque ya no estés huyendo, todavía quieres irte —arriesgó—. Si eso prefieres, puedo llevarte a tu casa.

—¿Te molesta si vamos a la tuya? Podemos regresar a buscar a tus amigos y a Ollie más tarde si quieres, yo te acompaño.

No volvería a la mía para que mi padre me preguntara qué había sido ese escándalo en la puerta y, aunque no entendiera nada, me culpara por llevar una minifalda.

Shawn envió un mensaje a sus amigos para avisarles y nos fuimos.

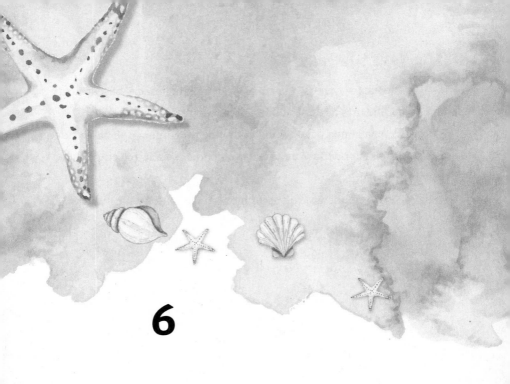

6

Teniendo la casa solo para nosotros, me sentí mucho más cómoda que la primera vez que había ido allí. Me senté en el sofá de dos cuerpos mientras Shawn ponía música. Comenzó a sonar mi canción favorita.

—La recordaste —dije con una sonrisa. Él se sentó a mi lado y me abrazó.

—¿Por qué la olvidaría? A mí también me gusta.

Pasé un brazo sobre su abdomen y apoyé la cabeza en su pecho.

—Ya ves que coincidimos en algunas cosas. Seguro hay más, solo que no lo sabemos aún —deduje.

—No tengo dudas de que correr no es una de ellas —bromeó, y yo reí—. Me gusta cuando ríes, Aali. La primera vez que te vi, creí que eras muy seria.

—No sonrío demasiado. Pero contigo sí.

Enredó los dedos en mi pelo, apoyando la palma de la mano en mi frente, y me echó la cabeza atrás.

—Me siento halagado y triste por eso. ¿Quieres contarme por qué no sonríes tanto o prefieres que conversemos del clima en Japón?

—¿Has ido a Japón?

—No, pero me gustaría. ¿Y a ti? ¿A dónde te gustaría ir?

—A cualquier lugar donde no vea trajes de baño casi todo el año.

La risa contagiosa de Shawn me hizo olvidar una vez más los problemas que esa noche me habían lastimado y volví a reír con él.

—¿Qué serías si pudieras elegir cualquier profesión del mundo? —me preguntó, jugando con mis dedos. Yo apoyé la espalda contra su pecho, entre sus piernas, y me permití sentir que estábamos en un lugar lejos de la Tierra.

—Sería gimnasta olímpica. ¿Y tú?

—Sería escritor.

—¡Ya lo eres!

—Creo que acabamos de encontrar otra coincidencia: los dos ya hacemos lo que nos gusta, pero todavía no llegamos a las ligas mayores. ¿Estas marcas te las hiciste entrenando? —preguntó, y me besó las heridas en la yema del dedo índice y la del mayor.

—Sí. Las barras asimétricas tienen la culpa. Dime que te hiciste esta escribiendo —pedí, y toqué un pequeño círculo de piel rugosa que estaba en el costado de su dedo mayor derecho.

—Sí. Aunque leíste los textos desde el móvil, primero los escribo en papel. Una y otra vez, hasta que quedo relativamente conforme con ellos.

—Mmm… "Relativamente" suena a que nunca te sentirás satisfecho —arriesgué, y giré para mirarlo—. Lo mismo me sucede a mí con mi rendimiento deportivo.

Nos contemplamos un momento mientras él me acariciaba una mejilla.

—¿Ya te dije que eres hermosa? —preguntó.

—Tú lo eres —contesté.

—¡Yo no! —exclamó, riendo—. No tengo nada destacable y, para colmo, esta cicatriz…

—Cállate, Shawn —ordené, y lo besé.

Me sujetó de la nuca y acomodó la espalda contra el apoyabrazos del sofá para que mi cuerpo se amoldara al de él. Quedé recostada sobre su torso y sus piernas, y la sensación que esa intimidad me provocó fue tan fuerte que me moví contra su cadera.

Sus labios dejaron de dedicarse a mi boca para cubrir mis mejillas y mi cuello. Apreté sus hombros, y a medida que continué moviéndome, también empecé a sentir a través de su pantalón. Con una mano me tocó una nalga y con la otra, un pecho. Entonces supe que no resistía más sin que lo hiciéramos.

—Aali… —susurró.

—Hagámoslo —dije, comprendiendo su intención.

Me sujetó de la cadera y se levantó. Lo apreté con mis piernas y aproveché la posición en la que había quedado para besarle la mejilla y el hombro. Entramos a la habitación besándonos.

Me sentó sobre la cama y se quitó la camiseta. Yo iba a hacer lo mismo con la mía, pero Shawn me hizo bajar las manos y se deshizo de ella en mi lugar. Me besó el pecho mientras me conducía hacia atrás, hasta que mi espalda quedó apoyada sobre el edredón y mi cabeza, en la almohada.

Me quitó la falda y me besó las piernas, provocándome las sensaciones más variadas. Había dicho que solo había tenido sexo con una chica, pero me dio la impresión de que lo hacía muy bien. Se tomaba bastante tiempo en cada lugar y le gustaba avanzar despacio, como a mí. Hasta parecía que en sus actos había cariño. Ojalá fuera así, porque yo lo quería, y presentía que me resultaría muy difícil separarme de él cuando se fuera. Terminó de desvestirse antes de deshacerse de mi ropa y abrió el cajón. Preparó un condón sobre la mesa de noche y volvimos a besarnos y acariciarnos. Cuando finalmente entró en mí, apoyé una mano en su mejilla y lo miré a los ojos. Él me acarició el pómulo con el pulgar y me besó sin dejar de contemplarme mientras se movía muy despacio. Pronto nuestros cuerpos se amoldaron el uno al otro y nos sentimos cómodos. Entonces, fuimos libres de expresar el deseo que habíamos contenido durante esos días.

Lo abracé al terminar, intentando respirar, y sentí el poder de su entrega mientras estaba terminando él.

De pronto me di cuenta de que, excepto por Shawn, ningún otro hombre o chico cercano me había tratado bien. Mi padre era un maldito, Gavin y Cameron eran violentos, Frank había sido muy cruel conmigo y mi jefe era un cretino. No era extraño que Shawn me atrajera más que nadie. Nunca lo había pasado tan bien con un chico, ni siquiera tan solo mirando a alguien.

Mientras Shawn me besaba y me acariciaba el pelo, descubrí que yo podía ser muy ruda, pero en realidad amaba que me trataran bien. ¿Cómo lo dejaría ir? No solo porque vivíamos a 4600 kilómetros, sino porque existían mi padre, mi barrio y una vida a la que no lo podía exponer.

Era imposible amar a alguien en tan poco tiempo. No sabía si lo que sentía era el comienzo del amor o solo una fantasía. Pero si de algo estaba segura era de que, a pesar de todos los impedimentos, no quería que nuestra relación durara solo un verano. Sentirme enamorada no era lo mismo que amar, pero se le parecía, y nunca me había sentido tan atraída por nadie.

Desperté por un estruendo que provenía de la sala. Me senté en la cama, agitada, olvidando por completo que me encontraba desnuda, y miré la puerta. Pronto Shawn apoyó una mano sobre mi hombro y se levantó. Me cubrí los pechos con la sábana de inmediato, mientras él cerraba la puerta y le ponía llave. Las voces de sus amigos invadieron el pasillo un instante después.

—¡Shawn! —gritó Sam, e intentó abrir la puerta—. ¿Por qué te encerraste? ¿Estás con alguien?

—Sí —respondió Shawn, sin dar explicaciones.

—¡Con razón nos plantaste en la discoteca! Son las siete de la mañana.

—¡Ganaste la carrera, eh! —gritó Josh, golpeando la puerta con energía desmedida. Entendí el doble sentido enseguida y bajé la cabeza.

Apreté los dientes mientras Shawn tan solo esperaba con paciencia a que sus descontrolados amigos se alejaran. Cuando el pasillo volvió a estar silencioso, se acercó a la cama y se sentó en la orilla.

—¿Estás bien? —preguntó, tomándome la mano que tenía apoyada sobre el acolchado—. No les hagas caso, están ebrios.

Asentí y lo abracé. No solía ser cariñosa después de haber pasado la noche con un chico, sino más bien fría y desapegada. Tan solo me levantaba, me vestía y me iba. Pero Shawn me provocaba admiración y ternura, y liberaba una parte de mí que no podía contener aunque lo deseara.

Sus manos acariciaron mi espalda de una manera cálida y afectuosa.

—Me gusta que me abraces, Aali —susurró—. Tu cabello huele

riquísimo y tienes mucha fuerza en los brazos. Tu pecho está tibio, tu piel es suave...

Le di un beso en el lóbulo de la oreja.

—Y parece que a ti la poesía no se te da nada mal —bromeé, y me aparté—. Necesito mi móvil. Planté a Ollie, y yo nunca hago eso. Debe estar preocupada.

—Yo te lo alcanzo. ¿Dónde está?

—En el pantalón —señalé el suelo.

Shawn lo buscó por mí y me lo entregó. Tenía dos llamadas perdidas de mi amiga y algunos mensajes. Le pregunté cómo se había ido de la discoteca y me explicó que Josh y Sam habían conseguido un taxi y le habían hecho el favor de llevarla a su casa antes de regresar a Malibú.

Ollie.
¿Lo pasaste bien? Cuéntame eso antes de que me quede dormida.

Aali.
Sí. Nos vemos esta tarde.

—Te invito a desayunar afuera —ofreció Shawn ni bien dejé el teléfono sobre la mesita.

Su forma de ser me hizo sentir valorada y querida, y volví a preguntarme por qué tenía de amigos a dos chicos tan distintos de él.

Pasamos la mañana y el mediodía juntos. Me invitó a almorzar en un restaurante de Santa Mónica, y cuando se hizo la hora de que me encontrara con Ollie, me llevó a casa. Nos besamos en el coche, y aunque no queríamos despedirnos, tuve que bajar para irme.

—¡Aali! —exclamó.

Me di la vuelta de inmediato. Shawn estaba de pie junto a la puerta de su lado, con el codo apoyado en la capota.

Rodeó el coche, caminó hasta la acera, me abrazó por la cintura y nos dimos otro beso. Terminé con una mejilla apoyada sobre su pecho.

—Te voy a extrañar —dije. Creo que se me escapó desde el alma hasta la boca sin pasar por mi cerebro.

—Y yo a ti. ¿Te paso a buscar mañana por tu trabajo para ir a almorzar?

—¡Sí! —exclamé. Y entonces tuvimos que despedirnos en serio.

En cuanto entré a casa, la figura de mi padre junto a la ventana me dio un escalofrío.

—Así que te conseguiste otro noviecito con dinero —dijo—. Sabes lo que pienso de esa gente.

—Me importa muy poco lo que pienses. Un ladrón no tiene derecho a decirme qué debo creer de la gente.

Subí las escaleras con una desesperante sensación de angustia. Me pasaba la vida enfrentándome con mi padre, pero por dentro siempre me dolía. Y ahora se sumaba el miedo. No quería que Shawn saliera perjudicado de alguna manera, ni siquiera porque mi padre se atreviera a hablar de él como acababa de hacerlo.

Esa tarde, Ollie apareció por mi casa gritando que *necesitaba* saber todo de la noche que había pasado con Shawn. Siempre le contaba detalles de los chicos con los que me besaba o tenía sexo, pero esta vez era distinto. Shawn me importaba, y también nuestra intimidad, por eso no quería que nadie supiera de ella, ni siquiera mi mejor amiga.

—¡Anda, Aali! —protestó ella, golpeando la cama con las manos—.

¡No vas a decirme que te importa mantener en secreto el tamaño del miembro de un chico que en dos días no volverás a ver en tu vida!

—¿"Dos días"? —repetí.

—¿Qué? ¿Shawn no te lo dijo? Regresarán a Connecticut pasado mañana.

—¿De dónde sacaste eso?

—Me lo contó Josh —contestó, encogiéndose de hombros—. ¡Qué bueno que llegaste a follártelo! No sé qué te pasaba con ese chico, nunca fuiste tan lenta.

Sentí que me arrancaban algo muy importante y que a cambio solo me quedaba con un enorme vacío.

No pude responderle a Ollie. La única forma de ignorar el dolor que me provocaba la inminente partida de Shawn fue enojarme con él. Debió decirme que se irían en dos días. Debió avisarme que solo nos quedaban cuarenta y ocho horas, ya que ese sería el primer y último verano que pasaríamos juntos.

7

No me comuniqué con Shawn hasta que pasó a buscarme por la cafetería al día siguiente, tal como había prometido.

En cuanto lo vi, olvidé por un instante que me había molestado con él por ocultarme su partida y sentí la necesidad de volver a abrazarlo. En el último segundo me contuve. Me había acostumbrado a ocultar ciertas emociones, y a veces me costaba permitir que se apoderaran de mis actos. En mi mundo, que alguien te ocultara algo significaba que te estaba tomando por tonta, y moriría antes de aceptar que me vieran de esa manera.

Cuando tenía catorce años, una chica me acusó de hablar mal de ella siendo que, en realidad, era ella la que hablaba mal de mí. Por supuesto, terminamos a los golpes a la salida del colegio. Podría haberme acostumbrado a resolver las cosas de ese modo, como Cameron y tantos otros de mi escuela y de mi barrio, pero nunca entendí cómo soportaban el dolor que queda después de una golpiza. Liberas muchas frustraciones descargándote con alguien, pero eso no te hace más valiente o poderoso. A veces pensaba que los golpes y los gritos son en realidad la única defensa que conoce alguien muy débil.

Sin embargo, sí tenía internalizado que debía ser y parecer muy fuerte, para que nadie me pasara por encima. Y si toda la bondad de Shawn solo era una máscara, como ocurría muchas veces entre las personas que conocía, no permitiría que se diera cuenta de que me había creído la farsa.

Me costó mantenerme en mi rol de chica fría. Su calidez al abrazarme se estrelló contra mi muro de falsa indiferencia, y terminé respirando hondo para disfrutar su perfume.

—Te extrañé mucho, Aali —dijo.

Me acunó el rostro entre las manos y me besó. ¡¿Por qué lo hacía tan difícil?!

—Yo también —me oí decir, sin pensar.

—¿Hay algún lugar al que prefieras ir a almorzar?

—Dejaré que me sorprendas —contesté para no hacerme cargo de la decisión. Solo conocía locales de comidas rápidas.

Subimos al coche y recorrimos la costa. Terminamos eligiendo un restaurante que nos gustó en el momento.

Si bien intenté relajarme, esperé durante toda la conversación que mencionara que se iría en cuestión de horas, pero eso no ocurrió.

Mientras él me contaba que había escrito su primer texto a los doce años y que se trataba de un niño al que le hacían *bullying* en el colegio, comencé a preguntarme por qué me habría ocultado una información tan importante. Si lo único que quería era tener sexo, como tantos otros, ya lo había obtenido. No hacía falta tanto circo. Sin dudas no se trataba solo de eso, entonces ¿qué? ¿Sería capaz de mentirme si se lo preguntaba de manera directa?

—Shawn —dije.

—Sí.

—Lamento interrumpir —continué—. No es que no me interese tu primera historia...

—¿A quién podría interesarle? —rio él—. Era un cuento tonto basado en lo mal que me hacían sentir mis compañeros en la primaria. Por suerte, en la secundaria todo fue distinto. ¿Qué pasa? Tienes la mirada extraña desde hoy.

—¿Extraña cómo?

—Oscura.

Bajé la cabeza para ocultarle mis ojos. No sabía que yo también podía ser transparente.

—¿Cuándo se van?

Shawn inspiró largamente.

—¿De eso se trataba? ¿Por eso estabas ausente?

—No respondes la pregunta.

—Nos vamos mañana.

Solté el aire que, sin darme cuenta, había estado conteniendo. Resultaba evidente que Shawn ocultaba datos, pero al menos no mentía.

—¿Por qué no me lo dijiste?

—Si preguntas eso, significa que lo sabías.

—Me lo contó Ollie. Se lo dijo Josh.

—Y creíste que te lo había ocultado por alguna razón fastidiosa —giré un poco la cabeza, sin saber qué responder.

¿Acaso ahora él estaba molesto? Por supuesto, tenía motivos. No me gustaba que los demás, y en especial Frank, pensaran que, como mi padre era un ladrón, yo era igual que él. Tampoco a Shawn debía gustarle que yo creyera que era igual que los demás chicos que conocía, y menos teniendo en cuenta que ya me había demostrado que él no era así.

Entendí que era mejor ser honesta, aunque eso me hiciera sentir vulnerable.

—Sí.

—Supongo que esperas una explicación.

—Tu mente de escritor supone bien.

—¡Ojalá fuera escritor! —rio—. Solo soy un chico que escribe porque le sobra imaginación.

—Como sea —me encogí de hombros.

—Primero cuéntame, Aali: ¿por qué creíste que no te lo había dicho?

—No sé, puede ser por un millón de razones.

—Pues dime las que tú pensaste.

Suspiré y le sostuve la mirada, muy segura.

—Quizás querías sexo y, como los chicos suelen creer que las chicas solo buscamos un novio, tal vez pensaste que, si me enteraba de que te ibas tan rápido, no accedería. Descarté esa opción porque, en ese caso, este almuerzo no habría sido necesario, porque ya habrías obtenido lo que querías.

—De modo que, aunque te aseguré que yo no era así, seguías creyendo que sí.

—¡No! Pero…

—Pero un poco sí.

—Sí.

No sé por qué decir eso me hizo sentir avergonzada, como si hubiera creído una estupidez.

—Continúa. ¿Qué razón se te ocurrió después? Es muy interesante conocer cómo piensas.

—¿Vas a crear un personaje con mis características?

—Puede ser —bromeó él. No sonaba molesto, sino bastante relajado, y eso me ayudó a confiar en que hacía bien en ser sincera.

—No sé. Tal vez tan solo querías desaparecer.

—¡¿Desaparecer?! —rio con ganas—. Aali… ¿Te das cuenta de que ninguna de las razones que supusiste fue algo bueno?

—No es que mi vida esté llena de cosas buenas —contesté.

Me di cuenta de que me había puesto nerviosa porque comencé a mover una pierna debajo de la mesa, igual que a veces hacía Ollie. Al parecer, Shawn también lo notó, porque de pronto apoyó su cálida mano sobre la frialdad de la mía y me miró con ternura.

—No te lo dije porque preferí disfrutar el tiempo juntos sin pensar que luego pasaría unas semanas sin verte.

—¿"Unas semanas"? —ironicé—. No volveremos a vernos y lo sabes.

—¿Por qué estás tan segura?

—Por todo lo que nos separa. Nuestros mundos, la distancia…

—Prefiero mirar todo lo que nos une y lo que nos puede unir en el futuro —afirmó—. Despiertas en mí sentimientos muy intensos, de esos que es imposible que una persona experimente en tan solo unas semanas. Gracias por haber aceptado pasar tiempo conmigo.

—No tienes que agradecerme por eso.

—Esa decisión fue más importante de lo que imaginas. Ignoraste tus prejuicios y los venciste para mí. Véncelos una vez más.

—¿Por qué estamos almorzando aquí? ¿Para qué? —pregunté—. Lo hubiéramos dejado en una noche de sexo. Dentro de dos días regresarás a Connecticut y jamás volveremos a vernos. No me importa si una relación es pasajera, supongo que ya lo notaste, pero en este caso me siento diferente, y eso no me gusta. Me incomoda pensar que puedo ser vulnerable.

—Supongo que es una sensación a la que tendremos que acostumbrarnos, porque quiero volver a verte y, por lo que dices, tú también a mí.

»Puedo viajar de vez en cuando y podemos comunicarnos todos los días gracias al móvil. También puedes postularte para la misma universidad a la que asistiré yo. ¿Quién te dice que Princeton no querría una deportista como tú? Estoy tranquilo: el destino me demostró que quiere que nos reencontremos. ¿Cuánta gente hay en esta ciudad en verano y, sin embargo, coincidimos tres veces?

—No regresarás, Shawn. Lo dices ahora porque te sientes bien conmigo, pero no vas a volver. Lo sé. Y aunque lo hicieras, mientras estuvieras en la Costa Este, me engañarías.

Me apretó la mano y bajó un poco la cabeza para mirarme a los ojos.

—Ya te dije que no soy ese tipo de chico —repitió con seguridad—. Claro que extrañaría el sexo, pero lo extrañaría contigo.

Nos contemplamos en silencio mientras yo apretaba los labios. Estudié su postura, sus gestos, su mirada. Todo a la velocidad de la luz y sin muchas ganas de razonar nada.

Le creía. Lo decía en serio.

De pronto, sentí que quería hacer el amor con Shawn allí mismo, en medio de un restaurante, y llorar y reír con él como si no existiera el tiempo.

—Nunca me dejo llevar por la imaginación —confesé—. Por lo menos, no al lugar donde el mundo es agradable y bonito. Mi vida no es así. Me aferro a lo único que tengo: el deporte, mis amigos, la posibilidad de ir a la universidad. No existen las ilusiones, todo es duro. Pero hoy, solo por hoy… necesito hacerlo —quité la mano de la de Shawn y me respaldé en el asiento. Respiré hondo, conteniendo las lágrimas que me hacían arder los ojos—. No quiero volver a la cafetería. No quiero escuchar otra vez a ese viejo estúpido decir que no sé pensar porque soy deportista. Quiero imaginar que no existe el tiempo, que no existe el pasado, que todo es agradable y bonito. Porque contigo lo es.

—Aali… —susurró él, conmovido.

—Conduce. Subamos al coche y tan solo conduce sin destino.

En cuanto me senté en el lugar del acompañante con la determinación de desprenderme de todo lo malo, el mundo se volvió más cálido. Sabía que extrañaría esa sensación cuando Shawn se fuera, pero por ahora todavía podía sentirla, y era hermosa. Raimon decía que las deportistas no pensábamos, pero creo que yo pensaba demasiado. Medía cada actitud propia y ajena, cada palabra. Y era un peso enorme que estaba cansada de cargar.

En cuanto tomamos la carretera, cerré los ojos y apoyé la cabeza contra el respaldo. Sobre nosotros, el sol y el cielo muy celeste me hicieron sentir abrazada. Me dio un poco de sueño, y tal vez fue el hecho de haberme relajado lo que me ayudó a seguir siendo demasiado sincera.

—Shawn… —susurré—. Creo que te quiero.

Esperaba oír su risa contagiosa o una respuesta, pero a cambio solo oí un estruendo espantoso. Abrí los ojos, y entonces sentí que el coche se resbalaba como por un tobogán de hielo.

Mi sangre se congeló cuando la parte de atrás del acoplado de un camión apareció delante de nosotros. Percibí las ruedas rasgando el asfalto y me sujeté de cualquier parte del coche para intentar mantenerme en mi sitio. Por un instante, pensé que no llevaba el cinturón de seguridad puesto, como sucedía cuando viajábamos amontonados en el coche de Cam, pero para mi tranquilidad recordé pronto que sí, lo tenía.

No hice a tiempo a pensar más. El impacto fue duro y me jaló hacia adelante de manera brusca. Del mismo modo, por inercia, al instante siguiente estaba yendo hacia atrás.

La horrible sensación física de ser manipulada por un robot gigante se mezcló con el espantoso sonido del metal retorciéndose y con la oscuridad de mis párpados apretados. *No pasa nada,* me forcé a pensar. *Todo estará bien. Es solo un susto. Es solo miedo.*

Estaba muy mareada, aunque todo se hubiera aquietado después de ir hacia atrás. Solo se oían el sonido del motor del camión, algo goteando en el asfalto y algunos metales crujiendo por lo bajo.

Abrí los ojos temblando. Entonces comenzó el dolor. El más intenso que había sufrido en mi vida, tanto que me eché a llorar con desesperación.

—¡Me duele! ¡Me duele! —grité.

—Aali... —susurró Shawn.

Sentí un dedo suyo acariciando uno mío, pero nada podía calmarme. Giré la cabeza para buscar su mirada; quizás con eso pudiera tranquilizarme y volver a pensar con claridad. *No pasa nada. Todo estará bien. Es solo un susto. Es solo miedo.*

—¡Me duele! —repetí.

—Tranquila —susurró él. Abrió y cerró los ojos dos veces. Recién entonces me di cuenta de que una gruesa línea roja le surcaba la frente.

—¡Estás sangrando! —exclamé.

—No te preocupes, no es nada —contestó él.

—Me duele... ¡No lo soporto!

—Tranquila, Aali. Respira. Estarás bien.

Seguí gritando y balbuceando cosas hasta que oí la voz de un hombre.

—¡¿Qué sucedió?! —exclamó.

—Ya llamamos a una ambulancia y a la policía —acotó una mujer.

—Yo no tuve la culpa —dijo otra voz de hombre—. No sé qué ocurrió. Tan solo venía andando y, de repente, sentí el impacto.

—Es un coche viejo, no tiene sistemas de seguridad —aportó otra voz de hombre.

¡Maldita sea! Necesitaba que dejaran de hablar y que tan solo me ayudaran a salir de allí. Pero yo no podía moverme y, a la vez, nadie se acercaba. Eso quería decir que, tal vez, tenían miedo de que el coche explotara. ¿Y si moría? ¿Y si Shawn ya había muerto? No lo escuchaba, estaba en silencio.

Intenté concentrarme en el interior del automóvil y no afuera. Abrí los ojos y lo vi allí, a mi lado, murmurando. Todo se volvió negro, y luego lo vi de nuevo. Después, otra vez todo negro.

—¡Sáquenla a ella! —lo oí gritar de pronto. No tenía idea de cuánto tiempo había transcurrido, pero sí de que él todavía estaba a mi lado—. Sáquenla a ella primero.

Oí que una mujer murmuraba cerca de Shawn, pero no entendí lo que decía.

Una voz muy gruesa y masculina me arrancó de esa situación cuando se dirigió a mí desde lo que había sido el parabrisas.

—Hola. ¿Puedes escucharme?

—¡Sáquenme de aquí, por favor! —grité.

—¿Cómo te llamas?

—Aali.

—Okey, Aali. Lo que sigue será muy difícil, pero tienes que ser valiente. Necesito tu colaboración. Para empezar, no te muevas.

—¡Me duele!

—Lo sé. Intenta tranquilizarte. Estás atrapada en el coche. Vamos a hacer lo que sea necesario para sacarte. Puede ser un proceso doloroso, pero te prometo que lo haremos lo más rápido posible para que pronto puedas estar en una ambulancia, rumbo al hospital.

—¡No puedo! Lo siento. Necesito que pare —sollocé.

—No podemos sedarte ahora, primero tenemos que sacarte, y para eso podemos necesitar tu colaboración. Alguien del personal se acercará para inmovilizar tu columna vertebral. No gires la cabeza. Pasará rápido, te lo prometo. ¡Jenniffer!

No soportaba más. Quería gritar.

—Shawn... —murmuré—. ¿Shawn?

Pero él ya no estaba.

No tenía idea de quién era Jenniffer, sin embargo logró inmovilizarme muy rápido y, después, se quedó a mi lado mientras atravesaba el peor sufrimiento y horror de mi vida. Comenzó a hablar sin detenerse un segundo. Me contó de su familia en Nueva York, de sus trabajos de rescate, de sus estudios en Psicología. No me importaba nada de eso, solo quería que dejara de dolerme.

—Aali... ¿sigues aquí?

—¡No estoy muerta, maldita sea! —grité.

—Lo sé. Solo quiero saber si estás consciente.

—¡Sáquenme de aquí!

—Eso estamos haciendo. Respira profundo. Te contaré de mi primer trabajo —su voz había comenzado a molestarme, prefería enterarme de lo que hablaban afuera.

—¡Ya casi lo logramos, Aali! —exclamó el mismo hombre que me había anunciado que estaba atrapada en el coche.

Sentí que mis piernas, en efecto, se liberaban, pero aun así el dolor no cedía.

—Vamos a extraerte del vehículo —me avisó Jenniffer—. Lo hiciste muy bien.

Alguien me sujetó desde atrás. Jenniffer se apartó y movió una mano. Entonces, me jalaron hacia el fondo del coche. Me cambiaron del asiento a una camilla rígida en una fracción de segundo y cuando menos lo esperaba, me encontré en una ambulancia, con un médico pasándome alcohol por el brazo mientras que otro preparaba una aguja.

—Shawn —dije—. ¿Dónde está Shawn?

—Relájate —me pidió el doctor, y me colocó una mascarilla.

Su boca fruncida fue lo último que vi antes de caer en un profundo sueño.

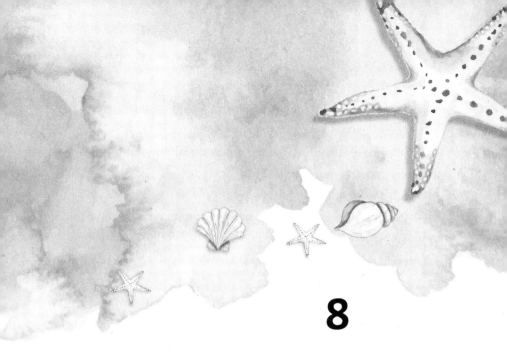

8

Desperté sintiéndome mareada y dolorida.

Enseguida oí la voz de mamá llamando a un doctor. ¿Cuánto tiempo había pasado desde el accidente? Para mí, todavía estaba en una ambulancia, víctima de la inercia del movimiento y del miedo. Sentía que tan solo había cerrado los ojos para pestañear y que, de pronto, el aire se percibía muy distinto.

—Shawn… —murmuré, pero nadie contestó. Evidentemente, mamá ya no se hallaba a mi lado, o quizás nunca había estado presente y su voz era solo un producto de mi imaginación.

Poco a poco fui abriendo los ojos y comprobé que me encontraba sola. Me resultó imposible moverme. Quise levantar la cabeza para entender por qué sentía las piernas como rocas, pero me sentí tan mareada que tuve que volver a cerrar los ojos y dejé caer la cabeza sobre la almohada.

En el escaso segundo que pude mirar alrededor, noté que no estaba en la ambulancia. Parecía más bien la habitación de un hospital.

Instantes después, oí que alguien atravesaba la puerta.

—Aali, ¿me escuchas? —indagó una voz de hombre. Abrí los ojos y me encontré con la mirada celeste de un médico—. ¿Cómo te sientes?

—Mal —respondí, confundida.

—No te preocupes. Es normal que te sientas un poco perdida. Pasaste por una cirugía importante, pero por suerte todo salió bien.

Fruncí el ceño, un poco por el malestar y otro poco por la incertidumbre. Lo último que recordaba era un dolor horrible, mucho más fuerte que el que ahora estaba experimentando. Las ventanillas del coche rotas, la voz de Jenniffer contándome de su trabajo, el ruido estridente del metal mientras lo cortaban los rescatistas.

—¿Es mi cabeza? —me interesé. Supuse que, además de estar atrapada en el coche, me habría golpeado la frente o algo por el estilo. Había visto que Shawn estaba sangrando, quizás yo también y no lo había notado.

—No te esfuerces ahora —solicitó el doctor—, pero cuando puedas moverte, verás que tienes una fijación externa en una pierna y un yeso en la otra. Tuvimos que operarte porque sufriste fracturas expuestas y aplastamiento.

—¿A… aplastamiento? —susurré, asustada.

—Suena peor de lo que fue, pero no por eso ha sido sencillo. Descansa para recuperarte más rápido. Luego hablaremos.

—¿Puedo caminar? —pregunté. Estaba temblando. El doctor rio, supongo que para tranquilizarme.

—¡Por supuesto! Estás con el mejor cirujano traumatólogo de todo el hospital, no iba a permitir que una chica tan joven perdiera la capacidad de caminar —bromeó—. Descansa, enseguida vendrá una enfermera a realizarte un control de rutina.

Iba a preguntar qué tan grave podían ser una fractura expuesta y el aplastamiento y cuánto tiempo me demandaría recuperarme, pero una caricia conocida me impidió hablar. La mano de mamá se movió a lo largo de mi cabeza despacio. ¡Entonces no había sido mi imaginación! ¡Ella estaba a mi lado! Me pareció que lloraba y giré la cabeza para comprobarlo. No sé por qué me emocionó saber que ella estaba ahí. Tal vez, por un instante, mientras ocurría el accidente, creí que no volvería a verla, y tenerla conmigo me reconfortó.

—Lo siento —murmuré, pensando que, cuando me había accidentado, ella ni siquiera sabía que yo no estaba con mis amigos, sino con un desconocido.

—Shh… Descansa —respondió.

Oí la puerta de nuevo, pero me resultaba doloroso girar el cuello, y sin mirar deduje que se trataba de la enfermera. Me di cuenta de que estaba equivocada cuando resonó la voz de mi padre.

—Entonces, ¿así se llama el chico que casi mata a mi hija?

—¿Eh? —balbuceé.

—Shawn. Eso dice tu madre que dijiste al despertar: "Shawn".

—Ahora no es momento, Steven —replicó mi madre.

—Siempre es momento —contestó él.

—Mamá, que salga. ¡Quiero que se vaya! —supliqué.

—Espera afuera, por favor —le rogó mi madre, mucho más condescendiente que yo.

—Hablaré de nuevo con la policía. Tienen que darme más datos. No pueden pretender que me conforme con un modelo de coche y un número de matrícula.

No me importaba con quién hablara, sino que se fuera. Por suerte lo hizo.

Guardé silencio. Acababa de despertar después de haber estado anestesiada quién sabe cuántas horas, sin embargo me sentía tan cansada como si hubiera competido en los Juegos Olímpicos. Necesitaba paz.

Quedarme dormida me ayudó a restablecer mis niveles de energía. Cuando desperté, ya era la hora de la cena, y ni siquiera me había dado cuenta cuando la enfermera había aparecido para hacerme el control de rutina. Además, los calmantes estaban haciendo efecto y me sentía mucho menos dolorida.

Para comer le pedí a mamá que enderezara el respaldo de la cama, y entonces pude ver mis piernas. Tal como el doctor había mencionado, tenía la izquierda completamente enyesada y un dispositivo metálico a lo largo del costado de mi muslo derecho, hasta debajo de la rodilla. El yeso no me dio tanta impresión como eso: la pierna de ese lado estaba hinchada y morada, y temí que me ocasionara problemas para seguir haciendo gimnasia.

—¿Hablaste con el doctor? —le pregunté a mamá mientras engullía una gelatina casi sin sabor como si fuera un manjar.

—Sí, claro.

Me quedé quieta mirándola, un poco encorvada sobre la mesita, con la cuchara a medio camino entre el pote de porcelana y mi boca.

—¿Y qué te dijo?

—¿De qué?

—¿Le explicaste que soy deportista, que necesito recuperarme lo antes posible?

Mamá bajó la cabeza, moviéndola de forma negativa.

—No me acordé de eso, Aaliyah. Estaba preocupada por tu vida.

—¡Claro! Porque para ti no es importante, pero el deporte *es* mi vida

—*Y mi pasaje lejos de papá,* pensé, pero jamás se lo había dicho y no era momento de hacerlo.

—Estás viva, eso es lo que importa. Cada vez que pienso que podrías no estar conmigo en este momento… ¿Qué hacías en ese coche? ¿Quién era ese chico?

—Ya te dije que lo lamento.

—No estoy exigiendo que me pidas disculpas, solo quiero entender qué hacía mi hija en un Mercedes convertible con un tal Shawn que nunca vi en mi vida.

—Es un chico que conocí estas vacaciones.

—¿Estas vacaciones? ¿Por qué ibas con él por esa carretera? Que yo sepa, no conduce a ningún sitio donde tuvieras que ir.

—¿Dónde está mi móvil?

—Aaliyah.

—Por favor, necesito mi móvil.

Mamá suspiró y yo supe que había conseguido que dejara el tema atrás. No entendería mi relación con Shawn ni lo que sentíamos cuando estábamos juntos, porque dudaba de que alguna vez lo hubiera sentido con papá o con cualquiera de los hombres que habían pasado por su vida antes que él.

—Se destruyó en el accidente —contestó.

—¡¿Qué?! No, por favor. Lo necesito. ¿Puedes ir a la compañía de teléfonos y pedirles mi línea de nuevo? No necesito un teléfono. Me prestas el tuyo, le pongo la tarjeta SIM que ellos te den con mi número y…

—Creo que lo mejor será que descanses de ese móvil por un tiempo.

—¡No! Mamá, no puedo moverme. Necesito que me ayudes. ¿Me prestas tu teléfono? Quiero entrar a Instagram.

—¿Cuál es el apuro? Es la primera noche que pasas después de un accidente y una anestesia total. El móvil puede esperar.

—¡Te lo ruego!

—Tengo que irme. Dejé sola a Dee, y ya sabemos cómo es tu padre. Si no vuelvo a casa pronto, ella se irá y no regresará en toda la noche. Además, mañana tengo que trabajar. Mi jefe me dejó salir hoy por tu accidente, pero mañana no puedo faltar. Lo siento. Te amo —dijo, y me besó con fuerza en la frente.

—Mamá… —dije—. ¿Por qué no lo echas de casa? No merece vivir con nosotras.

Le costó un instante comprender de qué le hablaba.

—Porque es tu padre.

—¡Pero es un vividor!

—Tú no lo entiendes. No te casaste ni tienes hijos.

—Solo entiendo que tú lo mantienes mientras él bebe y mira televisión. Mereces a alguien mejor. Puedes salir adelante sola. Tienes tu trabajo, yo tengo el mío…

—Adiós, Aali. Por favor, hazles caso a los médicos y enfermeras. Volveré mañana en la noche, cuando salga de trabajar. Tu padre vendrá a las nueve de la mañana.

—No quiero.

—Le pedí que te acompañara durante el día.

—Prefiero estar sola.

—Hija…

—Adiós, mamá. Estoy bien, no te preocupes. Y seguiré estando bien sin papá. Con él, no lo creo.

Ella volvió a suspirar y se fue. ¡Por supuesto que prefería estar sola antes que soportar a mi padre!

Shawn... Necesitaba comunicarme con él de alguna manera, saber que estaba a salvo. Llamé a la enfermera.

—Disculpe, sucede que no fui la única accidentada. El conductor era un chico llamado Shawn Sterling. Necesito saber si se encuentra bien e informarle que yo lo estoy.

—Lo siento, no los trasladaron al mismo hospital. No sé nada del chico, ni siquiera sabía que había otro involucrado en el accidente.

—Entonces, ¿cree que podría prestarme su teléfono? Tal vez pueda comunicarme con él de alguna manera.

—No nos permiten tener el móvil en el trabajo. Está en mi bolso, y mi bolso se encuentra en los vestuarios, bajo llave. No puedo dejar la guardia para ir a buscarlo. Quédate tranquila, estoy segura de que Shawn debe estar bien.

—¿Puede averiguar a dónde lo llevaron? Por favor, necesito saber cómo se encuentra.

—Haré lo posible. Ahora descansa.

Esa noche me costó dormir. En la madrugada estuve un poco dolorida y muy preocupada. Pensaba en cuánto tiempo me demandaría la recuperación y en que eso me haría perder gran parte de mi entrenamiento. Deduje que, quizás, me demandara tres meses. Y tres meses en la vida de un deportista son una eternidad.

Por otro lado, pensaba en Shawn. Lo había visto sangrar, y aunque él me había asegurado que estaba bien, temía que no fuera así. ¡Si tan solo hubiera conseguido un móvil!

A la mañana, cuando desperté, lo primero que vi fue a mi padre sentado cerca de la ventana. Hubiera sido mejor tener una pesadilla. No podía ser tan ingenua de creer que el accidente lo había cambiado y, de pronto, quería cuidar a su hija.

—¿Qué haces aquí? —indagué.

Él se levantó y arrastró la silla cerca de la cama para volver a sentarse a horcajadas, con los brazos sobre el respaldo. Me miró fijo.

—¿Cómo te sientes? —preguntó.

No te dejes engañar, pensé. *No lo pregunta en serio, algo se trae entre manos.*

—Mejor. Oye, ¿me prestas tu móvil?

—No lo tengo.

—¿Cómo que no lo tienes?

—Se me cayó del sofá cuando perdieron Los Rams el otro día.

—No se te cayó. Lo debes haber roto arrojándolo contra una pared. ¿Cómo puedes ser tan bruto? ¡Agh! Necesito un teléfono. Tenías la oportunidad de hacer una cosa bien por mí en toda tu vida ¡y tampoco puedes!

—¡Ay, Aaliyah, Aaliyah! ¿Cuándo estarás de buen humor? Siempre amargada, con esa cara de bulldog —dijo, y rio—. ¡Un perro bulldog!

—¿Por casualidad no están jugando Los Rams, así te vas a casa a mirar el partido?

Él se aproximó más estirando el torso hacia la cama.

—Estoy haciendo algo muy bueno por ti, pero necesito tu colaboración —dijo.

—¿Vas a trabajar, dejar de beber y mirar menos televisión? —ironicé.

—Voy a hacer justicia por lo que te ocurrió.

Tardé un momento en procesar lo que acababa de insinuar. No tenía idea de a qué clase de "justicia" se refería, pero ninguna que viniera de sus manos podía ser verdaderamente justa.

—¿Y qué harás? —indagué, cautelosa.

—Shawn Sterling. Dieciocho años, nacido en Fairfield, estado de

Connecticut. Conducía un Mercedes clase CLK convertible del año 2000 registrado a nombre de Mark Sterling. Supongo que es su padre.

—Detente —ordené, alzando una mano—. ¿Cómo sabes todo eso? ¿Qué quieres?

—¿Quién crees que pagará por todo esto? —preguntó, señalando alrededor con un dedo.

—¿El seguro?

—¿De quién? ¿El que el idiota del jefe de tu madre le paga? ¡Eso no alcanza ni para la ambulancia! ¿Quién pagará por tu rehabilitación? Supongo que quieres volver a hacer gimnasia.

—¡Jamás dejaré de hacer gimnasia!

—Cuando tu madre le dijo al cirujano que eras deportista…

—Mamá me contó que ni se acordó de preguntarle eso.

Mi padre volvió a reír.

—¡Te mintió! ¿Cómo no te diste cuenta? Caroline te dijo eso porque siempre escapa de los problemas. Nunca quiere cargar con las malas noticias. Por eso me odias, porque yo sí soy honesto.

—¿Tú, "honesto"? ¡No me hagas reír!

—Seré sincero contigo, no como tu madre: recuperarte de este accidente, al menos para caminar normalmente, te llevará alrededor de seis meses. Volver a entrenar es un sueño para ti en este momento. Tus piernas quedarán demasiado débiles para siempre. Es imposible que resistan el impacto de la gimnasia. Sería bueno que empezaras a aceptarlo desde ahora.

—¡Mientes! —le grité, intentando moverme. Fracasé, por supuesto. Mis piernas seguían traicionándome.

—Pero… —dijo, y suspendió la frase con el dedo índice en alto hasta que yo guardé silencio—. Tal vez, si consiguiéramos un buen kinesiólogo deportólogo, quizás en un año o dos pudieras volver a entrenar un poco.

—No tenemos dinero para eso. Además, ¡en uno o dos años ya no serviré para nada! Perderé todo lo que he trabajado hasta ahora. ¡No puedo esperar ni siquiera seis meses!

—Díselo a Shawn Sterling —contestó él, encogiéndose de hombros.

—Shawn no tiene nada que ver con esto. Fue un accidente.

—¿Cómo lo sabes? Puede que haya bebido o que estuviera drogado.

—¡Porque lo sé! Él no es así.

—No puedes estar tan segura. ¡Apenas lo conoces!

—No lo es. Pondría las manos en el fuego por él, al menos en esto. Además, no soy estúpida, sé reconocer cuando alguien ha bebido o consumido drogas. Vivo con un ladrón ebrio, mis amigos consumen cualquier cosa… Shawn no hizo nada de eso.

—Pero algo hizo mal para que hoy estés aquí, en un hospital, a punto de perder tu carrera.

—¡Basta! Quiero que te vayas. No voy a creerte una palabra hasta que hable con mamá y con el médico.

Se levantó y acomodó la silla contra la pared bruscamente. Después, se acercó para susurrar:

—Ese chiquillo se robó la vida de mi hija. No permitiré que acabemos perdiendo la casa, endeudados para pagar su "accidente".

Y se fue.

9

Fue el día más largo de mi vida. Hasta que se hizo de noche y llegó mamá, creí que me quedaría sin uñas. Por lo menos entró acompañada del doctor.

—¡Buenas noches, Aali! ¿Cómo te sientes hoy? Las enfermeras me dijeron que estabas muy bien —pronunció él.

—Necesito hablar con usted —solté.

Le expliqué todo lo que me había dicho papá: que mamá le había avisado que yo era gimnasta y que él le había respondido que no podría volver a hacer deportes, que el único modo de volver a entrenar era con un tratamiento con algún especialista muy experto y costoso, y que, a duras penas, podría volver a caminar con normalidad.

Desde que se sentó en la orilla de la cama supe que no me gustaría su respuesta.

—Es cierto, tu madre me advirtió de tu situación, pero le dije que era demasiado prematuro hacer especulaciones.

—¿Entonces sí puedo volver a entrenar?

—No.

—No entiendo. Acaba de decir que es muy pronto para...

—Que sea prematuro hacer especulaciones no significa que no existan contraindicaciones. Cuando los huesos se rompen en varias partes, por más que se recuperen, se debilitan. Además, padeciste isquemia. Eso significa que la circulación sanguínea en tus piernas estuvo disminuida por un período suficiente para que las células de algunos músculos se dañaran. Es decir que ahora esos músculos también son más débiles.

—Pero pueden recuperarse. Mi papá me dijo que en seis meses...

—Quizás en seis meses, con el tratamiento de rehabilitación adecuado, puedas volver a caminar sin secuelas. Según mis cálculos, solo te quedarán algunas cicatrices en tus piernas y un poco de dolor los días de humedad, pero nada que no se pueda soportar.

Él hablaba con calma, mientras que yo empecé a desesperar.

—Usted no entiende —contesté, negando con la cabeza—. Necesito volver a entrenar. ¿Qué tengo que hacer para volver a hacer gimnasia lo antes posible?

—Podrás hacer gimnasia cuando te den el alta de rehabilitación, siempre que no sea de impacto.

—¡Todo lo que hago es de impacto!

—Es hora de cambiar. Podrías practicar yoga, por ejemplo. Verás que te gustará.

—¡Ninguna universidad me aceptará porque haga yoga! —protesté con un nudo en la garganta.

—Lo siento, Aali. Creo que el hecho de que estés viva y que puedas volver a caminar es lo más valioso. De todos modos, si el tipo de gimnasia que hacías era muy importante para ti, tal vez sería bueno que vieras a una terapeuta.

—¿Qué puede solucionar una terapeuta?

—Te ayudará a aceptar tu nueva realidad.

Me quedé en silencio, atragantada de lágrimas que no pensaba dejar escapar. Apreté los puños mientras pensaba que el médico tenía que estar equivocado, que lo que yo tenía no podía ser tan serio.

Mi mirada debe de haberlo conmovido, porque continuó diciendo:

—Escucha: cuando yo era pequeño, amaba cantar. Me postulaba en todas las obras de teatro musicales del colegio para ser el personaje principal. Mientras fui un niño, las maestras me eligieron, pero en cuanto comencé la preparatoria, dejé de ser el elegido. Entonces descubrí que era un pésimo cantante. ¡Y aquí me ves! Soy un buen médico.

»A veces creemos que no podríamos vivir sin algo, pero quedarnos sin eso nos lleva a descubrir algo mejor. No veas este impedimento como una pérdida, sino como una posibilidad.

—¡Al diablo con las posibilidades! —estallé—. No quiero practicar yoga ni ser médica, ¡quiero hacer gimnasia! No sé hacer otra cosa. No sirvo para nada, solo para los deportes.

—Eso no es cierto —se entrometió mamá. Hasta que la miré, no me di cuenta de que estaba lagrimeando, con un pañuelo delante de la boca—. Eres una chica muy inteligente.

—Mi cuerpo es inteligente, no mi cerebro —discutí.

El doctor se levantó y apoyó una mano en mi hombro mirando a mi madre.

—Es duro de aceptar ahora, Aali, pero sé que lo harás. Estás viva, te sientes bien, podrás volver a caminar en menos de lo que imaginas. Eso es lo que importa —repitió—. Volveré mañana para ver cómo estás. Hoy me voy a casa, ha terminado mi turno.

Sonrió a modo de saludo para ambas y se retiró.

Me quedé en silencio, mirando con odio el cobertor. Apreté los dientes y tragué con fuerza mientras una electricidad dolorosa surcaba mi pecho y mi estómago. ¿Por qué me había subido a ese auto? ¿Por qué había faltado a trabajar para vagar sin rumbo? ¿Dónde estaba Shawn ahora?

Giré la cabeza hacia mi madre.

—Mamá, necesito tu móvil.

—Aali… Lo lamento —sollozó ella.

—No quiero tu lástima. ¡Quiero tu teléfono!

Por fin me lo cedió, y yo sentí que volvía a respirar.

Fui a la tienda virtual e intenté descargar Instagram, ya que mamá no usaba esa aplicación. Solo obtuve un desesperante aviso de "memoria insuficiente".

—¿Qué guardas en el teléfono? —protesté, ofuscada.

—Nada. Tan solo es viejo.

Era cierto. Debía tener unos ocho años y muy poca memoria. Incluso tenía problemas de batería. ¿Y el doctor me enviaba a terapia? ¡Cómo se notaba que él no era pobre! Ni siquiera sabía si podría pagar la rehabilitación.

Comprendí que, nerviosa como estaba, solo conseguiría retrasar mi recuperación. Respiré hondo e intenté tener pensamientos positivos: Shawn debía estar bien, pero internado, como yo, por eso no podíamos ponernos en contacto. Mis piernas no me traicionarían tanto. Le demostraría a ese doctor que mi pasión era mucho más fuerte que cualquier contraindicación.

Le devolví el teléfono a mamá, un poco más tranquila.

—¿Puedes comunicarte con Ollie y explicarle lo que pasó? Yo no tengo ganas de hablar con nadie, pero no quiero que se preocupe.

—Ya lo sabe. De todos modos, volveré a llamarla para ponerla al corriente y que avise en tu trabajo. Tú no quieres hablar con nadie y yo no quiero hablar con tu jefe.

Los días siguientes los pasé un poco mejor. No tenía móvil, pero conversaba con las enfermeras. Además, el jefe de mi madre se había dado cuenta de que era un cretino y le había dado dos días libres para que se quedara conmigo. Por lo que supe a través de ella, mi padre también acudía algunas tardes, pero se quedaba en el pasillo. A pesar de que no podía moverme y de que todavía no tenía noticias de Shawn, podía decir que todo marchaba bien. ¡Si hasta Dee apareció un día! ¡Todo un milagro!

Ollie y Cam también fueron a verme. Mi amiga estaba tan conmovida que terminé consolándola en lugar de ella a mí.

—Cuando me enteré lo del accidente me puse histérica —sollozó contra mi mano—. ¿Qué haría sin mi mejor amiga?

—¿Buscarte otra? —bromeé, intentando tranquilizarla. Y entonces, aprovechando que mamá no estaba, le pedí el móvil.

—¿Para qué? —preguntó.

—Necesito comunicarme con Shawn.

El rostro de mi amiga palideció. Cam dio una vuelta sobre los pies, pasándose una mano por la cara. Conocía esa reacción: estaba furioso.

—¿Por qué querrías hablar con ese maldito? —protestó él.

—No lo llames así —ordené—. Necesito saber cómo se encuentra. No sé nada de él desde el accidente.

—Creímos que había venido —acotó Ollie.

—¿Aquí? ¿Cómo lo haría? Temo que esté hospitalizado, sin poder moverse, como yo.

Cam dejó escapar el aire por la garganta de forma ruidosa.

—¿"Hospitalizado"? —repitió—. Sí, por supuesto. A esta altura debe estar "hospitalizado" en su linda casa de su lindo pueblo con su rica familia y sus estúpidos amigos, jugando a la PlayStation.

El miedo hizo presa de mí y comencé a respirar con agitación.

—¿Por qué estás tan seguro? —pregunté.

—Porque lo vi —contestó Cam.

—¿Lo… viste?

—Sí. Y estaba vivito y coleando, como si nada hubiera ocurrido.

—¿Estaba bien y no vino? —indagué, aunque en realidad era una pregunta retórica—. ¡No puede ser!

—Olvídate de Shawn, Aali —me sugirió Ollie—. No vale la pena. Yo también lo vi, y estaba muy bien. Déjalo. Comunicarte con él solo te hará daño. Además, eliminé el número de su amigo. Ya no hay modo de dar con él.

Desde ese momento, no pude resistir la ira. Una mezcla de sentimientos contradictorios se apoderó de mí y comencé a pensar que, a fin de cuentas, había sido una estúpida. Mi padre era un mentiroso, pero mis amigos no tenían por qué engañarme. Si decían que habían visto a Shawn y que estaba bien, ¿por qué no creerles?

De modo que mi vida estaba arruinada por nada. Mejor dicho, por un chico que, en lugar de, aunque sea, aparecer para preguntarme cómo estaba, tan solo había huido a seguir viviendo como si nada. Él conducía, pero yo era la única afectada por el accidente, y ni siquiera me había pedido disculpas antes de volver a Connecticut.

Para empeorar las cosas, poco después me dieron el alta hospitalaria y me permitieron volver a casa. Hubiera preferido que me internaran en un manicomio. Como mamá trabajaba y Dee nunca estaba, tenía que soportar día y noche a mi padre. No podía subir las escaleras, ni siquiera caminar hasta el baño o la cocina, así que me habían instalado en el sofá donde él solía pasar su vida. Ahora se ubicaba en otro sofá más pequeño, pero en la misma habitación, y sus gritos combinados con el monstruoso volumen del televisor consumían mi cabeza todo el día.

—¡Allí, maldito! ¡Lleva allí tu sucia pelota! —gritó, batiendo la lata de cerveza que tenía en una mano. Las gotas alcanzaron mis brazos, y eso me puso furiosa.

—¡¿Por qué no dejas de hacer eso?! —vociferé—. Vete, por favor. Necesito estar sola.

—¡Gooool!

Me apreté los costados de la cabeza y me estiré con esfuerzo hasta la mesita, donde descansaba el móvil. Mamá me había dejado el suyo para que estuviera comunicada con mis amigos, aunque sea a través de la mensajería instantánea, que era lo único que soportaba ese teléfono viejo.

Llamé a Dee, procurando escuchar el tono de llamada a pesar de los gritos de mi padre y del televisor.

—Dee, ¿dónde estás? ¿Estás lejos? ¿A qué hora regresas? —pregunté, desesperada.

—No sé, estoy ocupada. Hasta luego.

—¡Espera! Espera, por favor. Necesito ir al baño. Hace una hora que estoy aguantando. Necesito ayuda.

—Dile a papá.

—¡No quiero que mi padre me vea orinar!

Dee suspiró muy fuerte y cortó la llamada sin aclararme si vendría en mi auxilio. Supuse que no. Lo que sea que estuviera haciendo siempre era más importante que su hermana convaleciente.

No estaba acostumbrada a depender de nadie y, de pronto, dependía de todo el mundo. No soportaba a mi padre y, de la noche a la mañana, tenía que pasar todo el día a su lado, convertida en un parásito como él.

Si tenía que aguantar toda mi vida en esa casa, de esa manera, moriría. Necesitaba salir de esa pesadilla, encontrar a Shawn y gritarle todo lo que se merecía. Por su culpa estaba en el peor estado y lo único que quería era arrancarme el yeso y el fijador externo, incendiar esa maldita casa e irme lo más lejos posible.

Me arrastré hasta sentarme en la orilla del sillón e intenté levantarme sobre las muletas. El problema era que no podía apoyar ninguna de las dos piernas y no había dinero para alquilar una silla de ruedas. Con la fuerza de mis brazos entrenados logré sostenerme en el aire sobre ellas, pero no avancé un milímetro. Lo intenté con una especie de salto. Solo conseguí caer al suelo como toda una inexperta y casi me parto también el coxis.

Grité, llena de furia, y golpeé el suelo. Por primera vez en su vida, mi padre se acercó para ayudarme, pero yo lo rechacé empujándolo.

—¡No quiero que me levantes! —exclamé—. Quiero que te calles y que apagues el maldito televisor. ¡Quiero que me dejes sola!

También por primera vez en la vida, obedeció. Sin dudas algo lo tenía de buen humor.

El silencio repentino fue tan sorprendente que me aturdió. Lo último que oí fue la puerta de calle cerrándose. Entonces me di cuenta de que me había orinado encima.

Esa realidad horrible duró dos eternos meses. Después comenzó el calvario de la rehabilitación, pero al menos, poco a poco, pude volver a subir las escaleras y encerrarme en mi cuarto, y eso ya era un alivio.

Empezaron las clases y yo seguía con las muletas, intentando no parecer un robot. Tuve que soportar varias bromas a mi costa, pero bastó con que golpeara en la cabeza con una de las muletas a uno de los idiotas que me molestaban para que el resto comprendiera que, lejos de volverme débil, el accidente me había hecho más fuerte. Lo era incluso cada vez que pasaba por la puerta del gimnasio de la escuela y recordaba el de Lilly, donde debía haber estado en ese momento. En lugar de huir, siempre me detenía a mirar entrenar a los demás y me prometía que regresaría.

Recién pude tener un móvil a los tres meses del accidente. Fue imposible recuperar mi línea, así que me conformé con una nueva. Antes de abrir Instagram, tuve que armarme de valor. Aun así, me puse nerviosa: si bien estaba segura de que no encontraría señales de Shawn, por otro lado, tenía la esperanza de que las hubiera.

Tres meses sin redes sociales y un accidente convirtieron mis mensajes directos en una lluvia incontenible de preguntas y frases alentadoras. Revisé una por una y, tal como suponía, no encontré noticias de Shawn. Sentí una mezcla de desilusión y enojo. A cada instante me convencía más de que había sido una ilusa, y eso me molestaba mucho más que el hecho de que no me escribiera.

Lo busqué entre mis seguidores y seguidos: no estaba. Puse su nombre tal como lo recordaba en el buscador, pero tampoco apareció. Entré a una cuenta alternativa que compartíamos con Ollie para investigar personas que conocíamos o chicos que nos interesaban sin que se dieran cuenta de que éramos nosotras, y tampoco pude hallarlo. Resultaba evidente que había eliminado su cuenta y que, entre tantos Shawn Sterling con fotos tan variadas, sería imposible dar con él. Eso, considerando que hubiera puesto su verdadero nombre y no algo que nadie adivinaría jamás, como "estrellita_brillante_08".

Hubiera querido tener su número para llamarlo y decirle todo lo que se merecía. No era justo que él lo estuviera pasando bien mientras que yo vivía una pesadilla. Lastimosamente, no lo recordaba.

Decidí hacer lo mismo: fugarme de su alcance. Eliminé la patética cuenta de Aaliyah "Star" Russell y creé una nueva a la que tan solo bauticé "Aali". Agregué a mis verdaderos amigos, los únicos que quería conservar en mi vida, e hice la cuenta privada. No necesitaba gente a la que yo, en realidad, no le importaba y que solo quería fisgonear. No quería pensar más en Shawn ni en el accidente, y para conseguirlo, lo mejor era bloquearlos de mi mente y concentrarme en mi objetivo: volver a la gimnasia.

Los tres meses siguientes, hice la rehabilitación a rajatablas. Era tan responsable para hacer los ejercicios como solía serlo para entrenar, porque solo así podría recuperar mi vida. Además, era lo más cercano al entrenamiento físico que podía hacer por el momento, y lo disfrutaba.

Como si el médico hubiera tenido una bola de cristal, a los seis meses exactos, cuando ya caminaba con normalidad, me dieron el alta de la rehabilitación. Entonces comencé a transitar sesenta cuadras por día. Después, probé correr. Si bien eso me costó más, las molestias eran apenas perceptibles, por eso me ilusioné con que podría volver a la normalidad.

Tendría que recuperar mucho tiempo perdido y quizás me atrasara un año para ingresar a la universidad, pero ¿qué más daba? Iba a conseguir mi beca gracias a la gimnasia y llevaría la vida que siempre había querido.

El día que volví a comunicarme con Lilly, mi corazón latía tan fuerte que creí que ella lo escucharía del otro lado de la línea.

—¿Estás segura? —preguntó—. ¿Tu médico te autorizó a retomar el entrenamiento?

No había vuelto a hablar de eso con el doctor. Sabía que me enviaría a hacer yoga y que yo tendría ganas de insultarlo, así que era mejor esquivar el consultorio. Como él no parecía recordar mi intención de volver a la gimnasia, todo quedó en la nada.

—Sí, claro —respondí.

—En ese caso, necesito un certificado firmado por él.

—¡¿Qué?! ¿Por qué? No contaba con eso.

—Lo que oíste. Lo siento, Aali. No puedo arriesgarme. Si aceptara entrenarte y te lesionaras de manera grave, tendría que cerrar el gimnasio.

Apreté los dientes y suspiré para contener la frustración. Podía ir a otro gimnasio, pero siempre pedían un certificado médico, y en cuanto cualquier doctor viera las cicatrices de mis piernas, se daría cuenta de que había sufrido lesiones graves. Nadie querría certificar que podía hacer gimnasia porque, aunque yo estuviera segura de que podía, ellos no querrían arriesgarse.

No me quedó más opción que adentrarme sola en el gimnasio de la escuela cuando no había gente. Volver a vestirme para entrenar me provocó un placer inexplicable. También preparar los elementos. El precalentamiento fue sencillo y, a medida que fui ejercitando mis músculos, las molestias desaparecieron.

Comencé con una rutina de suelo simple. Como eso se me daba bien, hice una voltereta. Sentí el impacto, pero todo continuaba en orden.

Por ser el primer día que retomaba el entrenamiento después de tantos meses, no quise abusar de mi cuerpo y no lo forcé a nada complicado. Me mantuve así varios días y luego incorporé algunos ejercicios con un poco más de exigencia.

Cuando ya llevaba un mes como una principiante, me animé a la barra de equilibrio. ¡La había extrañado tanto! Caminé sobre ella, hice un rol adelante y uno atrás, y luego llegó el turno de una voltereta.

Sentir de nuevo el aire en mi rostro, el olor del carbonato de magnesio del polvo mezclado con el sudor de mis manos y mis músculos moverse acompasados, fue de lo más hermoso. Creo que lo disfruté más que nunca.

Al caer, mi pierna derecha tembló, aunque sin dolor. Resistió.

Era tan inmenso el placer que experimentaba, que intenté una voltereta más. Estiré la pierna, me despegué de la barra, giré en el aire y caí. Tuve la mala suerte de asentar un pie sobre la barra y otro en la orilla resbalosa. Había sufrido mil caídas, sabía qué posición asumir para sufrir las menores consecuencias posibles. Pero había olvidado que nunca había caído aún con mis nuevas y traicioneras piernas.

El dolor fue impresionante. Atiné a sujetarme la zona de los gemelos, pero ya era tarde: sabía que el hueso se había quebrado de nuevo. Lo había sentido crujir y desplazarse. Había sucedido cuando había pisado mal la barra al caer sobre ella.

Grité, más por la furia que por la caída en sí misma, y muy pronto me encontré de nuevo en una ambulancia, en una sala de yesos, en un consultorio médico.

Esta vez, mi madre me regañó. El doctor sentenció:

—Nunca más vuelvas a hacer gimnasia. ¿Está claro? ¡Nunca!

Estaba más que claro: jamás podría ir a la universidad sin la gimnasia, y eso me condenaba a vivir con mi padre y a trabajar en una cafetería o, con suerte, limpiando la casa de algún rico, como mi madre.

Mi vida se había arruinado en un instante. El instante en que ese maldito accidente me había arrebatado el futuro.

II

SHAWN

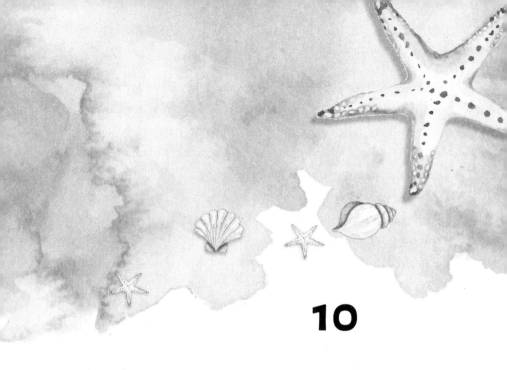

10

Desde que me senté al volante, mi imaginación se transportó a una historia en la que dos amantes eran libres por primera vez después de muchos años. Incluso se me ocurrió una frase que quería escribir lo antes posible en alguno de mis textos malos: "Llévame, vehículo con alas. Llévame a donde nuestras almas brillan y la felicidad espera nuestra llegada". Sí: en ese momento, creía que la felicidad se componía de instantes, y ese era uno de ellos.

Aali me parecía fascinante. El color de sus ojos, su pelo, su cuerpo. Me gustaba que fuera tan fuerte y decidida, y mucho más el desafío de descubrirla. Despertaba mi imaginación y mi deseo, como así también mis ganas de ayudarla a cambiar esa mirada triste y oscura que tenía del mundo.

Era preciosa en todo sentido. De esas chicas a las que cuesta llegar, pero una vez que se abren, son especiales. Únicas. Deseaba ganarme su confianza completa algún día. Verla allí, relajada en mi auto mientras yo conducía, me daba la esperanza de que así sería. A su tiempo, Aali comprendería que no necesitaba esconderse de mí, porque jamás la lastimaría. Su voz adormecida me devolvió a la realidad, donde todo era mucho más hermoso que en mi imaginación.

—Shawn... Creo que te quiero.

Ni siquiera tuve tiempo de procesar lo que dijo. En ese momento, sentí un tirón en el volante y un estruendo. El coche se movió como si fuera víctima de un torbellino y supe que, si no sujetaba el volante con todas mis fuerzas, perdería el control. Lo mantuve muy firme mientras oía la voz de Aali. No supe si dijo algo o si solo se le escapó un quejido. Me debatí un instante entre frenar o tan solo dejar que el auto se deslizara hasta que se detuviera por inercia. Intenté comprender qué sucedía para actuar mejor: no había chocado contra nada ni había atropellado a nadie, no que yo supiera. Tenía que ser un neumático.

Frené justo en el momento en que la enorme figura de un camión apareció delante de nosotros. ¡No estaba tan cerca la última vez que había mirado! Sin dudas, mientras yo maniobraba para no perder el control del auto, el conductor había disminuido la velocidad. Me di cuenta de que estábamos cerca de un cruce y de que la distancia era demasiado corta para que el coche se detuviera a tiempo.

Toqué bocina con la ilusión de que el conductor se moviera, pero no lo hizo. Todo ocurrió tan rápido que sin dudas ni se dio cuenta de que estábamos a punto de estrellarnos contra su acoplado. Intenté pasarme al otro carril, pero desistí porque un coche venía de frente, bastante cerca. Si me iba hacia la valla de contención, tendría que mover el volante bruscamente, y existía el riesgo de que volcáramos. Eran demasiadas opciones y tenía muy poco tiempo para procesarlas.

El impacto llegó con una fuerza mucho más impresionante de lo que hubiera imaginado. Fue tan estridente que pensé que moriría. Casi no podía pensar, solo supe que me había golpeado la cabeza porque, aunque llevaba el cinturón de seguridad, había sentido el parabrisas en la frente y el miedo de salir despedido por la ventanilla.

Los segundos que duró el impacto fueron los más aterradores y largos de mi vida. Aun más que cuando habían tenido que suturarme la herida del cúter y cuando me habían internado por mis amígdalas.

La quietud del primer instante después del choque me pareció un alivio. Apreté los ojos cerrados y permanecí inmóvil; estaba mareado y me zumbaban los oídos.

Solo tenía una preocupación: Aali. Quería comprobar que estuviera bien, pero fue imposible moverme. Perdí la noción por un instante. Cuando recuperé la conciencia, sufrí náuseas. Mi boca sabía a sangre y sentía mucho calor en el rostro.

—Aali... —alcancé a susurrar, e intenté moverme para mirarla. Fue muy doloroso, pero al menos alcancé a tomarle un dedo con el mío.

—¡Me duele! —gritó ella.

La frase sonaba horrible, pero al menos me había servido para comprobar que estaba viva. ¿Y si estaba muy malherida? Tenía que socorrerla.

—Tranquila —dije como un imbécil. No necesitaba que le diera un consejo estúpido, sino que la ayudara, ¡solo que no podía!

Intenté abrir los ojos pero tuve que volver a cerrarlos por el vértigo. Finalmente, logré focalizar en Aali con dificultad. Por lo menos me sirvió para comprobar que estaba sentada a mi lado, con el cinturón puesto.

—¡Estás sangrando! —gritó. Supuse que por eso me dolía tanto la cabeza y sentía el calor y el gusto de la sangre.

—No te preocupes, no es nada —aseguré para tranquilizarla.

—Me duele… ¡No lo soporto! —protestó ella.

—Tranquila, Aali. Respira. Estarás bien —le prometí, y giré la cabeza para buscar ayuda.

Alcancé a divisar un pequeño grupo de gente del otro lado de la ventanilla. Tres hombres y una mujer. Más atrás, junto al auto que había evitado chocar, había una señora mayor sosteniendo a dos niños para que no se acercaran a mirar.

—Aali… —balbuceé, sin poder volverme para mirarla de nuevo—. Hay personas afuera, nos van a ayudar.

No supe si me entendió o siquiera si yo me di a entender. En mi mente las palabras sonaban muy claras, pero tenía la sensación de que, en la realidad, solo balbuceaba como un ebrio. Me desvanecí otro instante, hasta que sentí un tirón en la puerta. Alguien la había abierto.

—¿Me escuchas? —preguntó un hombre—. ¿Cómo te llamas?

—Shawn.

—De acuerdo, Shawn, vamos a sacarte.

—No.

—¿Disculpa?

—A mí no. A ella —señalé a Aali con el dedo, sin mover el brazo.

El sujeto no le dio importancia a mi pedido y llamó a otras personas. De pronto, dos hombres estaban cerca de mí. Uno cortó el cinturón de seguridad y otro me colocó un cuello rígido en menos de un segundo.

—¡No! —protesté—. Ella está sufriendo. ¡Sáquenla a ella! Sáquenla a ella primero.

Una mujer se acercó de inmediato y me habló al oído.

—Shawn, tranquilo. Entiendo lo que sientes, pero tenemos que sacarte primero a ti. Ella está atrapada. Tú no, pero si no sales, es más difícil que podamos maniobrar para liberarla. No quieres que tu compañera siga sufriendo, ¿verdad? Entonces déjanos hacer nuestro trabajo. Cuanto antes los saquemos de aquí, es más probable que podamos mantenerlos estables. Por ahora los dos están bien, así que relájate.

—Lo siento —susurré con un nudo en la garganta.

No quería entorpecer el trabajo de los rescatistas, pero Aali necesitaba salir antes que yo. La angustia se apoderó de mí y creí que me echaría a llorar. ¿"Atrapada" cómo? Necesitaba que estuviera bien.

Guardé silencio y colaboré para que me extrajeran del coche y me depositaran en una camilla rígida lo más rápido posible. Seguía mareado y me di cuenta de que, además, estaba temblando. Vi el inmenso cielo celeste y el sol enceguecedor mientras me llevaban a la ambulancia. Me latía la cabeza, era como si dentro de ella funcionara un lavarropas.

—¿Ella sigue bien? —pregunté, refiriéndome a Aali.

—Está balbuceando —dijo un médico, supuse que a otro.

—Tenemos que detener la hemorragia —dijo una voz distinta. ¿Entonces ni siquiera me estaban entendiendo? ¿Por qué, si yo los escuchaba a la perfección? ¿Seguiría Aali en el coche o ya la habrían sacado? ¿Y mis padres? ¡¿Qué les diría a mis padres?! Había chocado su auto, estaba en una ambulancia a miles de kilómetros de casa… Aali… Necesitaba que Aali estuviera bien.

—Oye —me dijo uno de los médicos, apoyando una mano en mi hombro—. Tranquilo.

—¿Estás seguro de que no es una convulsión? —preguntó el otro, preparando una inyección.

—No. Tan solo está temblando.

—Yo creo que está convulsionando.

Fue lo último que escuché, además del ruido ensordecedor de la sirena de la ambulancia.

11

Si tuviera que explicar cómo llegué a una ambulancia a cuatro mil kilómetros de casa, tendría que remontarme a aquel momento en el que mis padres aceptaron una propuesta que yo ya había olvidado.

Mamá estaba nerviosa. No hacía falta convertirme en Sherlock Holmes para notar que apretaba las manos sobre el desayunador de la cocina y miraba a papá disimuladamente, como buscando su colaboración.

Para mí también era una mañana especial: comenzaba mi última semana en la preparatoria y para esa tarde había conseguido que uno de mis escritores locales favoritos visitara la biblioteca del colegio. No podía pedir más.

—¿Qué ocurre? —pregunté, intrigado.

—Es sobre tu propuesta de viaje —contestó mamá—. Sé que tu papá y yo te dijimos que no en un comienzo por lo que ya sabes: nuestros

II / S<small>HAWN</small>

negocios no han ido bien en el último tiempo y, aunque ya tenemos suficientes ahorros para tus estudios, queremos guardar lo máximo posible en caso de imprevistos.

»Sin embargo, también nos pareció una buena idea. Sueles ser bastante solitario, y que hayas pensado en hacer un viaje con tus amigos es muy alentador.

—Lo conversamos mucho y acordamos que sería una buena experiencia para ti —aclaró papá.

Nunca había sentido tanta ternura de mis padres. Era inevitable cuando los veía decirme, con todo su temor, que podía alejarme.

—Está bien —contesté, sonriendo—. No quiero que se preocupen. Solo fue una idea, porque me gustaría conocer otros estados, pero no es necesario que se sientan presionados económicamente para que pueda hacerlo. Ya pasó.

La idea de irme de vacaciones con mis amigos fue una chispa de un momento. Habían pasado semanas de esa conversación con mis padres y yo había aceptado enseguida el "no" como respuesta. No creí que ellos se hubieran quedado pensando en ello.

—Que se muevan sin rumbo nos parece muy peligroso —aclaró mamá.

—Pero queremos hacerte una contraoferta —se apresuró a decir papá—. Hablamos con Richard, mi amigo de la infancia, y está dispuesto a prestarte una casa en Malibú que compró como inversión hace unos años, con lo cual no habría que pagar alojamiento.

—¿De verdad? —indagué, sorprendido. De pronto, la idea de viajar volvía a cobrar fuerza en mi interior.

—Solo tenemos una condición: tienes que ir en auto —me advirtió mamá—. Nada de andar por la ruta deteniendo automóviles ajenos. No hay necesidad de eso.

—Nosotros te daremos dinero para el combustible y emergencias —agregó papá—. Tú, con tus ahorros, podrás pagar la comida y la diversión.

—¿Irán a fiestas? —preguntó mamá, mostrándose contenta.

Me encogí de hombros mientras reía.

—Sam y Josh siempre quieren ir a fiestas.

—Sería bueno que tú también quisieras —continuó ella.

—He ido, pero la mayoría no me agradan.

—¡A todos los jóvenes les agradan! —discutió—. Solo sean responsables. No bebas en exceso, no fumes, no aceptes tragos de desconocidos, no tengas sexo sin condón…

—Siempre ha sido un chico confiable —intervino papá, y me miró, muy serio—. Quiero que entiendas que te estamos dando esta libertad porque has sido un excelente alumno y una persona madura y responsable todo este tiempo. Confiamos en que seguirás siendo así.

Volví a reír mientras intentaba comer el desayuno.

—No necesito ir de viaje, en serio. Solo fue una idea, pero ya pasó.

—¿Y perderte de pasar unas semanas con tus amigos de toda la vida en una bella casa en Malibú? —se ofuscó mamá en broma.

Ya no tenía interés en ir de viaje con Sam y Josh. Éramos amigos inseparables desde hacía muchos años, pero a decir verdad, disfrutaba estar solo. Si los había involucrado en mi travesía, era para que a mis padres no les pareciera tan peligroso que su hijo de dieciocho años anduviera con una mochila más pesada que él en la espalda, deteniendo vehículos de desconocidos en la carretera.

En realidad, lo que más me interesaba de cruzar al otro lado del país era la aventura de ver la naturaleza en todo su esplendor, conocer paisajes y sitios tranquilos… solitarios. Malibú no me importaba demasiado.

Pero los cultivos de Indiana, los lagos y colinas de Iowa y las montañas y llanuras de Colorado me atraían demasiado.

Mi madre tenía una pequeña fábrica de ropa para mujer, y mi padre, una farmacia. Ese rubro en particular hacía muy difícil vacacionar por temporadas largas. No íbamos muy lejos, solo nos movíamos por la costa este, de modo que no conocía el clima y los paisajes del centro y oeste de los Estados Unidos. No quería: *necesitaba* respirar otro aire antes de internarme en la Universidad de Princeton.

—Gracias —contesté, sonriendo. Supe por sus miradas que a ellos los alegraba que yo pudiera cumplir mi deseo.

A partir de ese día, las llamadas entre mis padres y los de Sam y la madre de Josh se intensificaron. Hablaron de cómo íbamos a comportarnos, por dónde iríamos y cuántas paradas haríamos para descansar. Calcularon gastos y pusieron fechas. La madre de Josh no podía pagar, así que él solo contaba con sus ahorros y con nosotros, sus amigos.

También volvieron las lecciones de mi padre acerca de la conducción en diferentes tipos de carreteras y los aspectos legales de ser el responsable de un vehículo. Había obtenido mi licencia de estudiante de conducción a los dieciséis años y la licencia de conducir a los diecisiete, y desde entonces tenía mi propio auto, pero jamás había ido tan lejos.

Asimismo, comenzamos a preparar el coche. Lo llevamos para una revisión mecánica general y, aunque era bastante viejo, fue aprobado. El problema era que a mi padre no lo convencía el hecho de que, si llegaba a sufrir algún desperfecto, sería muy costoso repararlo.

Los dos lo miramos en la puerta de casa, de brazos cruzados.

—Conseguir repuestos para este coche puede ser un gran dolor de cabeza. No creo que resista un viaje tan largo sin desperfectos —concluyó, y apoyó una mano sobre mi hombro—. Te prestaré el mío y, mientras no estés, yo utilizaré el tuyo. ¿Qué dices? ¿Me lo prestas o puedo encontrar cosas que no quieres que vea en la gaveta?

Me hizo soltar una carcajada.

—Sí, tengo miedo de que encuentres mi peor escrito —bromeé.

Papá me golpeó con cariño en la cabeza y se metió dentro de la casa. Mi viejo y despintado Volvo tenía mucho que envidiarle a su Mercedes convertible azul, que no era de los más nuevos y lujosos, pero sí bonito, seguro y rápido.

A medida que la fecha del viaje se acercaba, me fui entusiasmando todavía más con la idea. Sam y Josh alucinaban: para ellos, vivir en una ciudad tan tranquila como Fairfield era aburridísimo y no veían la hora de conocer la diversión al estilo de Los Ángeles. Yo, en cambio, me sentía mucho más a gusto en los lugares pequeños, con gente conocida y amable.

La noche que nos graduamos, fuimos a una fiesta. La perspectiva del viaje me predisponía a pasarlo bien. Me sentía más libre y más dueño de mis decisiones. Más adulto.

En la fiesta conocí a una chica llamada Tess que también se había graduado esa semana y nos besamos. En eso estábamos cuando Josh se sentó bruscamente a mi lado, rebotando en el sofá de color marrón oscuro, y me habló al oído.

—Tráela con nosotros. Nos vamos al granero —giré el cuello para mirarlo y negué con la cabeza sin que Tess se diera cuenta—. No seas un monje. Nunca más volverás a tener dieciocho años. A tus cuarenta, cuando estés casado con una protestona y te la pases trabajando para pagarle las uñas postizas, te arrepentirás de no haber hecho una orgía esta noche.

—Diviértanse. Nos vemos más tarde —respondí, sin hacer caso a su pronóstico.

Josh puso los ojos en blanco y me golpeó en el brazo antes de irse.

Volví a mirar a Tess cuando ella apoyó una mano en mi abdomen.

—¿Vas a seguir besándome o qué? —preguntó, con sus bellos labios enrojecidos, y sin esperar mi reacción volvió a introducirme su lengua.

Mis manos rodearon su cintura y su cabello extenso rozó mis dedos. Sus pechos contra mi torso me gustaban demasiado, y si bien no era un experto en sexo, extrañaba la sensación de hacerlo. Los dos teníamos ganas… ¿Por qué evitarlo?

—Tess… —susurré, moviendo una mano muy despacio para acariciarla desde la cintura hasta el borde de uno de sus pechos.

—Mmm… —murmuró ella con los ojos cerrados.

—¿Te molesta que haga esto? —pregunté, pasando mi pulgar por sobre la copa de su sostén.

—Me encanta —contestó—. Vamos a un lugar más tranquilo.

No alcanzamos a levantarnos. Josh cayó delante de la mesita que estaba frente al sofá y vomitó sobre los zapatos de alguien.

—¿Qué haces, imbécil? —bramó el afectado.

—Lo siento —respondió Josh, riendo. Ni siquiera podía levantarse—. ¿Linda? ¿Dónde estás, Linda?

—Disculpa —dije a Tess, y sujeté a mi amigo del brazo antes de que se metiera en problemas.

—¡Josh! —gritó Sam, abriéndose paso entre una pequeña multitud.

—¡Vas a limpiar mis zapatos con la lengua! —bramó el chico.

—Está ebrio. Fue un accidente —le expliqué, tratando de llevar un poco de calma. Mientras tanto, Sam se hizo cargo de Josh y comenzó a arrastrarlo hacia la salida.

—¡Me importa una mierda! ¿Por qué tengo que limpiarme yo su vómito? ¡Qué asco! Si tu amigo no sabe beber, que se joda.

—¿Cuánto calzas? —pregunté sin perder la calma.

—¿Qué te importa?

—Contesta la pregunta si quieres una solución.

—10.5. ¿Por qué?

—Yo también —y comencé a quitarme un zapato con el pie—. Toma estos.

—¿Qué haces? —bramó él.

—Quédatelos —dije, y comencé a caminar hacia la puerta en calcetines, como si nada ocurriera. Ya me parecía extraño que en una fiesta no hubiera altercados. Lo que no esperaba era que otra vez nos tocara uno a nosotros. Salir con Josh implicaba siempre algún problema, y eso no colaboraba con que me gustara ese tipo de diversión.

Fuera de la casa, todo estaba tranquilo. El silencio de la calle contrastaba con el intenso ruido del interior, aunque en mi mente todavía retumbaba la música. Sam esperaba junto a mi auto, con la puerta abierta. Josh ya estaba recostado en el asiento de atrás.

—¡Oye! —exclamó una voz. Giré sobre los talones y encontré a Tess. Para mi sorpresa, su mirada y su sonrisa expresaban interés—. ¿Me das tu número?

No esperaba esa pregunta. Si bien lo habíamos pasado bien por un rato, yo la había plantado para rescatar a un amigo ebrio y ahora estaba parado en medio de la acera con unos estúpidos calcetines grises.

Me volví unos pasos y extendí mi mano con una sonrisa, un poco cabizbajo. Ella me cedió su móvil y le escribí mi número. Me tomé el atrevimiento de guardarlo bajo un nombre y se lo devolví. Cuando lo leyó se echó a reír. "Chico ridículo en calcetines". Sonaba bien.

En cuanto empezamos a andar, Sam abrió la ventanilla y comenzó a reír.

—¡Eres un maldito genio! —exclamó.

—¿De qué hablas?

—Las tienes a tus pies y ni siquiera te esfuerzas.

—¡No es cierto!

—¿Que las tienes a tus pies o que no te esfuerzas?

—Lo primero.

—¡Ah, vamos! Claro que no a todas, pero siempre a las más lindas.

—¿Sabes por qué a ustedes los rechazan tanto? Porque les da lo mismo cualquier chica. No las eligen, tan solo arremeten y se entregan a la suerte.

—No entiendo. A ver, dame clases, maestro.

—Las elijo. Quiero sentir algo cuando las veo, cuando las tengo cerca. No son siempre las más lindas, son las que me parecen más interesantes.

—¡Y las conquistas descalzándote en medio de una fiesta! —exclamó, indignado—. De verdad no las entiendo.

—Yo tampoco —admití—. Si yo fuera una chica, correría lo más lejos posible de un idiota descalzo en una acera.

—Lo intentaré la próxima. Pero estoy seguro de que no me irá tan bien como a ti.

Un sonido proveniente de la garganta de Josh casi me provocó un ataque al corazón. Acababa de vomitar dentro del auto.

—¡Maldición! —exclamó Sam, asomando la cabeza por la ventanilla.

Fruncí la nariz, resignado, y me la cubrí con una mano. Ahora, en lugar de irme a dormir, tendría que lavar el auto.

Dejamos a Josh en su casa e incluso lo trasladamos a su habitación porque su madre vivía sola con cuatro hermanos más pequeños y le resultaba imposible cargarlo escaleras arriba. Después dejé a Sam en su casa y fui a la mía.

Entré al garaje, y sin siquiera quitarme la ropa que había utilizado durante la graduación, me puse a lavar el auto a punto de devolver yo también. No le deseaba a nadie limpiar el vómito ajeno y me puse a pensar en el valor que tenía una madre, que hace eso todo el tiempo cuando sus hijos son pequeños.

Para cuando llegué a mi habitación, el sueño me había abandonado y a cambio me senté a escribir delante del escritorio.

Madre

Grité en medio de la noche. "¡Madre!".

Y mi madre vino con sus pies descalzos desde la cama para aplacar mi llanto.

"¿Qué pasa, hijo?", preguntó con los ojos turbios.

"El monstruo volvió. Está aquí de nuevo".

"Tranquilo, hijo. Ahora mamá está contigo y el monstruo no podrá hacerte daño".

Y yo le creí.

Quisiera poder creerle ahora.

Ya es tarde.

Porque el monstruo vive dentro de mí.

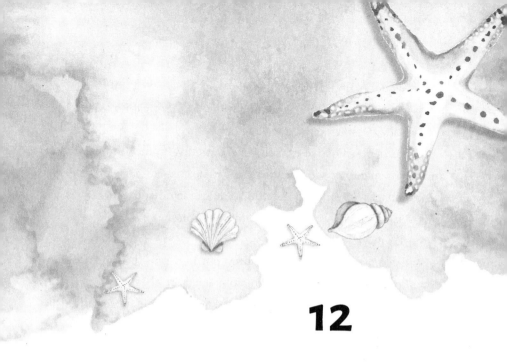

12

Al día siguiente, esperé a que pasara el mediodía para ir a hablar con Josh. Creí que, con la borrachera, despertaría cerca de las once. Me equivoqué. A las dos, su madre me dijo que seguía durmiendo y que intentara despertarlo yendo a su habitación, ya que ella ya lo había intentado todo y solo recibía una queja como respuesta.

El cuarto de mi amigo estaba en penumbras y olía a mil demonios. En mi camino hacia la cama, un pantalón se enredó en mi pie y tuve que sacudirlo para quitármelo de encima. Sabía que avanzaba pisando ropa; apostaba a que no la juntaba desde hacía una semana.

Abrí las cortinas y me senté a su lado mientras él protestaba entre dientes.

—Despierta, idiota —le dije, y lo sujeté del hombro para moverlo.

—¡Maldita sea! —exclamó, todavía adormecido.

—Me debes un par de zapatos.

—¿Qué? —preguntó con el ceño fruncido, y entreabrió los ojos.

—Nada. Despierta, tenemos que hablar.

Hasta que orinó y se espabiló, me entretuve quince minutos con el móvil. En cuanto volvió a sentarse sobre la cama, con las piernas debajo de las sábanas desordenadas, se quejó de que le dolía la cabeza.

—De eso quería que conversáramos —repliqué.

—¿De mi dolor de cabeza?

—De lo que lo provocó. Josh, llevo por lo menos diez años cubriéndote. Primero, tus travesuras. El día que le jalaste el cabello a esa niña y le dijiste a tu madre que había sido yo, cuando pusiste fuegos artificiales en el buzón de correos del vecino, la noche que...

—¿Te acuerdas de ese viejo? —Josh estalló en una carcajada sonora—. ¡Todavía recuerdo la expresión de su rostro detrás de la ventana cuando los cohetes comenzaron a explotar! ¡*Pim, pam, pum*!

—A veces pienso que se mudó de barrio porque no te soportaba más.

—Sí, qué pena. Su hija sí que estaba buena.

—No cambiemos de tema. Quiero pedirte algo, y es en serio. En unos días nos iremos de vacaciones. Va-ca-cio-nes. ¿Entiendes?

—¡La mejor época del año!

—Sí. Lo será para mí, y no solo para ti, si me prometes que, por una vez en la vida, no tendré que interceder entre tú y alguien porque te metes en un problema, no tendré que cargar contigo ebrio ni ayudarte a controlar tu conducta. ¡No soy tu padre! También quiero pasarlo bien.

—Si es por lo de anoche, lo siento —murmuró negando con la cabeza, con la mirada hacia abajo—. No pensé que...

—No quiero que me pidas disculpas. Necesito que te comprometas a hacerte responsable de ti mismo.

—No tienes que dejar las fiestas para devolverme a casa.

—Esa respuesta no es madura. Es como decirme: "si te gusta, bien, y si no, te arreglas". Soy tu amigo, no te dejaría solo en medio de un problema. Entonces, no te metas en uno. Te ayudaré con la respuesta que espero: "Tranquilo, Shawn. Me controlaré. No beberé de más en nuestro viaje, evitaré meterme en problemas y me divertiré de la manera más sana posible, porque sé que a ti no te van ciertas cosas".

—Tranquilo, Shawn. Me controlaré. No beberé de más en... ¿Cómo seguía? Lo siento, es demasiado largo. Yo no soy escritor como tú, lo olvidé. ¡Y se me parte la cabeza!

—Tan solo prométeme que te comportarás, así yo también puedo pasarla bien.

—Prometido.

—Gracias.

No confiaba en que Josh pudiera cumplir con todo lo que necesitaba que me prometiera, pero sí sabía que haría un esfuerzo. A pesar del desorden personal que atravesaba desde que su padre se había ido, era un buen amigo y no buscaba arruinar la noche de los demás. Según mis deducciones, simplemente sentía que estaba en la ruina, y eso lo llevaba a actuar de forma autodestructiva.

La noche antes del viaje, casi no pude dormir. Estaba demasiado entusiasmado y, como acostumbraba a planificar todo con anticipación, tenía miedo de haber olvidado algo.

Durante esas semanas, papá me dio todo tipo de recomendaciones para la carretera y me advirtió que, sin importar lo que dijeran mis amigos o cuánto nos retrasáramos, si sentía aunque sea una pizca de sueño, debía detenerme en el primer motel de paso que apareciera y descansar. No opinaba lo contrario; si algo odiaba era tener sueño y no poder dormir.

La mañana del viaje, Josh apareció con una camisa floreada, bermudas y gafas para el sol, gritando "Hollywood". Sam, que era bastante más tranquilo, dijo que prefería sentarse atrás "para estirar las piernas". Nos reímos de su expresión de anciano hasta que abandonamos el pueblo.

El primer día llegamos hasta Maumee, Ohio, una pequeña ciudad bella y colorida, más parecida a la nuestra de lo que hubiera imaginado.

El segundo lo pasamos en Chicago, enorme y atractiva, pero un poco seria para lo que Sam y Josh estaban buscando. En mi caso, me sentía mucho más a gusto en los lugares pequeños, así que, si bien me gustó, prefería llegar a otras regiones. Estaba ansioso por disfrutar de la naturaleza.

El tercer día seguimos por la Interestatal 80 hasta Lincoln, Nebraska. El cuarto, visitamos Denver, en Colorado. El quinto, nos detuvimos en St. George, Utah. Queríamos llegar a Las Vegas, pero estábamos cansados y no fue posible. Mejor, porque pudimos recorrer tranquilos la capital del juego el sexto día. Sam y, en especial, Josh quedaron alucinados con ese sitio y se la pasaron bromeando acerca de las publicidades de prostitutas. Entramos a casinos, bares y hoteles de lujo. Miramos un espectáculo en la famosa fuente de aguas danzantes y por último volvimos a un casino para hacer algunas apuestas. Nunca había visto una ruleta en persona, y tuve la suerte de principiantes de ganar un pleno. "¡Ahora tendrás que invitarnos unos tragos!", exclamó Josh. "El que gana y no comparte pierde la suerte", argumentó. Bastante dudoso, pero igual accedí y mi dinero se fue en sus bebidas.

El séptimo día llegamos a Los Ángeles.

Cada paisaje que vi hasta nuestra llegada, cada comida que probé y cada persona con la que hablé quedaron grabados en mi memoria. Me alcanzó con ver los primeros indicios de que habíamos dejado el pueblo para sentirme libre y seguro, y, con el transcurso de las horas, rico. Me parecía que había vivido más experiencias en siete días que en toda mi vida.

Para empezar, recorrimos durante una semana las atracciones típicas de la ciudad más poblada de California: el paseo de la fama en Hollywood, Beverly Hills, Rodeo Drive, Universal Studios… Una vez que descubrimos los principales sitios turísticos, decidimos hacer algunas compras y disfrutar unos días de playa.

—¡Ey, papá! —bromeó Josh, y yo me di la vuelta—. ¡Atrápalo!

Me arrojó la bolsa de la camiseta que acababa de comprarse hecha un bollo y yo la atrapé en el aire. En ese momento, mi espalda colisionó contra una persona, y giré de inmediato para asegurarme de que quien acababa de llevarme por delante no se hubiera caído.

Muy pronto descubrí que la anciana que imaginé desparramada en el suelo era en realidad una chica con los ojos más hermosos que había visto nunca.

—Perdón —dije, un poco perdido en la expresión dura de su rostro llamativo.

—Está bien —respondió, sujetándose de mi brazo.

Quitó la mano enseguida. "¡Aaliyah!", gritó alguien. La desconocida reaccionó al nombre. Se dio la vuelta y se alejó en dirección a la chica que la había llamado.

"Aaliyah", repetí para mis adentros, y pensé que era un bonito nombre para el personaje de algún libro. Peculiar, exótico… como parecía ser ella.

Cuando volví a mirar la acera, descubrí que mis amigos me llevaban varios pasos de ventaja. Me apresuré para alcanzarlos y arrojé la bolsa vacía a un cesto de basura de una esquina.

—¡Qué calor! —protestó Sam—. ¿Por qué no dejamos el paseo para otro momento y nos vamos a la playa?

—¡Relájate! Todo lo que quieres es estar en la playa —replicó Josh.

—Es mejor eso que soportar que entres a cada tienda para no llevarte nada.

—Acabo de comprarme una camiseta.

—¡De una urna de ofertas! ¿Para qué entramos a tiendas que valen como toda mi casa si igual no podemos comprar nada?

—Yo también voto por ir a la playa —intervine—. Tampoco me sobra el dinero para ir de compras y ya me aburrí de ver los móviles que no puedo comprar, las zapatillas que me harían gastar todo el dinero que traje para las vacaciones y las sudaderas que solo Bill Gates se podría comprar.

—¡Amargos! —exclamó Josh. Aun así, le gustaba admirar las chicas en bikini, así que se hacía el molesto, pero tenía tantas ganas de ir a la playa como nosotros.

Me di un chapuzón con Sam mientras Josh tomaba el sol y luego me quedé cuidando nuestras cosas para que él pudiera unirse a Sam. A solas en la arena, mirando el mar, noté que el sol se reflejaba en el agua de una forma que no había visto en la costa este, dándole un tono entre el azul y el verde y una profundidad asombrosa. "Turquesa, como los ojos de Aaliyah", pensé. Y entonces imaginé cosas sobre ella un rato.

Me hubiera gustado volver a verla, pero sabía que era imposible. Estábamos en una ciudad demasiado grande, y nos iríamos en unos días. Quizás ella también era una turista y, además, ¿cómo encontrar a alguien cuyo nombre conoces, pero no su apellido, o aunque sea dónde vive?

Escribí "Aaliyah" en Google y en algunas redes sociales, pero los resultados eran tantos que me pareció ridículo siquiera intentar encontrarla.

Era una lástima, porque no me sentía atraído por cualquier chica, como sí les sucedía a mis amigos, y Aaliyah me había atrapado en un segundo. Sam regresó para acabar con mis pensamientos. Pasamos la tarde entre bromas y chapuzones, hasta que la gente comenzó a retirarse de la playa antes de que cayera la noche.

—Hagamos algo más antes de encerrarnos en la casa. ¡Por favor! —rogó Josh.

—Miren, ahí hay una cafetería —señaló Sam—. Podemos pedir unas limonadas y luego, de camino a casa, tú te compras una lata de cerveza y me regalas otra.

Josh y yo reímos por su ocurrencia y empezamos a caminar hacia la tienda. El nombre que estaba en un cartel en la entrada me causó cierta gracia: "Raimon's". También el logotipo de un hombre con gorra de pescador y una pipa.

La tienda desbordaba de gente. Todas las mesas estaban ocupadas y había largas filas para pedir en el mostrador. Nos pusimos en la que creímos más corta, pero, como solía ocurrir, terminó siendo la más lenta. Por suerte no teníamos apuro y seguimos disfrutando de la tarde aun mientras esperábamos.

De pronto, cuando solo me faltaban dos personas para llegar al mostrador, divisé a Aaliyah. Mi corazón dio un salto, ¡no podía creer que fuera ella! Pero sí: allí estaba, moviéndose de prisa para tomar pedidos en la fila de al lado.

Me quedé contemplando la evidente fuerza de su cuerpo, la resignación en su mirada y la seguridad de sus gestos. Su boca… su boca era carnosa y roja, sensual y hermosa, pero cuando no hablaba se mantenía en una línea apretada, como si su dueña estuviera constantemente a la defensiva.

Ahora, al menos, sabía dónde trabajaba y que, por lo tanto, lo más probable era que fuera de Los Ángeles. Podía meterme en las redes de Raimon's, si acaso tenían, e investigar si la habían etiquetado en alguna foto del personal o algo por el estilo. Pensé que, si así era, podría agregarla como amiga y comenzar una conversación con ella. Pero no estaba seguro de que funcionara, ni siquiera de que me aceptaría, si acaso conseguía su nombre de usuario. Estaba excitado solo por verla, y al percibir todo lo que su presencia me despertaba, preferí ir a lo seguro.

—Oigan —les dije a los chicos—. El ambiente aquí dentro está muy cargado. Somos tres idiotas ocupando espacio. Mejor salgan a disfrutar lo que queda de la tarde mientras yo espero por las bebidas.

—¿Estás seguro? —preguntó Sam, procurando ocultar su entusiasmo—. ¿Quién querría perder los últimos restos de la tarde en una fila?

—Estoy seguro. Nos vemos afuera —afirmé, y ellos se fueron.

Entonces me cambié de fila. Aunque Aaliyah era rápida para tomar las órdenes y despachar los pedidos, por mis ganas de llegar a ella, la espera se hizo más larga que la anterior. Cuando la tuve enfrente, creí que no me saldrían las palabras. Con suerte pude pronunciar "Aaliyah".

Alzó la cabeza y sus ojos se clavaron en los míos. Se veía sorprendida y, por un instante, su boca de fresa se relajó.

—Hola. ¿Qué podemos servirte hoy? —preguntó.

Como un preadolescente que por primera vez le habla a una chica que lo excita, le dije la estupidez más grande del mundo.

—Creo que recordaré tu nombre para siempre. Es tan único como tus ojos. Son más lindos que el mar cuando refleja la luz del sol, casi diría que son de color turquesa.

Hizo una mueca seductora, aunque no parecía darse cuenta de cuán sexy era.

—Okey —contestó—. ¿Qué vas a llevar?

Reí para no parecer tan idiota aunque quizás eso me hizo quedar todavía peor, y antes de seguir haciendo papelones le dije mi orden.

—Tres limonadas y una sonrisa de la camarera, por favor —¡demonios! ¿No podía parar de decir tonterías?

—¡Ey, Belle! —gritó ella—. Este chico quiere que le sonrías.

Miré desorientado hacia donde Aaliyah se dirigía y divisé a una chica vestida con un pantalón negro y la parte superior de una bikini del mismo tono, maquillada como una cantante de un grupo de *grunge*. Mostró los dientes sin muchas ganas y volvió a lo suyo.

Reí de nuevo, tentado por su ocurrencia.

—Me gusta tu sentido del humor —confesé.

—Son nueve dólares —dijo ella, sin rasgos de intolerancia, pero tampoco de agrado en su voz.

No quería molestarla o hacerla sentir incómoda, así que dejé de intentar obtener su atención. Estaba trabajando y sin dudas no tenía permitido ponerse a conversar con un cliente, menos si la cafetería estaba tan llena. Le pagué con diez dólares y le pedí que guardara el cambio.

—Genial —respondió—. Te entregaremos tu pedido por el otro mostrador con el número que figura en tu ticket. Gracias por comprar en Raimon's.

Me dolió pensar que quizás esos fueran los últimos segundos que pasaría junto a ella, ¡quería la oportunidad de conocerla! Pero no podía culparla si ella no quería. ¿Quién querría conocer a un chico que habla con comparaciones y metáforas? Tenía que reconocer que yo podía ser muy aburrido para una chica que vivía en la ciudad y que sin dudas conocía a muchas personas más parecidas a Josh que a mí. Era imposible que se sintiera atraída por un pueblerino.

Me contenté con observarla mientras seguía trabajando, siempre con disimulo para no incomodarla. Me gustaba crear personajes, por eso no me costaba ponerme en el lugar de los demás. Si me ponía en el de una chica, me hubiera sentido acosada si un desconocido se la pasaba mirándome mientras esperaba sus bebidas. Por ese motivo también evité seguir conversando con ella cuando me llamó para entregarme el pedido. Tan solo le di las gracias y salí de la cafetería, reconociendo que no tenía ninguna oportunidad con ella.

Creí que había cerrado el episodio, pero me quedé pensando en Aaliyah el resto del día.

Mis amigos ni siquiera se habían dado cuenta de lo que había sucedido en la calle y en la cafetería, en cambio yo no podía evitar que mi imaginación tejiera posibilidades. Se me ocurrió la historia de una chica que, mientras caminaba por la acera, se encontraba con un hombre que resultaba ser un criminal huyendo de la justicia. Ella no lo sabía y comenzaban una relación. Finalmente, el sujeto era inocente y ella lo ayudaba a demostrarlo.

Deseché la idea enseguida.

¡Qué idiotez!

Era lo más trillado y cursi del mundo. Además, nunca había escrito una novela, solo textos cortos. Me gustaba usar metáforas y símbolos, y ¿quién querría leer una narración de trescientas páginas con esas características?

Me imaginaba frente a un libro así y yo lo hubiera revoleado por la ventana.

Con esas ideas se terminó mi inspiración novelística, pero no por eso dejé de pensar en Aaliyah, la de los ojos del color del mar en primavera.

Esa noche, dejé fluir mi imaginación y escribí algo inspirado en ella.

Mirada de primavera

Me duelen tus labios reacios a los besos y tu mirada sombría.
Me duelen tu silencio, tu espíritu encarcelado, tu indiferencia.
No por mí, eso no importa. Por ti misma.
Recuerda, chica del mar, que como existe el invierno que todo lo mata, también existe la vida.
Quiero que tu mirada sea de primavera.

Me pareció muy malo, así que lo borré y me fui a dormir.

13

Presente

Oí la voz dulce de mamá pronunciando mi nombre. "Shawn... Shawn, hijo". Entreabrí los ojos, y la claridad se filtró entre mis pestañas. "¡Hijo!", exclamó mamá, llorando, y apoyó la frente en mi hombro. Ya no tuve dudas de que todo era real y de que ella se encontraba a mi lado.

—Shawn, ¿cómo te sientes? ¿Estás bien? —preguntó papá, apoyando una mano en mi otro hombro.

Hubiera deseado hablar, pero sentía la garganta tan irritada que decir una sola palabra habría sido imposible. Al menos pude mirarlo, y sentí un enorme alivio de saberme acompañado.

Enseguida llegó un doctor y comenzó a revisarme. A pesar de que todavía me hallaba un poco confundido, me sentía bien.

—Todo está en orden —dijo—. Déjenlo descansar un poco más, irá recuperándose poco a poco y pronto podrán conversar.

Papá acomodó una silla del otro lado de la cama y se sentó frente a mamá. Cada uno me tomaba una mano a los lados de la cama y me hacían caricias en los dedos. Sentí ganas de llorar. Solo quería estar en casa.

—A… Aaliyah —balbuceé.

Mama suspiró. Nadie contestó, y yo ya no tuve fuerzas para insistir.

Me quedé pensando en Aali, en el automóvil, en que si mis padres estaban a mi lado, tenía que haber transcurrido mucho tiempo desde el accidente.

Con el correr de las horas comencé a sentirme más fuerte y espabilado. Solo persistía un leve dolor de cabeza y la resequedad en la garganta, nada que me impidiera hablar.

—Mamá —murmuré. Ella me acarició la frente y sonrió mirándome a los ojos—. La chica que viajaba conmigo. Aaliyah. ¿Está bien?

—Lo último que supimos fue que sí —respondió.

—¿Y cuándo fue eso?

—Hace dos días, cuando ocurrió el accidente.

—¿Dos días? —repetí, sorprendido—. ¿Sam? ¿Josh?

—Los enviamos a casa en un avión —contestó papá—. Están muy preocupados por ti, me escriben a cada rato para saber cómo te encuentras.

—¿Dónde está Aali? ¿Está aquí?

—¿Te sientes bien para conversar? —indagó mamá.

—Necesito saber que ella está bien.

—¿Quién es? —indagó papá.

—Una amiga. ¿Estamos en Los Ángeles?

—Sí. Todavía no tenemos autorización para que puedas viajar —explicó mamá.

—Shawn —intervino papá, apoyando una mano en la camilla—. Es importante que, cuando te sientas preparado, me cuentes qué sucedió. Tal vez tengamos que contratar a un abogado, y sería bueno tener en claro tu versión de los hechos.

—¿Fue mi culpa? —indagué, con un enorme vacío interior.

—No —se apresuró a contestar mamá—. Un neumático estalló. Algo habrás hecho bien, porque en esos casos, cuando se transita por una carretera de velocidad, las consecuencias suelen ser catastróficas. Así que no es tu culpa. Pero necesitamos conocer tu versión.

—No me acuerdo —respondí. En ese momento, todo estaba un poco borroso y solo tenía en mente el momento en que ya nos habíamos incrustado en el acoplado del camión.

Al parecer, alguna reacción de mi cuerpo le advirtió a mamá que no era el momento de hablar del accidente, porque enseguida me pidió que mejor lo dejáramos para otro día.

—Por favor, necesito saber de Aali —insistí.

—Nosotros también —respondió—. Te imaginarás que, en caso de que por alguna razón la policía se desdiga de lo del neumático, no sería lo mismo enfrentar un proceso legal con una chica intacta, lesionada o…

—No tuvimos mucho tiempo de ocuparnos de tu amiga, estuvimos muy preocupados por ti —la interrumpió papá. De todos modos, supe que a mamá le quedó por decir "muerta"—. Intentaré averiguar algo más, pero no sé cuánto pueda conseguir. Está en otro hospital y, aunque fuimos allí, no accedieron a decirnos demasiado. No somos familiares, solo nos informan lo justo y necesario. Además, por la investigación, no pueden darnos detalles; la policía es muy cuidadosa con la información.

No alcancé a entender todo lo que me decía papá. Mi mente se había quedado estancada en ese "muerta" que mamá no había alcanzado a pronunciar. Me parecía increíble que lo que más les preocupara fuera mi situación legal. En ese momento, poco me importaba la policía. Sabía que, culpable o no, Aali estaría sana y salva si yo no la hubiera expuesto a mi auto y necesitaba que estuviera bien.

—Lo que puedan conseguir será mejor que nada. Gracias —respondí—. Y lo siento. Lo siento de verdad.

—No tienes que pedirnos disculpas —continuó mamá—. Descansa. Pronto te traerán la cena y tendrás que reunir fuerzas para alimentarte.

Intenté quedarme tranquilo, pero el recuerdo de algunos momentos del accidente y la preocupación por Aali eran imposibles de calmar. Papá se fue, rogaba que a averiguar algo más.

Antes de la cena, una enfermera apareció para hacer un control de rutina y dijo que me veía muy bien. Al rato, estaba devorando una presa de pollo y un puñado de arroz desabrido. Papá regresó para cuando estaba a punto de terminar la manzana al horno que me habían llevado de postre.

Mamá lo miró, casi tan expectante como yo.

—No hay mucha información sobre Aali —comentó papá—. Al parecer, tuvo que ser intervenida quirúrgicamente, pero se encuentra estable.

—¿Intervenida por qué? —indagué.

—Parece que sufrió aplastamiento en las piernas. Según me dijeron, nada que le deje secuelas importantes a futuro. Creo que todos podremos descansar mejor esta noche sabiendo eso.

—Necesito mi teléfono —dije enseguida. Si podía comunicarme con ella y asegurarme de que estuviera bien, de verdad podría quedarme más tranquilo.

—Lo tiene la policía —explicó papá—. De todos modos, aunque nos lo devolvieran, dudo que sirva. Estaba muy dañado.

—Quédate tranquilo, Shawn —me pidió mamá, rodeándome el brazo con cariño—. Que la chica esté bien son muy buenas noticias para ella y para nosotros. Descansa. El doctor dijo que vendría a verte mañana y que puede que te den el alta hospitalaria.

—Papá —dije antes de hacerle caso a ella. Él me miró, atento—. Por favor, escríbele a Josh y pídele que le pregunte a Ollie por Aali. ¿Puedes hacerlo? Te lo ruego.

—Shawn… No es falta de voluntad. Es que temo que cualquier cosa que hagamos complique tu situación.

—Pero me dijeron que estalló un neumático, que no hay una "situación".

—Así es —asintió mamá—. Pero el hecho todavía está en fase de investigación y por ahora la "situación" puede cambiar en cualquier momento. El esposo de mi amiga Jen nos explicó que…

—Es un abogado de divorcios, no uno de accidentes de tránsito —protesté.

—Sabe de leyes y punto —determinó papá—. Le daré tu mensaje a Josh, porque si no lo hago yo hoy, lo harás tú mañana cuando te preste mi móvil para que hagan una videollamada. Pero es mejor ser cautos y conseguir información por vías oficiales.

—¿Por qué siempre tenemos que hacer las cosas de manera legal? —discutí—. Casi no bebí una gota de alcohol en todas las vacaciones, me iba temprano de las fiestas, me detenía a descansar mientras andábamos… Y aquí estoy, en una habitación de hospital, habiendo arrastrado a otra persona a una también. Solo necesito hablar con ella, saber que está bien.

—Sabemos que eres una persona madura y responsable —dijo mamá—. No te estamos acusando de nada.

—No cambies de tema, por favor —supliqué.

—Hablaré con Josh —prometió papá—. Ahora descansa.

Respiré hondo y, al fin, pude hacerles caso.

A la mañana siguiente, papá me prestó su móvil para que leyera con mis propios ojos la respuesta de Josh.

Mark, por favor, dile a Shawn que Ollie me mandó a la mierda y me bloqueó.

—Sabía que contactar a esa chiquilla sería peor —dijo mamá, negando con la cabeza—. Si le dice a la policía que estamos intentando averiguar el estado de su amiga a través de ella… —dejó la frase en suspenso.

Llamé a Josh al instante.

Me sorprendió el cambio en su voz cuando se dio cuenta de que quien lo llamaba no era mi padre, sino yo.

—Estoy tan contento de que estés bien. ¿Cómo se te ocurrió hacer algo así? ¿Querías que nos muriéramos del miedo? ¿Cómo te sientes? ¿Cuándo regresas al maldito Fairfield? Te prometo que, para celebrar que solo fue un susto, iremos a una fiesta llena de…

—Mis padres están escuchando —lo interrumpí.

—De Coca-Cola y Sprite —completó.

Volver a escuchar sus bromas me hizo reír. Lo puse un poco al tanto de mi estado y le pregunté por Sam antes de indagar por lo de Ollie.

—¿Y no puedes llamarla desde otro teléfono? —pregunté.

"¡No!", susurró mamá por atrás. "No, no, no".

—¡¿Estás loco?! —exclamó Josh—. Que se pudran. Esos imbéciles son un camino sin salida.

—Pero es el único que me lleva a Aali.

—¡Olvídala, Shawn! Si no puede entender que fue un accidente, que se joda.

—Aali no dijo que no lo entendiera, lo dijo Ollie.

—Es lo mismo.

—No es lo mismo.

—Shawn —intervino papá, y señaló la puerta. El médico acababa de entrar a la habitación.

Me apresuré a despedirme de Josh para que el doctor me revisara. Según él, estaba muy bien y ya podía abandonar el hospital.

—¿Podemos volver a Connecticut? —interrogó mamá.

—Será mejor que esperen unos días para eso —contestó el doctor—. Veamos cómo evoluciona el hematoma y, si no trae inconvenientes, podrán seguir con los controles en su ciudad.

—¿Eso qué significa? —indagué. No tenía idea de que, más allá de algunos dolores corporales, pudiera tener algo más.

El médico me explicó la situación con amabilidad y paciencia.

—En palabras simples, tu cerebro está lastimado y no se puede operar, porque el riesgo sería mayor que el beneficio. Por los resultados de la tomografía, no es una lesión grave y creemos que sanará con el tiempo. Pero no conviene exponerte a un viaje tan largo todavía. Por supuesto, tampoco a actividad física deportiva que pudiera generar nuevas lesiones. Imagina que solo un pequeño golpe en la cabeza puede agravar lo que hoy consideramos un panorama simple y alentador. Tendrás que llevar una vida tranquila por un tiempo.

—¡Eso es lo de menos! —exclamó mamá, riendo—. Siempre ha llevado una vida tranquila. Tan tranquila, que tenemos que moverle la silla para que deje de escribir y salga a ver la luz del sol.

—¡Mamá! —exclamé, avergonzado. El doctor la acompañó en la risa.

—Entonces sabemos que te cuidarás.

—Es nuestro único hijo —acotó papá, con un tono cargado de

emoción—. Es lo más importante para nosotros, así que se cuidará y lo cuidaremos.

Suspiré, queriendo ocultarme debajo de las sábanas como un niño. Así me hacían sentir cuando se comportaban de ese modo.

Por suerte, como el médico les dijo que ya estaba dando la orden para que me fuera, la conversación terminó y comenzaron los preparativos para abandonar la clínica.

Salimos de allí cerca del mediodía y fuimos a la casa de Malibú. Era extraño estar allí sin Sam ni Josh, y no quise ni pensar lo que habrán creído mis padres cuando abrieron el refrigerador y solo encontraron cervezas.

Después de almorzar, me obligaron a acostarme. Por lo menos, papá me prestó su móvil. Me apresuré a descargar Instagram y abrí mi cuenta. Busqué la de Aali y, al ver que no había tenido actividad en esos días, le escribí un mensaje.

Aali, ¿estás ahí? Por favor, contesta. Sé que debes estar molesta conmigo, y no te culpo. Solo necesito saber que estás bien.

Esperé unas horas. Como no obtuve respuesta, me animé a llamarla por el chat de la aplicación. Tampoco contestó.

Aali, lo siento. No tengo mi móvil, por eso perdí tu número. Seguro tú tampoco tienes el tuyo, pero en cuanto abras Instagram, aunque estés dolida o enojada, por favor respóndeme. Te quiero.

Me sentí un poco más tranquilo de haber podido escribirle y gracias a eso pude aguantar un día más sin noticias. Eliminé la aplicación para devolverle el teléfono a mi padre y miré una película hasta que me quedé dormido.

Por la mañana volví a instalarla, ansioso por encontrar la respuesta de Aali. Tampoco estaba allí. Para empeorar las cosas, mis padres no me dejaban solo ni por un instante y, por más que les rogara, tampoco me decían a qué hospital habían llevado a Aali. No me dejaron opción: tenía que averiguarlo por mi cuenta.

Revisé el móvil de mi padre, pero no encontré lo que buscaba. Solo algunas conversaciones desesperadas sobre el accidente, los mensajes que intercambiaba con Sam y Josh y cuestiones de su trabajo. Las demás eran conversaciones viejas de sus grupos de amigos con los que jugaba squash y de otros que seguramente ni siquiera conocía en persona. Me apenó leer que había tenido que pedir dinero prestado a su mejor amigo para que Sam y Josh pudieran regresar en avión a casa lo antes posible. Mis padres se habían hecho cargo de eso.

Con la excusa de que el móvil de papá no me permitía descargar una aplicación para ver películas, tuve acceso al de mi madre. Allí estaba lo interesante: la conversación con el abogado esposo de su amiga, mensajes intercambiados con el médico de la familia y un pedido de averiguación a una enfermera de Los Ángeles.

Hola, Sarah. Perdona la molestia. Soy Susan, la amiga de Mary. Sé que trabajas en un hospital de Los Ángeles y que es difícil que puedas ayudarme solo por eso, pero no pierdo nada con intentarlo.

Mi hijo tuvo un accidente con una chica que se llama Aaliyah Russell. Él conducía, por eso la policía es bastante reacia a darnos información. Necesito saber que, por Dios, esa chica está bien. Sé que está viva, pero no tenemos en claro qué lesiones presenta, ni cuál es su pronóstico.

Lo último que supimos fue que la habían intervenido de las piernas en el hospital...

¡Allí estaba! Ese era el dato que necesitaba.

Sentí excitación y a la vez culpa. Jamás había traicionado a mis padres de esa manera.

El remordimiento me impidió alejarme de la casa ese día. Además, ahora necesitaba una excusa para que dejaran de prestarme atención. Solo uno de los dos salía a comprar lo que hacía falta para el día, mientras que el otro permanecía en la casa. No quería escapar como un delincuente y que terminaran preocupados, pero también sabía que no me permitirían salir solo y mucho menos intentar encontrar a Aali.

Como si eso fuera poco, no tenía un auto ni hubiera sido capaz de conducirlo. Necesitaba dinero para un taxi, si es que acaso podía subir a un vehículo sin pensar que se estrellaría contra algo en la esquina siguiente. Estaba muy sugestionado, y volver del hospital, para mí, había sido un martirio.

A la mañana siguiente, tuvimos que regresar al centro de Los Ángeles para una nueva consulta médica. El doctor dijo que, en vistas de que no presentaba síntomas, podíamos regresar a casa y continuar allí con los controles.

Pero yo no podía regresar todavía.

—Voy al baño —les avisé a mis padres, y desaparecí llevándome el móvil de mi padre en el bolsillo.

Me escabullí por la puerta del hospital sin que me vieran y, cuando ya había conseguido subir a un taxi a pesar del terror que eso me producía, les envié un mensaje al teléfono de mi madre:

> Por favor, no se enojen. Pero no puedo irme de Los Ángeles sin hablar con Aali. Los quiero. Les prometo que tendré cuidado. Volveré cuanto antes a la casa de Malibú. Lo siento.

Y apagué el teléfono.

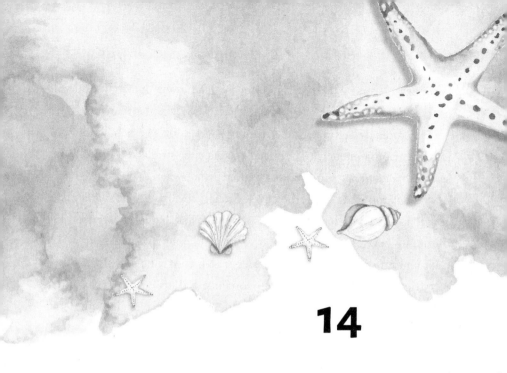

14

Caminé hasta el hospital donde mi madre había dicho que se encontraba Aali y pregunté por ella en la mesa de entradas de internación.

—¿Usted es pariente? —me preguntó la recepcionista.

Mi mente de escritor al fin me sirvió para algo: si decía que no, no conseguiría mi objetivo. Así que me inventé un personaje.

—Soy su hermano. Vine de Princeton, donde estoy estudiando. Pero mis padres no me dijeron cuál es su habitación y no responden mis mensajes, deben estar ocupados.

Como justo era el horario de visita, enseguida obtuve el piso y número de habitación junto con la advertencia de que, si había más de dos familiares con Aali en ese momento, no me dejarían ingresar al sector. Tendría que pedirle a uno, por mis propios medios, que saliera para que me permitieran entrar a mí. Por supuesto, eso no era una opción, así que me arriesgué a presentarme en la puerta del ascensor de todas maneras.

El guardia de seguridad me preguntó a quién iba a ver y me pidió una identificación. Por suerte, la policía la había encontrado en el automóvil, se la había devuelto a mis padres y ellos me la habían dado.

Me dejaron entrar sin problemas. Eso significaba que no había nadie con ella o que solo había una persona. Mientras iba en el ascensor, me puse muy nervioso. Si su madre o su padre estaban en la habitación, no podría mirarlos a los ojos. Merecían, por lo menos, una disculpa.

Mi corazón se agitó en cuanto comencé a transitar el pasillo de las habitaciones. Los latidos iban tan rápido como mis pies, los que tenía que frenar para que no me llamaran la atención por correr en un hospital.

204, 206… Justo cuando giraba para meterme en la 208, un hombre salió de allí, y yo tuve que retroceder. Era un sujeto alto y fornido, de cabello oscuro y ojos azules. Azules con la forma de los de Aali.

—¿Vienes aquí? —indagó, señalando la puerta cerrada con el pulgar. Su tono era rasposo, como el rugido de un león.

—Sí —contesté—. Vine a ver a Aali.

—¿Y tú quién eres?

En ese momento, el peso de todo lo que no había pensado hasta ese instante cayó sobre mis hombros. Había destruido el coche de mis padres y podría haber muerto, ya les había ocasionado bastante sufrimiento. No podía olvidar la investigación policial que estaba en curso. ¡Lo único que faltaba era tener que pagar un abogado, enfrentar un juicio y, quizás, acabar entre rejas! No podía decirle la verdad, tuve que mentir.

—Soy un amigo de Cameron.

Fue en vano. El padre de Aali rio con ese tono áspero y siniestro que me ponía todavía más nervioso, y se acercó un poco.

—¿Tú? —farfulló, y se aproximó hasta hacerme perder el equilibrio. Tuve que retroceder aún más, alejándome de la posibilidad de encontrarme con Aali—. Por tu culpa mi hija está entre la vida y la muerte. ¿Cómo te atreves a venir aquí? ¿Acaso no tienes decencia?

Tragué con fuerza.

—Lo siento —murmuré—. Fue un accidente. Lo siento de verdad.

—¡Un accidente es que tú estés en este mundo, poniendo en peligro la vida de los demás! ¡Bebedor!

—Le juro que no bebí.

—¡Drogadicto!

—Eso menos. Señor…

—Vete de aquí.

—Por favor, solo necesito hablar con su hija un momento. Le prometo que…

—¡Vete o llamaré a la policía!

Apreté los puños para que mis manos dejaran de temblar. No podía permitir que hiciera eso. Por mis padres, no debía.

—Solo dígame cómo está Aali. Aunque sea eso, se lo ruego.

—¿Encima eres sordo? —protestó—. Te dije que se debate entre la vida y la muerte. Le has arruinado el futuro y tendrás que pagar las consecuencias. ¡Maldito bastardo rico! Vete. ¡Vete antes de que te ponga entre rejas!

—Lo siento —repetí, casi sin aire, y huí antes de que hiciera realidad su amenaza.

Tuve que sentarme en la sala de espera; me dolía la cabeza y sentía náuseas. Respiré profundo, procurando calmarme. Pensándolo fríamente, entendía el enojo del padre de Aali, pero algo no terminaba de convencerme.

Los rescatistas me habían dicho que, a pesar del aplastamiento, Aali se hallaba estable. Eso podía haber cambiado en poco tiempo, pero mis padres habían asegurado que, aunque Aali había sido intervenida, estaba fuera de peligro. ¿Por qué mentirían?

Encendí el teléfono y cayeron al menos diez mensajes del móvil de mamá.

Por lo que más quieras, ¡no vayas a ese hospital!

Vamos a buscarte.

Me di cuenta de que, si no me movía con rapidez, mis padres me encontrarían. Sin dudas habían llegado antes que yo, ya que ellos se movían en taxi, pero apostaba a que estaban dando vueltas por el sanatorio y no nos habíamos cruzado por casualidad. No debía tentar a la suerte. Tenía que buscar una alternativa para saber la verdad antes de que me atraparan y me obligaran a regresar a Connecticut.

Busqué el camino más corto para llegar a la casa de Ollie a pie. No había buenas alternativas, cualquiera de ellas me demandaría más de una hora. No me importó. No tenía dinero para un taxi o autobús, y tampoco quería subir a uno. Llegué agotado, pero con la meta firme de conseguir información real y dejarle un mensaje a Aali.

Golpeé a la puerta. Nadie me recibió.

Me senté en la acera de enfrente, un poco escondido detrás de un árbol por si a mis padres se les ocurría preguntarle a Josh dónde podía estar yo y él les daba la dirección de Ollie.

Esperé varias horas hasta que la vi llegar caminando con su novio cuando caía la noche.

Me levanté de inmediato y crucé la calle.

—Ollie —dije antes de que abriera la puerta.

Ella giró despacio, con la boca entreabierta.

—¿Qué haces aquí? —preguntó, tan enojada que, solo con su voz, ya parecía castigarme.

—Por favor, necesito saber de Aali.

—¿Cómo te atreves? —vociferó—. Por tu culpa mi amiga casi se muere, ¿y vienes aquí para hablar de ella? ¡No tienes vergüenza!

—¿Este es el hijo de puta que casi mata a Aali? —indagó Cameron.

—¿No lo recuerdas? Es el maldito que conducía el coche azul.

—Esa noche estaba muy puesto. Pero hoy no —me miró—. Las pagarás por casi haber asesinado a nuestra amiga.

Di un paso atrás en cuanto él dio uno hacia adelante y alcé las manos a la altura del pecho para que se detuviera.

—No quiero pelear. Solo saber de Aali.

—¡Vete a la mierda! —gritó Ollie y, en ese momento, un golpe de su novio me arrojó al suelo.

Para evitar caer de cara al asfalto, puse las manos y me raspé las palmas.

—¡Filma esto! —ordenó Cameron a su novia, y me pateó las piernas—. Que todos se enteren de que le dimos su merecido a este pedazo de mierda.

Intenté reincorporarme y explicarle, pero me dio una patada en el estómago y eso volvió a dejarme en el suelo. Si no hubiera sido porque enseguida me pateó también la espalda y la cadera, tal vez hubiera podido salir corriendo.

El dolor me obligó a ponerme en posición fetal, y lo único que pude hacer fue protegerme de los golpes cruzando los brazos detrás de la cabeza.

—¡Esto es por nuestra amiga! —bramó él, furioso—. ¡Toma, hijo de perra! ¡Siente lo que siente ella!

—¡Cam! —gritó Ollie de pronto.

Oí las ruedas de un automóvil deteniéndose sobre el asfalto y puertas que se abrían. Los golpes cesaron y a cambio una mano cálida se asentó sobre mi brazo. Era mamá. Espié por entre los codos. Mi padre corrió intentando alcanzar a Ollie y a Cameron, pero ellos desaparecieron.

—¡¿Por qué hiciste esto?! —gritó mi madre, desesperada. Me volvió boca arriba y me sacudió de los hombros—. ¿Eres idiota? ¿Estás mal de la cabeza?

—¡Cuidado! ¡El hematoma! —exclamó mi padre, y también se arrodilló a mi lado.

Mamá se cubrió el rostro con las manos y estalló en llanto.

—Shawn, ¿me escuchas? —preguntó papá, tratando de mantener la calma. Me senté despacio, encogí las piernas y me abracé a las rodillas. Estaba en shock—. Tranquilo —me dijo él, y comenzó a acariciarme el cabello—. Nos vamos a casa —determinó.

—No —contesté.

—¿Cómo que "no"? —reclamó mamá, gritando de nuevo.

—No puedo volver a Fairfield sin saber de Aali.

—¿Qué más quieres saber de esa chica? —protestó ella, muy nerviosa—. No hay más. La intervinieron, está bien. Fin del asunto.

—Necesito dejarle un mensaje.

—¡Basta! ¿Te das cuenta de que acabas de poner en riesgo tu vida por un tonto mensaje? ¿Qué puede ser tan importante que le digas a una persona que apenas conoces al punto de dejarte golpear por sus amigos?

—Su padre me dijo que puede que muera.

—¡Es mentira!

—Necesito comprobarlo.

—¡Déjate de tonterías, Shawn! Nos vamos a casa.

Intenté levantarme en contra de la voluntad de mi madre. Jamás había actuado de esa manera, pero estaba cansado de ser correcto. Estaba harto de hacerles caso a los demás, si igual todo me salía mal.

—Espera —ordenó mi padre, más calmado, y me retuvo sentado en el asfalto—. Te ves mareado.

—Tengo que irme.

—¡Maldita sea! —protestó mamá.

—¿A dónde? —interrogó él.

—Tengo que ir al último lugar donde puedo averiguar algo de Aali.

—De acuerdo. Te llevaremos ahí. Iremos contigo y tienes que prometerme que será el último sitio.

—¡Mark! —se quejó mamá.

—Lo prometo —dije, antes de que él se arrepintiera y decidiera hacerle caso a ella.

—¿Me devuelves mi móvil? —solicitó.

Se lo di y pidió un taxi a través de una aplicación.

Mientras íbamos en el coche hasta la playa, mamá intentó limpiarme la sangre que brotaba de mi labio inferior con un pañuelo descartable. Se lo pedí y me la quité solo, aunque lo hiciera bastante mal.

Desde la puerta de la cafetería alcancé a ver a los compañeros de trabajo de Aali y rogué por dentro que alguno de ellos me respondiera.

—Quiero bajar solo —les advertí a mis padres antes de abrir la puerta.

—Con una condición —respondió papá—. Quédate donde podamos verte todo el tiempo.

—Es una cafetería y está llena de gente, nadie iniciará una pelea aquí —aseguré.

No podía prometer algo que no sabía si podría cumplir. Si esa era mi última oportunidad de saber de Aali y dejarle un mensaje, buscaría hasta el último empleado que pudiera darme una respuesta, así fuera en el depósito.

Descendí del automóvil muy rápido, aunque todavía estaba un poco mareado y tembloroso por la golpiza.

Belle, la chica a la que Aali le pidió que me sonriera, salió con una bandeja y se dirigió a una mesa del exterior. Mientras ella entregaba unas bebidas, me distraje del dolor que sentía en el cuerpo con recuerdos todavía más dolorosos: el día que conocí a Aali, la tarde que la encontré en esa misma cafetería, la noche que me dio una oportunidad. La oportunidad que yo había desperdiciado.

—Belle —dije antes de que ella pudiera volver a entrar. Giró y me miró. No supe si me reconoció, era bastante inexpresiva—. Soy…

—Sé quién eres —contestó.

—Por favor, necesito saber de Aali.

—Será mejor que te vayas —dijo, e intentó entrar a la cafetería.

No me dejó más opción que tomarla del brazo para que no se fuera.

Giró de nuevo y me fulminó con la mirada. Sin embargo, algo en mí la llevó a ablandarse un poco.

—¿Qué te pasó? —preguntó, estudiándome el golpe de la cara.

—Por favor, necesito saber que Aali se encuentra bien —rogué.

Me sostuvo la mirada un momento, apretó los labios y respiró hondo antes de responder.

—Está bien. Pero molesta.

—¿Molesta conmigo? Lo imaginaba.

—Su amiga no me dijo nada de ti. Está molesta porque le dijeron que no podrá hacer gimnasia nunca más.

—¿Qué? No… —Belle apretó los labios en un gesto de pena. Supe por su mirada que, al menos, ella decía la verdad—. Mañana tengo que volver a Connecticut. Por favor, dile que…

—No voy a decirle nada —me interrumpió—. Ni siquiera que viniste aquí y que hablamos. Ponte en su lugar. Imagina que amas algo, que es tu única manera de progresar, y que, de pronto, lo pierdes en un instante por la negligencia de alguien más. ¿Cómo te sentirías? ¿Querrías volver a ver a esa persona o siquiera saber de ella? Si te conté lo que le sucede, es solo porque pareces una buena persona. Pero no es suficiente cuando lo has perdido todo por culpa de alguien, por más bueno que sea.

—No estaba ebrio, tampoco drogado. Estalló un neumático.

Se encogió de hombros.

—Como sea, tú conducías. Y luces muy bien —me señaló—. Fuera de ese golpe que traes en la cara, se te ve espléndido. En cambio, Aali todavía está en la cama de un hospital y jamás podrá volver a ser ella misma. No podrá ir a la universidad, ni hacer lo que ama, ni nada por lo que ha estado trabajando mucho tiempo. Así que hazle un favor y desaparece. ¿Eso es todo? ¿Puedo irme?

Me costó liberarle el brazo. Mis ojos se llenaron de lágrimas y sentí que, dejando ir a esa camarera, dejaría ir también lo poco que retenía de Aali. Tragué con fuerza y la solté despacio, hasta que ella terminó de liberarse por su cuenta y se metió en la cafetería.

Me sequé las lágrimas que habían comenzado a rodar por mis mejillas y regresé al auto.

—¿Conseguiste lo que querías? —preguntó papá ni bien me senté.

—Sí —dije con un tono casi imperceptible—. Vamos a casa.

15

Para poder salir de Los Ángeles, tuve que declarar ante la policía todo lo que recordaba del accidente y firmar un consentimiento en el que aseguraba que, si se requería mi presencia en California, estaba dispuesto a regresar para lo que fuera necesario.

En Fairfield me esperaban Sam, Josh y otros amigos para una reunión de bienvenida. Al llegar a casa, los encontré en el patio trasero, con algunas bebidas sin alcohol y snacks. Tenían el permiso de mis padres y habían puesto música a un volumen bastante bajo. Habían colgado globos y guirnaldas, símbolo de alegría. Lo curioso es que, durante el viaje en avión, me había sentido ausente, y ahora solo quería dormir. No tenía ganas de una fiesta, por más breve y tranquila que fuera. No me sentía alegre.

Los saludé esforzándome para sonreír al igual que ellos, pero sabía que no resultaba convincente. Nos sentamos con unas latas de refresco y ellos comenzaron a hablar de las tonterías de siempre: los profesores que por suerte ya no veríamos, los que extrañaríamos, los pechos de Shirley...

—Voy al baño —dije después de un rato, y me metí en la casa.

Fui a la cocina y me serví un vaso con agua.

—¿Estás bien? —me preguntó papá, que justo estaba ahí, esperando que la cafetera terminara de preparar su bebida favorita.

—No quiero estar allí —contesté, mirando a mi divertido grupo de amigos por la ventana.

Papá respiró hondo.

—Le dije a tu madre que era un poco apresurado permitir que te hicieran una reunión de bienvenida, pero ella insistió. Creyó que te haría bien ver a tus amigos y olvidar un poco lo que pasó —se acercó y apoyó una mano en mi hombro—. ¿Qué deseas?

—Dormir.

—Ve a tu habitación, entonces. Yo me encargaré de los chicos.

Le agradecí con la mirada y me fui.

En mi cuarto estuve más a gusto, pero no por eso me sentí mejor. Había algo extraño dentro de mí, una opresión en el pecho y una horrible sensación de insatisfacción constante que, por momentos, me aturdían.

Me acosté y crucé los brazos detrás de la cabeza. Mirando el cielorraso comencé a preguntarme si la luz que entraba por la ventana siempre se habría reflejado de esa manera en la lámpara o si sería algo nuevo debido a que el árbol de la puerta había crecido en ese último tiempo.

Por lo general, ese tipo de sucesos despertaban mi inspiración. Esperé a que surgiera alguna frase que quisiera escribir, pero eso no ocurrió. Era muy pronto para determinar que ya no quería convertirme en escritor, sin embargo, por el momento no tenía ganas de escribir. Sentía que las ideas jamás volverían y que algo se había apagado dentro de mí. Alguien había bajado el interruptor de la creatividad.

Encendí el móvil que mi padre me había prestado y fui a Instagram. Recorrí las fotos que aparecían en el inicio. Todos parecían divertirse en el verano mientras que yo me sentía en pleno invierno.

Revisé la bandeja de los mensajes privados: había una decena de conversaciones con chicos y familiares en las que preguntaban por mí. "Pueblo chico, infierno grande", dicen. En Fairfield, las noticias corrían rápido, y lo que me había ocurrido no era un hecho menor.

No entré para leer ni responder preguntas. Solo busqué la conversación que tenía con Aali y la abrí. Belle tenía razón: debía desaparecer. Pero una porción de mí no podía tan solo "soltar y seguir", como aconsejaban los libros de autoayuda. Una parte de mi alma se había quedado incrustada en el camión.

Aali no había mirado mis mensajes ni había subido contenido nuevo. Algo me decía que no se había conectado y que, posiblemente, no lo haría en mucho tiempo. Tal vez algún día encontrara que me había bloqueado. ¿La haría pasar por la penosa situación de tener que buscar mi nombre para deshacerse de mí?

Podía dejar los mensajes ahí, a la espera de que Aali regresara, o darle crédito a Belle y hacer lo más lógico: liberarla de mi presencia y del dolor que sin dudas yo representaba para ella. Sentí mucha angustia y que un precipitado vacío se apoderaba de mí. Me puse en el lugar de ella una vez más y comprendí que, si alguien me arruinara la vida, solo querría morir.

Borré los mensajes tomándome mi tiempo, lagrimeando mientras mi dedo presionaba la pantalla y seleccionaba "anular envío". Después, borré la conversación. Llevado por el dolor, acabé eliminando también la cuenta. No tenía ganas de recibir mensajes ni de que me preguntaran una y otra vez cómo estaba, si necesitaba algo o qué había ocurrido. Solo quería estar solo y dormir.

Al día siguiente, nada mejoró. Seguía sin ganas de hablar con la gente, ni siquiera con mis padres. Mamá me llevó el desayuno a la cama. Al mediodía, en cambio, me obligó a ir al comedor.

—Deberías vestirte —sugirió—. ¿Desde cuándo bajas a almorzar en bermudas, sin una camiseta?

—Te traeré algo —ofreció papá levantándose. Me acarició el hombro y se alejó.

—¿Verduras? —preguntó mamá, a punto de servirlas en mi plato.

—Pocas. No tengo hambre —contesté.

—¡Tienes que comer! —exclamó ella con alegría, cargando mi plato de todos modos—. En unos días tenemos un turno con el neurólogo y quiero que te encuentre saludable.

Papá me entregó una camiseta y yo me la puse, solo porque mamá tenía razón: no era justo exponer a los demás a mi torso desnudo en el comedor. No tenía idea de por qué no me la había puesto antes de bajar. Simplemente no había tenido ganas, y el desgano pudo más que cualquier norma de convivencia.

Por la tarde, como papá se llevó el móvil, me puse a mirar una película en el televisor de la sala. Hubiera preferido ir a mi cuarto, pero mamá se había puesto pesada con que pasaba muchas horas allí y prefería no escucharla preocupada.

Estuve media hora estudiando qué mirar para que mi elección me aburriera en menos de diez minutos. Probé con el primer episodio de una serie, pero tampoco sirvió. Resultaba evidente que el problema no eran las elecciones, sino yo.

Desistí y le pedí prestado el teléfono a mamá.

—No puedo borrar todas mis conversaciones cada vez que te lo presto —protestó—. No me gusta que revisen mi móvil. Jamás lo hizo tu padre, no se lo permitiré a un hijo.

—Fue una situación de emergencia. No reviso los móviles de la gente.

—Lo siento, pero ahora no confío en ti respecto de eso. ¿Qué pasa con tu biblioteca? ¿Ya no hay nada nuevo? Apuesto a que no leíste los libros que te llevaste de vacaciones. ¿Por qué no intentas con ellos?

—Sí, haré eso —respondí sin entusiasmo, y me fui a mi cuarto.

Por supuesto, no toqué un solo libro, me resultaba imposible concentrarme y de pronto sentía que la ficción no tenía sentido. No existían los dragones, ni los detectives tan astutos, ni los finales felices. Ya no les creía a los escritores, y eso significaba la muerte del lector. Tan solo me metí en la cama y me quedé dormido.

Tuve que volver a levantarme para la cena. También para desayunar y almorzar al día siguiente.

—Tenemos una sorpresa para ti —anunció papá cuando volvió de trabajar. Me entregó una caja y yo la abrí sobre la mesa del comedor. Era un móvil.

—Oh… Gracias —dije—. Hasta es mejor que el que perdí.

—Ya no tendrás que andar como un mendigo, pidiéndonos el nuestro —bromeó mamá, riendo—. Por cierto, Josh me envió un mensaje, dice que no le estás respondiendo.

—Eliminé mi perfil en Instagram y, como no tenía un móvil propio, no usaba la mensajería.

—¡¿Lo eliminaste?! —se sorprendió ella—. ¿Por qué?

Me encogí de hombros, no tenía nada para explicar. Si le decía que no tenía ganas de hablar con la gente, se iba a preocupar.

—Ahora podrás usar la mensajería —dijo papá.

—Gracias —contesté, y regresé a mi habitación. Era el sitio donde me sentía más cómodo, sin las miradas escrutadoras de mis padres ni la obligación de fingir que me sentía bien cuando, en realidad, solo quería desaparecer.

En lugar de instalar la mensajería, descargué un juego de guerra. Y así comencé a pasar las tardes: encerrado en mi cuarto, con la persiana baja y las cortinas cerradas, tapado con el cobertor aunque hiciera mucho calor, mientras asesinaba gente en un lugar ficticio llamado Ripland.

En la consulta, el neurólogo determinó que, al parecer, el hematoma evolucionaba bien y que, si no aparecían síntomas, tendría que repetir los estudios recién en unos meses. Me indicó que continuara sin hacer actividad física, pero como mamá le contó que pasaba mucho tiempo encerrado en mi habitación, me sugirió que saliera a dar paseos y que intentara recuperar una rutina.

—En poco tiempo tiene que mudarse a Nueva Jersey para comenzar la universidad. Irá a Princeton —le dijo ella con tono orgulloso.

—¡Qué bien! —exclamó el doctor y me miró—. ¿Qué vas a estudiar?

—Literatura.

—¡Guau! Mi hija estudia Literatura en Harvard. Serán colegas.

—¡Maravilloso! —replicó mamá, tocándome el brazo.

Supongo que había perdido mis dotes de escritor, pero que al menos todavía conservaba la intuición: todo en ella indicaba que le entusiasmaba la idea de que algún día conociera a la hija del doctor.

Nada podía importarme menos que una chica que ni siquiera conocía. Empezaba a sentirme ahogado y solo quería regresar a casa.

Volver a subir a mi automóvil, el que ahora usaban mis padres a falta del suyo, me provocó taquicardia. Bajé de allí descompuesto y tuve que apoyarme en el tronco del árbol de la puerta de casa, porque creí que me desmayaría.

—Shawn… —murmuró mamá, acariciándome la espalda—. ¿Qué ocurre? ¿Llamo a una ambulancia? —negué con la cabeza de forma apresurada y le hice un gesto con la mano. Ella comenzó a acariciarme el pelo—. Me preocupas. Desde que regresamos de Los Ángeles actúas de manera muy extraña. No pareces tú.

—Estoy bien —alcancé a decir—. Solo no quiero subir más al auto.

—No tomamos ninguna carretera, vamos por lugares tranquilos…

—Tan solo no quiero. No puedo.

—¿Y cómo iremos al médico? ¿Cómo te llevaremos al aeropuerto cuando tengas que ir a la universidad? —me quedé en silencio—. Está bien. Lo resolveremos. Entremos.

En cuanto la puerta se abrió, quise dirigirme a las escaleras, pero la voz de mi madre me lo impidió.

—¿Te preparo un té? ¿Quieres que te acompañe? No puedo regresar a trabajar dejándote así.

—Estoy bien —aseguré, aunque no fuera verdad—. Ve tranquila. Solo voy a dormir.

—Hijo… Te amo.

—Yo también.

Me di la vuelta y escapé.

No sé por qué, lo último que me dijo mamá, en lugar de hacerme sentir bien, me hizo mucho mal. Me arrojé sobre la cama y me eché a llorar con desconsuelo, como si acabaran de arrancarme otro trozo de alma.

No quería estar allí, aunque tampoco sabía dónde. No quería preocupar más a mis padres, pero no sabía cómo no hacerlo. No tenía idea de cómo volver a sentirme la persona que era antes de viajar al infierno.

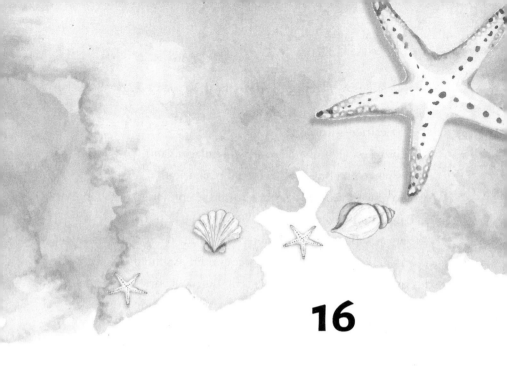

16

Desperté cuando mamá se sentó a mi lado y me pidió que bajara a cenar.

—Tengo sueño —respondí.

—Me sé esas dos palabras de memoria. ¿Alguna vez volverás a decirme algo distinto? —sonrió y me hizo unas cosquillas—. Ya casi no sales de este cuarto. ¿Por qué mañana no les contestas a Sam y a Josh y van a algún lado? Pueden ir a pie, no es necesario que usen un auto.

—Sí, lo haré —contesté, solo para que me dejara en paz.

Ella sonrió de nuevo, se la notaba aliviada.

—¡Bien! Ahora solo necesito que me digas que bajarás a cenar sin excusas.

Aunque bajé al comedor e hice el esfuerzo de ponerme una camiseta, solo revolví la comida en el plato y apenas probé un par de bocados.

—¿No te gustó? —indagó papá—. Es de la marca de pastas italianas que a ti te gustan.

—Sí, está rico —contesté.

—¿Entonces? ¿Por qué no comes? —indagó mamá.

—No tengo hambre. ¿Puedo ir a mi habitación?

Como ninguno contestó, asumí que no se opondrían y me retiré de la mesa deseándoles buenas noches.

Me arrojé sobre la cama y otra vez fui víctima de ciertos pensamientos que se me cruzaban en el último tiempo. En ese momento recordé los textos que guardaba en un cajón y sentí que debía deshacerme de ellos.

Me levanté y los rompí uno por uno. Fui arrojando los pedacitos al retrete y jalé de la cadena. De todos modos, eran basura.

Cerca de la medianoche, mientras jugaba con el móvil, llegó un mensaje de Josh. Jamás le había escrito desde mi nuevo número, mis padres tenían que habérselo dado.

Aparté la notificación en la que me invitaba a una fiesta y seguí jugando hasta que oí unos golpes a la puerta. Silencié el juego, hice el móvil a un lado y di el permiso de ingreso. Era papá.

—Shawn. ¿Por qué no le habías dado tu número a Josh? Creímos que sí. ¿Le has contestado hoy?

—Lo haré después.

—¿Ocurrió algo con tus amigos? ¿Hay alguna razón por la que no quieras verlos? —suspiré y negué con la cabeza despacio. Todo estaba bien. El problema no eran los demás, era yo—. Tu madre y yo estamos muy preocupados. Te notamos muy extraño.

—Ya me lo dijo mamá.

—¿Entonces? —hice silencio—. Entendemos que pasaste por momentos muy difíciles, pero es hora de que dejes ese accidente atrás. En pocas semanas partirás a la universidad, tenemos que asegurarnos de que estarás bien. Hijo, pon un poco de voluntad.

—Lo siento.

—No me digas que lo sientes. Con que intentes recuperar tu vida es suficiente.

¡Ojalá hubiera sabido cómo!

—Está bien. Saldré mañana con Josh —prometí.

—¡Así me gusta! ¡Muy bien! Descansa. No te quedes hasta tarde con esa porquería —señaló el móvil, y yo asentí.

No tenía ganas de contestar ningún mensaje, pero me forcé a hacerlo solo porque tal vez papá tenía razón y era mi culpa que me sintiera así. Había una realidad innegable, y es que, cuanto más me encerraba, más quería permanecer allí.

Tenía que probar salir.

Shawn.

¡Hola!

Lo siento, estuve sintiéndome un poco raro estos días, pero no me olvidé de ti. ¿Cómo estás? ¿Ya conseguiste que Eve te prestara atención?

Josh.

¡Ey! ¡Cómo se nota que me abandonaste durante semanas! Ya no me interesa Eve.

Shawn.

Lo siento. Debí imaginar que ya habías cambiado de parecer.

¿Cómo estás? ¿Así que mañana van a una fiesta a lo de Jim?

Josh.

Así es. ¿Me pasas a buscar?

Shawn.

Claro.

Al día siguiente me arrepentí de haberle dicho que sí. No tenía ni un poco de ganas de salir y le avisé que no podía ir.

En menos de cinco minutos, mamá estaba sentada en la orilla de la cama, preguntándome por qué no iba a salir.

—No puedo creer que ya ni siquiera pueda confiar en mi amigo porque te lo cuenta todo a ti. No me revisas el móvil, pero es lo mismo —me quejé.

—Es por tu bien. Todos estamos preocupados por ti.

—No hace falta que lo estén.

—¿Saldrás con Josh? —no contesté—. ¡Vamos, Shawn! Por lo menos inténtalo. Colabora. Ayúdanos a ayudarte.

Le dije que sí solo para dejar de sentirme culpable por no poder salir

 de la situación.

 Me duché y me vestí sin ganas. Solía usar el pelo desordenado, así que ni siquiera me peiné. Mis padres me despidieron en la sala, donde estaban mirando un programa de televisión. Mamá se veía contenta de que, aunque sea en apariencia, yo volviera a ser el mismo. Quizás ese era el secreto: poner buena cara aunque por dentro me sintiera muerto.

Ni bien me vio, Josh se colgó de mi hombro y me golpeó en el pecho.

—¿Te parecería muy gay si te dijera que te extrañé? —preguntó.

—No me parece que existan sentimientos de gay o de no gay —respondí con honestidad.

—Entonces: te extrañé. ¿Por qué no respondías?

—Estaba recuperándome.

—¿Y tu auto? —señaló la acera, confundido.

—No lo traje.

—¡¿Iremos a pie?!

—Sí —y comencé a caminar delante de él.

De solo escuchar la música a todo volumen en la casa de Jim me dieron ganas de dar la media vuelta y regresar a la seguridad de mi cuarto. Comencé a sentir una opresión en el pecho, pero aun así avancé. "Colabora", me dijo mamá. ¡Y claro que quería hacerlo! Tan solo no podía. No lograba sentirme estable y eso me desesperaba aun más.

Adentro no cabía un alfiler. Josh enseguida comenzó a saludar a todos, mientras que yo apenas movía la cabeza solo para no ser descortés.

—¡Shawn! —exclamó Sam, y se arrojó sobre mí para abrazarme haciendo equilibrio con el vaso de cerveza. Logré conectar un rato con los chicos e ignorar la sensación que me atormentaba día y noche cada vez con más intensidad. Eso que se apoderaba de mi mente y que a veces hasta me dificultaba respirar. Quizás el alcohol ayudó, porque bebí un poco de más. Hasta el punto que, jugando a verdad consecuencia, terminé besándome con una excompañera de la escuela primaria.

Fue una mala decisión. Los recuerdos de Aali se abalanzaron sobre mí como un torbellino, y para cuando el beso terminó, solo quería salir corriendo. Comencé a sentirme ahogado de nuevo, aun más que cuando había bajado del auto después de ir al médico, y no tenía idea de cómo controlar esa sensación. Me levanté y busqué la salida sin dar explicaciones. Terminé sentado contra una pared del exterior de la casa, preguntándome qué sería de Aali y por qué me tenía que pasar eso. No quería sentirme culpable. No podía vivir de ese modo.

—¡Shawn! ¿Qué pasa, hermano? —preguntó Josh, acuclillándose frente a mí—. ¿Te sientes bien?

—Me voy a casa —le avisé.

—Te acompaño.

—No hace falta, quédate.

—Oye —me dijo, sujetándome el brazo con fuerza—. Me has ayudado en situaciones de mierda cientos de veces. ¿Qué clase de amigo sería si ahora que tú tienes una te dejara solo? Vamos. Puedes contarme en el camino qué te sucede.

—¿Para que se lo cuentes a mi madre?

—Lamento eso —respondió él, bajando la cabeza—. ¿Qué quieres que haga? Me escribe todos los días para preguntarme si sé algo de ti y todo tipo de cosas acerca de esas chicas.

—¿Qué chicas?

—Aali y Ollie.

—¿Pregunta por ellas?

—Sí.

—¿Por qué?

—No lo sé.

—¿Qué preguntas hace?

—De todo. Cómo las conocimos, cuánto tiempo pasamos juntos, cómo eran…

—¿Por qué no me lo pregunta a mí?

—No lo sé.

Dejé que me acompañara a casa y, debo admitir, me sentí mejor con su presencia. Antes de que entrara me pidió que no volviera a dejar de responder sus mensajes. Nos despedimos en la puerta.

Esa madrugada no pude dormir. Pensé en cada momento de las

vacaciones y en la vida de Aali. Sin dudas había sido difícil, lo había intuido desde el primer momento y ella me lo había confirmado en la última conversación que mantuvimos: "Nunca me dejo llevar por la imaginación. Por lo menos, no al lugar donde todo es agradable y bonito. Mi vida no es así". "No existen las ilusiones, todo es duro". "Quiero imaginar que no existe el tiempo, que no existe el pasado, que todo es agradable y bonito. Porque contigo lo es".

¡Había dicho que conmigo todo era agradable y bonito! Pero ahora solo había oscuridad y dolor. Lo peor era que no tenía remedio. No podía volver el tiempo atrás y bajarla de ese auto, ni siquiera volver al punto donde yo tenía el control del vehículo para hacer algo distinto y que no fuera ella la atrapada, sino yo.

"Es hora de que dejes ese accidente atrás", me dijo papá. ¡Y vaya que lo necesitaba! Pero no podía hacerlo, porque en realidad, sí estaba atrapado ahí. Mi mente no sabía cómo salir de ese coche.

Me levanté, desesperado, y fui a la cocina en busca de agua fría. Odiaba no poder dormir, porque solo cuando dormía podía dejar de sentirme angustiado, culposo y triste.

Me senté en la mesa solo con la luz que estaba sobre ella encendida; el resto era plena oscuridad.

Por desgracia, las noches siguientes fueron muy parecidas. Podía dormir por la mañana, mientras que a la tarde me la pasaba con el juego o a veces tan solo llorando en la cama.

La noche era la peor parte del día. Me asaltaba un desfile de recuerdos, hipótesis y pensamientos, muchos de ellos un tanto filosóficos. Comencé a preguntarme qué sentido tenía la vida, qué haría cuando mis padres murieran, por qué no podíamos volver atrás y cambiar momentos de la existencia o simplemente no nacer.

Una de esas noches, mamá bajó las escaleras y, al verme en la cocina en penumbras con la mirada perdida, con un brazo apoyado en la mesa y el rostro sobre la otra mano, se asustó.

—¡Shawn! —exclamó en susurros, llevándose una mano al pecho—. ¿Qué haces aquí? ¿Necesitas algo?

—No puedo dormir.

Pestañeó, confundida.

—¿Tienes calor? ¿Quieres un vaso de leche tibia?

—Lo siento, no quise asustarte —respondí, y me levanté para irme. No quería que me viera así.

—¿Te vas a la cama?

—Sí.

La noche siguiente, ya no pude volver a la cocina. No quería que mis padres se preocuparan, eso me hacía sentir peor. Desesperado por no ser capaz de dormir ni de acallar mis pensamientos, apoyé las manos en un mueble y me miré al espejo.

Me di cuenta de que ese que se reflejaba no era yo, o al menos no la persona que conocía. ¿Dónde estaba Shawn? ¿Hasta cuándo se quedaría en ese auto? ¿Qué tenía que hacer para que volviera? No quería estar más atrapado en ese accidente. Tampoco en casa, y mucho menos en la universidad. No lo merecía. Solo quería terminar con esa tortura y dormir en paz.

Movido por un recuerdo, fui al estudio de mi madre y recorrí la mesa de diseño despacio con un dedo. Llegué al cubo de los lápices y toqué el cúter, uno igual al que me había herido cuando era niño. Quizás no era tan malo después de todo y pudiera ayudarme ahora. ¡Pensar que algo tan pequeño podía acabar con un dolor inmenso!

Mi mano tembló, y pensé que era un cobarde si no le ponía fin a mi agonía. Pero mis padres... Yo era su único hijo y, por su edad, resultaba evidente que ya no podrían tener otro. Si yo me iba, se sentirían culpables. Pensarían que habían fallado como padres, que no me habían cuidado lo suficiente o que vivir ya tampoco tenía sentido para ellos. Era mejor que yo continuara sintiéndome culpable y no las personas que solo me habían dado amor y compañía.

Todo mi cuerpo tembló y me alejé del cortante retrocediendo unos pasos. ¿En qué estaba pensando? ¿En qué momento había perdido la razón de esta manera?

En ese momento, me acordé de un texto que había escrito hace tiempo y que hacía poco había destrozado:

Grité en medio de la noche. "¡Madre!".

Y mi madre vino con sus pies descalzos desde la cama para aplacar mi llanto.

"¿Qué pasa, hijo?", preguntó con los ojos turbios.

"El monstruo volvió. Está aquí de nuevo".

"Tranquilo, hijo. Ahora mamá está contigo y el monstruo no podrá hacerte daño".

Y yo le creí.

Quisiera poder creerle ahora.

Ya es tarde.

Porque el monstruo vive dentro de mí.

Así era: el monstruo se había apoderado de mi cabeza. Tenía que destruirlo antes de que él me destruyera.

17

Salí corriendo del estudio y entré en la habitación de mis padres sin golpear. Me arrodillé junto a la cama, sujeté el brazo de mamá y comencé a llamarla en susurros. Ella despertó al instante.

—Shawn. Shawn, ¡¿qué pasa?! —preguntó, asustada.

—Necesito ayuda —respondí. Temblaba y lloraba. Casi no podía hablar.

Noté que mamá llamaba a mi padre tocándole la pierna.

—¿Qué clase de ayuda?

—De esa que les dan a las personas que tienen pensamientos.

—¿Cómo? ¿Qué… "pensamientos"?

¡¿Qué estaba haciendo?! ¿Cómo se me había ocurrido despertar a mis padres para decirles algo tan secreto?

—Nada —me senté en el suelo e intenté retroceder—. Olvídalo.

Mamá me sujetó del brazo para mantenerme cerca.

—No. Dime de qué hablas. ¿Qué pensamientos?

Me puse muy nervioso, me avergonzaba decirlos. Tenía que huir de la situación cuanto antes, pero ¿y si al irme volvía a sentirme desesperado? Junto a mis padres, al menos, no me sentía tan solo.

—¿Puedo dormir aquí? ¿Puedo quedarme con ustedes? —pregunté.

—Sí —dijo mamá.

—Por supuesto —contestó papá, levantándose—. Acuéstate junto a tu madre, yo iré a tu cuarto.

—No —dije enseguida—. Dormiré en el suelo. Aquí... en el suelo.

—¡No bromees, Shawn! —exclamó papá, intentando restarle importancia al asunto—. Iré a tu cama. Acuéstate aquí, vamos —dijo, y me ayudó a levantarme tomándome de los brazos.

Me acosté junto a mi madre y ella me abrazó. De nuevo noté que se dirigía a mi padre con señas, pero esta vez me había ocultado en su pecho y no supe qué le decía.

Al menos por un rato, con las caricias de mamá y sus besos en la cabeza, pude respirar y dejé de pensar que el único modo de terminar con esos sentimientos aterradores era dejar de existir.

Todo estuvo en silencio hasta que golpearon a la puerta. Papá abrió sin esperar respuesta y se adentró en el cuarto. Por la cantidad de pasos, supe que estaba acompañado.

Mamá se apartó un poco y con sus manos intentó descubrirme el rostro que yo había ocultado entre la sábana y la almohada.

—Shawn... —murmuró.

—Permiso —dijo una voz de varón—. Shawn, ¿podemos conversar un momento? A solas, por favor —indicó, supuse que a mis padres.

—¿Tenemos que salir? —protestó mamá.

No hubo palabras como respuesta, pero supe que quien acababa de entrar les habría hecho algún gesto que tanto mamá como papá respetaron saliendo de la habitación.

Me explicó que era un psiquiatra del servicio de emergencias y me preguntó cómo me sentía.

—Mejor —contesté, sentándome frente a él en la cama.

—Tu padre me dijo que hiciste referencia a que tenías ciertos pensamientos. ¿Quieres hablarme acerca de eso?

No pude hablar, tan solo mirarlo. Se me anudó la garganta y mis ojos se inundaron de lágrimas de nuevo.

—No importa, no te preocupes —añadió—. Aunque sea dime cuán fuertes son esos pensamientos ahora.

—Se apagaron. Creo... —respondí en voz muy baja. No quería echarme a llorar otra vez. Respiré hondo para intentar mantener la calma.

—Entiendo. ¿Quieres contarme algo que te haya pasado y que haya provocado esos pensamientos? —otra vez me quedé en silencio mientras una lágrima rodaba por mi mejilla—. ¿Hace cuánto que los tienes?

—Algunas semanas.

—Te noto angustiado. ¿Puedes identificar cuál es el origen de esa angustia?

—Mi vida.

—¿Qué ocurre con tu vida?

—No quiero vivir de esta manera.

No importaba cuánto luchara para no llorar, mis emociones estaban descontroladas y terminé cubriéndome el rostro con las manos, muerto de vergüenza, hipando como un niño perdido en una playa.

—Hagamos algo. Por esta noche no hablaremos más de este tema. ¿Estarías de acuerdo si te aplicara una medicación para que pudieras dormir y te indicara que mañana visitaras a una colega mía? Trabaja en el hospital y sé que puede ayudarte. Es importante que vayas. Lo que haremos hoy será aplacar el síntoma, pero no es la solución. ¿Entiendes?

"Colabora", me había dicho mi madre. Así que le dije que sí.

Me aplicó una inyección y, antes de irse, me sugirió que me acostara y que me relajara. No fue fácil y, además, comencé a sentirme bastante extraño en la cama de mis padres. Opté por cambiarme a mi habitación antes de que lo que sea que me hubiera inyectado hiciera efecto. Sin dudas era una buena medicación, porque ya sentía algo de sueño y no tenía más ganas de llorar.

Mientras caminaba por el pasillo oí a mamá y a papá que conversaban en susurros en el comedor.

—¿Por qué un psiquiatra? —protestó mamá—. Te dije que llamaras a emergencias, no a un manicomio.

—En el servicio de emergencias me preguntaron cuáles eran los síntomas —replicó papá, excusándose.

—¡Mi hijo no está loco! No necesita un maldito psiquiatra.

—Iremos mañana a esa consulta.

—¡Qué no está loco!

—No me importa.

Continué caminando hasta mi cama. Ni siquiera tuve tiempo de pensar en lo que había escuchado. Por fortuna, me dormí en cuestión de minutos.

Mamá me despertó cerca de las diez de la mañana, acariciándome el pelo.

—Hijo, tenemos que ir al hospital.

En la recepción me enteré de que íbamos a ver a una tal doctora Taylor y que era psiquiatra.

El consultorio era pequeño y estaba atestado de cuadros con títulos en las paredes. La doctora era bastante joven y, aunque se la veía muy seria, no alcanzaba a provocar rechazo o miedo. Simplemente se notaba que tomaba en serio su trabajo y eso me daba la esperanza de que me ayudaría. Al menos, yo sentí eso en cuanto me senté allí.

—Shawn, ¿puedes esperar afuera un momento? Necesito hablar con tus padres primero —solicitó. Obedecí de inmediato; si bien me intrigaba lo que pudieran hablar de mí a mis espaldas, no necesitaba oírlo.

Quince minutos después, mis padres salieron y la doctora me pidió que entrara. Al parecer, también hablaríamos a solas.

Frente a ella me puse un poco nervioso. ¿Y si mamá no tenía razón y sí estaba loco? Comencé a mover una pierna por debajo del escritorio y me crucé de brazos. Ya no estaba tan seguro de que quisiera que esa mujer entrara en mi cabeza.

—¿Cómo está el clima afuera? La paciente anterior me dijo que creía que iba a llover —comentó mientras organizaba unos papeles.

—Está nublado —respondí, un poco desconcertado—. Puede que llueva.

—¿Te gustan los días nublados?

—No mucho. Prefiero que llueva o que haya sol.

—No eres un chico de intermedios, ¿eh? —bromeó.

—No lo soy —admití—. Me gustan las cosas claras.

—Entiendo —contestó, asintiendo con la cabeza—. Aunque eso a veces nos genere angustia. Ya ves: no todo es blanco o negro, los días no son todos lluviosos o soleados. Puede que esté nublado, que llovizne o que nieve. Es molesto caminar en la nieve, ¿cierto? —rio—. Los pies se hunden, los zapatos se mojan, sentimos frío… ¡Pero al menos hacemos un poco de ejercicio!

No entendía bien a qué quería llegar, pero al menos me hizo sonreír. Poco a poco, comencé a relajarme. Incluso me pareció que allí me sentía mejor que en cualquier otra parte.

—Si hoy pudieras viajar a cualquier lugar, el que sea: ¿a dónde irías? —indagó.

Respiré hondo. Entonces, ¿no iba a preguntarme cómo me sentía? ¿No me interrogaría para conocer mi problema ni iba a decir nada de lo que le habían contado mis padres?

Medité un momento su pregunta hasta que di con una respuesta.

—Creo que al Gran Cañón.

—¿Por qué?

—Me gustan los paisajes, y creo que ese es muy bello.

—Tienes toda la razón, es un lugar magnífico —asintió—. Pero podrías haber dicho Japón, Arabia, el Caribe… No te gusta alejarte, ¿cierto? Cuanto más cerca estés, mejor. ¿Tienes miedo a volar?

—Disculpe, no quiero parecer un maleducado. Le juro que no lo soy.

—Sé que no. Es evidente.

—Pero… ¿es usted médica o adivina?

La mujer rio.

—Un poco de ambas, supongo —bromeó—. Soy médica, pero ¿por qué ir al psiquiatra tiene que ser trágico y aburrido? Además, prefiero conocerte así.

—¿Así cómo?

—Que me cuentes de ti. Fíjate que, con solo conocer a tus padres y hacerte unas pocas preguntas sobre la vida, puedo acercarme a ciertas conclusiones. Más adelante comprobaré si son ciertas, pero por lo menos tengo la idea a priori de que eres un chico por demás educado, respetuoso, con padres presentes, madre firme en ciertas convicciones y actitudes, un poco cerrada, padre muy centrado y conciliador. Tienes miedo a perder lo conocido, eres un poco solitario y tienes una visión profunda de la vida.

—¿Mis padres le dijeron eso último?

—Acabas de decírmelo tú.

—No me di cuenta.

—Suele ocurrir en este tipo de consultas. Estás esperando que te pregunte cómo te sientes, ¿verdad?

Otra vez me llevó a sonreír.

—La verdad que sí —confesé.

—¿Y cómo te sientes?

—Aquí, un poco mejor.

—¿Y afuera?

Me quedé en silencio un momento, mordiéndome la parte interior de la mejilla.

—Afuera quiero morir.

Creí que ella seguiría hablando como había hecho hasta ahora, pero se quedó callada. Si no quería llorar, también tenía que mantenerme en silencio, así que desvié la mirada y me puse a leer los títulos que colgaban de la pared. "Especialista en psiquiatría infanto-juvenil", "Congreso de psicoanálisis y psiquiatría", "Máster en tratamiento de los trastornos depresivos y de ansiedad en niños y adolescentes".

Como al parecer ella no me haría más preguntas, continué yo.

—Me siento mal. No quiero estar en mi casa. Tampoco en otra parte. Solo quiero dormir, pero no puedo. Todas las noches termino pensando y recordando y...

Callé para tragarme las lágrimas y ya no volví a hablar. Pasaron unos segundos eternos hasta que la doctora retomó la conversación.

—¿Hace cuánto te sientes así?

—Casi dos meses. Antes podía soportarlo. Ya no. Es cada día peor.

—¿Puedes contarme específicamente qué piensas?

—Muchas cosas. Pienso en mi infancia, en mis padres, en las vacaciones. En la chica a la que le arruiné la vida.

—¿Qué piensas de tu infancia?

—Que fui feliz y ya no lo soy —dije, enjugándome una lágrima.

—¿Por qué crees que no eres feliz?

—No lo sé.

—¿Y qué crees que te haría falta para serlo?

—Tampoco lo sé. Pero no haber arruinado la vida de alguien me ayudaría, supongo.

—¿Alguna vez habías tenido pensamientos como estos? Quiero decir: ¿En algún otro momento de tu vida, más allá de la situación actual, pensaste en la muerte?

—Sí, a veces. Pero no quería morir. Tan solo creía que este mundo no era para mí.

—¿Cuándo fue eso?

—A los quince, tal vez.

—¿Y por qué creías eso?

Lo pensé por un momento, pero acabé encogiéndome de hombros.

—No lo sé. Confío en la gente, pero la gente es cruel, y yo no sirvo para ser así.

Pasamos otros segundos en silencio hasta que ella se levantó. Como intuí que se dirigía a la puerta, me apresuré a secarme las lágrimas. No había manera de ocultar que había llorado, así que, cuando mis padres entraron y se sentaron uno a cada lado de mi silla, simplemente deseé que la tierra me tragase.

—De acuerdo —dijo la doctora, recuperando su tono serio y distante—. He estado conversando con Shawn y creo que lo mejor será comenzar un tratamiento. Quizás dure un año o dos. Es importante que no lo abandone.

—¿Qué tipo de tratamiento? —indagó mamá.

—Para empezar le daré una dosis muy baja de un antidepresivo y un ansiolítico. Paralelamente, verá una vez por semana a una psicóloga especialista en jóvenes. Asistirá a la consulta conmigo una vez por mes.

—¿Es necesario? —protestó mamá—. En una semana parte a la universidad.

—¿A qué universidad? —preguntó la doctora.

—Princeton.

—Eso tendrá que esperar por el momento.

La mandíbula de mamá casi rozó el suelo. Dejó escapar el aire y su cuerpo asumió una forma como si se hubiera desinflado sobre la silla.

—Pero fue aceptado, con lo difícil que es eso, y ya pagamos la inscripción.

—Lo siento —contestó la doctora Taylor—. Usted también puede buscar ayuda, si lo desea. A veces necesitamos entender que nuestros hijos no siempre tienen las mismas necesidades que nosotros. Tampoco vienen a llenar nuestras expectativas, no tienen por qué ser como deseamos: son lo que son y aun así los amamos. De hecho veo en Shawn a un gran chico. Estudiar o no estudiar un año no afectará su esencia. Su salud mental, sí.

—¿Él le dijo que no quiere ir a la universidad? —preguntó papá. Noté, por su tono, que él no discutía la sugerencia de la psiquiatra, como sí hacía mamá, sino que le preocupaba no haber tenido en cuenta mi opinión respecto de estudiar.

—No. No hablamos de sus estudios, y eso indica que su hijo en este momento tiene otras prioridades. Creo que con la medicación y las sesiones de terapia, poco a poco, se sentirá mejor.

—¡Todo por ese maldito accidente! ¿Es nuestra culpa? —preguntó mamá, con la garganta cerrada—. Tal vez lo criamos demasiado responsable, demasiado obediente o sentimental.

—No hay culpables. Ustedes hicieron lo mejor y él también —contestó la doctora—. Puede que el accidente haya sido el detonante, incluso es bastante común encontrar trastornos depresivos en personas con lesiones cerebrales. Pero estos procesos tienen múltiples causas y suelen permanecer latentes por muchos años. Lo importante es que, ahora que sabemos a qué nos enfrentamos, nos ocupemos de ello. ¿Estás de acuerdo, Shawn? ¿Comenzamos a deshacernos de esos malos pensamientos?

18

Conocí a la licenciada Brown la tarde de un jueves lluvioso. Era una mujer de la edad de mi madre y de apariencia muy segura, que atendía en un consultorio del centro de Fairfield.

Tal como había hecho la psiquiatra, pidió hablar primero con mis padres. Mientras tanto, esperé en la sala. Cuando ellos salieron, fue mi turno.

Había un sofá de forma extraña y un escritorio; la única iluminación provenía de una lámpara. Pregunté dónde debía ubicarme y me dijo que comenzaríamos en el escritorio, sentados frente a frente. Me preguntó por qué había ido o por qué creía que estaba allí.

—Creo que necesito ayuda —contesté.

—¿Ayuda con qué?

—Con mis sentimientos.

—¿Qué sucede con tus sentimientos?

—Los perdí. Es como si estuvieran dormidos y ahora solo pudiera sentir tristeza.

Por ser la primera sesión, solo tuve que exponer a grandes rasgos lo que me ocurría y explicarle de mi tratamiento con medicación.

A partir de ese día, comenzamos a encontrarnos cada jueves. Le conté de mis padres, de la escuela, de mis amigos. Pronto todos se fueron a la universidad y yo me quedé en el pueblo, así que también hablamos de eso. Yo temía estar perdiendo un año y defraudar a mi madre. Ella aseguró que no lo estaba perdiendo, sino que lo estaba ganando.

—No logro entender esa lógica —confesé.

—Imagina las horas que pasarías triste en el futuro si no resolviéramos lo que ocasiona tu angustia en el presente. Te aseguro que la suma daría mucho más que un año. Por otra parte, supongo que quieres tener una buena experiencia universitaria. ¿De qué serviría tenerla ahora si lo pasaras mal? En tu caso, creo que no importa tanto la cantidad de tiempo que pases haciendo una u otra cosa, sino la calidad, y tenemos que lograr una buena calidad, hagas lo que hagas. Quédate tranquilo: estás haciendo una buena inversión de tu tiempo ocupándote de ti. Y si tu madre no puede aceptar que necesites pausar tus estudios por una temporada, puedo darle el número de algún colega.

La última parte de su respuesta me hizo ahogar la risa. Acabé sonriendo, cabizbajo. Si tenía que ser sincero, me sentía mejor en el consultorio con la psiquiatra, pero con Alice Brown también me sentía bastante bien.

—Es un poco intensa, ¿no? —continuó ella con los ojos entrecerrados.

—¿Quién? ¿Mi madre? —indagué, perdido en mis pensamientos. Ella asintió—. A veces. Pero es buena.

—Ser sobreprotectora y mandona no te hace mala persona —contestó—. ¿Tú como te sientes con eso?

—Me siento un poco ahogado. Presionado. Creo que deposita muchas expectativas en mí y me siento mal si no hago o soy lo que ella espera.

—Supongo que "mal", en realidad, significa "culpable".

—Sí, puede ser.

—¿Qué más te hace sentir culpable?

Suspiré mientras le sostenía la mirada. Había mil cosas que me hacían sentir de esa manera, pero la primera que se me ocurrió fue demasiado dolorosa para ponerla en palabras.

—Lo que pasó el último verano —dije en voz muy baja. Sentí que, al instante, los ojos me ardieron con el calor de las lágrimas.

—¿Por qué no me cuentas un poco acerca de eso?

Volví a hacer una pausa, procurando reunir fuerzas para continuar lo que había comenzado.

—Hace unos meses me fui de vacaciones a Los Ángeles con mis amigos.

—El chico al que no le gusta alejarse de lo conocido se atrevió —intervino ella—. ¿Y qué pasó?

—Casi maté a alguien. Yo conducía y nos estrellamos.

—Es decir: tú conducías un vehículo que se estrelló contra otro.

—No. Yo conducía un automóvil, estalló un neumático y nos estrellamos contra el acoplado de un camión.

—Te entiendo. Esas experiencias siempre son traumáticas. Pero ¿por qué dices que casi matas a alguien?

—Iba con una chica que conocí en Los Ángeles. Ella era gimnasta. Quedó atrapada en el coche que yo estrellé y no podrá serlo nunca más.

Callé para no llorar. Desde que había comenzado el tratamiento, recién ahora había conseguido pasar una semana sin hacerlo. A decir verdad, estaba agradecido de poder dormir en la noche gracias al ansiolítico, pero no sentía muchos cambios con el antidepresivo. En la segunda consulta, la doctora Taylor me explicó que el efecto no era inmediato y me aumentó la dosis. No haber llorado durante algunos días era un buen indicio, no quería retroceder.

—Reitero mi pregunta —contestó ella—: ¿por qué dices que casi matas a alguien?

La miré sin entender por qué repetía lo mismo. Creí que había sido claro.

—Por lo que dije.

—¿Acaso apuntaste a esa chica con un revólver? ¿La empujaste para que cayera por un barranco?

—Choqué el auto en el que viajábamos.

—¿Habías bebido? ¿Estabas drogado?

—No.

—¿Lo hiciste a propósito?

—¡Claro que no!

—Entonces deberías cambiar el pronombre y el verbo. "Que yo estrellé" no es la expresión más adecuada en este caso. Creo que lo mejor será que empieces a pensarlo como "que se estrelló".

—¡Es lo mismo! No importa el vocabulario. Yo conducía y por mi culpa Aali ya no tendrá una beca como gimnasta en ninguna universidad. Tampoco puede pagar una, por lo que allí se quedará, en Los Ángeles, prisionera de una vida dura y de un jefe despreciable.

Terminé llorando y, creí, retrocediendo.

La licenciada Brown guardó silencio unos instantes, dándome tiempo para que continuara, pero yo no podía hacerlo.

—En un análisis, el vocabulario es lo más importante, porque expresa tu inconsciente —respondió finalmente, arrancando un pañuelo descartable de la caja. Me lo entregó con dos dedos y yo se lo arrebaté, demostrándole mi enojo, aunque no comprendiera del todo por qué me molestaba con ella—. Shawn —continuó—. Tú no tienes la culpa de las circunstancias de vida de esa chica. Tampoco de que un neumático estalle y el coche se estrelle por eso.

—Yo conducía, tenía el poder al sostener el volante. Pude haber hecho otra maniobra para evitar que ella quedara atrapada.

—¿Sabías que eso ocurriría?

—No. Pero, tal vez, si hubiera hecho algo distinto...

—¿Por ejemplo?

—No sé. Cruzarme de carril.

—No creo que pudieras pensar con tanta claridad en tan pocos segundos. ¡Nadie podría!

—No lo hice porque venía un coche de frente. Temí colisionar contra él y que fuera peor.

—¿Crees que lo hubiera sido?

—Sí. Después supe que viajaba una familia. En los choques frontales suele haber más heridos de gravedad que si solo chocan los integrantes de un vehículo contra algo donde no hay personas.

—¿Investigaste todo eso? —asentí con la cabeza y me soplé la nariz, deseoso de ocultarme con el pañuelo—. Es cierto. Yo también creo que hubiera sido peor que cambiaras de carril.

—Quizás podría haber esquivado al otro coche.

—¡¿Y volcar por terminar en la banquina o contra la valla de contención?! —exclamó ella. Yo me quedé en silencio, mirando la caja de pañuelos. No podía argumentar nada contra eso; también lo había pensado—. Shawn… Los accidentes suceden y no tienen un culpable. Por eso se llaman "accidentes".

—Lo sé —admití—. Lo entiendo de forma racional, conversándolo aquí, pero me siento culpable —confesé, y volví a llorar.

Alice dejó pasar un instante antes de volver a hablar.

—Me contaron tus padres que escribes —dijo—. ¿Por qué nunca lo mencionaste en la consulta?

—Porque ya no lo hago —respondí, sin entender qué relación podía tener un pasatiempo con el "accidente".

—Tal vez te haría bien volver a hacerlo.

—No puedo y no quiero.

—Supongo que estudiaste en el colegio el término "catarsis".

—Ya le dije que no puedo.

—Está bien. Al menos piénsalo. Estoy segura de que te haría bien sublimar todas esas emociones negativas en algo bello y creativo. Que la muerte se transforme en vida. Por hoy dejaremos la sesión aquí.

Esa noche me costó conciliar el sueño. Reflexioné acerca de las palabras de mi analista y me sentí culpable de no poder sentir lo que ella decía que era más adecuado. Tenía razón: yo no había provocado el accidente ni habría podido resolver el suceso de una manera mejor, sin embargo, no lograba que mis emociones respondieran a ese análisis de la situación.

La semana siguiente, evité hablar de lo que había ocurrido en el verano. Sentía que, si lo hacía, tendría que soportar otra vez los horribles síntomas que me habían llevado a esos consultorios.

Cuando me preguntó cómo estaba y me pidió que hablara de lo que quisiera, le dije que no tenía nada para conversar, que mi vida sin la escuela, sin mis aficiones y sin mis amigos se había convertido en un camino bastante monótono y que lo único que podía hacer era contarle de la película que había mirado esa semana. La única en la que había podido concentrarme.

—Entonces acuéstate ahí —dijo, señalando el diván—. Cuando el paciente no tiene nada de qué hablar surge lo mejor —aseguró.

Esa tarde conversamos acerca de mi infancia.

En la siguiente consulta con la doctora Taylor, ella me preguntó cómo iba con mi tratamiento psicológico.

—Más o menos —confesé—. A veces tengo que hablar de cosas que, creo, me hacen retroceder. Las noches en que lo hago, no puedo dormir.

—¿Por ejemplo?

—El último verano.

—Si sientes la necesidad de hablar de ello, no quiero que la reprimas. Es al revés: hablar de lo que te hace mal te ayudará a avanzar, no te hará retroceder. Esas noches, duplica la dosis del ansiolítico, pero libera todo eso.

»Aumentaremos una vez más la dosis del antidepresivo. Creo que esta será la definitiva. Lo sostendremos así durante un año, y luego veremos.

»Shawn… Ya te noto un poco mejor. Tú puedes. No olvides tomar tu medicación, sigue adelante con tu psicóloga y, por lo que más quieras, no abandones el tratamiento.

La doctora Taylor me despertaba mucha confianza, así que le hice caso. La siguiente sesión de psicoanálisis, hablé de Aali.

Le conté a Alice todo lo que recordaba con lujo de detalles: cómo la había conocido, de qué habíamos hablado en nuestros primeros encuentros, cómo eran sus amigos. Esa tarde solo llegué al punto donde íbamos a tener sexo. Durante varias semanas le transmití nuestra historia completa hasta el momento del accidente y lo que pasó después.

—¿Intentaste hablar con ella en estos meses? —indagó.

—No podría hacerlo.

—¿Por qué no?

—Ella no quiere saber nada de mí y, además, no me atrevo.

—Dices que ella no quiere hablar contigo, pero no fue ella la que te lo dijo. Por lo que referiste, fue su compañera de trabajo, que ni siquiera era muy amiga suya. Además, según entendí, esa tal Belle obtuvo la información de Ollie. ¿Y si no es así? ¿Y si en algún punto el teléfono se descompuso y alguna inventó lo que quiso?

—¡Claro que es así! Dígame: si a usted alguien le arruinara la vida...

—¡Otra vez con eso!

Dejé salir el aire de forma ruidosa.

—De acuerdo —dije, un poco más tranquilo—. Pongámoslo así: si usted viajara en un automóvil que conduce otra persona, reventara un neumático y terminara atrapada en el coche, muerta de dolor y de miedo. Si se enterara de que no podrá hacer lo que ama nunca más, y con ello se terminara también su esperanza de ir a la universidad, tener una vida mejor y escapar de una realidad horrible para usted. Sea honesta: ¿qué sentiría respecto de ese conductor?

—¿Qué sentirías tú?

—¡Lo odiaría!

—Me pides honestidad, pero no creo que tú estés siendo sincero con esa respuesta.

¿Cuándo había permitido que la licenciada Brown me conociera tanto?

—Está bien, punto para usted —admití. Ella rio.

—¡No es una competencia! —exclamó—. Solo quiero ayudarte a analizar la situación desde otra perspectiva.

—Eso intento. Tiene razón: no lo odiaría. Pero verlo o hablar con él me traería muy malos recuerdos.

—Punto para ti, ahora —contestó—. Es posible que no le traigas buenos recuerdos, pero fíjate una cosa: me has relatado durante semanas vivencias hermosas con esa chica. Si lo fueron para ti, y ella te dijo en la última conversación que mantuvieron antes del accidente que también lo fueron para ella, ¿por qué solo recordaría lo malo? ¿Acaso tú solo recuerdas el mal momento del accidente que pasaste junto a ella?

—Mi vida y mi futuro no están arruinados. Los de ella, sí.

—Creo que la estás poniendo en una posición imaginaria. Por lo que me contaste, y citaré tus palabras, Aali era: "fuerte, madura, decidida". "Desconfiada, directa, inteligente". Dijiste que la admirabas por todo eso. ¿Por qué entonces la colocas en una posición tan débil? ¿Por qué no crees que sería lo suficientemente inteligente y fuerte como para buscar otra forma de salir de esa vida que ella no quería?

—Porque su única herramienta para hacerlo era la gimnasia competitiva.

—Las personas inteligentes nunca cuentan con una sola herramienta. Las herramientas están en su mente, surgen de acuerdo con las necesidades. Creo que la gimnasia era su herramienta más fácil en ese momento difícil, pero estoy segura de que ella, como tú, encontrará otras. Tal vez no es todo tan oscuro como crees. Quizás deberías comprobarlo hablando con ella y no con interlocutores de dudosa credibilidad.

Si bien no creía que las cosas fueran tan fáciles como Alice sugería, dejé de insistir con el asunto del futuro imperfecto de Aali y me quedé con el hecho de intentar hablar con ella. Quería resolver ese miedo, o al menos comenzar a hacerlo antes de que la sesión terminara.

—¿Y si lo que tiene para decir me duele demasiado? —pregunté.

—Shawn, espero que te des cuenta solo de por qué colocas a Aali en una posición tan débil cuando lo que describes respecto de ella es todo lo contrario.

—¿Porque yo estoy ahí?

—Sabía que, siendo un chico tan intuitivo e inteligente, con unas cuantas semanas de psicoanálisis harías un gran avance —dijo—. ¡Sí! Estás en esa posición desde hace meses. ¿No te parece que ya es hora de que vayas saliendo de ese lugar? Si te dice algo desde el dolor, la comprenderás, pero no te harás cargo de ello, porque no te corresponde. Los dos tuvieron la mala suerte de compartir un accidente de tránsito que, aunque les dejó secuelas, podría haber sido una tragedia. Ninguno de los dos está en una peor posición. No es tu culpa cómo sean sus padres, su jefe, su barrio y sus amigos, ni que estallen neumáticos. Ten eso en mente cuando la contactes, Shawn.

19

"Ten eso en mente cuando la contactes, Shawn". Y, sí: lo tenía. Pero mi intento de contactar a Aali terminó conmigo sentado en la orilla de la cama, con el móvil temblando en la mano.

No tenía más el número de Aali, y Josh ya no tenía el de su amiga. Debía crear un nuevo usuario en Instagram, buscar su cuenta y enviarle una solicitud. Pensé en colocarme un nombre de fantasía, pero no me pareció correcto. Tenía que usar mi nombre real, y que ella decidiera si quería darme una nueva oportunidad.

Supe de inmediato que esa sería otra noche difícil para mí, así que, aunque ya había tomado una dosis del ansiolítico, la dupliqué, tal como me había sugerido la doctora Taylor.

Suspiré por centésima vez y creé la cuenta. Le puse "Shawn Sterling", aunque me hiciera sentir vulnerable y desnudo. Era una forma de decirle:

"Mira, Aali, aquí estoy yo y te estoy buscando. ¿Me aceptas?". Como foto de perfil puse la imagen de una jirafa que encontré en Internet y en la descripción, un punto. No tenía ganas de redactar las tonterías de siempre: "Libros. Fairfield. Piscis". Por supuesto, la dejé como privada.

Abrí el buscador bastante decidido, pero justo en ese momento sentí una fuerte opresión en el pecho y tuve que suspender la acción. Hice el móvil a un lado y me cubrí el rostro con las manos. Eché la cabeza atrás y miré el techo apenas iluminado por la lámpara. Necesitaba fuerzas, pero no sabía de dónde extraerlas.

Suspiré y volví a recoger el teléfono. Escribí "Aaliyah Star Russell". No hubo resultados. Probé con "Aaliyah Russell". Había tantas y con fotos tan impersonales, que pronto comprendí que sería imposible dar con ella, al menos por ese medio.

Estaba loco. Deliraba. Debía llamar a la doctora Taylor para que me ingresara en algún instituto psiquiátrico. Pensé todo eso mientras abría la página de Google en mi computadora y escribía la dirección de Aali. Sí: cuando me decidía a hacer algo, no era muy fácil de detener que digamos. Lo malo fue que esa locura tampoco dio resultado: no tenían un teléfono fijo al que comunicarme.

El jueves le conté esos y otros intentos a Alice.

—No hay caso: intenté contactarla por todos los medios, pero es imposible. En las redes sociales hay demasiadas chicas con su nombre, apellido y fotos impersonales. Además, cabe la posibilidad de que no esté usando su nombre real. En su casa no tienen un teléfono de línea y mi amigo ya no tiene tampoco el número de móvil de su amiga Ollie. Solo conseguí el teléfono de la cafetería, pero cuando llamé, el dueño me dijo que ella ya no trabaja allí y que no tiene idea de dónde podría encontrarla.

Alice se quedó tanto tiempo en silencio que terminé moviéndome en el diván para mirarla.

—Estoy procesando todo esto —bromeó—. Veo que, cuando quieres, eres bastante implacable.

—Soy un buen investigador y muy curioso —admití, volviendo a mi posición.

—Típico de escritor. Quisiera leer algo tuyo algún día.

—Rompí y tiré todo.

—Podría ser algo nuevo.

—¡Olvídalo!

—De acuerdo —dijo y suspiró—. Creo que, aunque no hayas podido contactarla, al menos ahora sabes que ya no tiene que soportar a ese jefe malhumorado del que me hablaste. Eso es bueno, ¿no?

—¿Y si está soportando a una jefa malvada?

—¿Algo así como la protagonista de *El diablo viste a la moda*?

—Podría ser.

Los dos reímos.

—Tienes una imaginación muy prolífera.

—¿Me parece o estás insistiendo para que escriba? —nunca perdía la oportunidad de pedirme que volviera a mis escritos.

—¡Oh! —exclamó, con toda la intención de destacar la interjección—. ¡He fallado una vez más!

Me hizo reír.

—Creíste que conversando con ella cerraría el círculo, ¿verdad? —indagué.

—Me atrapaste. ¿Estás seguro de que quieres estudiar Literatura? Tal vez prefieras ser psicólogo.

—No. Me pondría muy mal con los problemas de los demás. Pero, como supuse que es cierto que necesito cerrar la historia, o al menos intentarlo, pensé en otra alternativa.

—Cuéntamela.

Me senté en el diván sin pedirle permiso y la miré a los ojos.

—Creo que encontré el modo de que Aali pueda ir a la universidad —ella permaneció en silencio, observándome—. Encontré una ONG que se ocupa de contactar padrinos anónimos con personas con necesidades que esos padrinos pueden satisfacer. Por lo que leí, el padrino puede elegir qué causa apoyar.

—¿Entonces?

—Tengo que encontrar el modo de que Aali ingrese la suya y yo la apadrinaré. Como es anónimo, nunca sabrá quién fue.

—No sé si estoy entendiendo. ¿Cómo conseguirías que la admitieran en una universidad? ¿Cómo la pagarías?

—La admisión correrá por su cuenta. El dinero, por la mía. Utilizaré la mitad del que hay en mi cuenta para estudiar.

—Pero no es tu obligación. Eso es tuyo. Sin dudas tus padres lo reunieron allí durante años para ti.

—No necesito ir a Princeton. Puedo ir a una universidad pública y donar la mitad del dinero a Aali para que ella vaya a otra. Si ambos vamos a universidades públicas, donde las cuotas son mucho más económicas, ese dinero alcanzará para los dos, incluso para pagar las residencias estudiantiles.

»Por favor, no me digas que estoy loco o que busco engañarme. No intento acallar mis malos pensamientos. Sé que seguirán ahí, susurrándome al oído por mucho tiempo. Solo quiero resolver uno de los problemas de Aali.

Alice continuó observándome un rato, los dos callados.

—Si no te notara tan entusiasmado, creería que es culpa. ¿Es culpa, Shawn?

—Un poco, tal vez, porque sé que la culpa es parte de mí. Pero no siento que esté aplacándola con esto. Solo me haría sentir mejor. Me hace bien hacerle bien a alguien.

Parecerá tonto, pero necesitaba con todo mi corazón que Alice la considerara una buena idea. Si bien tenía decidido llevarla a cabo de todos modos, por lo menos quería sentir el apoyo de ella.

—Entiendo —dijo—. Si crees que eso te brindará cierta tranquilidad, no veo nada de malo en que dones dinero para una causa justa.

—Gracias —respondí, aguantándome las ganas de abrazarla—. De verdad necesitaba escuchar eso.

—Lo sé. Te veo mucho mejor, Shawn. Estás saliendo adelante y eso me hace sentir muy orgullosa. Espero que este gesto que quieres tener con esta chica sirva para que te recuperes todavía más.

Contarle mi decisión a mi terapeuta fue fácil. Me lo había dicho desde la primera sesión: "puedes contarme lo que sea, jamás te juzgaré ni tomaré a mal lo que sea que digas". El problema era mamá.

Dejé pasar un tiempo mientras averiguaba en qué universidades públicas podía estudiar mi carrera, calculaba cuánto podía ahorrar ingresando en cada una y me postulaba a algunas.

Una noche, cuando ya tenía todo resuelto, comencé a reunir los platos sucios de la mesa mientras planeaba cómo contarle mi plan.

—Déjalos —sugirió ella—. ¿No prefieres mirar el partido con tu papá?

—Hoy juegan los Tigers —añadió él.

Nunca me habían gustado los deportes y ellos lo sabían, pero siempre buscaban formas de mantenerme a su lado.

—Quiero contarles algo —solté, y volví a sentarme para que habláramos.

—¡Te aceptaron en Princeton de nuevo! —exclamó mamá, uniendo las manos debajo del mentón, como si estuviera a punto de orar.

—Algo así —respondí—. Pero no iré a Princeton. Decidí donar la mitad de mi dinero a Aali a través de una ONG de padrinos anónimos para que ella también pueda estudiar.

El silencio que siguió a mi anuncio fue muy distinto del que, semanas atrás, había sostenido mi terapeuta. Papá apretó los ojos. Mamá negó con la cabeza y dejó escapar una risa lapidaria.

—¿Qué? —balbuceó—. Déjate de tonterías, Shawn. ¿Por qué le donarías nuestro dinero a una chica que apenas conociste un verano?

—Porque estoy seguro de que lo está pasando mal y no quiero que siga así.

—¡Que se arregle! —exclamó—. No tenemos ninguna obligación con ella.

—Espera —le pidió papá, tomándole la mano por arriba de la mesa—. Hijo. Creímos que ibas a terapia para entender que ese accidente no fue tu culpa.

—No se trata de eso.

—¿Entonces?

—No puedo seguir con mi vida como si nada hubiera pasado mientras que los planes de Aali se arruinaron.

—¡Pero tú no tienes la culpa! —exclamó mamá—. ¿Por qué asumes que esa chica merece que hagas un sacrificio tan grande por ella?

—No lo hago solo por ella. Lo hago por mí.

—No veo en qué podría beneficiarte que ella vaya a estudiar y tú no.

—No dije que no lo haría, sino que lo haré en otra parte.

—¡Imposible! No hablemos de esto, es ridículo —bramó ella.

—Lo siento, mamá. Ya está decidido. Voy a hacerlo.

—¡Shawn! —exclamó, entrando en desesperación.

—¿Lo hablaste con tu psicóloga? —preguntó papá.

—Sí.

—¿Y qué te dijo?

—Que no ve mal que quiera donar dinero para una causa justa.

—¡Ja! —exclamó mamá, golpeándose la pierna, y miró a papá—. ¡Para eso le damos nuestro dinero a esa sinvergüenza!

—Te acompañaré a hablar con ella —solicitó él.

—Iré yo —dijo mamá.

—Vayamos juntos —propuso él antes de dirigirse a mí de nuevo—. Por favor, no hagas nada hasta el jueves. ¿Puedes prometernos eso?

—Claro.

Por primera vez en mucho tiempo, sentí algo de paz, y esa noche dormí mucho mejor.

El jueves, los tres estuvimos sentados frente a la licenciada Brown.

—Mi hijo nos contó que quiere donar la mitad del dinero que hay en su cuenta de estudios a esa chica que conoció en el verano —dijo mamá—. Según él, usted le dijo que no veía nada de malo en que hiciera eso.

—Así es. Fue la conclusión que extrajimos juntos.

—¡¿Juntos?! ¿Qué clase de conclusión puede extraer con un chico de diecinueve años? Se le dice que lo consulte con sus padres y punto.

—Señora, su hijo no es un niño. Cuando comenzó la terapia, tenía dieciocho años, y aunque no era obligación que primero yo conversara con sus padres a solas, dadas las circunstancias, decidí hacerlo. Hoy también accedí a recibirlos, pero no son ustedes mis pacientes. No puedo explicarles los pasos de la terapia que nos llevaron a concluir que donar ese dinero no es una mala idea y que está en plenas facultades para hacerlo.

—¡Le pagamos para que lo ayude, no para que lo hunda!

—¿Por qué te opones? —me entrometí.

—¡Porque es una locura! —exclamó ella—. ¿Sabes el tiempo de vida que invertimos reuniendo ese dinero para que fueras a la mejor universidad que pudiéramos costear y para que tuvieras un gran futuro?

—Yo no les pedí nada.

—¡¿Y por eso tienes que desperdiciarlo?! —mamá dejó de mirarme y volvió a la psicóloga—. Pensaré muy bien si continuaré pagando sus honorarios —dijo, y se levantó para irse.

Ella salió. Mi padre y yo nos quedamos allí sentados.

—Disculpe —le dijo él—. Sin dudas Shawn continuará asistiendo a terapia; lo vemos mucho mejor. Lo que sucede es que mi esposa tiene miedo de que él arruine su futuro.

—Yo no tuve los medios para ir a una universidad privada de renombre. Estudié en una universidad pública y aquí me tiene, me siento realizada en mi profesión. Cada vez que veo los avances de un paciente, como veo los de su hijo, confirmo que tomé la decisión correcta. ¿Por qué no dejan que él tome las suyas?

—Lo intentaremos. Gracias por su tiempo.

Papá aceptó mi decisión. Mamá no. Al otro día, estábamos sentados en el consultorio de la doctora Taylor.

—¡Tiene que convencerlo de que hacer eso es una locura! Nuestros negocios andan muy mal, ese dinero representa un sacrificio enorme para nosotros. Estoy desesperada de solo pensar que irá a parar a las manos de una chica que, posiblemente, no lo valorará. ¡Mi hijo está empeñando su futuro por una persona que apenas conoce!

—Tal vez su decisión no se deba a la chica, sino a una necesidad personal.

—¡No puede decirme eso! Es evidente que lo está haciendo movido por la culpa.

—No estoy en las sesiones de terapia, no puedo saber eso. Pero si usted dice que la licenciada Brown dio el visto bueno, confío en su criterio.

—¡Están arruinando la vida de mi hijo!

—¿Puedo irme? —pregunté, mirando a la doctora Taylor—. Creo que mi madre está muy nerviosa y que esta discusión no tiene sentido. Ni usted ni la licenciada Brown tienen la culpa de lo que yo haga ni pueden mandar sobre mis actos. No sé por qué mi madre espera que me convenzan de algo que ya he decidido y que yo llevé a la terapia, no al revés. Así que siento que estoy perdiendo el tiempo.

El silencio que siguió a mis palabras me dejó asombrado. Mamá se quedó sin argumentos. Percibí que la doctora, en cambio, estaba de acuerdo con mi pensamiento.

—Mucha suerte, Shawn —dijo—. Te veo en la próxima consulta para evaluar cómo vas con la medicación.

Mamá no tuvo más remedio que acompañarme a la ONG. Solo allí le quedaba un último intento por hacerme desistir de mi decisión.

La oficina quedaba en Hartford, la capital del estado, así que para llegar tuve que volver a subir a un automóvil. Me resultó bastante difícil mantenerme en calma, pero mi objetivo fue más fuerte. Necesitaba recorrer los cien kilómetros que me separaban de unos gramos de paz interior.

Nos atendió una chica muy joven de cabello rubio y ojos azules, con un cuerpo muy pequeño. A simple vista, parecía débil, pero percibí fuerza y tenacidad en su interior.

—Mi hijo quiere apadrinar a una chica que apenas conoce donándole la mitad del dinero que reunimos durante toda la vida para pagar sus estudios. Quiere empeñar su futuro en nombre de la culpa. Dile que es una locura, por favor —suplicó mamá. La chica me miró.

—¿Dijiste que te llamas Shawn? —preguntó. Asentí—. Mucho gusto, Shawn. Mi nombre es Daisy y soy una de las representantes de Padrinos por Amor. ¿Me explicas cómo es eso que dice tu madre?

Le conté quién era Aali, cómo y cuándo nos habíamos conocido y por qué nos habíamos separado. Le expliqué su relación con la gimnasia competitiva, las consecuencias del accidente y la dificultad para tener, sin la gimnasia, un futuro mejor.

—¿Entonces quieres que encontremos a una persona y que paguemos sus estudios y alojamiento con tu dinero sin que ella misma haya ingresado su causa? No solemos trabajar de esa manera. Deberías escoger una causa que exista en nuestros registros.

—Pensé que quizás pudieran hacer que ella la ingrese. No puedo usar el dinero en otra causa, lo siento.

—¿Por qué estamos hablando de cómo generarle una causa a esa chica? —intervino mamá—. Como habrás escuchado, lo que quiere hacer mi hijo es una locura. Está bajo tratamiento psiquiátrico y psicológico, deberías tenerlo en cuenta antes de hacerle caso.

—Eso no me incumbe —contestó ella.

—¡No pueden quitarle el dinero a un adolescente con problemas emocionales! Excepto que saquen un rédito de nuestros ahorros.

—No le permitiré que hable mal de una organización que, resulta evidente, no conoce —contestó ella.

—Salta a la vista que algo se traen entre manos si aceptan lo que mi hijo está proponiendo —protestó ella—. ¡Todo por una chica que apenas conoce!

—¡Basta, mamá, por favor! —rogué, cansado de escucharla—. Para ti, Aali no será nada, pero para mí sí lo es. Es cierto: yo no trabajé para ganar ese dinero, pero si ese es el problema, te devolveré cada centavo cuando lo haga. No estoy empeñando mi futuro, solo estoy eligiendo estudiar en una universidad pública para poder compartir el dinero y que alguien más también lo haga. Para tu seguridad, ya fui aceptado con un examen y un ensayo sobre el tema de la depresión en los relatos de Edgar Allan Poe. Incluso reservé un lugar en una residencia estudiantil. También tengo el permiso de alejarme de casa de la doctora Taylor y de la licenciada Brown. Así que puedes quedarte tranquila: estaré estudiando el semestre entrante.

—¿Hiciste todo eso a mis espaldas? —masculló mamá.

—Sí. Es mi decisión y no me importa lo que pienses de ella.

—Disculpen —intervino Daisy—. Shawn, ¿cuántos años tienes?

—Diecinueve.

—¿La cuenta está a tu nombre?

—El dinero es de mis padres. Pero sí, la cuenta para estudiantes está a mi nombre.

—¿Has hablado de esta decisión con tus terapeutas?

—Sí. Y están de acuerdo.

—¿Es cierto eso? —indagó, mirando a mamá.

—No entienden que es una locura —protestó ella.

—Entonces no tengo nada que hablar con usted, señora —concluyó ella—. Haré el intento de que tu amiga ingrese su causa, Shawn. Necesito que me des tantos datos de ella como puedas.

III

AALIYAH Y SHAWN

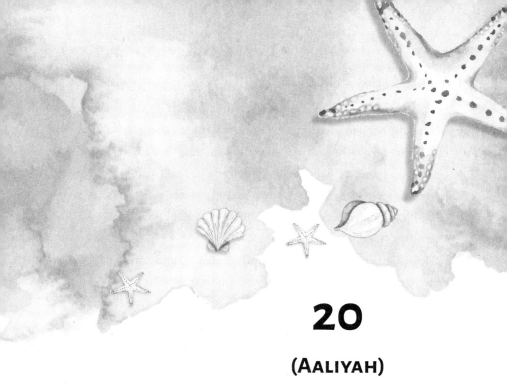

20

(Aaliyah)

Las uñas siempre me habían importado una mierda. No me las pintaba, me había acostumbrado a tenerlas cortas para hacer gimnasia y me parecía una pérdida de tiempo las horas que desperdiciaba Ollie decorándoselas. Lo irónico de todo eso era que, después del accidente, no tenía permitido pasar tanto tiempo de pie, así que tuve que dejar de trabajar en la cafetería y, ¿dónde conseguí empleo? En un salón de belleza, arreglando las uñas de las demás. En eso estaba cuando sonó el teléfono.

—¿Aaliyah Russell? —preguntó una voz de mujer por el altavoz.

—Sí —respondí, sin soltar el dedo de mi clienta.

—¿Cómo estás? Qué gusto dar contigo. Mi nombre es Daisy y me comunico de Padrinos por Amor. Tomamos nota de tu caso y queremos contarte que en tiempo récord ¡apareció un padrino anónimo que apoyará tu causa!

Solté el dedo de la mujer como si me hubiera dado electricidad y me apresuré a recoger el teléfono. Noté su expresión de disgusto, pero no quería que alguien escuchara la conversación. Me levanté y salí del local. Había mucho tránsito, así que me cubrí un oído e intenté oír con el otro.

¡No podía ser verdad! Tenía que tratarse de una estafa. Desde que había recibido un e-mail genérico invitando a formar parte de esa organización olí algo raro. Ofrecían la posibilidad de ser voluntarios, ser padrinos y madrinas o sumar una causa personal.

Investigué en Internet y, como vi que la organización tenía redes sociales y una página web, me animé a completar un formulario explicando lo que me ocurría. Nada muy elaborado, tan solo coloqué mis datos personales y expliqué en tres renglones que, por un accidente, ya no podía hacer gimnasia, que este año terminaba el colegio y que, como no podía competir para obtener una beca ni tenía dinero para pagar, no podía ir a la universidad. Era imposible que con tres renglones hubiera aparecido un padrino, si acaso esa organización, por más que tuviera presencia en Internet, era real.

—Ajá —contesté, sin darle demasiada credibilidad. Una cosa era que pensaran que yo era una ilusa por completar un formulario, y otra que sonara como una completa imbécil fácil de engañar.

—Para concretar el padrinazgo es necesario que te acerques a alguna de nuestras oficinas. Tenemos una en Los Ángeles. ¿Puedes anotar la dirección?

—No hace falta, gracias —respondí.

—Creo que no entiendes. Aaliyah, ¡ya tienes un padrino! Alguien pagará tus estudios universitarios y tu estadía en una residencia estudiantil. Si te aceptan, tendrás un lugar asegurado en la Universidad de Ohio, que es con la que tenemos un convenio para estos casos. Para la admisión suelen solicitar un examen externo que otorga un puntaje, un ensayo sobre algún tema relacionado con la carrera que elijas y te hacen algunas preguntas sobre tu interés en ella. Solo tienes que pasar por nuestra oficina para firmar un acuerdo primero. ¿Puedes anotar la dirección?

—¡Sí, claro! —exclamé—. ¿Y que me cobren una vez que me haya ilusionado? No, gracias.

—Somos una ONG que no cobra por sus servicios. Solo conectamos padrinos con personas con necesidades. Ellos eligen qué causa apoyar, y alguien eligió la tuya.

—¿Quién elegiría pagarle los estudios a una desconocida?

—Te sorprenderías de la cantidad de gente que es solidaria por amor al prójimo.

—Puede que algunos ricos utilicen la caridad como medio para deducir impuestos. Pero aun así hay miles de causas más importantes que la mía. Tampoco les creo que sea así de simple. Conozco este tipo de estafas: juegan con la ilusión de la gente, le quitan su dinero y luego se queda peor de lo que estaba. No entraré en ese juego.

—¿Entonces para qué completaste el formulario contándonos tu necesidad si no nos creías? Tenemos muchas personas esperando esta oportunidad que tú estás rechazando.

—También conozco ese tipo de presiones. Me apuran con eso de que otros esperan la oportunidad que yo rechazo para que caiga en su trampa.

—Aaliyah, supongo que ya te ilusionaste cuando completaste el formulario. ¿Qué tienes para perder si vas a la oficina y quieren cobrarte algo? Diles que no y listo. Pero ¿quedarte con la duda? Yo no haría eso.

Me quedé callada. ¡Claro que tenía mucho que perder! No había completado el formulario ilusionada, solo un poco esperanzada, pero creyendo que sería en vano. Moverme hasta una oficina con la promesa de que, con solo firmar un papel, tendría gran parte de mi vida resuelta sin que me pidieran nada a cambio era mucho más difícil de manejar para mí.

—Está bien —dije finalmente—. Dame la dirección y los horarios. Veré si puedo ir.

Retuve la dirección en mi mente y regresé al salón de belleza. La dueña me esperaba de brazos cruzados.

—¿Desde cuándo dejas plantada a una clienta en mitad de un servicio de belleza de uñas para atender el móvil? —protestó—. Tuve que pedirle a Johanna que terminara tu trabajo.

—Lo siento, era importante —respondí.

Geena era mucho más amable y comprensiva que el idiota de Raimon.

—¿Ocurre algo? —me preguntó, apoyando una mano sobre mi hombro—. Te ves preocupada.

—¿Puedo irme un poco más temprano hoy? Necesito llegar a un sitio.

—Sí, claro. Espero que todo esté bien.

—Sí. Gracias.

No fui a esa oficina ese mismo día, sino a ver a mi entrenadora.

Después de la segunda fractura, tuve que aceptar que mi cuerpo ahora me imponía ciertas limitaciones. No había forma de cambiar eso, pero sí lo que yo hacía con él. Entonces volví al gimnasio con un certificado médico.

—Dame algo para hacer —le rogué—. Siento que tengo tanta energía acumulada dentro que estallaré en cualquier momento.

Lilly leyó el certificado a la velocidad de la luz y me miró, emocionada.

—Es un honor tenerte de regreso, Aali —dijo—. ¿Qué te parece si, por hoy, comenzamos trabajando con tus brazos?

Poco a poco fuimos sumando algunos ejercicios de piernas. Muy livianos, solo como para no perder tono muscular. Nada de saltos, peso ni acrobacias. Nada de competición. Pero me sentía bien allí, haciendo los ejercicios que mi cuerpo me permitiera. Me sentía libre así.

Un día me contó que había estado averiguando y que me había inscripto en varios programas y becas estudiantiles para deportistas retirados.

—Pero yo no soy una deportista retirada. No llegué a competir para una universidad o una liga nacional.

—Haré todo lo que esté en mis manos para que puedas cumplir tus objetivos, Aali —aseguró.

Por eso tenía que ir a verla. Si yo completé ese formulario de Padrinos por Amor fue porque ella, antes, había completado otros, y eso me dio esperanza. Si no, habría ignorado el e-mail y continuado con mi vida. Solo Lilly podía darme fuerzas para ir a esa oficina, quizás hasta sabía de esa organización.

—¡Aali! —exclamó, abriendo los brazos, ni bien me vio.

Le di un abrazo rápido y le pedí que nos sentáramos.

—Me llamaron de una ONG para decirme que apareció un padrino anónimo que está dispuesto a pagar mis estudios y mi estadía en una residencia universitaria —expliqué. Sus ojos se abrieron como las anillas de suspensión.

—¿De dónde? —preguntó.

—Hace unas semanas me llegó un correo electrónico sobre esa organización. Quizás fue porque tú completaste otros formularios con mi dirección. El hecho es que llené el de ellos y hoy me llamaron para decirme eso. Pero tengo miedo de que sea una estafa.

—¡Tú siempre desconfiada! —exclamó.

—¿Y si es mentira? Me dieron una dirección, quieren que me presente en una oficina.

—Vamos.

—¿Me acompañarías?

—¡Por supuesto!

Me sentía más segura si Lilly iba conmigo, así que acepté su oferta y acordamos que me pasaría a buscar en su auto por el salón de belleza al otro día. Si algo tenía de bueno trabajar allí, era que me habían hecho un alisado permanente gratis, y gracias a él lucía algo diferente. Verme distinta, renovada, por lo menos me hacía sentir un poco más positiva.

Desde que pisé la pequeña oficina de Padrinos por Amor, tan desordenada y cálida al mismo tiempo, tuve que esforzarme para no caer presa de la ilusión.

Nos recibió un chico de unos veinticinco años, moreno y bien parecido, que se presentó como Thomas. Cuando pregunté por Daisy, me contestó que no trabajaba allí, sino en otra oficina de la organización.

—¿Entonces por qué me dio esta dirección? —indagué—. Creí que conversaría con ella. ¿Dónde puedo encontrarla?

—Bastante lejos —rio—. Daisy trabaja en la oficina del estado donde vive tu padrino. Por cuestiones de su anonimato, no puedo decirte dónde es eso. Siéntense, por favor —indicó—. ¿Usted es su madre? —preguntó a Lilly.

—No, soy su entrenadora.

El chico asintió y nosotras nos ubicamos donde había señalado.

Buscó un archivo en el ordenador, lo imprimió en varios papeles y nos entregó una copia. Él comenzó a leer la otra.

Se trataba de una especie de contrato donde se explicaba todo: un padrino anónimo pagaría por mis estudios en la Universidad de Ohio, la cual la ONG había elegido por un acuerdo con ella, y por mi alojamiento en una residencia estudiantil de ese condado, también elegida por ellos.

El dinero sería depositado de una sola vez en una cuenta especial de la ONG, y ellos se encargarían de manejar el presupuesto para que todos los meses mi cuota de estudios y estadía estuvieran pagas. No había dinero para otra cosa, los viáticos corrían por mi cuenta.

El monto total de dinero era imposible de pagar para mí, pero supuestamente ahí estaba, a mi disposición, siempre que eligiera una carrera de esa universidad, que tuviera buenas calificaciones y que aprobara cierto número de asignaturas por semestre. El padrino podía optar por recibir o no un informe mensual de los avances en mis estudios, y podía solicitar el reintegro del dinero restante si yo no cumplía con el contrato.

—¿Él pidió eso? —pregunté.

—No. Es una cláusula que nosotros disponemos en todos los contratos para respetar la buena voluntad del padrino o madrina y para asegurarnos de que el dinero se utilice para la causa —explicó el chico.

—¿Tengo que devolver el dinero en algún momento? Mis padres tienen deudas y no son elegibles para préstamos.

—Si se tratara de un préstamo estarías en un banco, no en esta oficina —respondió él con una sonrisa—. No tendrás que devolver el dinero, porque no es ningún tipo de préstamo, es una donación.

Miré a Lilly sin poder creerlo.

Entonces... ¿todo era real?

—¿No puedo saber quién es el padrino? Aunque sea para darle las gracias —añadí, sin poder creerlo. ¿Quién haría algo así? Yo no lo hubiera hecho.

—Jamás.

Lilly intervino.

—¿Qué carreras puede elegir? —preguntó—. ¿Cómo se asegura el ingreso a la Universidad de Ohio?

—Deberá cumplir con los requisitos de admisión de la universidad, pero tenemos un número de vacantes disponibles por un acuerdo con la institución, es decir que su solicitud llegará de nuestra mano. La base de nuestra organización está en Ohio, y eso facilita los tratos con el gobierno local.

Buscó de nuevo en el ordenador, imprimió algunas hojas y me las entregó.

—Es la lista de carreras de la universidad —explicó—. Es una de las más completas.

Pasé los ojos por la primera página: solo en ella había más de veinte carreras, y eran varias hojas. Miré a Thomas como si me estuviera pidiendo que le recitara completo y de memoria el número Pi. Él me comprendió al instante y se echó a reír.

—No te preocupes, no es necesario que decidas ahora. Podemos firmar el contrato y agregar el nombre de la carrera en la semana. Lo importante es que podamos informar a tu padrino que has aceptado su oferta para que organice sus cuentas, y eso se hace recién cuando el beneficiario ha firmado.

—¿Y si se arrepiente? —indagué. Todavía no podía creer que fuera cierto.

—Él ya firmó su parte. Está esperando nuestro aviso para hacer el depósito.

Me quedé quieta un momento, con los labios entreabiertos. De modo que, en alguna parte del país, había un millonario de unos cincuenta años pagándole los estudios a una desconocida de dieciocho que hasta podía ser una completa imbécil. Para mí, que había crecido rodeada de maltrato y egoísmo, era una locura.

—De acuerdo —dije, y recogí la lapicera—. Pero necesito que le haga llegar mi agradecimiento. Solo eso, por favor. Dígale que no lo defraudaré. No desperdiciaré esta oportunidad que me está brindando.

—Se lo haré saber. Seguro será muy feliz cuando llegues a tu graduación.

Si no me hubiera transformado en un ser tan capaz de ocultar sus emociones, me habría largado a llorar.

A cambio, cuando llegamos al gimnasio, di algunos saltos, abracé a Lilly y bailé haciéndome la tonta.

—¡Iré a la universidad! —exclamé, cantando—. ¡A la universidad!

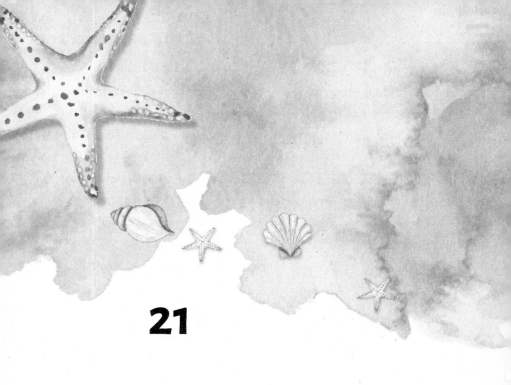

21

Creí que escoger una carrera sería difícil. Desde el accidente no había vuelto a pensar en que tendría que elegir una. Mis metas eran la beca y convertirme en una gimnasta profesional, la carrera era lo de menos. Ahora que tenía el dinero pero no la gimnasia, la carrera pasaba a ser lo principal.

Leí una vez todas las hojas, pero desde que puse los ojos sobre el Doctorado Clínico en Terapia Física, más conocido como Kinesiología, mi corazón sintió que allí pertenecía. Si no hubiera sido por los kinesiólogos, quizás ni siquiera hubiera podido volver a caminar. Pero allí estaba, a punto de ir a la universidad.

Además, podía especializarme en deportes, y gracias al curso de Entrenamiento Atlético, podría atender emergencias en los campos de deportes. No era mi sueño, pero sí una parte esencial para el bienestar

III / AALIYAH Y SHAWN

de otros deportistas. Me interesaba el tema de las lesiones, la rehabilitación y la prevención, y no me alejaría de lo que me gustaba, aunque no pudiera practicarlo. Sin dudas en esa profesión me sentiría útil y a gusto.

Aunque ya era de noche, me comuniqué con Thomas por mensaje. Me había dado su teléfono por cualquier duda o necesidad.

Aali.
Doctorado Clínico en Terapia Física con especialización en Deportes.

Thomas.
¡¿Tan rápido?! ¿Estás segura? ¿Quieres pensarlo un poco más?

Aali.
Estoy segura. Gracias.

Nada en mi vida era tan bueno ni tan fácil, por eso todavía temía que todo fuera una mentira. Mantuve el secreto de que me iría a Ohio hasta último momento. Mientras tanto, me postulé en la universidad a través de la Organización. Para ello tuve que completar exámenes de redacción y matemáticas, un formulario respondiendo algunas preguntas acerca de mi interés en la carrera y mis expectativas profesionales y redactar un ensayo sobre alguna cuestión relacionada con la kinesiología.

Era pésima escribiendo, así que redacté lo mejor que pude un texto acerca de las lesiones más comunes en la gimnasia competitiva y lo envié sin demasiadas esperanzas. Para mi sorpresa, obtuve un buen puntaje y, además, gracias a él fui aceptada en la universidad, porque en Matemáticas me había ido fatal.

Recién entonces me atreví a gastar todos mis ahorros en el transporte. Conseguí en oferta un vuelo directo hasta Chicago y un autobús desde allí hasta Columbus, la capital de Ohio, donde quedaban la universidad y la residencia. Thomas me dio la dirección cuando le confirmé que ya tenía resuelto el traslado y avisó en el lugar el día y la hora aproximada a la que yo llegaría.

Con todo, el tiempo pasó muy rápido y, sin que me diera cuenta, estuve a punto de pasar el último verano en California.

Una noche, estábamos en el patio de la casa de Gavin bebiendo unos tragos y me puso triste pensar que, dentro de poco, dejaría todo eso atrás, al menos por un buen tiempo. Posiblemente, pasado ese tiempo, ni siquiera me interesara regresar a ese patio. Los años transcurrirían y me transformaría en una adulta con sus problemas y sus ventajas.

Supe cuánto extrañaría a mis amigos y tragué con fuerza mirando a Ollie a través del fuego. Con todos sus defectos, ellos eran los únicos que habían estado a mi lado en momentos difíciles. Podía contar con los chicos para olvidarme de todo, y sin lugar a dudas confiaba más en ellos que en mi propia familia.

Comencé a pensar si en realidad era una buena idea alejarme de Los Ángeles. Temí no sentirme cómoda en una universidad tan distante, con personas que poco tendrían que ver con el mundo al que yo pertenecía. Ollie no iría a la universidad, estaba buscando trabajo como recepcionista en alguna parte. Quizás debí hacer lo mismo. Pocos salían de nuestras calles.

—¿Estás bien? —me preguntó Ollie, y me ofreció un trago.

Recogí el vaso y le dediqué una sonrisa apretada. Ella se sentó a mi lado en la posición del indio.

—Ollie, hay algo que no le he contado a nadie —dije. Su boca se abrió como si estuviera a punto de comer un malvavisco—. ¡No es eso! —exclamé, horrorizada. Nos conocíamos demasiado, y sabía lo que ella estaba pensando—. ¡No estoy embarazada! —*¿De quién lo estaría?*, pensé. Hacía meses que no tenía sexo con alguien.

—Yo no he dicho nada —bromeó ella, alzando las manos en señal de inocencia.

—Finalmente iré a la universidad.

—¿Qué? —sacudió la cabeza—. ¡¿Qué?! ¡Oigan! —exclamó, y se levantó.

—¡No! —grité e intenté retenerla tomándola de la camiseta, pero ella tuvo más fuerza y continuó posicionándose en medio de todos.

—¡Oigan esto! Dice Aali que irá a la universidad.

—¡¿Qué?! —exclamó Cam, y se acercó.

Pronto todos estuvieron encima de mí, acosándome con preguntas. No debí intentar contarle algo a Ollie después de que hubiera bebido varios tragos. Debí hablar con ella cuando apenas había tomado una cerveza.

Tuve que contarles de la ONG, del padrino anónimo, de que me iba en menos de dos semanas.

—¡Puaj! —exclamó Ollie—. Ha de ser un *sugar daddy* o algo por el estilo.

—¡No es mi *sugar daddy*! —exclamé—. No me pide nada a cambio y yo ni siquiera lo conozco.

—¡Ah, vamos! ¿En serio crees que alguien le pagaría los estudios a otra persona solo porque sí? —refutó Gavin—. ¿En qué mundo vives?

—Yo tampoco podía creerlo, pero al parecer así es.

—¿Y si es un multimillonario que instaló cámaras en tu habitación de la residencia estudiantil para espiarte? —preguntó Ollie.

—¡Ah, Ollie! ¿Por qué no escribes una novela con eso? —bromeé—. Tal vez tu futuro no esté en la recepción de alguna oficina, sino en una editorial como escritora.

Haber dicho eso me recordó a una persona que creí haber enterrado en el olvido pero que, de algún modo, siempre se las ingeniaba para reaparecer en mi memoria. Por un instante, me abstraje de las ridículas conjeturas de mis amigos pensando si Shawn seguiría escribiendo y cómo le habría ido en su primer año de Literatura en Princeton. Después me acordé del accidente y de que había desaparecido, y mi sonrisa interior se transformó en resentimiento.

Volví a la realidad cuando Ollie apoyó una mano en mi brazo y me habló con la voz apagada.

—Aali... —dijo. La miré. Estaba sollozando—. ¿De verdad te vas en dos semanas? ¿En serio me quedaré sin mi mejor amiga?

Le di un abrazo y contuve mis deseos de llorar. La extrañaría muchísimo.

Luego de esa noche, fue el turno de decírselo a mi madre. Ella se alegró, pero insistió en que intentara averiguar la identidad del padrino anónimo.

—Esas cosas no existen —advirtió—. Tiene que haber alguna trampa.

—Al parecer, no la hay —respondí.

—¿Y si en algún momento aparece para reclamarnos el dinero? ¿Nos endeudaremos todavía más para que tú vayas a la universidad? Por poco no podemos comer para pagar tu recuperación. Aún debemos miles de dólares al hospital.

—Basta, por favor —rogué—. Cuando trabaje de algo mejor, lo pagaré yo. Haz que me vaya en paz, te lo suplico. Impide que papá interfiera de cualquier manera que pudiera arruinarme esto. Es lo único que te pido.

—No le digamos nada. Que se entere cuando ya no estés aquí. Pero ya sabes lo que dirá: creerá que tú te fuiste sin mirar atrás, enterrándonos a nosotros con tus deudas.

—¿Y tú lo crees así?

—No. Eres mi hija y habría dado lo que fuera para que te recuperaras de ese horrible accidente. Pero soy yo la que tendrá que convivir con él y con su ira cuando te vayas.

—Échalo.

—No puedo. Es mi esposo y lo quiero.

Me levanté procurando ignorar la culpa que me producían sus palabras.

—Están enfermos —dije, y me refugié en mi habitación.

El día de mi partida, me despedí de mamá con un abrazo en la puerta de casa antes de que ella se fuera a trabajar. Cuando Cameron y Ollie pasaron a buscarme con el automóvil de él para llevarme al aeropuerto, ni mi padre ni Dee estaban, así que pude salir con mi maleta sin dar explicaciones. Había llegado el momento de irme, pero tenía un nudo en el estómago de los nervios y Ollie lo empeoraba al no soltarme. Me tomó de la mano y tiró de mi brazo haciendo pucheros hasta que al fin pude liberarme y adentrarme en lo desconocido.

Aunque había mirado algunos videos informativos por Internet para no quedar como una tonta en el aeropuerto, nunca había abordado un avión, así que temía haberme olvidado de algo. Mientras hacía la fila para registrarme, repasé mentalmente lo infaltable: mi identificación, el poco dinero con el que contaba, mi móvil, los auriculares para entretenerme en el vuelo. También había leído innumerables quejas sobre personas a las que les perdían el equipaje. Si eso sucedía con el mío, tendría que andar desnuda por toda la universidad, porque no tenía un centavo para hacerme de ropa nueva ni una familia que me enviara prendas para rescatarme.

Suspiré y despaché mi maleta sin pensar más para no atraer la mala suerte. Me desprendí de una parte de Los Ángeles al avanzar hacia el sector de seguridad. Una vez que pasé esa etapa, busqué la puerta de embarque.

Sentada en la sala de espera, me di cuenta de que, a pesar de mis temores, no era tan difícil. Ojalá me sucediera lo mismo en la universidad.

La sensación de volar por primera vez me resultó excitante y divertida. El despegue me produjo por momentos la misma inercia que una montaña rusa y el descenso, un horrible dolor en los oídos. Por suerte se me pasó rápido a partir de que ya estuvimos en el suelo.

Quizás por lo novedoso, el viaje en avión se me hizo corto. Ir a la terminal de ómnibus guiándome con un mapa, en cambio, fue bastante abrumador. Chicago era una ciudad grande y asombrosa, pero no tenía tiempo de recorrerla si quería llegar a horario al autobús.

Cuando arribé me enteré de que habían cancelado el servicio que yo debía tomar a Columbus, por lo cual, como no tenía dinero, tuve que pasar la noche y buena parte del día siguiente en la terminal.

Llegué a mi destino final agotada, pero feliz. Hacía mucho que no me sentía así de libre y esperanzada.

Antes de buscar la manera de llegar a la residencia, avisé a mi madre, a Ollie y a Lilly que había llegado bien. Todas se habían quedado preocupadas por el retraso del autobús.

"¿Papá ya lo sabe?", pregunté a mamá. Ella respondió simplemente "no".

La residencia funcionaba en un edificio de fachada vidriada y doble puerta. Estaba ubicada en calles bastante tranquilas. Sin embargo, en la esquina había un bar y, en la otra, un mercado. Tomé nota mental de eso, podía ser útil, y toqué el timbre. Me abrieron la primera puerta desde el mostrador, yo tuve que ocuparme de la segunda. En el medio había un pequeño recibidor.

Ni bien entré, el tamaño de la recepción me asombró. Alcancé a ver sofás de colores llamativos, mesitas y bancos. Junto a la mesa de entradas, había escaleras de madera que se continuaban en asientos con almohadones gigantes y algunas plantas. A eso le seguían un pasillo bastante ancho y un gran sector de muebles con pequeñas cajas con llave, supuse que para la correspondencia. Todo era moderno y espacioso, muy juvenil y atractivo.

Me acerqué a los recepcionistas y esperé mi turno para presentarme. Durante esos minutos, me puse bastante nerviosa. Por suerte, al menos tenía mi maleta junto a mí, la aerolínea no la había extraviado.

—Hola —dije cuando llegó mi turno, impostando seguridad—. Soy Aaliyah Russell. La ONG Padrinos por Amor reservó una habitación para mí.

Introdujo mis datos en el ordenador y después de unos segundos, extrajo un sobre y lo completó. Me explicó lo que significaban esas anotaciones.

—Bienvenida a nuestra residencia, Aaliyah. Aquí te he anotado los datos de tu estadía: edificio G, piso 4, apartamento 1, habitación A —lo miré como si hubiera hablado en chino. Él rio—. No te preocupes, es muy sencillo. Vas por esa puerta —señaló—, sigues los carteles hasta el edificio G y listo. Lo demás es pan comido. Te guiarás bien sola.

»En el sobre encontrarás una llave magnética. Solo sirve para abrir la puerta principal, la de salida de la recepción y la de tu edificio, elevador, apartamento y habitación.

»En el piso encontrarás la cocina compartida. En tu cuarto está el libro de reglas. En la cocina también verás un cronograma con las tareas de limpieza e higiene. Revisa qué te toca hacer a ti cada semana.

»De todos modos, hoy a las cinco de la tarde tendrás que presentarte en la planta baja de tu edificio para una recorrida con el encargado. Él les dará un paseo por el predio y les explicará las normas.

»No te sientas abrumada. A medida que entres en el clima de la residencia, te resultará muy fácil. Si tienes alguna pregunta adicional, no dudes en consultarnos.

No le pedí que repitiera todo por orgullo, pero a decir verdad, solo retuve que tenía que salir de la recepción, buscar el edificio G y luego bajar de mi habitación a las cinco de la tarde.

Le di las gracias y llevé mi maleta conmigo en la dirección que el chico me había señalado.

Tras atravesar una puerta me encontré en un gran patio compartido lleno de vegetación, mesas de juegos y sillones de exterior. Estaba rodeado de edificios altos, construidos con ladrillo a la vista; algunos rojos, otros marrones. Unas cuantas personas circulaban por allí o utilizaban las instalaciones. Me percaté de ello cuando un chico me llevó por delante.

—Disculpa —me dijo.

—No hay problema —contesté.

—¿Puedo ayudarte en algo?

Buscaba algún cartel indicador, pero no lograba hallarlos, así que acepté su ayuda.

—Busco el edificio G.

—Allí —señaló. Giré y miré por sobre el hombro en la dirección que indicaba su dedo.

—Gracias —dije. Él me saludó con una mano y siguió su camino.

Nunca había abierto tantas puertas en mi vida: las dos de la entrada principal, la de la recepción, la del edificio, la del elevador, la del apartamento, la de mi habitación.

Lo primero que pensé ni bien entré fue que ese cuarto, aunque fuera pequeño, era mucho más bello que el dormitorio que tenía en mi casa.

Se entraba por un pasillo. En la pared había un perchero y un enrejado negro cuadriculado con pequeños broches para colgar papeles y fotografías. A la derecha, una puerta gris llevaba al baño, decorado en esos tonos, y a la izquierda, pasando el pasillo, había un escritorio.

Toqué una llave y, sobre él, a lo largo de un estante de color verde manzana, se encendió una luz led. La pared que estaba detrás del escritorio servía como pizarra, y hasta había una fibra negra y otra del mismo tono que el mueble. También eran verdes la silla y los estantes que estaban sobre la cama. El respaldo, en cambio, era gris, como las puertas y la ventana. Se podían guardar objetos en él, así como debajo de la cama.

Creí que tendría una compañera, pero al parecer le llamaban "apartamento" a una subdivisión, porque en la habitación había solo una cama de una plaza y media.

Me senté en ella y permanecí un rato obnubilada. Nunca había visto algo tan hermoso. Estaba tan emocionada que sonreí sin cuestionarme nada y pensé que, por una vez en la vida, algo me salía mejor de lo que alguna vez había soñado.

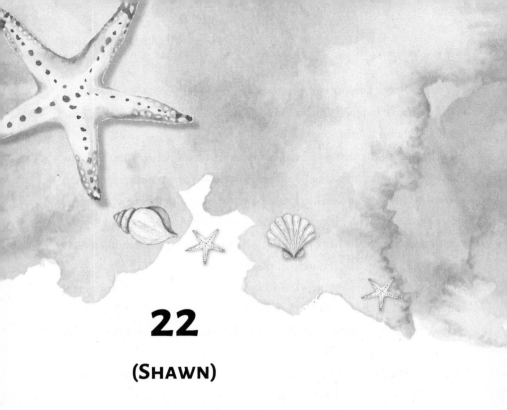

22

(Shawn)

Desde que llegué a la residencia universitaria, la forma de unos asientos del patio colectivo me llamó la atención. Si los miraba de un costado, parecían casas para elfos. Si los miraba del otro, sombreros. Desde mi habitación, en el tercer piso del bloque B, lucían como hongos.

Sentado en la cama, me pregunté si todos verían lo mismo que yo o si tal vez, por esas casualidades, mi creatividad estaba resurgiendo. Aunque así fuera, no tenía ganas de escribir. Por suerte, en la mayor parte de la carrera solo tendría que elaborar ensayos y artículos académicos analizando obras ajenas. Podía hacer eso. Lo otro, no.

Estaba bastante aburrido. Había llegado hacía dos días y las clases no comenzaban hasta la semana siguiente. No tenía amigos ni conocidos allí, y ya me había cansado de pasármela en el juego del móvil.

Para no continuar encerrado y que la licenciada Brown se preocupara por ello, fui a dar una vuelta antes de que se hiciera la hora de conectarme para la consulta. Recorrí un poco el área exterior y luego entré por la puerta lateral de la recepción. En lugar de ir hacia la mesa de entradas, recorrí el ancho pasillo hacia el lado contrario y llegué a una gran sala con mesas, sillas, algunos juegos de tablero y máquinas expendedoras de refrescos y dulces. Por supuesto, todo el sitio estaba ocupado. Me pregunté cómo hacía la gente para hacerse de amigos tan rápido. Tal vez muchos de los que vivían allí eran estudiantes avanzados y no ingresantes, y ya se conocían desde antes.

Me dirigí por otro pasillo hasta otros sectores de esparcimiento. La sala de ensayos no era para mí; no sabía tocar instrumentos. La sala de cine estaba ocupada también. Solo quedaba libre la cancha de bolos.

Introduje un billete en una máquina y el sistema se activó. Hice el primer lanzamiento. Nunca hubiera imaginado que era en ello todavía peor que en los deportes del colegio.

—¿Jugando solo? —dijo una voz femenina.

Giré y me encontré con una chica de cabello castaño rojizo ondulado. Estaba cruzada de brazos en la puerta.

—No conozco a nadie por aquí, así que no me quedó opción —respondí con una sonrisa.

—Yo tampoco —admitió, y avanzó unos pasos—. Si quieres, puedo jugar contigo.

—Claro —respondí, y le cedí la bola.

—Soy Madison.

—Shawn.

—¿Qué vas a estudiar? —preguntó mientras tiraba. Todos los bolos cayeron. No cabía duda de que Madison era mucho mejor en el juego que yo.

—Literatura. ¿Y tú?

—Economía. ¿De dónde eres?

—Fairfield, Connecticut.

Me miró con el ceño fruncido.

—¿Y qué haces aquí? —indagó, riendo.

—Es una larga historia. ¿De dónde eres tú?

—Fort Wayne, un lugar en Indiana.

—Es increíble la cantidad de personas que podemos conocer en la universidad, todas de lugares tan diferentes y con tantas experiencias para contar.

—Y el dinero que puede recaudar un estado cuando una universidad tiene éxito y recibe estudiantes de distintas partes del país y del mundo. Me hizo reír.

—Así que… Economía —dije.

—Así que Literatura y toda esa filosofía —replicó ella guiñándome un ojo—. Es tu turno, Hemingway.

Recogí la bola y la arrojé sin medir demasiado. De todos modos, sabía que fallaría. Para mi sorpresa, se cayeron todos los bolos.

—¡Guau! —exclamé y me eché a reír. Al parecer, el secreto radicaba en jugar sin pensar.

—¡Ey! —protestó ella en broma.

—Ojalá fuera como Hemingway —respondí tardíamente, mientras Madison hacía uso de su turno. Jugamos hasta que se acabó la partida, por supuesto, con su triunfo, y me acompañó hasta mi edificio.

—Yo me hospedo en el C —comentó—. Hay mucha gente por aquí y es tan probable como improbable que nos reencontremos en los días siguientes. ¿Qué te parece si nos damos nuestros números para tener con quién conversar de este lugar, por lo menos?

—Claro.

Regresé a mi habitación justo a tiempo para conectarme para la sesión de terapia.

Ver a la licenciada Brown a través de una pantalla me resultó muy incómodo. Incluso creí que no sería capaz de hablar de ese modo, necesitaba estar en su consultorio.

—Cuéntame, ¿cómo estás? —me preguntó.

—B... bien —respondí.

—¿Qué has hecho estos días? ¿Cómo fue la mudanza? Debes tener mucho para contar.

—A decir verdad, no. Lo siento.

—Oye, ¿qué te parece si imitamos un poco el consultorio? ¿Puedes acostarte?

—¿En serio? —reí.

—Sí. Colócate los auriculares, hablemos sin la cámara.

Eso me dejó más tranquilo. Sin tener que mirar una pantalla, mis palabras fluyeron mucho mejor.

—Hoy me hice de una conocida.

—¡Qué bueno! ¿Cómo se llama?

—Madison.

Le conté que jugamos a los bolos y que ese día o el siguiente tenía que llegar mi compañero de apartamento. En realidad, cada uno tenía su propia habitación, pero antes de acceder a ellas había otra puerta. Teníamos el apartamento 1 y a mí me había tocado la habitación A. si dejábamos nuestras puertas abiertas, estábamos juntos. Si las cerrábamos, nos separábamos. Así de sencillo. Pero ambos teníamos un acceso en común.

Mi misterioso compañero llegó poco después de que terminó la consulta. Escuché la puerta y el ruido de las ruedas de su maleta. Otra vez estaba viendo el patio común por la ventana, pero en mi imaginación apareció un aeropuerto. Vi en él a una mujer. Una mujer vestida con el atuendo típico de la India. ¡¿Por qué estaba imaginando eso?! Gracias a la terapia, jugué a asociar los elementos en mi mente y me di cuenta de que, ni bien la mujer vestida con ropa de colores desapareció de mi mente, aparecieron los asientos de la recepción, incluso los de mi habitación. Todo era colorido y alegre, como esa ropa.

"¡Agh!", se oyó. Al parecer, mi compañero estaba teniendo algún problema. Me levanté y abrí la puerta. Vi a un chico moreno y bien parecido luchando para que una enorme maleta gris pasara a través de la angosta abertura.

—¿Te ayudo? —pregunté.

Me miró, agradecido. Intenté levantar la maleta del otro extremo para que cupiera en el espacio, pero casi dejé la columna vertebral en el intento.

—¿Qué traes aquí? ¿Un cadáver? —bromeé.

—¡Y eso que dejé las piernas en el autobús! —bromeó él.

Después de varios intentos, desistimos.

—Tengo una idea —dije.

Le pedí que pusiera el código de apertura de la maleta y me senté en el suelo del pequeño sector que unía nuestras habitaciones. La abrí y comencé a extraer el contenido. Él sonrió y se señaló la cabeza.

—Genio —dijo. Y empezó a guardar sus cosas mientras yo las seguía extrayendo.

Entre ropa, perfumes y elementos de higiene personal, había varios artefactos tecnológicos.

—¿Qué vas a estudiar? —pregunté, recogiendo un disco externo negro.

—Ingeniería en Computación. ¿Y tú?

— Literatura.

—*Carpe diem* —bromeó.

—Eso es latín. Se supone que lo estudiaré si tomo algún curso relacionado con la Antigüedad, aunque me gustan más el Medioevo y el Renacimiento. Antes quería especializarme en escritura, pero… algunas cosas pasaron y ya no puedo escribir nada.

—Al menos alguna vez pudiste. Yo, jamás. Escribir, ¿qué es eso? ¿Y qué haces? ¿Te sientas, alzas los brazos y le pides al universo que te dicte?

—Algo así —contesté en broma—. Pero ya no me dicta nada.

—O tal vez estás enojado con él y por eso, aunque te dicte, no escribes.

Permanecí en silencio un momento. Nunca lo había pensado de esa manera.

—Tal vez —reconocí.

Después de extraer todo de la maleta, pudimos comprimirla un poco y pasó por la abertura con bastante comodidad.

—Gracias. Si no fuera por ti, todavía estaría luchando para entrar a este cuarto —dijo—. Por cierto, soy Elijah.

—Shawn.

—Entra, Shawn —dijo, y se acercó para susurrar—. Traje unos *croissants* que hace mi abuela francesa que te harán amarme y no delatarme cuando traiga cerveza para los dos de contrabando.

—No puedo beber, pero no iba a delatarte de todas maneras. Acepto los *croissants*.

—¿Qué es eso de que no bebes? —preguntó, echándose hacia atrás con el ceño fruncido.

—Tomo una medicación que no se puede combinar con alcohol.

—Bueno… Traeré un refresco para ti.

Conversamos un buen rato. Así me enteré de que provenía de Charlotte, Carolina del Norte, y de que su abuela, en realidad, había nacido en África, pero había escapado a Europa con sus padres en un barco ilegal. Desde hacía muchos años, aunque tenía la nacionalidad francesa, vivía en Charlotte y había aprendido a cocinar para trabajar en pastelerías.

Me pareció una historia fascinante, digna de ser contada en un libro. Ojalá hubiera sabido escribirlo.

Esa noche, tuvimos nuestra videollamada de la semana con Sam y Josh. Nos contamos cómo iban nuestras cosas y nos fuimos a dormir muy tarde.

Por la mañana, desperté y encontré un mensaje de Madison invitándome a recorrer la ciudad. A su vez, invité a Elijah, y Elijah a Wyatt, un chico que había conocido en la cocina la noche anterior mientras se preparaba la cena. Y así, de pronto, encontré que tenía un grupo de pertenencia.

La licenciada Brown me lo había dicho: "No entiendo por qué crees que eres aburrido. Tienes muy buenas cualidades para que la gente escoja pasar tiempo contigo. Eres bueno, generoso, simpático. Confía en ti, ¡vamos! Sé que te harás de un grupo". No podía creer que, en la siguiente consulta, tendría que admitir que no se había equivocado. No sabía si yo era todas esas cosas, pero sí podría decirse que tenía un grupo.

Caminando con ellos y los días siguientes, mientras tomaba las primeras clases y seguía conociendo gente de todas partes, me sentí bien. Sentí que allí sí podía volver a empezar.

23

(AALIYAH)

La universidad me pareció fascinante. Había tantas personas y tantas cosas interesantes para conocer, que todos los días parecía existir algo nuevo que todavía no había descubierto.

Las primeras clases, si bien me resultaron un poco complejas, fueron muy interesantes. Lo único difícil de resolver era la falta de recursos. Me estaba quedando sin dinero para comer, aunque omitiera la cena, y ni hablar de comprar materiales, como un ordenador para las clases en las que se pedían trabajos escritos. Ese problema lo resolví utilizando los que se ofrecían para uso público en la biblioteca. Había que reservarlos y, como casi siempre estaban ocupados, te los prestaban por un tiempo limitado, pero al menos pude salvar los primeros trabajos.

La redacción nunca había sido mi fuerte, así que pasaba horas escribiendo y reescribiendo a mano y luego solo me quedaba pasarlo en limpio en el procesador de textos y enviárselo al profesor por el sistema interno del campus.

Lateefa, mi compañera de apartamento, era musulmana. Oraba en varios momentos del día, así que no podía molestarla a cada rato golpeando a su puerta para decirle: "¡Ey! Aquí te traigo mis calcetines para que los sumes con los tuyos cuando vayas al lavadero". Era muy generosa y, cuando no alcanzaba con que yo lavara a mano, me ofrecía agregar mis prendas a las suyas sin cobrarme nada.

No podía sostener esa situación mucho tiempo más, así que me puse a buscar empleo. Miré en Internet, recorrí las tiendas del centro, subí mi currículo a varias páginas y me inscribí en la bolsa de trabajo de la universidad. Para casi todo se necesitaba experiencia en el rubro, algún semestre ya cursado de la carrera y horarios flexibles.

Así fue como, una tarde, terminé en el bar de la esquina de la residencia. Ni bien entré, el estilo del lugar me transportó a Irlanda o algún país de esa región. Las paredes eran de ladrillo a la vista y estaban llenas de cuadros *vintage*. Las mesas tenían forma de barriles y las sillas eran de madera, como la barra. Detrás del mostrador había enormes vitrinas llenas de botellas y la caja registradora era un antiguo aparato de color verde militar.

Me acerqué al chico que estaba allí: un muchacho rubio con barba en forma de candado y los brazos de Hércules. Tendría unos veinticinco años. Apoyé los codos sobre la barra y le pregunté por el dueño.

—Soy yo —respondió con voz muy varonil y acento exquisito.

—Genial —contesté—. Me llamo Aali. Vivo en la residencia que está en las manzanas de enfrente y estudio en la OSU gracias a una beca. Me preguntaba si, por casualidad, no tienes un empleo disponible. Tengo experiencia en uñas, lo cual no creo que te interese, excepto que quieras poner un cubículo especial en ese rincón —señalé un lado al azar— y como camarera en una cafetería de Los Ángeles. Puedo hacer lo que sea. Soy responsable y aprendo rápido.

Sus ojos verdes me estudiaron un momento.

—¿Cómo dijiste que te llamabas? —indagó.

—Aaliyah, pero me dicen Aali.

—¿Sabes preparar tragos?

—Algunos, pero no estudié para eso.

—Aquí, en el salón, todos hacemos de todo. Atendemos las mesas, preparamos bebidas, nos ocupamos de la barra; lo que se necesite. Si te animas, puedo probarte como refuerzo para el horario nocturno de fin de semana. Jueves, viernes y sábado, de siete de la tarde a tres de la madrugada. No será mucho dinero, pero tal vez ayude, y te dejará tiempo para estudiar.

—¡Sí! Claro que sí. Gracias. ¿Cuándo empiezo?

—¿Te parece este jueves?

—¡Hecho!

Salí contenta. Tanto, que gasté lo último que tenía en un helado.

Esa noche, Lateefa me invitó a comer *döner kebab*, una comida típica de Turquía, el lugar donde habían nacido sus padres.

—Es un *döner kebab* mentiroso —rio—. En realidad, debe hacerse en un asador vertical —explicó.

Para mí, estaba riquísimo. Además, era mi primera y última comida del día, fuera del helado. Claro que nadie, ni siquiera ella, lo sabía.

—¿Puedo preguntarte algo? —indagué—. Es decir… No me gustaría que lo tomaras a mal o que creyeras que te estoy faltando el respeto.

—Si me vas a preguntar qué opino del terrorismo…

La interrumpí con mi risa.

—¡No! Iba a preguntarte por la manta de la cabeza. ¿No te da calor? ¿Por qué la llevas?

—¡Ah! El *hiyab*. Sí, a veces es un poco caluroso, pero en invierno es genial —me guiñó el ojo mientras saboreaba otro trozo de su *döner kebab* "mentiroso".

—¿Y lo usas porque tú quieres o porque tus padres te obligan?

—Es porque quiero. Me hace sentir bien.

Me costaba mucho comprender que usara ropa que le cubriera incluso las muñecas y los tobillos, mucho más el *hiyab*. Tampoco entendía por qué era tan amable conmigo, si casi no nos conocíamos. La universidad no solo me sirvió para salir de mi barrio, sino también para entender que había todo un mundo más allá de él.

Lateefa era una buena compañera, como también dos chicas y un chico que había conocido en las asignaturas de mi carrera, pero no podía considerar a ninguno de ellos mis amigos. Mientras terminábamos de comer, guardé silencio intentando aplacar una sensación contradictoria: me gustaba estar allí, era la oportunidad por la que había luchado durante años, y no la hubiera cambiado por nada. Pero también extrañaba mi gente, mi vida y mis amigos.

Era difícil salir de un barrio como el mío para tratar de congeniar con personas que tenían otro nivel económico, que vivían en contextos mucho más benevolentes y hablaban todos los días con familias amorosas. Hasta ahora no había conocido a nadie que estuviera allí gracias a una beca, y mucho menos a un padrino. Hablaban de situaciones que yo nunca había vivido y, en cambio, si yo mencionaba alguna de las mías, nadie coincidía. Por supuesto, no podía contarles muchas de las cosas que hacían mis amigos ni las que yo había hecho con ellos. Y, a veces, eso me hacía sentir muy sola.

En cuanto volví a mi habitación, le pedí a Ollie que hiciéramos una videollamada.

—¡Ey! —gritó en cuanto la cámara me enfocó—. ¿Cómo estás? ¿Cómo te trata Ohio?

—Bien —no iba a contarle lo extraña que me sentía. Además, ahora que la veía, estaba acompañada y de mejor humor—. ¿Cómo estás tú? ¿Qué hay de nuevo en el barrio?

—¡Uf! Nada demasiado estridente. Excepto lo que ocurrió con Flynn, tu vecino de la esquina. La policía lo apresó por venta de drogas. Olson se quedó sin proveedor —rio.

Olson era un compañero del colegio que consumía todo lo que cayera en sus manos.

De pronto, ese contexto también me pareció un poco extraño. Lo sentía cercano, pero mucho más dañino que cuando estaba inmersa en él.

—Pobre Olson —bromeé. Ollie rio—. Oye, ¿y qué hay de ti? ¿Ya estás en tu oficina soñada?

—No. Todavía no he encontrado nada. Pero conocí al hijo del dueño de una cadena de tiendas y creo que, si me acuesto con él, podría tener algún beneficio. Quizás me dé trabajo en las oficinas de administración de su padre. Está loco por mí, me llena de mensajes todo el día. ¡Lástima que es tan feo! —volvió a reír.

No podía decirle "ojalá", solo pensé en su novio. Para que no sintiera que la estaba juzgando, pregunté por él y por Gavin en la misma oración.

—Están bien —contestó ella—. Gavin consiguió empleo en una gasolinera. No sé cuánto vaya a durar. Trabaja toda la madrugada, incluso los sábados, y ya sabes que, si no puede salir a divertirse de noche, se muere.

»Cam sigue en el taller de su padre, pero lo odia cada día más, casi tanto como hacer muebles con él.

—¿Será porque es el único que intenta ponerle límites? —indagué.

—Ya es grande, no necesita que su padre sea tan pesado —lo defendió ella—. ¡Oye! Cuéntame de ti. Eres tú la que está a años luz de aquí. ¿Cómo van las clases? ¿Sigues hablándote con la musulmana? Si me llegas a cambiar por esa, te mato. ¡Te extraño tanto, amiga! Me aburro como nunca sin ti.

Si bien estuve a punto de pedirle a Ollie que no llamara a Lateefa "la musulmana", su última frase me hizo sentir valiosa y me llenó con la calidez de la amistad.

—¡Y yo a ti! —respondí—. ¿Estás loca? Jamás te cambiaría por nadie. No veo la hora de que llegue el verano para ir a Los Ángeles y poder verte. Ahorraré cada centavo para ello.

»Aunque ni yo me lo puedo creer, en las asignaturas me está yendo bien. ¡Y conseguí empleo en el bar de la esquina! Empiezo el jueves.

—¡Qué bueno, Aali!

—Lo mejor es que el dueño está para protagonizar una película de *highlanders*.

—¡Dios! Necesito una fotografía.

—No tengo. Ni siquiera sé su nombre todavía. Pero en cuanto pueda, te envaré una.

—¡Sí! ¡Por favor! Necesito masturbarme pensando en un escocés.

—Por su acento, creo que es irlandés.

—Me da lo mismo mientras se vea como Sam Heughan.

Reímos juntas un buen rato sobre todo lo que le haríamos a mi futuro jefe, que en su mente se parecía a ese actor que le gustaba, y cuando ya era bastante tarde, nos despedimos.

En cuanto la pantalla de mi móvil se apagó, sentí un gran vacío. Me acosté abrazando el teléfono como si abrazara mi vida pasada, aunque sabía que no quería dejar la presente. Si tan solo me hubiera sentido parte de algún grupo, todo habría sido más fácil.

Como todavía tenía necesidad de contacto con California, respondí el mensaje que me había enviado mamá el día anterior.

Caroline.
Aali, lamento no poder enviarte dinero este mes. Tuve que pagar una cuota atrasada del hospital y a unas personas que vinieron por un dinero que les debía tu papá. ¿Me cuentas cómo estás?

Aali.
¿Volvió al juego y se endeudó?
Estoy bien, no te preocupes. Y ya sabes que no quiero que me envíes dinero. De hecho, conseguí un trabajo.
Mamá... Te extraño y quiero que vivas mejor. Mereces ser feliz.
Hasta luego.

No había respondido antes por lo de mi padre. Ni bien leí el mensaje de mamá, le hubiera contestado con una sábana de insultos y órdenes de que lo echara. Pero, aunque seguiría insistiendo con eso, me había cansado de luchar para que ella tomara la decisión correcta. Ni hablar de los mensajes que recibí de él cuando se enteró de que me había ido a la universidad.

Nos dejas aquí, endeudados por tu culpa, mientras que tú te das la gran vida en Ohio. No vuelvas, Aaliyah. Porque el día que regreses a esta casa siendo una fracasada, te echaré a patadas. En cuanto pongas uno de tus desagradecidos pies en esta sala después de haber perdido el tiempo en esa universidad en lugar de estar trabajando aquí para pagar tus deudas, te las verás conmigo. ¡Oh, sí! Te las tendrás que ver conmigo.

Desde ese día lo mantenía bloqueado. Solo conversaba con mamá y, a veces, con Dee, cuando ella no estaba con sus amigas o con su novio (ahora tenía uno), ocupada en sus asuntos de quinceañera.

Esa noche dormí incómoda, pensando que, quizás, permanecer en Ohio era una locura. Pero a la mañana, en cuanto entré al aula para tomar la primera clase, volví a sentir la seguridad de que ese era mi lugar, de que no podía retroceder y que, si de verdad quería cambiar mi destino, tenía que esforzarme. El jueves volví al bar del *highlander*. Entonces me enteré de que se llamaba Adam y que, efectivamente, había nacido en Irlanda, donde había vivido hasta hacía diez años.

—¿Y cómo terminaste en Ohio? —indagué con curiosidad.

—Vine a hacer un intercambio estudiantil a la OSU y me enamoré de este sitio.

—Entonces te graduaste de alguna carrera.

—Sí. Tengo un título en Marketing, pero me gusta más el bar.

Ese día tomé varios pedidos de las mesas, repasé los tragos que sabía preparar y aprendí a hacer otros en la barra. Por último, limpiamos el salón entre todos después de cerrar.

—Era cierto que aprendías rápido —me dijo Adam—. ¿Te parece bien si te pago por las tres noches los sábados?

—Gracias. Sí, me parece perfecto.

—Genial, nos vemos mañana.

—Hasta mañana —respondí y me fui.

"Era cierto que aprendías rápido", repetí en mi mente. *Ahí tienes, Raimon*, pensé. *Idiota.*

24

(SHAWN)

El primer mes de universidad pasó muy rápido. Solo había una asignatura que me acobardaba. Paradójicamente, era la que antes habría adorado: Escritura Creativa.

Las primeras clases consistieron en exposiciones teóricas y prácticas que, como nadie corregía, yo no había hecho. Había llegado la hora del primer trabajo en serio, pero estaba negado a hacerlo. No se me ocurría ninguna idea buena y, además, no tenía ganas.

—Dijiste que antes escribías —mencionó Elijah mientras almorzábamos en el comedor de la universidad junto a Madison y Wyatt.

—¿"Antes" cuándo? —indagó Wyatt.

Mejor deberías preguntar antes de qué, pensé. Por supuesto, no se lo dije. Ellos no sabían del accidente y prefería que siguiera siendo así.

—Parece que hubiera sido hace años —respondí.

—Deja, yo te ayudo —propuso Elijah. Giró en su asiento, apoyó un brazo en el respaldo del mío y comenzó a declamar moviendo la otra mano—. "Había una vez una casita en un bosque…"

—¡El nuevo Shakespeare! —exclamó Madison, y le arrojó una pelota hecha de servilleta. Todos reímos—. Ojalá supiera expresarme —continuó—. Me hubiera gustado ser capaz de explicarle algunas cosas a alguien.

—¿Y se puede saber quién es "alguien"? —se interesó Wyatt con el sorbete en la boca.

—Mi exnovio —contestó Madison—. Antes de que me fuera, me vio en una situación confusa con otro chico y pensó que lo engañaba.

—Es decir que viniste a la universidad enemistada con él —repuso Elijah.

—Sí.

—Mejor. Las relaciones a distancia no duran, son imposibles.

—¡Pero yo lo amaba! —replicó ella.

—¿Se lo dijiste? —pregunté.

—Sí. Pero no sé expresarme y creo que no me entendió. Más bien no me di a entender. Dime: ¿qué harías si la persona que amas cree que hiciste algo malo? —indagó, mirándome a los ojos.

—Hablarlo con ella.

—¿Y si no te salieran las palabras y terminaras diciendo lo contrario de lo que en realidad deseas?

—Le escribiría. La escritura permite releer y corregir cuantas veces lo creas necesario hasta transmitir exactamente lo que quieres.

—Me bloqueó de todas sus redes sociales y hasta mi número.

—No me refiero a enviarle un mensaje de texto, sino una carta.

—¡¿Una carta?! ¿No es un poco anticuado? Además, con suerte puedo escribir números. ¿Qué le escribirías?

—Le pediría perdón.

—¡Pero yo no hice nada! ¿Por qué tendría que disculparme?

—No importa. Si amas a una persona y ella cree que hiciste algo malo, está bien disculparse. Luego le explicaría cómo ocurrieron las cosas en realidad y le diría que, aunque no me crea, yo la seguiré amando.

—¡Cielos! —exclamó Wyatt, recogiendo su mochila—. Esto se está poniendo cursi. Mejor me voy a la clase de Química. Nos vemos.

Elijah le hizo un gesto con la mano mientras que Madison y yo le decíamos "adiós". Después permanecimos todos callados un momento.

—¿Por qué no nos hacemos un favor? —preguntó Madison de repente—. Tú necesitas una motivación para volver a escribir, y yo, expresarme. ¿Podrías escribir una carta en mi nombre?

—¡¿Qué?! —exclamé, riendo—. ¡No! Eso sería mentirle.

—¿Por qué? Te digo mis sentimientos y tú los pones en palabras.

—No puedo.

—No es una mala idea —intervino Elijah—. Es más, creo que hasta podrías convertirlo en un negocio.

—¡Basta! —repliqué. Él abrió los ojos y se llevó una mano al pecho.

—Yo te pagaría para que escribieras una carta para Sidney, mi compañera de la clase de Cálculo, en mi nombre. ¡Ah! ¡Ese trasero! ¿Entiendes que a ella no le gustaría que le dijera eso, pero eso es todo en lo que pienso? Tienes que ayudarme a decírselo con otras palabras.

—Con eufemismos —repuse yo, riendo—. De acuerdo, veamos: "Amada Sidney".

—No, tanto como "amada" no. No la amo.

—Tienes razón, lo siento. Entonces: "¡Ey, Sidney!".

—Así me gusta más.

—"Tienes un culo que no me deja dormir en la noche".

Madison soltó una carcajada tan fuerte que casi se atragantó con la soda. Elijah también se echó a reír.

—Yo quiero que escribas de mejor manera esto —continuó Madison—: "Tod, entendiste mal. No me estaba besando con ese chico. Y aunque ahora ya no te amo y no quiero que volvamos, porque descubrí que alguien que no confía en mí no me merece, sí me interesa que no te quedes con un mal recuerdo de nosotros cuando todo lo que vivimos fue bueno mientras duró". ¿Crees que podrías mejorarlo? Seré tu primera clienta. ¿Te parece bien cincuenta dólares?

—¡No lo haré! —exclamé.

—¿Y si te lo pido por favor? —suplicó ella inclinando la cabeza con el ceño fruncido.

—Lo siento. No.

Cuando se lo conté a la licenciada Brown, ella no paraba de reír.

—¡Pero Shawn! —exclamó—. No es tan mala idea.

—¿Estás hablando en serio? —protesté—. Es una mentira.

—Bueno, si bien es cierto que la gente debería intentar poner en palabras sus sentimientos por sí misma, no está mal que reciban ayuda para hacerlo. Además, sería una carta de disculpas, y creo que te vendría muy bien escribir algo de ese tema. Es lo que deseas hacer desde hace mucho tiempo.

—Deseo disculparme con Aali, no con el exnovio de Madison a quien ni siquiera conozco.

—Créeme: estoy convencida de que te ayudará muchísimo.

Me costó dos días sentarme e intentar escribir algo. Primero, pensé que la licenciada Brown se había vuelto loca (¡qué paradoja!). Después, que era incapaz de escribir algo en nombre de otro. Por último entendí que, en realidad, temía enfrentarme a los sentimientos que sin dudas me provocaría dedicarme a esa carta.

Por la noche, solo con la luz del escritorio encendida y con papel y bolígrafo, como me gustaba, intenté soltar algunas palabras. Comencé con "Querido Tod", por supuesto. Pero el "querido" me sonó a mi abuela así que lo reemplacé simplemente por "Tod".

Sé lo que debes estar sintiendo y no te culpo. Solo te ruego que leas esta carta hasta el final y que, así, me des la oportunidad de expresarme. La palabra del otro tiene valor, tiene un significado, y deseo de corazón que lo que tengo para decirte valga la pena para ti y signifique algo.

La vida se define por momentos, y uno solo de ellos es capaz de torcerlo todo. Vamos por un camino que creemos recto. Desde lejos alcanzamos a ver la línea de llegada y proyectamos cuán felices seremos al alcanzarla. Pero, de pronto, aparece una roca. Una enorme roca que se interpone entre nosotros y nuestros deseos, y al impactar contra ella, todo se derrumba. Nosotros nos derrumbamos. Nuestro mundo se sacude y ya no nos sentimos los mismos. O sí, somos nosotros, pero un poco confundidos. A veces, devastados.

Solo quiero que sepas que lo siento. De verdad lo siento. Daría todo por volver el tiempo atrás para que ese momento, ese instante de un momento, no existiera. Para que nuestro camino siguiera siendo recto y alcanzáramos la meta.

Quiero que seas feliz. Espero que lo estés siendo.

Con amor.

Me detuve de golpe cando me di cuenta de que estaba a punto de escribir mi nombre. Estaba llorando. Había conseguido escribir, pero ¿a qué precio? Todo lo que tenía en mente ahora eran recuerdos dolorosos: el sonido del neumático reventándose, el enorme acoplado del camión delante de mis ojos, el impacto, los gritos de dolor de Aali.

Por suerte, las palabras de la doctora Taylor aparecieron en mi memoria para rescatarme: "Cuando te sientas fuerte, enfréntate a esos sentimientos. Mientras no sea así, ocupa tu mente en cosas bonitas".

Entonces rompí la carta, la arrojé al cesto de basura y comencé de nuevo con la que me había encargado Madison.

Tod:

Sé lo que debes estar sintiendo y no te culpo. Solo te ruego que leas esta carta hasta el final y que, así, me des la oportunidad de expresarme. La palabra del otro tiene valor, tiene un significado, y deseo de corazón que lo que tengo para decirte valga la pena para ti y signifique algo.

Lo siento. De verdad lo siento.

Lamento no haberte dado señales claras de que estaba enamorada de ti y de que jamás te engañaría con otro chico. Lamento no haber sido tan demostrativa como a ti te hubiera gustado, o haberme cerrado un poco cuando se trataba de expresar mis sentimientos. Quizás fue por eso que terminaste creyendo que yo era capaz de engañarte.

Para concluir nuestra historia, necesito que sepas que no es cierto.

No pretendo que volvamos, de hecho tengo claro que ya no nos amamos y que, por alguna razón, no nos merecemos. Pero sí deseo que tengamos un buen recuerdo el uno del otro. Durante el tiempo que salimos, creamos momentos hermosos que, por aquel entonces, deseé que fueran eternos. Ellos no pudieron serlo, pero hay algo que jamás cambiará: cuánto nos quisimos y lo felices que fuimos mientras duró.

En nombre de ese amor que ya no es, pero que fue y que nos transformó de alguna manera, como todo lo que nos ocurre en la vida, espero que ahora, a la distancia, me creas y que podamos ser amigos. Aunque sea esa clase de amigos que nunca se ven ni se hablan, pero que le desean lo mejor al otro. Desde ya que yo te lo deseo.

Gracias por todo.
Con cariño,
Madison.

Por la mañana, le envié un mensaje a la licenciada Brown.

Tenías razón, como de costumbre. Me hizo bien escribir esa carta. Gracias.

Ella respondió que se alegraba mucho.

—¡Te odio! —exclamó Madison en cuanto leyó lo que había escrito—.

¿Cómo haces para sonar como una chica y transmitir emociones ajenas con tanta facilidad?

—¿De verdad me salió bien? No lo sé. Supongo que me involucré en ti como si fueras un personaje —respondí.

—¡A ver! —dijo Elijah, y le arrebató la carta. La leyó a la velocidad de la luz y me miró con sus ojos color café muy abiertos—. ¿Esto es en serio? ¡Maldita sea! Necesito que escribas mi carta para Sidney hoy mismo. No quiero pasar un día más sin ese culo entre mis manos.

—Cincuenta dólares —intervino Madison, intentando entregarme un billete.

—¡No quiero tu dinero! —respondí y di un paso atrás.

—¡Es tu trabajo! —replicó ella.

—No es un trabajo, tan solo te hice un favor y no se repetirá. No habrá carta para Sidney, Elijah.

—¡Pero a las chicas les gusta lo anticuado! —protestó él.

—No a todas. Además, no vale la pena escribirle que tiene un buen trasero. Tengo que entrar a clases. Hasta luego.

—¡Ey, espera! —me llamó él—. Iremos al bar de la esquina esta noche. ¿Te apuntas?

—No sé. Todavía tengo que hacer el maldito trabajo de Escritura Creativa.

—Apuesto a que habrá mucho sobre lo que escribir allí —acotó Madison levantando las cejas.

—De acuerdo. Pero solo hasta la medianoche. Tengo que escribir algo sí o sí, no puedo entregar tu carta. Por cierto, no olvides transcribirla con tu letra.

—Soy de Economía, pero no soy tonta —protestó ella en broma. Se quedó conversando con Elijah mientras que yo salía del comedor.

En el pasillo me crucé con un compañero de clase que me contó sobre su tarea: estaba trabajando en el primer capítulo de una novela épica con rasgos fantásticos.

—Algo así como *Juego de tronos* —deduje por lo que me explicó.

—Podría ser —contestó él moviendo la cabeza—. ¿Y tú? ¿Estás trabajando en algo?

—Todavía no.

—¡Pero se entrega mañana!

—Lo sé. Me quedaré despierto en la madrugada a ver si se me ocurre alguna idea interesante.

—Bueno, por suerte es de tema libre, siempre que utilicemos figuras literarias.

—Solía ser mi especialidad.

Tomamos juntos la clase de Literatura Británica, ese día tocaba hablar de *Beowulf*.

Arreglamos el horario para ir al bar por mensaje de texto. Elijah y yo pasamos a buscar a Madison por su edificio. Wyatt dijo que no podía acompañarnos porque al otro día tenía un examen y debía estudiar.

—Yo debería estar haciendo lo mismo —reflexioné mientras salíamos de la residencia.

—¡Relájate! —exclamó Madison y se colgó de mi hombro—. Desde que llegamos aquí no pisamos un bar, por lo menos yo.

—Yo sí —rio Elijah—. Pero debo confesar que nunca fui al de la esquina. Se me hace que está demasiado cerca y prefiero... ¡Mierda! —se interrumpió.

Entendí enseguida la razón de su exabrupto: había tanta gente que, con suerte, conseguiríamos solicitar nuestras bebidas y consumirlas en medio de la calle. Por lo poco que alcanzaba a ver a través de las ventanas, adentro no cabía un alfiler, y las mesas de afuera estaban llenas. Incluso las barras de madera que estaban adheridas a la pared del exterior y que permitían que cualquiera apoyara su vaso o su lata y conversara allí de pie.

—Bueno, parece que el dueño no es ningún idiota: supo muy bien dónde poner el bar —comentó Madison.

Esperamos a que un grupo de chicos atravesara la puerta para intentar hacerlo nosotros. Al parecer, conocían a Elijah, porque se saludaron cuando nos cruzamos chocándose los puños.

—Ese va conmigo a la clase de Fundamentos de la Ingeniería —explicó.

Logramos ingresar y Madison encaró hacia el lado derecho. Giré para seguirla, suponiendo que había ubicado la barra antes que yo. En efecto, allí estaba el largo mostrador de madera, una vieja caja registradora de color verde militar y... una chica. Una chica preciosa, vestida con una camiseta sin mangas negra con el logo de los Guns N'Roses y una pulsera con tachas. Llevaba el pelo largo suelto y sus ojos de color turquesa acompañaban con su brillo una sonrisa. En ese momento, le estaba entregando dos latas de cerveza a un cliente. Nada especial ni extraordinario para tratarse de un bar. Excepto por el hecho de que esa chica era Aali y que mi corazón comenzó a latir más fuerte que la música que inundaba el lugar.

—¿Estás bien? —me preguntó Elijah, sujetándome el brazo desde atrás.

Me di la vuelta de inmediato, aterrado de que Aali me viera.

—Tengo que irme —dije.

—¡Acabamos de llegar! —protestó.

—Quédense. Yo tengo que irme —dije, y lo esquivé para escapar lo antes posible.

En la calle comencé a sentirme descompuesto. No podía dejar de recordar lo que acababa de ver. La postura de Aali mientras atendía en el bar nada tenía que ver con la que le había visto en Raimon's. Se notaba que aquí era libre y que, de algún modo, estaba satisfecha. Pero ¿qué hacía ahí? Había más de 1600 universidades públicas en los Estados Unidos. ¿Acaso era posible que estudiáramos en el mismo lugar? ¿Y si también vivía en la residencia, solo que aún no nos habíamos cruzado? ¿Qué haría el día que ella me descubriera?

No podía enfrentarla. No estaba preparado para soportar cara a cara lo que tuviera para decirme, y mucho menos para verla sufrir. No podía encontrarme con Aali ni permitir que un buen día ella se cruzara conmigo. No quería revolverle el estómago y que eso me lo revolviera a mí, eso era todo. Así que tampoco podía quedarme. Ni la universidad ni la residencia estaban preparadas para los dos. Era ella o yo. Y, claramente, me tenía que ir yo.

Me encerré en mi cuarto, intentando aplacar la desesperación. Ya había defraudado a mis padres renunciando a la idea de ir a Princeton. Si abandonaba también la Universidad de Ohio después de que hubieran pagado la matrícula y las primeras cuotas, ¿cuánto dinero me quedaría para estudiar en otra parte? ¿Cuándo comenzaría? ¿Cuánto más los endeudaría?

Apoyé los codos sobre las rodillas y puse la cabeza entre las manos. Me di cuenta de que estaba temblando, así que tomé una dosis más del ansiolítico, como me había indicado la doctora Taylor ante situaciones que lo requirieran.

Ninguno de los dos podíamos abandonar la universidad, no había modo de retroceder. Pero, si ella me veía, estaba seguro de que querría irse.

Entonces, las palabras de mis terapeutas volvieron para rescatarme una vez más. En este caso, fue la licenciada Brown: "No puedes hacerte cargo de las decisiones de los demás". Y así era. Si en algún momento Aali me veía y eso la impulsaba a abandonar la universidad, no sería mi culpa. Yo no había buscado que los dos termináramos en el mismo sitio y todavía no tenía idea de cómo habíamos llegado a eso. Lo único que podía hacer era lidiar con mis propios fantasmas y prepararme para el momento en que nuestro encuentro sucediera.

"Si te dice algo desde el dolor, la comprenderás, pero no te harás cargo de ello, porque no te corresponde". Recordaba esas palabras de mi terapeuta y sabía que eran ciertas, pero no era fácil sentir lo mismo. Tendría que esforzarme más que nunca.

Con eso en mente, respiré profundo y me lancé sobre el papel que había dejado en el escritorio, preparado para intentar escribir algo cuando regresara del bar.

¿Sabes cómo se hace una botella?

Primero se combinan varias materias primas de origen natural: arena de sílice, carbonato de sodio, piedra caliza. Esos materiales se introducen en un horno que los calienta durante veinticuatro horas a 1500 grados centígrados hasta formar un líquido pegajoso, consistente como la miel.

Cuando el horno lo libera, unas cuchillas lo cortan para formar las láminas cilíndricas que luego se introducirán en una máquina que les dará la primera forma. Esas primeras formas, que son pequeñas, llegan a otra máquina que les inyecta aire comprimido, con lo cual se ahuecan.

Y, así, nace una botella.

Quizás, la que ahora cubre tu rostro. Esa de color verdoso que mueve tus mejillas como si el mar anidara en ellas. Perdón. En realidad el mar está en tus ojos. Así, como cuando en sus olas se refleja la luz del sol en primavera.

¿Te das cuenta? Antes de dibujar formas en tu cara, pasó todo un día en un volcán. ¿Seguirá tu corazón siendo así de explosivo?

Pasó por el dolor de las cuchillas. ¿Seguirá tu alma así de herida?

Más. Seguramente más.

Pero allí está, dibujando mi imaginación en tu rostro, porque del dolor nace la vida.

Nunca lo olvides, mirada de océano:

Yo también pasé por las cuchillas.

25

Mi móvil sonó, pero no podía atenderlo. Tenía que borrar la porquería que había escrito. Aunque también debía salvar un trabajo…

No tenía que pensar. Si me detenía a meditar, acabaría destruyendo la hoja y escribiendo sobre una casita en el bosque, como me había sugerido Elijah en broma. Además, aunque el texto me pareciera muy malo, no estaba llorando. Estaba… emocionado. Había logrado sentir algo más que culpa y tristeza. Algo parecido a lo que me despertaba antes volcar cualquier cosa por escrito, así que al menos podía usarlo como entrega.

Me apresuré a pasarlo en el procesador de textos y lo subí a la sección de tareas de la asignatura antes de arrepentirme.

Recién entonces miré el móvil.

Madison.

¡Shawn! Por favor, contesta. Te fuiste de repente, Elijah no entendió nada. Dice que te vio bastante mal. Está yendo para tu apartamento.

Rompí el papel en trozos muy pequeños y alcancé a arrojarlo al cesto de basura antes de que se oyeran algunos golpes a la puerta. Me sentía agitado, como si acabara de correr, pero los únicos que se habían revolucionado eran mis pensamientos.

Abrí sin saber bien qué aspecto tenía. Por la mirada de Elijah, supuse que no uno bueno.

—¡¿Qué carajo?! —exclamó—. ¿Te volviste para correr una maratón o vomitaste?

—Algo así —contesté, riendo—. Regresé porque se me ocurrió qué escribir para mi trabajo de mañana y vomité todas las palabras —mentí a medias.

—¡No hagas eso! Casi nos das un infarto.

—¿Dónde está Madison? —pregunté para distraerlo.

—Se quedó en el bar para no perder el lugar. Tengo que avisarle si volvemos nosotros o regresa ella. ¿Terminaste de escupir palabras? ¿Vamos?

—Prefiero que compren unas latas de cerveza y, para mí, un refresco, y que vayamos a dar una vuelta. No quiero estar ahí.

—¿Te pone nervioso la gente?

—Un poco. ¿Puedes pedirle a Madison que haga eso y nos vemos en la otra esquina?

—Seguro.

Terminamos en las mesas de un parque junto con dos compañeros de edificio de Madison que también decidieron abandonar el bar.

"Ocupa tu mente en cosas bonitas", me sugirió la doctora Taylor. Pero me estaba resultando difícil. Había propuesto ir a dar una vuelta para no estar solo después de lo que acababa de escribir; no quería pensar. Sin embargo, todo me devolvía al momento en el que había visto a Aali en el bar.

Comencé a cuestionarme una locura. ¿Y si no era cierto? ¿Si la había imaginado o había confundido a otra persona con ella? En mi contrato no se mencionaba a qué universidad iría.

Madison me devolvió a la realidad tocándome el brazo. Se acercó para hablarme en voz baja y que los demás no oyeran.

—¿Estás bien? Te noto raro desde que te fuiste del bar.

—¿Viste a la chica del mostrador? —aproveché a preguntar.

—¿Qué chica? Me atendió un varón.

—¿No había una chica sirviendo tragos?

Se encogió de hombros.

—Si había una, no la vi. Estaba lleno de gente y casi no se oía lo que hablaba con el cantinero; solo me concentré en ordenar lo que queríamos. ¿Por qué? ¿Esa chica te inspiró lo que escribiste para tu trabajo y quieres volver a verla? ¿Te atrajo?

Negué con la cabeza y procuré involucrarme en la conversación una vez más. Estaba confundido, pero no loco. Por más increíble que pareciera que Aali hubiera terminado en el mismo sitio que yo, así era. Por las dudas, me propuse comprobarlo. Había una manera.

En cuanto regresé a mi habitación en la madrugada, redacté un correo electrónico para Daisy, mi agente en la organización de padrinazgos.

Hola, Daisy, soy Shawn Sterling, el padrino de Aaliyah Russell. Sé que te dije que no quería recibir informes de su desempeño en la universidad, pero me arrepentí y quisiera leer el primero. Solo ese, por favor, no más. Espero tus novedades. Gracias.

Me fui a dormir un poco más tranquilo, con el miedo horrible de que en cualquier momento Aali y yo nos cruzaríamos y le causaría dolor, pero también con la serenidad de que iba a comprobar que no estaba delirando. Podría reconocer a Aali entre todas las chicas del mundo, porque, para mí, ella era única.

Recibí la respuesta de Daisy dos días después.

Hola, Shawn, ¿cómo estás? Espero que bien.

Te adjunto el primer informe de Aaliyah. Gracias por preocuparte por ella.

Quedo a tu disposición.

Daisy.

Abrirlo me demandó un buen rato. Por un lado, prefería que estuviéramos lo más lejos posible, principalmente por los sentimientos dolorosos que yo podía provocarle. Por el otro, me hubiera decepcionado descubrir que había confundido a otra chica con ella. O, peor, que podía haberla imaginado y estaba un poco loco.

Descargué el archivo adjunto y lo abrí. Ver el membrete de la Universidad Estatal de Ohio hizo que el resto de las palabras no hicieran falta. Aun así, las leí, solo para corroborar que seguía despierto, que no estaba soñando.

Le pedí una consulta de emergencia a la licenciada Brown. Me atendió esa misma noche.

—Aali está estudiando en la misma universidad, trabaja en el bar de la esquina y sospecho que vive en la misma residencia que yo —solté, y me quedé sin aire. Al parecer, Alice también, porque permaneció un momento en silencio.

—¿Cómo es eso posible? —preguntó.

—Del mismo modo que nos encontramos varias veces en una ciudad tan grande y poblada como Los Ángeles, supongo —respondí.

—¿Estás seguro? ¿Cómo lo supiste?

—Cien por ciento seguro. La vi en el bar de la esquina la otra noche. Pero, como tengo tanta imaginación y estoy haciendo un tratamiento psiquiátrico, desconfié de mí mismo y me pregunté si acaso no la habría imaginado o, por lo menos, confundido con otra persona.

—¡Shawn! —exclamó ella, entre risas—. Estás haciendo un tratamiento por un trastorno depresivo y de ansiedad, no eres esquizofrénico.

—Podría haberme confundido, ¿no?

—Sí, pero ¿cómo pudiste pensar que estabas delirando? En fin. Continúa.

—Pedí el informe de su desempeño a la organización de padrinazgos. Es ella. No hay dudas. Me sentí un espía, es horrible. No quiero entrometerme en sus asuntos sin que ella lo sepa.

—Me parece correcto que no lo hagas, si te hace sentir un fisgón. Pero… ¿cómo le está yendo?

—Muy bien, por cierto.

—¡Excelente!

—¿"Excelente"? ¿Qué hago si nos cruzamos? ¿Cómo evito que reviva todo lo que le ocurre por mi culpa… digo, por culpa del accidente en el que yo la involucré?

—No puedes evitar eso, es un proceso que tiene que atravesar ella.

Shawn, esta noticia debería alegrarte, no preocuparte. Le está yendo bien. ¿No es eso genial? Conseguiste que pudiera ir a la universidad y que, además, descubriera que tiene mucho más de sí para dar que la educación física. ¿Qué está estudiando?

—Kinesiología.

—No me extraña. ¡Qué buena noticia!

—Para mí no es una buena noticia. No puedo encontrarme con ella.

—Es evidente que, en algún momento, es probable que eso ocurra. Acaso no estarás pensando en irte, ¿verdad?

—Lo haría si pudiera, pero me sentiría un desagradecido si otra vez desilusionara a mis padres y les hiciera perder más dinero. Sus negocios no están yendo bien, no creo que pudieran costearme otra universidad de cero de nuevo.

—Si bien entiendo la razón que expones, no es la que deberías priorizar.

—¿Entonces dices que debería irme?

—¡Claro que no! Digo que debes quedarte por ti. Porque tú quieres estudiar Literatura y sería difícil que tuvieras una tercera oportunidad de hacerlo si abandonaras la segunda. Tú eres la prioridad.

—No voy a irme. Solo tengo que prepararme para el momento en que Aali y yo nos encontremos.

—Trabajaremos en ello. Shawn, déjame decirte que estoy muy orgullosa. Estás siendo fuerte.

—Tengo otra noticia que te gustará.

—¡Soy toda oídos!

—Volví a escribir.

—¡¿En serio?! ¡Soy feliz! ¿Y qué escribiste?

—Un texto malísimo, pero al menos me sirvió para completar una tarea de Escritura Creativa y... me sentí bien. Quiero decir: cuando lo terminé, no me sentí triste ni angustiado, sino liviano. Como un poco más libre.

—Muero por leer ese texto. ¿Me lo envías?

—Okey. Pero no esperes la gran cosa.

—Solo espero descubrir mucho más de ti.

Se lo envié al otro día, aunque un poco inseguro.

Del mismo modo abrí la notificación de que ya estaba disponible mi calificación en el campus del curso. ¡Vaya! Había obtenido la nota más alta. O el profesor era muy bueno y les había puesto lo mismo a todos o mis compañeros eran muy malos escribiendo y, por eso, yo destacaba.

En la clase, hizo unos comentarios generales acerca de los trabajos, escribió en la pizarra algunas correcciones de errores comunes y anunció que el equipo de edición de la revista de alumnos de la universidad había elegido uno de nuestros trabajos para publicar en la siguiente revista.

—Shawn Sterling, con su texto "Botellas" —dijo el profesor—. ¡Felicitaciones!

Casi morí en ese asiento. Mientras que todos me aplaudían y felicitaban, yo entré en pánico.

—No quiero —dije. Mis compañeros callaron. El profesor no me había oído—. Por favor, no quiero —repetí, un poco más fuerte.

—¿En serio? —protestó él—. Es costumbre publicar un escrito del área de Literatura cada mes. Aporta buenas referencias, y tú has sido el primer elegido de este año. Ya entregué tu texto, jamás creí que no querrías publicarlo.

—Entonces que sea con un seudónimo —supliqué.

—Puedes conversarlo con los editores de la revista. Continuemos con la clase.

Me pareció que se había molestado por mi negativa y lamenté eso. Pero no podía permitir que el texto se publicara a mi nombre y que Aali lo viera.

En cuanto la clase terminó, corrí a la mesa de informes para preguntar dónde estaba la oficina de la revista de estudiantes. Una vez que lo supe, fui lo más rápido posible. Cerraban en media hora.

En cuanto un chico abrió la puerta, me presenté y le expliqué que el profesor de Escritura Creativa había enviado los textos de sus estudiantes para que ellos eligieran uno para publicar en la revista.

—Es mío, pero no puede salir con mi nombre —dije.

Él abrió un poco más la puerta y se dirigió a una chica que escribía en un ordenador.

—¿Tienes idea de unos textos que envió el profesor de Escritura Creativa? —me miró—. ¿De qué carrera?

No hizo falta que respondiera, la chica contestó en mi lugar enseguida.

—Es de Literatura. Envió un montón de trabajos muy tarde y Jenn se ocupó de escoger uno en una hora.

—Por favor —continué dirigiéndome a ella—. No tengo problema de que publiquen mi texto, de hecho estoy muy agradecido de que lo hayan seleccionado. Pero no puede estar a mi nombre. Necesito usar un seudónimo.

—Es tarde, ya está maquetado.

—Entonces escojan otro.

Suspiró y puso los ojos en blanco.

—¿Sabes por qué los estudiantes de Literatura, los de Periodismo y los de Edición, aunque tenemos mucho en común, no terminamos de llevarnos bien? Porque nosotros siempre tenemos la soga al cuello en cambio ustedes viven en el limbo.

—Solo te pido que reemplacen la línea que dice "Shawn Sterling" por... —nunca había pensado un seudónimo. ¡No podía elegir uno en dos segundos! *Asociación libre... Asociación libre.* "Di lo primero que se te cruce por la mente", solía decirme la licenciada Brown—. *Blackbird.*

Ella volvió a respirar profundo, un poco más calmada, y asintió.

—Hecho. ¡Lisa! En la página 20 reemplaza "Shawn Sterling" por *"Blackbird".*

—¡Entendido! —respondió una voz desde la ultratumba.

—¿Feliz? —me preguntó la chica del ordenador.

—Sí, gracias.

—Me alegro. Y felicitaciones por haber sido elegido. Si te interesa tener una columna en la revista, tenemos la página 35 disponible a partir del mes que viene. El chico que la escribía se graduó el semestre pasado y estuvimos llenando la carilla con una propaganda de "usa condón" que nos enviaron del colegio de Medicina, pero se termina el mes entrante. Déjame saber si te apuntas en esta semana, si no, buscaré a otro. Hasta luego.

El chico que había abierto la puerta sonrió, me hizo un gesto con la mano y la cerró.

¡Bueno! Eso sí que había sido rápido. Ojalá que no se confundieran y que pusieran el seudónimo. Supuse que eso sentían los escritores que publicaban libros: oraban para que el editor aplicara bien las correcciones.

Dependía de ello para aplazar el momento de lastimar otra vez a Aali.

26

(AALIYAH)

Tras varias semanas de sentirme un poco ajena a la universidad, descubrí el centro interno de recreación y actividad física y casi podría decir que volví a respirar.

Era un edificio con el frente vidriado ubicado en la Avenida Annie y John Glenn, cerca del parque Lincoln y del Estadio. En su interior albergaba un natatorio, una pista para correr o caminar, canchas de squash y de ráquetbol, y mucho más. Entre todo eso, el gimnasio de mis sueños, enorme y lleno de aparatos, luminoso y moderno.

Allí logré canalizar mi energía y, aunque no tuviera permitido entrenar duro, al menos mantuve la rutina que habíamos creado con Lilly.

Un día, mientras utilizaba la máquina mariposa, me puse a conversar con un nadador del equipo de la universidad llamado Diego. Curiosamente, la mayoría de los que entrenaban allí eran varones.

Otro día conversé con un estudiante de Ciencias Políticas, y otro, con una chica de Arte. Hablamos de ejercicios, de alimentación saludable... y, de pronto, descubrí que, a pesar de nuestras diferencias, tenía algo en común con las personas que iban a ese sitio, así como me había sucedido con las del bar.

Acababa de terminar mi rutina. Al salir de los vestuarios, me senté para atarme los cordones de las zapatillas junto a Diego.

—¿Aprendiste a nadar en Los Ángeles? —me preguntó.

—Sí. También a surfear.

—¡Me encantaría hacerlo! Es una cuenta pendiente para mí. Quizás puedas enseñarme algún día.

—Claro que sí.

—Me voy antes de que mi entrenador me asesine. Ya se me hizo tarde. Nos vemos —se levantó, se colgó la mochila en un hombro y me saludó con un gesto de su mano. Lo imité con la mía.

Terminé de atarme los cordones y recogí mi mochila para ponerme de pie. Justo en ese momento, vi una revista con el logo de la universidad en el asiento en el que Diego había apoyado sus cosas.

Lo busqué con la mirada para avisarle que se la había olvidado. Recogí la revista y salí del área común de los vestuarios para buscarlo. Hice el recorrido hasta la puerta del frente, pero no hallé rastros de él. No tenía su número de teléfono, así que guardé la revista en mi mochila para devolvérsela cuando nos reencontráramos en el gimnasio y me fui a mi habitación. Tenía que estudiar al menos un capítulo de la unidad 3 de Anatomía antes de ir al bar.

Mi fuerte eran los deportes, el trabajo físico y estar el aire libre. Encerrada con los libros, activando solo mi mente, a veces me costaba retener la información. Así que había ideado un sistema para rendir más y mejor: estudiaba media hora, me distraía con cualquier otra actividad diez minutos. Repetía la secuencia hasta que terminaba de entender e internalizar un capítulo, y entonces me tomaba un recreo más extenso para comenzar el otro con un buen nivel de concentración.

Durante la primera pausa miré Instagram y comenté las fotos de mis amigos. En la segunda, ordené la habitación. Para la tercera y última, antes de estudiar un poco más y luego ir al bar, me había quedado sin algo tonto en qué ocupar mi tiempo libre. Pensé en responder audios y mensajes de texto atrasados, pero no quería correr el riesgo de que mamá me hubiera contado algo que me indignara y que eso me hiciera perder el foco.

Recordé la revista que había olvidado Diego y la extraje de la mochila. Miré la tapa con detalle: lo que más destacaba era el logo de la universidad mezclado con el nombre de la publicación, la foto de la fachada del colegio de negocios que ocupaba toda la página y el titular: "Nacidos para negociar". Debajo del nombre de la revista "Buckeyes News" alcancé a leer el lema: "La revista de los estudiantes de la OSU". Leí también algunos títulos escritos con letra más pequeña: "Señor Jefferson: el profesor del año", "¿Qué nos depara el semestre?" y "+Deporte +Vida".

La hojeé un poco, me detuve en el índice sin leer específicamente ninguna línea y observé algunas fotos. La que más me llamó la atención estaba en la página 14. En ella se veía el equipo de natación. ¡*Diego!*, pensé en cuanto lo vi. Tenía un cuerpo muy atlético, como mi jefe. Le tomé una fotografía a la página con el móvil y se la envié a Ollie. "Diego, el del gimnasio", le expliqué en un breve texto. Silencié las notificaciones. Solo me quedaban cinco minutos de descanso antes de volver a estudiar y, si comenzaba una conversación con Ollie, me excedería.

Nada me resultó interesante de nuevo hasta que, en una página con la imagen de una antigua botella de vidrio de Coca-Cola, apareció una firma al pie que decía *Blackbird*.

Sentí una punzada en el pecho. De pronto me acordé de la canción de Alter Bridge, la favorita de Shawn, y sonreí con un poco de rencor. Me molestó pensar que, el último tiempo que pasamos juntos, yo había sido tan ingenua de creer que me quería. Él me había demostrado que no al desaparecer después de que tuviéramos el accidente. ¿Acaso era necesario comportarse de esa manera? Cada vez que me acordaba, solo quería tenerlo cerca una vez más para hacerle saber que había tomado nota de su egoísmo. Porque jamás, jamás, le diría cuánto había sufrido y cuánto me dolía que se hubiera alejado de esa manera. Siempre fuerte. Ese era el lema.

Por alguna razón, posiblemente masoquista, me propuse leer el texto. El título tenía todo que ver con la fotografía: "Botellas". El comienzo me atrapó sin mucho esfuerzo: "¿Sabes cómo se hace una botella?". No lo sabía. Nunca me hubiera interesado por conocer ese dato hasta que el autor del artículo me generó la curiosidad de saberlo, y si había logrado eso, era bueno. Entonces, ¿todo se trataba de cómo se hacen las botellas? *Blackbird* no era un nombre real, tenía que ser un seudónimo. ¿Para qué firmar un texto explicativo con un nombre falso? Creí que eso solo lo hacían los escritores, no los periodistas. Excepto que fuera una especie de denuncia.

Dejé de deducir y me lancé a la lectura.

Una vez que llegué al punto final, me quedé en blanco, mirando la página, incapaz de pensar en nada. Algo me resultó familiar en el estilo, pero era imposible que la narración perteneciera al autor al que se la hubiera adjudicado, así que descarté esa posibilidad enseguida.

Me puse a pensar en el texto en sí mismo. A simple vista, hasta podía parecer una incoherencia. Pero, de pronto, creí entender algo: se mezclaba la confección de las botellas con la vida de alguien, algo mecánico con algo humano. Y no debía olvidar el tema del fuego y de las cuchillas. Pasión y dolor. Gente lastimada. Dos heridos. ¿Por qué botellas? Quizás porque se sentían huecos… vacíos.

Cerré la revista preguntándome por qué el recuerdo de Shawn todavía me perseguía. Quería olvidarlo, hacer de cuenta que no había existido en mi vida, pero siempre, por alguna razón, volvía. Nada tenía que ver ese tal *Blackbird* que escribía parecido a él, porque sencillamente era imposible que hubiera publicado algo allí. Primero, porque estaba en la universidad de Princeton y no en la estatal de Ohio. Segundo, porque sentía demasiada vergüenza de sus creaciones y siempre le parecían insuficientes, así que jamás querría que otros las leyeran.

Por un instante, pensé en intentar averiguar quién se escondía detrás de esa identidad. En cuanto miré la hora y me di cuenta de que se me habían pasado cuatro minutos más de lo debido, descarté la idea y continué estudiando. Ningún mal recuerdo me apartaría de la razón por la que me hallaba en Ohio: estudiar, graduarme y mejorar mi vida.

Leí el libro de Anatomía un rato más hasta que se hizo la hora de ir al bar. Guardé la revista en la mochila para devolvérsela a Diego cuando nos reencontráramos y corrí para llegar a tiempo.

Al entrar saludé a Adam y a mis compañeros y me dispuse a comenzar mi primera tarea del día. Los jueves me tocaba recargar los servilleteros.

—¡Ey, Aali! —me llamó él—. Ven aquí.

Me acerqué a mi jefe y a mis compañeros con el corazón en la boca. Lo único que me faltaba era que se hubiera generado algún problema y me culpara de ello o que simplemente me despidiera porque ya no le servía.

—¿Sí? —dije, ocultando mis temores.

—Dentro de poco hará tres meses que trabajas aquí. No me parece justo que sigas haciéndolo como una especie de suplente. Si estás de acuerdo, me gustaría incorporarte al staff oficial del bar, aunque tus días y horarios no cambien. Eso implica que declararé que trabajas aquí y tendrás seguro médico, entre otras cosas. Si te parece buena idea…

Me cubrí la boca con las manos, incapaz de ocultar mi felicidad. Creo que mis ojos la habrán demostrado de todas maneras, porque hasta en mi risa noté que la alegría se me escapaba por los poros. Nunca había tenido un empleo en serio. ¡¿Cómo negarme ahora?!

—¡Claro que estoy de acuerdo! Gracias —dije.

Mis compañeros aplaudieron y Adam apoyó una mano en mi espalda. No solo estaba tan alegre porque ahora tuviera un trabajo de verdad y un seguro médico, sino porque, además, haberlo conseguido indicaba que no era tan incapaz como muchos habían intentado hacerme creer.

A la mañana siguiente, le conté la novedad a Lateefa mientras desayunábamos. Se puso contenta por mí, pero me preguntó si no me sentía cansada los viernes para ir a clases, siendo que mi trabajo terminaba a las tres de la madrugada y solo podía dormir, con suerte, cuatro horas. Sí, ¡claro que lo estaba! Pero no podía dejar de trabajar. Tampoco quería hacerlo; un empleo me daba dinero, y el dinero, cierta tranquilidad.

Cuando le conté a Ollie, su reacción no fue la que esperaba.

—¿Y para qué quieres que te reconozcan en un empleo como ese? —preguntó.

—Tendré seguro médico y…

Ella se encogió de hombros en la pantalla. Tenía puesta una toalla en la cabeza y, mientras conversábamos, se pintaba las uñas.

—Bueno, tal vez te sirva para rehabilitarte y volver a hacer gimnasia.

Me quedé en silencio un instante, analizando su respuesta. Ella sabía muy bien que no podría volver a entrenar. ¿Por qué me decía eso? ¿Acaso sería una ironía? No. Era imposible que Ollie tuviera una mala intención, mi mejor amiga no se comportaría así conmigo.

—Eso jamás sucederá, pero después de lo que pasó, entendí la importancia de tener un seguro —expliqué.

Comenzó a sonar una canción de moda.

—Dame un segundo —dijo, y silenció nuestra conversación para atender un llamado. Volvió poco después—. Listo. Era Cam. Dice que pasará por mí a las ocho. ¿A qué hora entras tú a ese bar?

—A las siete.

—Pobre, estás como Gavin, que ya no puede hacer nada. ¿No te gustaría estar en el lugar de los clientes?

—Sí, pero los clientes tienen dinero y yo no. Necesito trabajar.

—Malditos. Se llevan todo y no dejan nada para una —reflexionó—. Por cierto, me acosté con Bob, el hijo del dueño de la cadena de tiendas.

—¿Y? ¿Le pediste un puesto en las oficinas de su padre?

—No me dio tiempo. ¿Puedes creer que, al día siguiente de que se la mamé, me bloqueó? ¡Tan solo desapareció! Gordo estúpido.

Sentí que Ollie hablaba con más rencor que nunca. Tanto, que casi no parecía mi amiga.

—Lo siento —dije.

—No es cierto. Tú estás muy entretenida en Ohio. Lo pasas bien y ya no te importamos, ni yo ni los que quedamos aquí.

—¡Ollie! —exclamé—. Claro que me importas.

—Okey. ¿Hablamos luego?

—Sí.

No quise dejar las cosas así. Ni bien cortamos, le envié un mensaje:

Claro que me importas, ¡tonta! Te quiero. Estoy ahorrando cada centavo que puedo para ir Los Ángeles en el verano. Sé que lo lograré. ¡Nos veremos!

Poco después, respondió:

Yo también te quiero. Perdona. Estoy enojada, pero no es contigo. Gracias. Hablamos luego.

El lunes me reencontré con Diego en el gimnasio y le devolví la revista.

—¡Gracias! —exclamó él—. No sabía dónde la había dejado y todavía no había tenido tiempo de ir a buscar otra.

—Saliste muy guapo —le dije, riendo. Él rio también.

—Por eso quería guardarla.

—¿Leíste el texto de la página 20?

—No leí más que la nota que nos hicieron por el torneo de natación.

—Ah. Bueno, si en algún momento tienes idea de quién es *Blackbird*, la persona que firma el texto de la página 20, quisiera que me lo dijeras.

—¿*Blackbird*? No conozco a nadie con ese sobrenombre. En realidad, no conozco a nadie de esa revista, solo al que vino a sacarnos las fotos y al estudiante de periodismo que nos hizo algunas preguntas.

Ya sabía que *Blackbird* era imposible de rastrear, pero por las dudas fui a buscar la revista al mes siguiente.

¡Y allí estaba!

Esta vez, le habían dado una columna en la página 35.

UN INSTANTE DE ETERNIDAD

Cuando el teléfono sonó, supe que era ella. Desde aquel lugar intangible, donde las nubes no la tocan.

El sol resplandeciente le brindaba calidez a mi cocina. Las cortinas blancas estaban cerradas, pero aun así, la luz lo iluminaba todo. La mesa de madera oscura, las sillas tapizadas en color crema, el televisor apagado. Las paredes empapeladas con esas florcitas que a ella tanto le gustaban. El ambiente en silencio taciturno; solo el ruido de las agujas detenidas.

Cuando el teléfono sonó, supe que era ella. Su voz suave y dulce, de nieve y de calidez en mi cocina. La conversación fue efímera. Respondí con la voz angustiada, pero la suya era de seda. "Estoy bien", me dijo. "Estás muerta", respondí. "Aquí estoy bien". Y dejó saludos para la familia.

Enseguida desperté. Le dije adiós al sueño y hola a la dicha: no había nada como la paz de la despedida. Mi vieja alma se iba y ya nunca regresaría. Ahora era otro con un alma nueva.

Gracias por haberme llamado después de dos largos días.

27

El texto de la página 35 de la revista del mes siguiente me pareció igual o más enigmático que el anterior. En especial porque, si bien sabía que era imposible que Shawn los hubiera escrito, todo en ellos me recordaba a él, y hasta podía establecer relaciones con cosas que nos habían sucedido. Me gustaban, esa era la verdad. Por eso volví a conseguir la revista y el texto de *Blackbird* fue lo primero que busqué.

OJOS CON NUBES

Esa tarde sonreíste y el sol amaneció en tus labios. En tus mejillas, en tus facciones, en tu pelo. Sonreíste como no solías hacerlo, y me sentí agradecido por eso.

Hubiera querido hacerte sonreír siempre. Pero tus ojos tenían nubes, las nubes que tienen los ojos de las personas que no están contentas o aquellas que esconden una pena profunda. Nubes oscuras, grises. Las que enturbian lo bueno y hacen que veamos cualquier parte de la realidad a través de ellas. Con ellas nublando el cielo.

Hablando del cielo, ese día se veía de un poderoso azul celeste, y el césped, muy verde. ¿Te acuerdas de eso? Los dos leyéndonos por primera vez en muchas cosas, haciendo algo tan simple y tan complejo como beber un refresco en la compañía del otro. De otro que todavía no conocemos mucho y representa misterios.

No entendía tus ojos con nubes, porque yo no podía ver de ese modo. Hoy creo que te entiendo. Hay días en los que mis ojos también tienen nubes y les cuesta ver el cielo. Pero eso no significa que no esté allí, de un azul profundo, esperando que alguien, debajo de él, beba un refresco.

—¿Te gustaría venir a la fiesta este fin de semana? —me preguntó Diego a la salida del gimnasio. Bajé la cabeza, rogando que mis deseos de divertirme me abandonaran lo más rápido posible. En ese último tiempo, no hacía más que trabajar y estudiar sin parar.

—Lo siento. Trabajo de jueves a sábado por la noche.

—¡Oh! Qué mal. ¿Dónde trabajas?

—En Morrigan, el bar que está en la esquina de la residencia Quay.

—Creo que no lo conozco —se llevó una mano al mentón—. Qué pena, Aali. Ojalá puedas otro día. Las fiestas suelen ponerse muy bien.

No tenía dudas de que las fiestas de universitarios estarían geniales. Él sin dudas tenía experiencia en ellas, ya que estaba en el cuarto semestre de su carrera. Era una pena que, la primera vez que yo tenía la oportunidad de asistir a una, tuviera que negarme.

El sábado, el bar explotó de gente, como de costumbre. No había final de semestre que contuviera las ganas de divertirse de la gente. A decir verdad, yo también estaba bastante atareada con la temporada de exámenes, pero el trabajo me servía para distenderme. Habría muerto si hubiera tenido que pasar todavía más horas encerrada, estudiando.

Entrada la madrugada, un grupo de chicos se apoderó de mi sector de la barra. En ese momento, yo limpiaba una copa. Alcé la cabeza y me encontré con Diego.

—¡Ey! —exclamé—. ¿Qué haces aquí?

—Dijiste que no podías ir a la fiesta, entonces trajimos la fiesta a ti —bromeó, y comenzó a señalar a sus amigos—. Ellos son Roger, Jack y Carter —nos saludamos con un gesto—. ¿A qué hora terminas?

—En… —miré el reloj de la pared color verde musgo—. Una hora.

—¡Perfecto! Nos quedaremos aquí un rato y luego regresaremos a la fiesta contigo. ¿Qué opinas?

Tenía que estudiar al día siguiente, pero ¡vamos! Era sábado, nunca salía y me moría por conocer una fiesta universitaria.

—¡Gracias! —exclamé, y les pregunté qué querían beber.

A las tres en punto, me acerqué a Adam y le dije que, por esa vez, tenía que irme a horario. Algunos días, mi turno se extendía un poco, y no me molestaba. Pero me apenaba dejar a los chicos esperando.

—Claro que sí, no hay problema. Que te diviertas —contestó.

Le di las gracias, recogí mi abrigo y salimos.

Estaba haciendo frío, no creí que la proximidad del invierno fuera tan cruda en Ohio. En Los Ángeles, el clima era bastante más cálido.

Salimos y fuimos al automóvil de Carter. Entramos todos, aunque un poco apretados. En el viaje, me contó que vivía en un pueblo de Ohio y que por eso tenía el coche consigo. Alquilaba un apartamento con Roger.

Cruzamos el puente de la calle Main sobre el río Scioto y seguimos andando hasta una casa de la calle Gift.

Aun antes de que el auto se detuviera comencé a escuchar la música y divisé a una pareja sentada en los escalones del porche. También noté que había gente a través de las ventanas, a pesar de que las cortinas estaban cerradas. Había luces encendidas en el fondo de la vivienda, a diferencia de las demás propiedades del vecindario, que, más allá de un farol en la entrada y la iluminación de algunas ventanas, estaban a oscuras.

Bajamos y nos dirigimos allí. La pareja se movió para que pudiéramos pasar y luego continuaron bebiendo de sus vasos entre besos y caricias. Toda la gente estaba acumulada en el interior. Como hacía frío, el fondo iluminado estaba vacío, al igual que los pasillos de los costados de la vivienda. Diego puso una mano en mi cintura y me llevó hasta la cocina. Abrió la heladera y me entregó una lata de cerveza. No era su casa, pero al parecer se conducía como si lo fuera, típico de las fiestas.

—¿Y? ¿Qué te parece? —indagó. Me mordí el labio mientras meditaba cómo decirle lo que creía.

—La verdad, no cambia demasiado respecto de las fiestas de la secundaria —respondí. Había estado en sitios donde ocurrían cosas mucho más osadas, pero claro que eso no se lo dije. Además, todavía no había visto casi nada.

Recorrimos un poco los ambientes. Algunos bailaban, otros conversaban en rondas, otros se besaban.

—Las habitaciones deben estar ocupadas —me dijo, guiñándome el ojo.

Por suerte, yo no era una persona que sonriera demasiado, así que pude aguantar la risa con facilidad. Al parecer, Diego creía que, como era una novata en la universidad, también lo era en la vida. *Querido, he estado* en sitios donde la gente tenía sexo delante de cualquiera sin que le importara, pensé. Solo faltaba que hiciera un gran show cuando un par de idiotas se intercambiaran alguna droga.

Volvimos a entrar en la cocina, que era el ambiente más tranquilo. Me quité la cazadora y la dejé sobre el respaldo de una banqueta. Me apoyé en la mesada y lo miré hacer lo mismo del otro lado del desayunador atestado de bebidas. Los dos nos llevamos las latas a la boca al mismo tiempo.

—Siempre me pregunté por qué te llamas "Diego" —comenté, saboreando la cerveza.

—Por mi abuelo. Mi madre es dominicana, pero emigró muy joven a los Estados Unidos. Su padre murió estando ella lejos, jamás pudo regresar. Entonces, cuando nació su primer hijo, quiso hacerle un homenaje poniéndole su nombre. Ese soy yo —sonrió y se señaló, como presentándose—. ¿Siempre le haces esa clase de preguntas a la gente? Es demasiado profunda para una fiesta.

—No —reí—. No sé por qué imaginé que habría alguna historia interesante detrás de tu nombre y quise conocerla.

Hizo una mueca con la boca y alzó los ojos al techo mientras reflexionaba.

—Tal vez sea por el día que te conté que tenía una reunión con la comunidad de hispanos.

—Puede ser.

—Ven.

—¿Para qué? —pregunté, riendo.

Él dejó la lata sobre la mesada, detrás de su cadera, y me llamó con un gesto de la mano. Abandoné la mía y me aproximé al desayunador en espera de una explicación.

—¿Escuchas esta canción? —indagó—. Es bachata. Quiero bailarla contigo.

—Yo no bailo —protesté enseguida, negando con la cabeza.

—¡No te creo! —replicó, y me tomó de la mano para apretarme contra su pecho.

Me aferré a sus hombros anchos; siempre me había preguntado cómo se sentirían sus músculos ejercitados por la natación. No estaban nada mal.

—Pisas hacia la derecha, pisas con el pie izquierdo, pisas con la derecha, marcas con la izquierda…

—¡¿Qué?! —exclamé, riendo—. Te dije que no sé bailar, no entiendo una palabra.

—Tan solo déjate llevar —sugirió, y se movió hacia un costado, tomándome ambas manos con las suyas muy cálidas.

En ese momento, vi una persona del otro lado de la ventana y me quedé inmóvil. En realidad, eran dos: un chico y una chica, pero a ella no la conocía. En cambio, esa espalda…

Era imposible. Debía de haber muchas personas con la espalda, la cabeza y las piernas parecidas a las de Shawn. Me regañé por dentro acusándome de ser una ridícula. ¿Cómo podía reconocer a alguien por cómo lucía de atrás? Sin dudas el rencor me hacía verlo en cualquier parte.

Pero ¿por qué en ese momento, cuando ni siquiera estaba pensando en él o en el accidente? Tenía más sentido que creyera verlo cuando tenía ganas de hacer gimnasia de impacto y debía contenerme. ¿Sería porque estaba coqueteando con un chico? No era el primero en ese tiempo desde que Shawn y yo nos habíamos distanciado. Tenía que deberse a otra cosa.

Hacía un frío espantoso, nadie se hallaba afuera, excepto por la pareja del porche y esos dos. La chica estaba abrigada con una chaqueta gruesa, pero él solo tenía una sudadera. ¿Por qué estaban ahí, en el patio?

—¡Diego! —exclamó alguien en la cocina.

—Elijah, ¿cómo estás? —contestó Diego. Miré por encima del hombro al chico moreno que se aproximaba a nosotros—. Ella es Aali. Nos conocemos del gimnasio. Es una novata, como tú.

—¡Ey! —protestó Elijah, y lo golpeó en el brazo—. ¿Has visto a un chico con una sudadera verde militar y a una chica con un abrigo rojo?

Diego se encogió de hombros con cara de que no tenía idea.

—Están ahí —dije, señalando la ventana.

—¡Al fin! Gracias —contestó Elijah, y volvió a dirigirse a nuestro amigo en común—. Nos vemos —soltó, y se dirigió a la puerta de servicio.

Apoyé las manos en la mesada y me acerqué lo máximo posible a la ventana.

—¿Qué haces? —preguntó Diego—. ¿Seguimos bailando? ¡Ya casi se acaba la canción!

Elijah se reunió con el dúo y, por su postura, supuse que hizo una broma. Por lo poco que acababa de conocer de él, se me hacía muy simpático. La chica del abrigo rojo rio por lo que dijo y se colgó del brazo del chico de la sudadera. A continuación, le hizo cosquillas a la altura de las costillas. En su intento por escapar, él quedó de perfil a la ventana. Entonces no tuve dudas: podían existir dos espaldas que se parecieran, pero no otro ser humano idéntico a Shawn.

¿Qué hacía ahí? ¿Por qué estaba en el mismo lugar que yo y, al parecer, incluso en la misma universidad? ¡Él era *Blackbird*! No estaba loca, lo que había leído eran textos suyos, y tenían que referirse a mí.

Lo vi reír con sus amigos y me agité, víctima de sensaciones encontradas. Por un lado, sentí el alivio de verlo bien. Por el otro, tuve la horrible percepción de que todo era una gran injusticia y yo era la única que había pagado muy caro nuestro accidente.

Pensé en salir corriendo y alejarme lo más pronto posible de él y de todos esos malos recuerdos. Sin embargo, yo no era así. Tenía motivos para esconderme de Frank, mi exnovio. Mi padre le había robado al suyo y la vergüenza de ese acto siempre me acompañaría. En este caso, yo no tenía por qué sentirme avergonzada. Era Shawn el que debía sentirse de esa manera por haber desaparecido como si yo no existiera.

—¿Estás bien? —me preguntó Diego, tocándome el hombro.

—Ya vuelvo —dije, y salí por la misma puerta que había atravesado Elijah hacía un momento.

Mientras yo me acercaba, Elijah se alejó. Ahora solo quedaban a la vista Shawn y su amiga. Si bien había salido desabrigada, sentí el calor de la ira poblando mis mejillas. Temblaba, llena de recuerdos oscuros, pero por fuera era un bloque de hielo.

Me planté detrás de él y le di tres golpecitos en la espalda, no lo suficientemente fuertes como para que le dolieran, pero sí firmes para que se diera cuenta de que no eran amistosos.

Giró sobre los talones y, en menos de lo esperado, nuestros ojos se encontraron en un maremoto de sensaciones confusas. Respiré su perfume y recordé un montón de vivencias hermosas en una fracción de segundo. Vivencias que se teñían de un color gris oscuro, como las nubes, o más bien tinieblas, que él había mencionado en su texto.

Noté su confusión y su falta de aliento. Empalideció y abrió la boca como si quisiera decir algo, pero estaba mudo.

—¿Qué haces aquí? —indagué, molesta—. ¿Acaso estás siguiéndome? ¿Lo hiciste a propósito?

—A... Aali. No —balbuceó.

—¿No qué? ¿Estudias en la OSU?

—Sí.

—¿Y Princeton?

—N... No...

—¿Tú escribiste los textos de la revista de estudiantes, esos que firma un tal *Blackbird*?

—Sí.

—No necesito tus malditas palabras. No ahora —dije, furiosa.

—Yo...

—Te dije que no necesito tus malditas palabras, Shawn. Me acerqué porque solo quería que supieras que ya sé que estás aquí. Y aunque todavía no me queda claro por qué mierda estudias en la misma universidad que yo y tengo que cruzarte en esta puta fiesta, espero no verte nunca más. Haré de cuenta que no existes. Haz lo mismo conmigo. No quiero saber nada de ti, ¿oíste? Así que, la próxima vez que me veas en algún lado, aléjate lo máximo posible de mí. Ahora puedes seguir jugando con tu novia.

—No soy su novia —contestó la chica—. ¿Y tú quién eres?

—Lo que seas —respondí, mirándola de arriba abajo, y me volví.

—¡Aali! —exclamó él.

—Púdrete —le dije, y seguí caminando, dispuesta a cumplir con mi palabra de que él, para mí, ya no existía.

En lugar de dirigirme a la puerta de servicio y entrar a la cocina, continué por el pasillo lateral de la casa hasta la cerca de madera blanca que permitía salir al frente. La abrí, la atravesé y volví a cerrarla sin levantar la cabeza. No quería comprobar si Shawn me había seguido o si se había quedado con su amiga.

Empecé a caminar por la calle, de brazos cruzados. En cuanto recorrí unos trescientos metros me di cuenta de que me estaba congelando: había dejado mi cazadora en la fiesta.

Maldije por dentro, pero no atiné a regresar ni por un segundo. Prefería morir de frío antes que Shawn me viera pisar otra vez el mismo sitio.

Llegué hasta la calle Rich y caminé hacia el lado del puente. Un vaho blanco escapaba de mi boca y otra vez estaba temblando. Cruzaba el río cuando una voz conocida resonó a mi espalda.

—¡Aali! —gritó Diego.

Me detuve y esperé a que se acercara, intentando mientras tanto poner un disfraz a mi rostro. Tenía que pasar de la ira y el dolor profundo a parecer una simple trastornada que se había aburrido de la fiesta y prefería regresar a su residencia estudiantil caminando sola y desabrigada en la madrugada.

—¿Qué ocurrió? —preguntó, tomándome del brazo—. ¿Quién era ese? Traje tu cazadora —dijo, y la colocó sobre mis hombros.

En ese momento, me sentía tan sola y devastada que solo atiné a abrazarlo. No quería llorar, pero las lágrimas luchaban por abandonar mis ojos. Él me acarició el pelo y apoyó los labios sobre mi cabeza. Recorrió mi sien y llegó a mi mejilla.

—Aali… —susurró, y buscó mis labios.

Yo le rodeé el cuello con los brazos y alcé el rostro para encontrarnos.

Nos dimos el beso más amargo y menos deseado de mi vida, pero aunque sea me sirvió para hacer de cuenta que era la misma que antes de conocer a Shawn. Lástima que ya ni siquiera podía mentirme a mí misma y que solo me hizo sentir peor.

Maldito. Maldito Shawn.

28

(SHAWN)

—¿Quién era? —interrogó Madison, tomándome del brazo—. ¡Ey, Shawn! —exclamó, y chasqueó los dedos delante de mis ojos.

La miré. Ahora me sentía más descompuesto que ni bien habíamos bajado del taxi.

Era una semana pésima. Los exámenes habían consumido la poca energía que me quedaba y, de pronto, otra vez volví a sentir ese desgano horrible que me invitaba a tan solo quedarme en la cama. Por supuesto, Elijah no me lo había permitido, y me había arrastrado a la fiesta. Lo peor llegó en la puerta de la residencia, cuando me enteré de que era demasiado lejos para ir caminando. Les costó convencerme para ir en taxi y fui todo el viaje nervioso. Pero por lo menos había logrado subir… Estaba seguro de que la licenciada Brown se pondría contenta por eso.

Bajé del coche con la esperanza de sentirme un poco mejor. Que la casa estuviera repleta de gente no ayudó. Esperé un rato hasta que noté que no me hacía bien estar allí, así que les avisé a los chicos que iba a buscar algo a la cocina. El dueño me guio para encontrarla y me dejó solo delante del desayunador. En ese momento, apareció Madison y me dio unas palmadas en la espalda, como tocando un tambor al ritmo de la música.

—¿Qué haces? —preguntó, apoyándose en la mesada para elevarse con los brazos.

—Creo que saldré a tomar un poco de aire —dije.

—¡Está helando!

La miré con cara de "lo necesito" y ella dijo con sus ojos "te acompaño".

Jamás esperé que mi respiro terminara como terminó, que el aire que esperaba encontrar me abandonara y no supiera cómo hacerlo regresar.

—¿Es una exnovia paranoica? —indagó Madison, preocupada.

—No —contesté muy rápido. No quería que pensara mal de Aali—. Tiene razón.

—No entiendo. ¿Estás siguiéndola?

—Claro que no. Pero en todo lo demás, tiene razón.

—Sigo sin entender. ¡Shawn!

—Creo que volveré a la residencia. Iré a pie, así que no me sigas. No quiero que camines tanto. Disfruta de la fiesta, nos vemos mañana.

—Te acompaño.

La tomé de los brazos y la sostuve con firmeza, mirándola a los ojos.

—En serio. No.

—¿Estás seguro?

—Necesito mi espacio.

—Lo entiendo. Ten cuidado.

Asentí y la liberé para irme por la misma abertura que Aali había atravesado hacía un momento.

Evité mirar hacia la puerta, en caso de que ella hubiera decidido quedarse en la fiesta y estuviera en ese sitio, y metí las manos en los bolsillos, cabizbajo.

Caminé hasta el puente de la calle Rich, donde me detuve cuando vi que Aali estaba allí, abrazada a un chico. Di un paso atrás, sus palabras resonaban en mi mente todavía: "aléjate lo máximo posible de mí". No fue suficiente para no ver que el abrazo pronto se transformó en un beso. Tampoco para evitar escuchar la conversación.

—¿Pensabas regresar a pie? —indagó él, tomándole el rostro entre las manos. Imaginé el modo en que Aali lo estaría mirando, ese que tanto anhelaba yo, y de pronto fui consciente del frío helado que me devoraba. Ante la ausencia de respuesta por parte de ella, él rio—. ¡Estás loca! Deja que pida un taxi.

Me di la vuelta después de que lo vi extraer el móvil del bolsillo.

Caminé un poco más hasta la calle Main y crucé por el otro puente. Me quedé un rato mirando el agua oscura, pensando si acaso podría aliviar la angustia que sentía. Quería desaparecer.

Me puse en cuclillas, sujetándome de la barandilla, y lloré, desesperado por no saber acallar esos pensamientos. Los odiaba, no quería que se apoderaran de mí cada tanto. Cuando llegaban, no sabía cómo deshacerme de ellos.

Me sequé los ojos con las mangas de la sudadera y me levanté de golpe. Salí del puente tan rápido como pude y caminé lo más rápido posible hasta la residencia. Llegué agotado; esperaba que al menos me sirviera para dormir y dejar de tener malos pensamientos. Elijah y yo solíamos dejar las puertas de nuestras habitaciones arrimadas. Esa vez la cerré, me metí en la cama sin desvestirme y apagué el teléfono.

Los tres días siguientes, no hubo nada que me hiciera salir de la cama, excepto ir al baño y comer algunas golosinas que guardaba en un cajón en la madrugada. No estudié, no encendí el móvil, no respondí a los llamados a la puerta y los gritos de Elijah. La última vez, como me amenazó con llamar a la administración para que abrieran mi puerta de manera arbitraria, terminé contestándole que me sentía enfermo pero que todo estaba bien.

—Madison me dijo que le pediste espacio, pero no es justo, Shawn. No es justo que estemos tan preocupados.

—Lo siento —contesté, sin abrir. No quería que me viera en ese estado, ni siquiera me había duchado.

Ese mismo día, cuando me levanté para ir al baño, encontré un papel que sin dudas alguien había pasado por debajo de la puerta. Tenía el membrete de la residencia y algunos espacios escritos con letra manuscrita:

Destinatario: Shawn Sterling. Edificio B, piso 3, apartamento 1, habitación A.

Remitente: Susan Sterling.

Mensaje: Hijo, hace tres días que no me contestas. Por favor, necesito una respuesta. Llámame ahora mismo.

Comunicado de la administración: Si no se presenta en la recepción antes de las seis de la tarde, procederemos con la apertura de su habitación.

Miré la hora en el reloj de Apple que había dejado sobre el escritorio y que no tocaba hacía tres días. Eran las cuatro y media.

Suspiré, me senté en la orilla de la cama y encendí el móvil. Enseguida cayó una lluvia de mensajes y llamadas perdidas. Empezaba a buscar la conversación con mamá para contestarle antes que a nadie cuando llegó una llamada de la licenciada Brown.

Me arrojé de espaldas en la cama y respondí enseguida.

—¡Shawn! —exclamó ella—. ¿Estás bien?

—¿Mi madre te llamó? —indagué.

—Claro que sí. Hace tres días que tienes el móvil apagado.

—También llamó a la residencia y abrirán mi puerta sin mi autorización si no me presento en la recepción antes de la seis.

—¿Y eso te parece mal?

—No. Está bien. Podría haber un estudiante muerto y nadie se enteraría.

—No me respondiste si estás bien.

—Es evidente que no.

—¿Y por qué no me llamaste?

—No lo sé.

—Me contaste que estabas un poco sobrepasado con los exámenes. ¿Es por eso?

—Es influye, creo. Pero lo peor es que Aali me enfrentó en una fiesta. Había logrado ir en taxi sin hacer un escándalo —reí con resignación—. Estaba contento creyendo que te contaría eso y que tú te alegrarías. Pero terminé pensando de nuevo que sería mejor desaparecer.

—Debiste llamarme. ¿Por qué aguantaste esos malos pensamientos solo?

—No quería molestar, supongo.

—Deja de suponer y pregunta. Cuéntame qué ocurrió con Aali.

—Tengo que llamar a mamá antes de que compre un pasaje en el primer avión que venga a Ohio.

—Despreocúpate, acabo de enviarle un mensaje en cuanto atendiste el teléfono. Ahora cuéntame: ¿qué ocurrió con Aali?

Suspiré de nuevo, a veces sentía tanta angustia que me costaba respirar.

—Estaba cansado de estudiar. Me sentía sobrepasado, así que mis amigos insistieron para que fuera con ellos a una fiesta. Juro que no la vi, no sabía que ella estaba ahí. Pero al parecer me vio y, en lugar de huir como hice yo, me enfrentó.

—¿Qué te dijo?

—Me preguntó si la estaba siguiendo, qué había ocurrido con Princeton, por qué estaba allí —tragué con fuerza para no llorar.

—¿Y tú qué le dijiste?

—No me salían las palabras. Me puse muy nervioso. Quería pedirle disculpas, pero... —guardé silencio.

—¿Pero...?

—No era el momento para ella.

—¿Y eso qué importa? Tienes que decir lo que tú quieras, no lo que crees que quieren los demás.

—Ella no quería escuchar. Y está bien. No tiene por qué hacerlo.

—Ese es su problema. El tuyo es decir lo que quieras.

—Creo que está saliendo con alguien.

—¿Y eso qué? No ibas a pedirle que fuera tu novia, solo querías liberarte de algo que te oprime desde que tuvieron el accidente.

—No pude. Lo siento. ¡No puedo!

Se produjo un silencio aterrador en el que solo se oyó mi llanto.

—Shawn —prosiguió ella—. ¿Tenías exámenes en estos días?

—Uno.

—Asumo que no te presentaste.

—No.

—Tienes que aprender a disociar, tienes que ser fuerte. Una madre es fuerte por su hijo, una amiga por su amiga, un hermano por su hermano. Si dices que amas a Aali, de la manera que sea: como mujer, como amiga, como ser humano… Sé fuerte por ella. Pero, principalmente, sé fuerte por ti mismo. ¿Y si ella sí necesita que le pidas disculpas? Tú lo necesitas, pero no te atreves a verbalizarlo.

—Me pidió que me alejara lo máximo posible de ella.

—La gente dice muchas cosas que no siente.

—No seré el tóxico que la persiga por todas partes para decirle "lo siento" cuando ella no quiere escucharme.

—¿Qué tiene que ver el hecho de ser tóxico? Estás confundiendo las cosas. Lo entiendo: es difícil aceptar que no puedes hablar. Entonces cargas en el otro la responsabilidad de no hacerlo. Porque tú eres el responsable de tus palabras y de tus silencios, no ella.

—Son casi las cinco. Si no me doy un baño y me presento en la recepción antes de las seis, abrirán mi puerta. No quiero que me encuentren aquí, sudando en calzoncillos, como un demente deprimido.

—¡Excelente! Ya te sientes mejor.

—¿"Mejor"? Estoy hecho una mierda.

—Pero no tan mierda como al comienzo de la conversación. Date el baño, ponte desodorante, vístete y ve a la recepción. Cuando te sientes una mierda, lo peor que puedes hacer es quedarte allí encerrado, haciendo todo lo posible para parecerte a una, compadeciéndote de ti mismo y diciéndote que lo mejor es desaparecer. Y cuando te cruces con Aali de nuevo, di lo que tú quieras decir y no lo que crees que ella quiere oír. Es por eso que terminas diciendo nada, porque no puedes adivinar y tienes miedo de equivocarte. ¡Equivócate, maldita sea! Piérdele el miedo al error. Adiós, Shawn. Te llamo el jueves.

—Adiós.

29

Mientras me duchaba, creí que Alice estaba equivocada. Sin embargo, cuando me miré al espejo para peinarme con los dedos, descubrí que, en realidad, sí me sentía un poco mejor. Esos días, cuando iba al baño, hubiera roto el espejo para no verme. Notaba la tristeza en mi mirada y sentía pena de mí mismo, me odiaba. Ahora no me quería, pero tampoco hubiera destruido mi imagen. Digamos que podía soportarme, y eso era un buen avance.

Me presenté en la recepción y les dije que había estado enfermo.

—Cuando es así, por favor, avísanos y mantén informados a tus familiares. Tus padres estaban muy preocupados —me regañó el recepcionista.

—Lo sé, lo siento —respondí. Le di las gracias y me alejé para responder mensajes atrasados. Aunque hacía frío, me senté en el patio externo, en uno de esos asientos que parecían casas para elfos. Mamá me llamó ni bien respondí sus mensajes.

—¡Nunca más me hagas esto! —bramó—. ¿Tienes idea de la desesperación que sentí? Nunca pasas tanto tiempo sin contestar. ¡Ponte en mi lugar!

—Lo siento.

—¡Nunca más, Shawn!

—Lo intentaré.

—Necesito que me lo jures por lo que más quieras.

—Haré mi mayor esfuerzo.

Lo siguiente fue responder a mis amigos sin quedar como un loco.

Lo siento, Maddy. Estuve enfermo y apagué el teléfono.

Les dije lo mismo a Elijah, Wyatt, Sam y Josh.

Madison.
Creo que entiendo. Shawn... Sabes que puedes contar conmigo, ¿no?

Shawn.
Lo sé. Gracias.

Elijah fue bastante más explosivo.

¡Maldito idiota! Al menos deja la puerta de tu habitación abierta, así puedo alcanzarte un té como si fuera tu abuelita. ¿Y si te agarraba algo por la fiebre? No seas estúpido.

Era mejor que creyera que había tenido una gripe o un resfrío. Lo que me ocurría no contagiaba, pero aunque se sentía peor que la fiebre, nadie se daba cuenta. De hecho, algunos, si lo notaban, creían que si no lo superaba no tenía voluntad. ¡Ojalá hubiera sabido cómo! La gente no entendía que, cuando los malos pensamientos aparecían, no sabía librarme de ellos. Yo era el que más sufría por su culpa, me sentía mi peor enemigo.

Hablé con el profesor y le expliqué que podía encontrar el motivo de mi ausencia al examen en mi historial médico. Había tenido que presentarlo al ingresar a la universidad, y si bien no había agregado nada hasta el momento, esperaba que con lo que ya decía, con los certificados de la doctora Taylor y el informe de la licenciada Brown, se entendiera que había tenido una crisis.

—¿Qué ocurrió? —preguntó.

—¿Puede leerlo? —casi le rogué. Me ponía muy incómodo reconocer mi diagnóstico y temía que quien lo escuchara creyera que estaba loco.

—Lo comprobaré, pero necesito que me lo expliques primero. Eres un estudiante universitario, tienes que hacerte responsable de tus actos.

Lo miré con expresión vacía. ¡Si supiera cuán responsable me sentía de mis actos! Solo que el hecho de haber faltado a un examen me parecía menor en comparación con todo lo demás con lo que estaba luchando.

—Tiene razón. Disculpe —dije—. Fui diagnosticado con depresión y trastorno de ansiedad. Estoy en tratamiento desde hace un año. La mayoría de los días me siento bien, pero a veces tengo algunas recaídas. No quiero que piense que estoy pidiendo un beneficio y entenderé si piensa que tengo que dejarme de tonterías y demás. No es falta de voluntad, se lo aseguro. Ojalá supiera cómo superar este problema que a veces me impide llevar una vida normal.

»En conclusión, solo quería disculparme por haber faltado al examen y decirle que lo rendiré en las fechas del segundo intento. Si me va mal, cursaré su asignatura de nuevo. De todos modos, fue muy buena, y estoy seguro de que aprenderé mucho más en una segunda cursada, analizando los textos de nuevo. Gracias.

Me volví de espaldas para alejarme, pero tuve que detenerme cuando el profesor pronunció mi nombre. Giré otra vez para mirarlo.

—Te espero en la segunda instancia de examen. No faltes.

—No lo haré —prometí, y me fui pensando en que me sentía agradecido de que hubiera entendido y no hubiera cambiado su manera de tratarme. Ni como a un loco que le daba pena, ni como a un irresponsable que le ponía una excusa. Tan solo como a un estudiante más. Uno que quizás tuvo fiebre y por eso no pudo presentarse al examen.

Me di cuenta de que sí podía hablar. Solo necesitaba que quien estaba del otro lado quisiera escuchar.

Por suerte, en la siguiente instancia me fue bien y acabé el semestre con muy buenas calificaciones. Para mi sorpresa, pocos días antes de regresar a casa para las vacaciones de Navidad y Año Nuevo, recibí un correo de la editora de la revista estudiantil con un montón de mensajes que los estudiantes habían estado enviando para *Blackbird*. *Disculpa la demora, estuvimos muy ocupados,* escribió. *¿Crees que podrás enviarnos el texto para la primera revista del semestre que viene ahora? Quisiéramos dejar todo en orden antes de irnos de vacaciones.* Abrí el archivo adjunto y leí decenas de correos anónimos, otros con nombre y apellido, de quienes agradecían y decían sentirse identificados con los textos.

Yo también me he sentido como *Blackbird*, y creo que sus palabras son ciertas: no debemos mirar la realidad con nubes oscuras en nuestros ojos o nos perderemos de ver el sol brillar.

Quiero que le digan a *Blackbird*, quienquiera que sea, que le doy las gracias por su artículo sobre la eternidad. Sé que al final dice que se refiere a su alma, pero mi mamá murió hace unos meses y mientras lo leía, yo imaginé que se refería a ella. Sé que ahora ella está en paz.

"No necesito tus palabras", me había dicho Aali. Pero yo sí las necesitaba, y si ella no quería leerlas, no tenía por qué conseguir la revista. Las escribía por mí, no por ella. Las escribía porque, con su poder, me ayudaban a sanar. Y si también ayudaban a otros, ¿por qué no seguir publicándolas?

DÍAS DE LLUVIA

¿Cuántas veces despertamos y la ilusión de un día soleado se desvanece al compás del primer trueno? Abrimos los ojos, miramos por la ventana. Afuera está gris y, contra el vidrio, golpea la rama seca de un árbol despojado.

Las sábanas tientan. Tenemos que abrirnos como si fuéramos flores y la luz se irradiara desde el cielo. Somos humanos y no estamos preparados para recibir la tormenta. Queremos ser girasoles, pero la vida nos despierta una mañana con truenos y una tempestad que paraliza.

Al final nos levantamos y vemos que, a través del vidrio, la gente se ve pequeña dentro de las gotitas. Gotas de lluvia caen de nuestros ojos, del espíritu cansado, pero aun así, todavía nos movemos. Porque en el movimiento está el secreto de la vida.

Quieres limpiar el vidrio, pero de ese modo las gotas se convierten en un confuso espacio delimitado por la rama y por el sol desvanecido, por la oscuridad y por el viento. No lo olvides: él también mueve y renueva.

Te calzas las botas para la lluvia. Sujetas el paraguas con fuerza. Abres la puerta y sales a la calle.

Y así descubres que el agua moja, pero no ahoga; que duele pero no mata. Y te haces fuerte. Incluso aprendes a disfrutar de la lluvia, porque una lágrima vale más que fingir una sonrisa.

Sé feliz bajo el sol o bajo la lluvia. Con el viento o con una suave brisa. Sé un girasol siempre y no olvides que él también necesita del agua para crecer y seguir vivo. Así como los humanos necesitamos del dolor para madurar y para valorar la alegría.

—Es nuestro último día antes de las vacaciones de Navidad. ¡Claro que vendrás! —protestó Elijah, invadiendo mi habitación.

—¿Por qué mejor no miramos una película? —propuse—. Nos aburriremos jugando a los bolos solo nosotros dos.

—Invité a un amigo y le dije que trajera a alguien.

Madison y Wyatt ya se habían ido a sus casas. Solo quedábamos nosotros y una decena de conocidos de Elijah.

—¿Quién?

—No lo conoces. Ya reservé la sala, contaba contigo. No quiero mirar otra aburrida película, quiero jugar a los bolos. ¡Anda, Shawn!

Me hizo tentar.

Cuando Elijah ponía ese tono infantil, podía hacer reír hasta a una planta.

—Está bien. Cuando hablas así, te vuelves irresistible —bromeé.

Él celebró con un gesto de la mano y después me tiró un beso haciéndose el tonto.

Esa noche, pedimos unas hamburguesas y cenamos en la cocina colectiva del edificio de la recepción. Cuando vimos que un grupo salía de la sala de bolos, ingresamos a ocuparla antes de que otros se hicieran con nuestra reserva. Preparamos todo mientras esperábamos a los amigos de Elijah. Junto con las hamburguesas, también habíamos ordenado unos refrescos y *snacks* para pasar el rato.

—¡Ey! —dijo alguien desde la puerta.

—¡Ey, bro! —exclamó Elijah, volviéndose para estrechar la mano con su amigo.

Giré y los dos nos quedamos estáticos al vernos. Lo reconocí enseguida: era el novio de Aali. Por su expresión, me di cuenta de que él también me conocía. Quizás ella le había hablado de mí o la había visto enojada conmigo en la fiesta. Me sentí tan avergonzado que cambié de dirección la mirada.

—¿Este es tu amigo? —preguntó a Elijah.

—Sí, ¿y el tuyo?

—Creo que mejor…

—Hola —dijo alguien más desde la puerta.

Era Aali.

Fue la situación más incómoda de mi vida. Noté el momento exacto en el que ella reparó en mí y lo odioso que le pareció encontrarme allí.

—¿Qué significa esto? —masculló.

—Hola —respondió Elijah, haciendo un gesto y con un tono

exagerado—. Si tienes una reserva, debe ser en otro horario. Este es nuestro —soltó. Al parecer, no tenía idea de quién era Aali ni de lo que había ocurrido en la fiesta.

—Lo siento, Elijah —dije enseguida—. Quédense. Yo me voy.

—¿Por qué? —protestó él.

—Soy yo la que está de más —replicó Aali—. Nos vemos, Diego.

Giró sobre los talones y desapareció de la sala mucho más rápido de lo que yo tardé en procesar una respuesta.

—¿Alguien puede explicarme qué está pasando? —se quejó Elijah. Diego me miró.

—No sé qué ocurre entre ustedes, pero...

No seguí escuchando. En mi mente solo resonaba la orden de Aali: "aléjate lo máximo posible de mí", y también la voz de la licenciada Brown: "la gente dice muchas cosas que no siente", "tú eres el responsable de tus palabras y de tus silencios", "di lo que tú quieras decir y no lo que crees que ella quiere oír", "¡equivócate, maldita sea!".

Corrí detrás de ella.

—Aali —la llamé en el pasillo. Ella hizo de cuenta que no me había oído, pero algo me decía que sí—. ¡Aali! —exclamé y avancé unos pasos.

De pronto, se detuvo. Por un instante, creí que otra vez me quedaría mudo. Pero, lejos de sentir miedo, por primera vez me invadió un valor asombroso.

Se volvió con los ojos echando chispas, sus músculos estaban tan tensos que podía sentirlos como rocas. Ya no tuve que aproximarme, ella lo hizo.

—¿Qué parte no entiendes de que no quiero saber nada de ti? —masculló con los dientes apretados.

—Lo entiendo, pero...

—¡No me interesan tus "peros"!

—¿Puedes tan solo escucharme un momento?

—¡No! ¡No quiero! Hubieras hablado cuando sí necesitaba oírte.

—No es que no haya querido.

—Sí, claro —ironizó, dejando escapar el veneno de un escorpión. Curiosamente, no me dolió. Quizás había encontrado un antídoto. Aali no me necesitaba débil, ni yo a mí mismo.

Tenía que ser fuerte.

—Lo siento —pronuncié en voz baja. Me ardían los ojos húmedos.

—¡Mentiroso!

—Realmente lo siento.

—¿Cómo quieres que te crea, si ahora lloras pero en cuanto me doy la vuelta estás riendo con tus amigos? ¡Eres muy bueno engañando a la gente con esa máscara de buen chico! Así son los niños ricos: hipócritas. Para colmo, hijo único. ¡Egoísta!

—¿Por qué crees que soy rico? Lo supones desde que nos conocimos.

—¿Y eso qué importa? ¿Acaso no lo eres?

—No. No lo soy.

—Es indiscutible que lo pasas mucho mejor que yo.

—No negaré eso. Pero no creo que tenga que ver con este asunto.

—Sí, claro que se relaciona. Porque las personas como yo llegamos aquí con mucho esfuerzo. No así los que viven como tú. Y cada vez que te veo, siento que sigo en ese estúpido barrio, en ese maldito automóvil perdiendo mis piernas y con ellas lo único que me servía para ser otra persona. Así que déjame en paz. Por lo que más quieras. ¡Déjame en paz, Shawn!

—Yo tampoco lo pasé bien.

—No se nota.

—Lo sé.

—¿Vas a dejarme en paz?

—Solo quería que supieras que lo siento.

—Y yo no te creo. ¿Algo más?

—Eso es asunto tuyo.

Respiró hondo, giró sobre los talones y se fue sin decir adiós.

Yo me quedé quieto en el pasillo, observándola alejarse hasta que desapareció.

Me angustiaba que no me creyera, pero al mismo tiempo me sentía un poco más liviano. Estaba mejor habiendo podido decir lo que yo necesitaba que si hubiera intentado adivinar lo que ella quería oír.

No me hallaba en paz, pero al menos tampoco había quedado destrozado. Podía librar otra batalla si algún día era necesario.

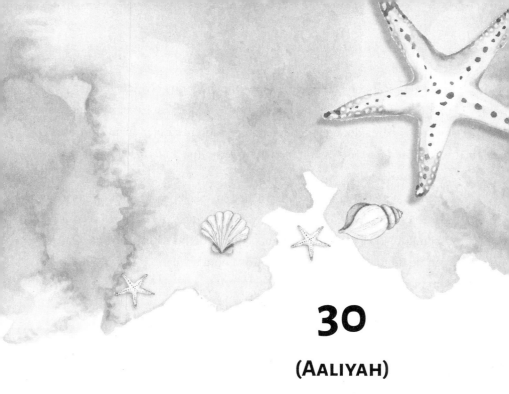

30

(Aaliyah)

Navidad, Año Nuevo, cumpleaños. Daba lo mismo para mí. No tenía dinero para regresar a casa y, aunque después de haberme encontrado con Shawn había pensado varias veces que sería lo mejor, no quería.

Lo que le había dicho era cierto: a las personas como yo nos costaba mucho más que a otras terminar la preparatoria, conseguir un buen empleo, ir a la universidad. No desperdiciaría el regalo que el destino me había dado, por más que me doliera que él estuviera allí.

Después de nuestra última discusión, medité un buen rato sus palabras. "¿Puedes tan solo escucharme un momento?", "yo tampoco lo pasé bien", "lo siento".

Si todo eso era cierto, ¿por qué no me lo había dicho antes? ¿Por qué Ollie y Cam lo habían visto bien, como si nada hubiera pasado, mientras que yo me enteraba de lo peor en el hospital? No entendía cómo podía tener el descaro de pedirme perdón y pretender que olvidara todo así, sin más. Para él, mis piernas no eran importantes, pero sí para mí. Y que hubiera desaparecido, que no hubiera regresado ni siquiera para abrazarme y decirme que todo estaría bien aunque no fuera cierto, me desgarraba por dentro.

Intenté pensar con frialdad. Analicé sus palabras, su mirada, sus gestos. Era cierto que el chico feliz y aventurero que había conocido parecía escondido. Era como si se hubiera ocultado detrás de una cortina. O más bien de un telón. Ya me había creído la obra de teatro una vez, no podía ser tan ingenua de creérmela dos.

Mientras la mayoría de los estudiantes regresaban a casa para pasar las fiestas en familia, yo trabajé y aproveché para relajarme después de los exámenes. Adam me preguntó si quería pasar las fiestas en su casa con él y algunos amigos. Le dije que ya tenía otra invitación. Por supuesto, era mentira.

Lateefa no celebraba la Nochebuena, pero había aprovechado las vacaciones para visitar a su familia. Diego no estaba, tampoco los otros chicos que conocía del gimnasio. Así que me encontraba sola.

Llamé a mamá el veinticuatro y el treinta y uno. Ambas fechas le dije que lo pasaría con amigos. Dijo que me extrañaba y que quería verme. Lo mismo sucedió con Ollie.

La noche de Año Nuevo, me contó que todos mis amigos irían a una fiesta y que lo pasarían espectacular.

—El otro día vi a Frank, vino a ver a su familia —comentó—. Me pidió tu número.

—¿Y qué hiciste?

—Le ofrecí que me diera el suyo y le dije que te preguntaría si querías que él tuviera el tuyo.

Me encogí de hombros.

—Me da lo mismo.

—¿Estás bien? Te ves desanimada. ¿A qué hora te reúnes con esas personas con las que pasas las fiestas?

Suspiré e intenté lucir mejor.

—En un rato. Son hispanos y cenan tarde —mentí.

—Ah. ¿Entonces te vas con la familia del nadador? ¡No eres ninguna tonta!

Reí con ganas.

—No, no. Son otros. Te dije que Diego se había ido a su casa.

Mientras Ollie me contaba algo acerca de un nadador que había conocido una vez en la playa, me quedé pensando en cuán curioso resultaba que le hubiera contado hasta el más mínimo detalle de Diego, pero no que Shawn se encontraba allí. ¡Era mi mejor amiga! ¿Por qué le ocultaba eso?

—Ollie —dije.

—¿Sí?

Necesitaba hablarlo con alguien, pero no podía hacerlo con ella. De pronto, entendí el motivo: no quería que me incitara a la pelea. La conocía: me diría que no podía estar en esa universidad si Shawn también se hallaba allí, y que le exigiera que se fuera. ¿Qué sentido tendría? No tenía claro por qué él había cambiado Princeton por la Universidad Estatal de Ohio, pero sí que no podía adueñarme de ningún sitio. Shawn tenía tanto derecho a estar ahí como yo.

—No quiero que se te haga tarde —puse como excusa—. Tu madre siempre se molesta cuando demoras en bajar a cenar por mi culpa.

—¡Que se pudra! Estoy hablando con mi mejor amiga —exclamó—. La que me abandonó.

—Eso no es cierto.

—Lo sé, tonta. De acuerdo, suena a que tú eres la que quiere irse, así que te libraré de aguantarme contándote historias que ya no te interesan.

—Ollie, no empieces.

—¿Que no empiece con qué? ¡Si es cierto! Lo que ocurre aquí ya no te importa.

—Feliz Año Nuevo. Te quiero.

—Y yo a ti.

Me arrojó un beso a través de la cámara y desapareció.

Esa noche, me sentí muy sola. No solo no tenía con quien pasar el Año Nuevo, sino que, además, ni siquiera me sentía unida en lo afectivo con una sola persona.

Antes de seguir lamentando una situación que no podía cambiar, me mudé de ropa, recogí mi vianda y, en lugar de cenar sola en la cocina de mi piso, fui al comedor colectivo del edificio de la recepción. Para mi sorpresa, había varios chicos compartiendo la mesa. También una persona haciendo la limpieza, y el recepcionista firme en su mostrador.

—Buenas noches —le dije.

—Buenas noches —contestó con una sonrisa.

Pensé en las familias de esas personas y en que también estaban lejos, y me sentí un poco más acompañada.

—¿Vienes a cenar? Aquí hay un sitio libre —me dijo un chico, indicándome una silla. Eran unos veinte en total.

—Sí, gracias —respondí, y me atreví a compartir esa noche con unos cuantos extraños.

A medianoche, me acerqué a la muchacha de la limpieza y le ofrecí una copa de refresco. Brindamos y después regresé a la mesa.

—Tenemos algo especial, pero debemos ir afuera… —murmuró en mi oído el chico que me había ofrecido sentarme a su lado.

Aunque hacía frío, nos sentamos en el patio externo y algunos extrajeron un par de botellas de las mochilas.

—Que nadie se entere —comentaron entre risas. En la residencia estaba prohibido beber alcohol.

Entrada la madrugada, nos subdividimos en grupos y compartimos la habitación, lo cual también estaba prohibido por las reglas. Me tocó reunirme con una pareja y con el chico que me había invitado a sentarme a su lado. Con él, además, tuve que compartir la cama. Por supuesto, fue imposible que dejara sus manos quietas y comenzó a acariciarme. Primero el pelo, después un hombro, después un pecho. Nos besamos, pero no quise avanzar más.

Al otro día, ni siquiera lo recordábamos con claridad. Supe que no seríamos amigos. Tan solo habíamos echado mano de un buen recurso para disfrazar la soledad.

Por suerte, los días después de Año Nuevo fluyeron bastante rápido y el siguiente semestre comenzó con todo el movimiento que ello implica. Algunos ingresantes, muchas personas en todos los sitios, nuevos cursos para todos.

Además, como ya había aprobado las primeras asignaturas, me inscribí para comenzar las prácticas profesionales iniciales. Nos pidieron que, si trabajábamos, completáramos un formulario con nuestros horarios, para que no se superpusieran. Atendiendo a mi disponibilidad y a las necesidades de practicantes, me tocó entrenarme en el centro de rehabilitación de la universidad.

Me dirigía a ese sitio cuando vi la revista de los estudiantes. Dudé acerca de recoger un ejemplar, porque de verdad ya no necesitaba las palabras de Shawn. Pero me gustaban, no podía negarlo, y decidí que quería leerlas a pesar de todo.

Días de lluvia me pareció un texto precioso, cargado de sentimientos y de esperanza, a pesar de la tristeza que percibí en sus palabras. ¿Así se sentiría Shawn? ¿Por qué entonces había actuado como si nada hubiera ocurrido cuando lo vieron Cam y Ollie? ¿Por qué no me lo había contado?

No quería cuestionarme más, así que dejé la revista en el mismo estante donde coleccionaba las otras y me fui a trabajar antes de que se me hiciera tarde.

Los días comenzaron a transcurrir de nuevo, pero no volví a cruzarme con Shawn. Por un momento, pensé que tal vez no había regresado a la universidad porque yo estaba en ella y le había dicho que lo quería lo más lejos posible. Me sentí desolada y culpable. ¡No sería justo!

—Aali —me dijo la traumatóloga. Por momentos me quedaba pensando y olvidaba que estaba en mis prácticas.

—¿Sí? —respondí enseguida.

—Necesito que escribas en el ordenador los certificados de los pacientes que atendí hoy. Recuerda: si conoces a alguien…

—No debo leer su ficha. Lo sé —contesté.

Asintió con una sonrisa y me entregó una pequeña pila de papeles desordenados. Eran copias que debían completar los médicos y que las ayudantes del primer semestre de prácticas ordenábamos.

Transcribí el primero:

Paciente: Thomas Andersen.

Ubicación: Apartamento de alquiler. Calle High Sur, 205.

Diagnóstico: Esguince de tobillo izquierdo grado 1.

Indicación: Reposo por una semana. Antiinflamatorios cada seis horas durante las primeras 72 horas. Consulta en siete días para evaluar rehabilitación.

Transcribí cuatro fichas hasta que, en la quinta, mi mano tembló.

> Paciente: Shawn Sterling.
> Ubicación: Residencia Quay. Edificio B, piso 3, apartamento 1, habitación A.
> Diagnóstico: Tendinitis leve. Hombro derecho.
> Indicación: Reposo de la extremidad. Tratamiento antiinflamatorio con hielo durante 48 horas.

Recién cuando terminé de releer la información me di cuenta de que estaba moviendo la pierna con ansiedad. Apoyé el papel sobre la mesa, me respaldé en la silla y apreté los labios. De modo que Shawn no solo había regresado y estudiaba en la misma universidad que yo, sino que, además, vivíamos en la misma residencia. ¿Por qué entonces no habíamos vuelto a cruzarnos? ¿Por qué no nos habíamos encontrado antes de la fiesta? Todo me resultaba muy extraño.

Pensé en su lesión. Por suerte, no era grave. ¿Se le habría inflamado el tendón del hombro escribiendo en una mala posición? O quizás estudiando… Los de Literatura tenían que leer mucho y, si no tenían idea de las posiciones correctas para hacer las cosas, podían sufrir las consecuencias.

Debía cumplir con mi promesa de practicante. La ley era clara: "Si te toca transcribir el certificado de atención de la guardia traumatológica a la ficha de alguien que conoces, está prohibido leer su historial médico". Pero en mi interior rebelde, eso no aplicaba para Shawn. Además, lo más probable era que ni siquiera apareciera uno. En los archivos de las personas que no tenían nada relevante que comunicar a las autoridades de la universidad, tan solo figuraba un "sin registros" arrojado por el mismo sistema.

Para mi sorpresa, no solo había un registro, sino también varios archivos adjuntos.

Shawn Sterling.

Sexo masculino. 19 años.

Diagnóstico: Depresión y trastorno de ansiedad.

En tratamiento psiquiátrico y psicológico.

Medicado con antidepresivos y ansiolíticos.

Lesión cerebral recuperada. Recomendación: evitar los deportes de riesgo.

Se adjuntan: Certificado médico, informe psiquiátrico, informe psicológico y declaración jurada de los padres.

Cubrí mi boca con una mano y empecé a temblar, como todo lo que había creído hasta ese momento. No podía entender cuándo me había involucrado tanto en mí misma que había perdido la capacidad de ver las señales ajenas. Está bien: no conocía del todo a Shawn. Pero sí pensaba que sabía cómo era él hacía un año y medio. Quizás no estaba equivocada. Tal vez él sí era como yo imaginaba y no como creía desde el accidente.

Me dolió el corazón al pensar que Shawn, como yo, también podía haber necesitado un abrazo o una palabra mía diciéndole que todo iba a estar bien, aunque fuera mentira y ninguno de los dos estuviera seguro de nada. Me lastimó pensar que sus ojos de niño feliz se habían transformado en los de alguien triste y angustiado, en lo que no merecía ser. Y, sobre todo, me dio impotencia no haberme dado cuenta. Tenía sentido: la depresión se veía así. Normal. Todo sucedía donde nadie podía ver.

Comencé a mover la pierna de nuevo, esforzándome para no echarme a llorar. Con dedos temblorosos, comencé a transcribir su certificado de atención en la ficha. No quise leer los informes, ya bastante entrometida era solo por haber leído el historial.

Miré la hora en el reloj del ordenador. Maldije que me faltaran treinta minutos para irme. Quizás, si terminaba de transcribir todo rápido, pudiera pedirle a la doctora que me dejara salir antes.

Por supuesto, terminé abandonando la clínica diez minutos más tarde. El trabajo siempre era abundante, y hasta que no llegaba mi compañera para completarlo, no podía retirarme.

Mientras caminaba lo más rápido posible hasta la residencia, le envié un mensaje a Ollie.

Aali.
Necesito que hablemos. ¿Puedo iniciar una videollamada en cuanto llegue a mi habitación?

Ollie.
¡Claro! Estaré esperando.

Al llegar, dejé que la puerta se cerrara por su cuenta, solté la mochila en el suelo y me senté en el escritorio. Ni siquiera me quité el uniforme que utilizaba en las horas de práctica. Recién cuando inicié la videollamada me di cuenta de que tenía que peinarme un poco.

—¡Ey! —exclamó Ollie.

—¡Ey! —dije, preocupada y sin energía.

—¿Qué haces con esa ropa? —rio ella.

—Es el uniforme de las prácticas.

—Ah… ¿Ocurre algo? ¿Qué puede ser tan urgente? ¡No me digas que tienes un atraso!

—¡No! —contesté, ofuscada—. Ollie… ¿te acuerdas de Shawn?

—¿Cómo no recordarlo? Por ese hijo de puta casi pierdo a mi mejor amiga.

—No fue así.

—¿Cómo que no fue así? Además, ¿qué importa eso ahora?

—Necesito saber algo. Quiero que me cuentes cómo fue que lo vieron. Es decir, Cam y tú me dijeron que después del accidente lo habían encontrado por ahí y que estaba bien. En ese momento, entendí que se lo habían cruzado por la calle y que lo habían visto riendo con sus amigos, de compras o algo así. ¿Fue eso lo que ocurrió? ¿Fue eso lo que viste?

—¡Claro que no! —exclamó—. Tuvo el descaro de venir a preguntar por ti.

—¿Cómo qué… a preguntar por mí?

—Vino a casa diciendo que necesitaba saber de ti. ¡Imagínate el enojo que eso nos provocó! Por culpa de ese imbécil que andaba caminando por la calle como si nada, tú estabas en el hospital, enterándote de que él te había arruinado la vida. Maldito bastardo —comenzó a reír sin explicación—. Espera. Te enviaré algo.

Su imagen se congeló, así como mi boca entreabierta. Entonces… ¿Shawn había ido a buscarme? ¿Por qué Ollie no me había dicho eso en lugar de tan solo afirmar que lo habían visto y que estaba bien?

—Listo —dijo. En ese momento, llegó un mensaje de ella—. Todos en el barrio lo vieron menos tú, es justo que lo tengas ahora. Para que compruebes cómo somos capaces de defenderte los que de verdad te queremos.

—Gracias —dije con un hilo de voz—. Te llamo más tarde —y corté.

Recogí el móvil con miedo y busqué lo más rápido posible el mensaje de Ollie. Era un video. Lo activé con el estómago hecho un nudo.

Ni bien comenzó la reproducción, reconocí mi barrio y la casa de mi amiga. Al mismo tiempo divisé a Shawn con las rodillas y las palmas de las manos apoyadas en el asfalto.

"Que todos se enteren de que le dimos su merecido a este pedazo de mierda", rugió Cam, y le dio una patada en el estómago. Shawn, que intentaba incorporarse, cayó de nuevo. Soporté mirar hasta que Cameron le pateó la espalda y la cadera y él quedó en posición fetal.

Detuve el video y solté el móvil sobre el escritorio para cubrirme la boca con las manos. Los ojos se me llenaron de lágrimas. Tuve que huir al baño, creyendo que iba a vomitar.

Me aferré al excusado, pero no salía nada. Tenía el estómago revuelto y no podía calmarlo. Tal vez no era comida lo que tenía que abandonar mi cuerpo. Ni siquiera tenía que salir algo de mi boca, sino de mi mente, atravesada por ese barrio y esas personas.

Solía creer que los demás me harían daño, porque siempre me lo habían hecho. Ser incapaz de ver la bondad en la gente me había impedido pensar que, tal vez, Ollie y Cam no habían visto a Shawn divirtiéndose con sus amigos, sino en una situación distinta. Creer que las personas solo mentían y eran egoístas me había transformado en lo que criticaba del resto. Yo también ocultaba mi dolor, mis temores y mi vergüenza; incluso el amor o la alegría. Yo también mentía y era incapaz de ver el sufrimiento ajeno. No merecía que alguien hubiera visto el mío y me estuviera pagando la residencia y los estudios. No merecía seguir adelante si continuaba engañando a los demás.

Me levanté tambaleándome y salí de mi habitación sin cerrar la puerta. Corrí por las escaleras y por el patio hasta el edificio de Shawn. En ese momento, una chica estaba entrando, y la aparté para meterme a la fuerza.

—¡Ey! ¡No! —gritó ella—. Llamaré a seguridad.

No me importaba que llamara a quien quisiera, siempre que yo pudiera llegar a donde necesitaba.

Subí al tercer piso y busqué el apartamento 1. Comencé a golpear la puerta como si intentara derribarla.

Un chico moreno abrió con un gesto de asombro. Era el mismo que estaba en la cancha de bolos.

Empujé la puerta con todas mis fuerzas y, con eso, él retrocedió.

—¡Eh! ¿Qué haces? —bramó cuando yo atravesé el pequeño recibidor y me abalancé sobre la puerta entreabierta de la habitación de Shawn.

Él estaba recostado en la cama, apoyado sobre un codo. Seguro se había alertado al escuchar el conflicto.

—¿Qué…? —balbuceó.

No le di tiempo a nada. Me arrojé sobre la cama, lo abracé tan fuerte que por poco lo dejé sin aire y comencé a llorar desesperadamente sobre su pecho.

—Abrázame —le supliqué, hipando—. Tan solo abrázame.

Shawn obedeció enseguida.

El calor de su cuerpo contra el mío, sus manos sobre mi espalda, su respiración en mi oído… Todo me hizo sentir valorada y segura de nuevo.

—¡Oye! —clamó la voz de su compañero de apartamento.

Una mano de Shawn se apartó de mi espalda, supuse que para hacer un gesto.

—Está bien —le dijo a su amigo—. Cierra la puerta.

—¿Estás seguro?

—Sí.

31

—Aali —susurró Shawn, rodeándome la cara con las manos. Percibí que estaba preocupado, pero no podía dejar de llorar mientras recordaba todo lo que, ahora, encajaba a la perfección: su historial médico, sus escritos, sus palabras en el pasillo de la cancha de bolos; el video…—. Aali, ¿qué ocurre?

—Lo siento —dije, incapaz de desprenderme de él. Enredó los dedos en mi pelo y me alzó la cabeza con cuidado. Abrí los ojos nublados de llanto e intenté calmarme para explicarle—. Lamento lo que te dije, pero sobre todo lamento lo que pensé de ti.

—¿Por qué de pronto me dices esto? ¿Por qué lloras? —volvió a apretarme contra su pecho y apoyó los labios en mi cabeza—. No resisto verte llorar, Aali.

Hundí los dedos en la piel desnuda de su pecho y me enderecé. Con las manos apoyadas en él logré sostenerme para mirarlo otra vez. Necesitaba que sus ojos estuvieran fijos en los míos para que me creyera.

—Quiero decirte algo y necesito que lo escuches con atención —le pedí—. No fue tu culpa. No tengo bien claro qué pasó, pero no fue tu responsabilidad. Estoy segura de eso. ¿Puedes entenderlo?

Shawn pestañeó, apretando los ojos. Los vi enrojecerse y ponerse húmedos.

—No es cierto —dijo.

—¡Lo es!

—Aali… —murmuró—. Lo siento.

Apoyé los dedos sobre sus labios.

—No tienes que decirlo. No tienes que pedirme perdón.

Apartó mi mano con suavidad y continuó, mientras una lágrima rodaba por su mejilla.

—Necesito que me escuches. De verdad lo siento. Tienes que saber que, si pudiera volver el tiempo atrás, jamás expondría tu vida y tu futuro en ese auto.

Negué con la cabeza de forma efusiva.

—No entiendo por qué tú tendrías que cambiar el pasado.

—Porque yo conducía.

—Eso no te convierte en culpable.

—Un neumático estalló. Todo ocurrió tan rápido que tuve que elegir en cuestión de segundos. Pienso que, tal vez, podría haber escogido mejor.

»No me cambié de carril porque, en el otro, venía un coche con una familia. Como no conocía bien la carretera, no sabía que se acercaba un cruce. El camión que iba adelante frenó. No había distancia suficiente para que nuestro coche se detuviera sin impactar contra el acoplado, pero si me dirigía hacia la valla de contención, temí que volcáramos por el giro abrupto del volante.

—Shawn… ¿Te das cuenta de que eres un conductor extraordinario? ¿Quién podría analizar todas esas posibilidades en tan poco tiempo? Yo no hubiera sido capaz. Ni siquiera sé conducir, pero si hubiera estado al volante ese día, apuesto a que hoy los dos estaríamos muertos.

—No es cierto. Debí maniobrar para que la zona de impacto contra el camión fuera más hacia mi lado. Así, yo habría quedado atrapado, y tú…

—Basta. ¡Por favor, detente! —supliqué, llevándome una mano a la sien.

Me dolía mucho la cabeza y no podía seguir escuchando todo lo que pasaba por su mente. Era doloroso y retorcido. Vivir así ese año y medio debió haber sido un calvario.

En ese momento, oímos unos golpes fuertes en la puerta.

—¡Seguridad! —gritó la severa voz de un hombre.

—Es la seguridad de la residencia —expliqué a Shawn, sin aliento—. Para entrar a tu edificio tuve que saltarme algunas reglas.

—Tranquila —me dijo, apoyando una mano cálida en mi antebrazo—. Yo iré. Quédate aquí.

Se levantó y se dirigió a la puerta. La abrió apenas; su amigo ya había respondido al llamado. Alcancé a oír lo que le dijo al guardia con bastante claridad.

—No está aquí.

—Las cámaras de seguridad muestran que entró a este apartamento.

—Lo siento, deben haberse equivocado o quizás intentó entrar y no pudo. Por suerte, mi compañero y yo estamos durmiendo. Gracias por preocuparse.

El chico cerró la puerta del apartamento y se dirigió a Shawn.

—Me debes una.

—¿Una como la vez que dormiste aquí con la chica del edificio F?

—Retiro lo dicho. Estamos a mano. Pero este es un favor bien gordo.

—Lo sé. Te compraré una cerveza.

—Así me gusta.

Las puertas de ambas habitaciones se cerraron al unísono y Shawn regresó conmigo.

No recordaba que me pareciera tan atractivo. Era alto y su espalda era ancha... Podría reconocerla entre todas las del mundo, sin mencionar que tenía la mirada más profunda que había visto nunca.

—¿Puedes volver a abrazarme? —pregunté con los labios temblorosos. Lo que sentía era tan intenso que, aunque hubiera querido, no habría podido ocultarlo.

Se deslizó del otro lado de la cama y se metió debajo de las sábanas. Luego quitó las que estaban por debajo de mis piernas y me cubrió con ellas. Estiró un brazo por debajo de mi nuca y yo me acurruqué contra su pecho. Apoyó sus labios en mi frente y la otra mano en mi cintura. Su olor... Su exquisito aroma me envolvió junto con su calor y sentí que por primera vez podría descansar en mucho tiempo.

Desperté cuando percibí que me acariciaba una mejilla, sin embargo continué con los ojos cerrados para disfrutarlo.

—Aali —susurró contra mi frente. Lo miré con los párpados entreabiertos. Tenía los ojos muy irritados, lo noté porque me ardían—. Lo siento, no quería despertarte, pero ya es tarde y no has cenado —volvió a acariciarme, esta vez con su mirada—. Te ves muy cansada.

—Lo estoy —murmuré—. Voy a clases, estudio, trabajo en el bar de la esquina y ahora también estoy haciendo prácticas. A veces siento que el día tiene cien horas y que solo duermo diez minutos.

Noté preocupación en su semblante, pero tan solo asintió de manera comprensiva.

—Puedes seguir durmiendo mientras yo preparo algo. Te haré mi especialidad. ¿Qué opinas?

—¿Así que tienes una? —sonreí, complacida.

—No creas que es la gran cosa, pero espero que te guste.

Quitó despacio el brazo en el que yo apoyaba la cabeza y se arrastró para sentarse en la orilla de la cama. Se estiró, recogió una camiseta que estaba en el borde opuesto y se la puso.

Mientras él hacía eso, contemplé su perfil hermoso. Sus ojos grandes, sus pestañas abultadas, sus labios sinuosos y la cicatriz que tenía cerca de ellos. No pude evitar tocarla con el pulgar, y eso provocó que él dirigiera su atención hacia mí de inmediato.

—Te quiero —le dije.

Me observó en silencio por un momento. Supuse que tal vez lo había tomado desprevenido o que, lógicamente, lo repentino de mi actitud abierta lo confundía.

—Yo también —respondió, mirándome a los ojos, y se inclinó hacia mí apoyando las manos a los costados de mi cuerpo.

Yo me erguí un poco, afirmé una mano en su nuca y concreté lo que él había dejado a medias.

En cuanto nuestros labios se encontraron, deseé que ese instante perdurara para siempre. En los besos de Shawn no solo había ternura y pasión, sino además bellos y profundos sentimientos que me llenaban de sensaciones maravillosas, esas que no experimentaba con ninguna otra persona.

Lo dejé ir a regañadientes y sujeté la sábana mientras me mordía el labio, procurando conservar el sabor de Shawn un rato más.

De verdad estaba muy cansada, y volví a quedarme dormida mientras pensaba en cómo había soportado más de un año sin sentirme de esa manera.

Volví a despertar cuando Shawn me llamó por mi nombre a la vez que me apartaba el cabello de la cara. Abrir los ojos y que lo primero que viera fuera él, me dibujó una sonrisa.

—Vamos a cenar —me dijo en voz baja.

Me levanté y me senté en la orilla de la cama, a unos centímetros de la parte lateral del escritorio.

—¿Podrías prestarme una camiseta? Esto es muy incómodo —dije, señalando el uniforme de las prácticas.

—Sí, por supuesto —respondió él, y se dirigió al guardarropa. Enseguida me ofreció una camiseta negra de mangas cortas.

No le vi sentido a ocultarme de su mirada, así que me quité la parte superior del uniforme y le sonreí mientras me ponía la camiseta. Me había visto desnuda y en bikini, ¿qué importaba un sostén? Después me puse de pie para quitarme los pantalones y me quedé descalza. Su camiseta era bastante larga y me cubría la cadera.

—Mucho mejor —dije con placer.

En ese momento, me di cuenta de que él miraba mis piernas. Concretamente, la cicatriz que me había quedado en la derecha a causa del fijador externo que había tenido que usar por las fracturas.

Percibiendo que su mirada se llenaba de culpa, volví a sentarme enseguida para que ya no las viera. Él me imitó y abrió nuestras latas de refrescos. Entonces reparé en los bastoncitos que había dispuesto sobre nuestros platos y sentí mucha ternura.

—¿Así que esta es tu especialidad? ¿Bastoncitos de queso? —pregunté—. ¿Los compraste congelados y los horneaste o los hiciste tú?

—Los hice yo —explicó con tono relajado—. Lo siento, no soy muy bueno en la cocina. Esto es lo mejor de lo poco que sé hacer.

—No te preocupes, yo tampoco lo soy —respondí—. Lo malo de eso es que, cuando yo cocine mientras tú estés escribiendo o lo hagas tú mientras yo esté haciendo gimnasia, nunca será algo demasiado sorprendente. Eso sí: las comidas de mi breve lista de preparaciones posibles son bastante saludables. Intuyo que las tuyas no, así que tendremos un buen equilibrio —reí—. ¿Recuerdas cuando hablábamos de eso? Tú y yo, totalmente incompatibles pero complementarios.

La mirada de Shawn se mantuvo serena, pero noté un poco de confusión.

—Necesito definir los personajes de la historia —contestó—. Tú y yo seríamos la pareja feliz. ¿Y qué sería el chico del puente?

—¿"El chico del puente"? —repetí, frunciendo el ceño—. ¿Qué chico del…? ¡Ah! ¿Diego? ¿Tú nos viste allí a la salida de la fiesta?

—Te juro que no fue mi intención. Estaba regresando a la residencia y tenía que cruzar del otro lado del río. Los vi besarse y abrazarse antes de cambiar de dirección e ir por el puente de la otra calle.

Suspiré, negando con la cabeza. Ahora entendía lo que había ocurrido hacía un rato.

—Con razón te quedaste helado cuando te dije que te quiero. Lamento si soné demasiado impulsiva. Estaba dormida y… Cuando no pienso digo lo que siento. De hecho es lo último que te dije antes de que tuviéramos el accidente.

—Lo sé. Y te doy las gracias por haberlo repetido: así pude responder. Además, conozco una persona que piensa que tenemos que decir lo que queremos y no lo que creemos que el otro quiere escuchar.

—Ya me cae bien aunque ni siquiera la conozca —dije, y probé la "especialidad"—. Diego es un amigo que conocí en el gimnasio —expliqué mientras me limpiaba las manos—. La noche de la fiesta, yo estaba muy dolida, y cuando me siento mal puedo hacer cosas muy impulsivas. La mayoría de las veces, esos impulsos derivan en algo malo.

»Tengo que cambiar esa manera de actuar. Lo siento. Lo intentaré con todas mis fuerzas, te lo prometo. Tampoco seré ruda. Al menos contigo. No serlo con los demás me llevará más tiempo y, en algunas situaciones, no sé si pueda controlarlo. Pero necesito intentarlo.

—No quiero que cambies, Aali. Es decir, no tienes que hacerlo por mí, porque siempre te admiré tal como eres. Tan solo te ruego que no digas nada que mañana puedas sentir de otra manera. Me atemoriza pensar que puedo salir lastimado, porque no sé si sea capaz de resistirlo.

Sentí que Shawn introducía una mano en mi pecho, sujetaba mi corazón y lo apretaba transformándolo en un puño. Solté el aire de mis pulmones y apoyé una mano en su antebrazo.

—Lo último que quiero es hacerte daño.

Shawn puso su mano sobre la mía y comenzó a jugar con mis dedos, con tanta suavidad, que podría haberme quedado dormida de nuevo.

—La chica que viste en la fiesta se llama Madison y es mi amiga —dijo.

—Lo sé. No tienes que explicarlo. Lo de tu amiga fue otra de las cosas que dije de manera impulsiva. En ese momento, me enceguecí pensando que me habías olvidado mientras que yo no podía hacerlo. Odio cuando me siento una estúpida, lo cual sucede bastante seguido, así que algo debe estar mal en mí. Es imposible que todo el mundo quiera pasarme por encima y, a decir verdad, estoy muy cansada de estar todo el tiempo a la defensiva. Por lo menos sé que no debo comportarme así contigo, y eso para mí ya es un enorme descanso.

Shawn permaneció un momento en silencio.

—¿De verdad confías en mí? —preguntó con calma—. Creí que jamás lo harías.

—En este momento podrías decirme que eres un rinoceronte amarillo que vuela, y yo te creería. Si todavía no se nota, tendré que demostrarlo mejor.

»Oye, ¿qué pasó con Princeton?

Shawn volvió a quedarse callado. No sé por qué percibí que se sentía un poco incómodo.

—No pude entrar el año pasado y, como mis padres no podían pagar otra inscripción tan costosa, tomé una opción universitaria más accesible. Si todavía crees que vine aquí porque sabía que tú lo harías...

—No —intervine, negando con la cabeza—. Sé que fue una casualidad, por eso estoy agradecida de que el destino haya cruzado nuestros caminos de nuevo. ¿No te preguntas cómo llegué aquí? Tengo un padrino —reí—. Suena a una locura, pero algún sujeto rico de alguna parte de los Estados Unidos decidió pagar mis estudios y mi residencia universitaria a través de una organización sin fines de lucro. ¿No es increíble que existan personas así? Creo que entre ese tipo y tú me devolvieron la fe en la gente.

Shawn dejó de jugar con mis dedos y se dedicó a mirar su plato.

—¿Qué te hizo cambiar de opinión sobre mí? —indagó.

—Prométeme que no te enojarás. Sé que hice mal y lo siento —me miró con interés, y eso me puso nerviosa. Odiaba que los demás notaran mis debilidades y supuse que, aunque posiblemente él no se sintiera como yo, quizás también prefiriera ocultarlas—. Estoy haciendo las prácticas en el centro de rehabilitación de la universidad. Fuiste ahí hoy por un dolor en el hombro. ¿Te sientes mejor? Ni siquiera pensé en tu lesión cuando me arrojé sobre ti al entrar ni cuando te pedí que me abrazaras. Perdona.

—Mucho mejor. El hielo hizo efecto.

—¿Cómo te lesionaste?

—No tengo idea. Pero supongo que no es nada grave, porque ya casi no me duele. Gracias por preguntar, aunque sigo sin entender por qué eso te hizo cambiar de opinión.

—No fue eso —aclaré—. Soy la encargada de transcribir los certificados de atención traumatológica de guardia al sistema de registros médicos de la universidad. Leí el tuyo. No los archivos adjuntos, solo lo básico. No quise entrometerme, solo necesitaba entender algunas cosas. Además, extraje de allí tu dirección. Yo vivo aquí también, en el edificio G. Por favor, no te enojes.

—¡Guau! —exclamó, respaldándose en la silla—. Entonces lo sabes.

—Sí.

—¿Y qué piensas de mí ahora que lo sabes?

Sonreí con los ojos húmedos y lo miré mientras le acariciaba el cuello con la mano apoyada sobre el hombro sano.

—Creo que eres la persona más maravillosa que conocí en mi vida y que sería una tonta si perdiera a un ser humano tan extraordinario como tú.

Él negó con la cabeza, mirando de nuevo el plato.

—No lo soy.

—Sí. Lo eres. Aunque no puedas verlo —llevé la mano a un mechón de pelo que le cubría parte de la frente y lo aparté con un dedo—. Allí está —dije, acariciando una nueva cicatriz—. Entonces ella era la que sangraba ese día en el accidente. Me asusté mucho, tu rostro estaba bañado de sangre. ¿Cómo está tu cabeza?

—Muy bien. Esa lesión sobre la que seguro leíste nunca me trajo problemas. El problema es mi mente.

Sonreí para aliviar un poco el enorme peso de su última frase y le di unos golpecitos muy suaves en la frente con un dedo.

—Entonces ya puedo golpearte así cuando me enoje contigo —bromeé. Buscaba excusas para tocarlo. Una y otra vez...

Volvió a tomar mi mano y la besó.

—Te extrañé mucho, Aali —confesó.

—Y yo a ti.

—Hubiera querido encontrarte antes. Pero, en un principio, no pude llegar a ti. Luego, a medida que pasaba el tiempo, me sentí más y más indigno de buscarte.

—No digas eso. Ni siquiera vuelvas a pensarlo. Fuiste a ver a Ollie. Ella me lo dijo.

—Primero fui a verte a ti al hospital. Pero tu padre estaba allí y ni siquiera me permitió avanzar hasta la puerta de tu habitación.

Sentí que alguien acababa de darme una bofetada. Me puse tensa, retiré la mano de la de Shawn y apreté las piernas.

—¿M... mi padre? —repetí, temerosa—. ¿Entonces lo conociste? ¿Hablaste con él?

—Sí. Fue en la puerta de la habitación donde estabas hospitalizada.

Mi corazón volvió a convertirse en un puño. Pensar que Shawn había estado tan cerca cuando lo necesitaba y que, una vez más, mi padre había colaborado para arruinar mi vida, me llenó de ira y de angustia.

—¿Te maltrató? ¿Qué te dijo?

—No te enojes con él. Eres su hija, y yo, el maldito que casi la mata.

—Te prohíbo que vuelvas a referirte a ti de esa manera. Necesito saber qué te dijo mi padre.

—Lo que él sentía: que estabas al borde de la muerte, que yo era un irresponsable...

—¡Nunca estuve al borde de la muerte! —bramé—. Shawn, nunca le creas a mi padre nada de lo que diga. Es un mentiroso, un vividor y un ladrón. Estuvo en prisión tres años por robarle al padre de Frank, mi exnovio. Trabajaba para él en una concesionaria y se llevó dinero de sus clientes. Todo lo que hace desde que nací es arruinarme la vida.

—Tal vez estaba muy angustiado por lo que te sucedía.

—Por favor, no lo justifiques. Entiendo que busques el lado bueno de la gente, pero créeme: él no lo tiene. Te lo juro. ¿Después fuiste a lo de Ollie?

—Sí.

—Vi lo que ocurrió allí hace un rato, grabaron un video. No puedo entenderlo. No puedo creer que hicieran eso. ¡Y no te atrevas a justificarlos como haces con mi padre!

—No lo hago. Cameron siempre me pareció violento.

—Me buscaste —susurré, con los ojos húmedos de nuevo—. Durante todo este tiempo creí que tan solo te habías olvidado de mí. Pensé que habías huido del asunto del accidente, que jamás habías intentado ponerte en contacto conmigo. Tienes que saber que nunca te culpé de lo que había ocurrido, tan solo me sentía muy desilusionada de que no hubieras aparecido.

—Lo siento. No fue porque no haya querido.

—Lo sé. ¿Qué te hizo desistir? ¿Fue lo que ocurrió con Cameron? Hiciste bien. No podías seguir permitiendo que todo mi entorno acabara contigo.

—No. Claro que no desistí por él. Necesitaba encontrar a una persona que me hiciera sentir que me decía la verdad. Después de ir a lo de Ollie, fui a tu trabajo.

—¿A Raimon's? —él asintió—. ¿A quién viste ahí?

—Hablé con tu compañera, la que se vestía de negro.

—Belle. No me lo contó...

—Claro que no. Dijo que no lo haría.

—¡¿Por qué?! Siento que todos manejaron los hilos de mi vida a su antojo.

—Ella creía que no querrías saber de mí.

—¿Eso dijo? ¡Era mentira! ¿Cómo podía saber lo que yo sentía, si ni siquiera había hablado con ella? No puedo entender qué te convenció de su versión de los hechos.

—Todo. Me dijo que, mientras que yo estaba bien, tú te hallabas en el hospital, muy molesta. Me contó que el médico te informó que jamás podrías volver a hacer gimnasia y que por eso no podrías ir a la universidad. Era lógico que no quisieras ver a la persona que causó ese desastre.

—Desde que me fui de Los Ángeles no volví a hablar con ella. ¿Por qué le creíste? ¿Cómo pudiste dar crédito a las palabras de una persona que ni siquiera era mi amiga cercana? —hice una pausa antes de seguir protestado y tragué con fuerza a la vez que apretaba los ojos—. No. Lo siento —me retracté, mucho más calmada—. Me cuesta ponerme en tu posición y entender cómo funciona tu mente, pero creo que lo comprendo. Es como el texto que escribiste: si algo nubla nuestra mirada, veremos la realidad distorsionada. En ese momento, tú veías la realidad bajo la luz de la culpa y de la angustia, entonces creíste la versión que más se asemejaba a lo que tú sentías.

»Lo siento, Shawn. ¡Lo siento tanto! No merecías que mi padre, Ollie, Cameron, Belle, y quién sabe cuántos más te dijeran esas cosas. Ellos no estaban en ese automóvil cuando los dos dejamos una parte de nosotros allí dentro. Entonces, cualquier cosa que hayan dicho no tiene valor.

»Por favor… necesito que todo eso deje de pesar en tu mente.

—Eso intento desde hace un año y medio. En especial, que mis propios juicios distorsionados sobre mí mismo no tengan tanto peso. No es fácil, pero te prometo que lo estoy trabajando y que a partir de ahora lo trabajaré todavía con más fuerza.

—Lo lograrás —aseguré, sonriendo.

—También te envié mensajes, pero los borré. Por eso, seguramente, jamás te llegaron. Estaba convencido de que te lastimaría aun más si reaparecía en tu vida y, además, sentía mucha vergüenza.

—Pues ya no tienes que sentirla —dije, y sonreí acariciándole una mejilla—. ¿Puedo quedarme contigo esta noche? —pregunté.

—Quisiera que te quedaras para siempre —respondió él, y volvimos a besarnos.

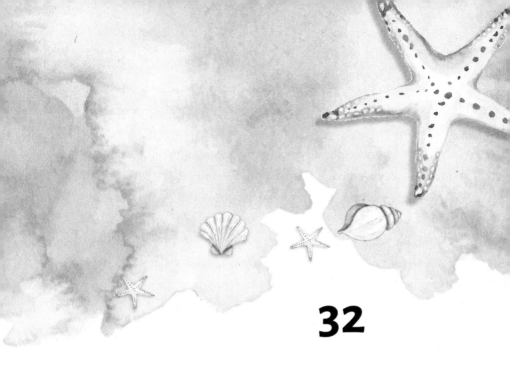

32

—Aali...

Sonreí aun antes de abrir los ojos.

Despertar con la voz suave de Shawn y sus labios sobre mi frente se estaba volviendo una adicción.

—Mmm... —murmuré, acurrucándome contra su pecho.

—Son las ocho. Tenemos que desayunar e ir a la universidad.

—Necesito dormir.

Hubo un instante de silencio en el que casi volví a quedarme dormida.

—Lamento que estés tan cansada —dijo Shawn.

—Lo estoy, pero no me quejo —aclaré—. Me gustan mi carrera y el bar. Adam, el dueño, es una persona genial. Nada que ver con Raimon.

Pestañeé un par de veces para aclarar mis ojos y lo vi sonreír.

—Eres hermosa —susurró.

—Tú eres hermoso, señor bastoncitos de queso —respondí—. ¡Y no me digas "no, no lo soy"! Es molesto, arruinas cualquier conversación.

Shawn rio.

—Me esforzaré por no discutir tus buenas opiniones sobre mí —prometió—. Voy a preparar el desayuno. ¿Quieres algo en especial?

—Necesito café para despertarme. Fruta y cereales, si tienes. Y dos galletas.

—¿Tan medido? Es un lado nuevo de ti.

—Siempre lo tuve, solo que, si me invitabas con un pastel, ¿cómo negarme? También soy humana. Me acostumbré por el entrenamiento. Tenía que mantenerme en cierto rango de peso.

—Café, frutas, cereales y dos galletas para ti, entonces —dijo, y se levantó. Me quedé en la cama hasta que se fue.

Mientras él no estaba, fui al baño y me di una ducha rápida. Tuve que usar su desodorante; el mío estaba en la mochila y no la había llevado. Husmeé también sus perfumes y me puse una gota del que más me gustaba en la muñeca. Ahora llevaría conmigo el aroma de Shawn todo el día.

Terminaba de ponerme el uniforme, sentada sobre la cama, cuando él regresó. Estaba muy abrigado, resultaba evidente que no había ido a la cocina solamente. Sin dudas había regresado a buscar su cazadora mientras yo estaba en la ducha. Además, tenía motas blancas en el cabello.

—¡¿Está nevando?! —abrí las cortinas de persianas grises para asomarme por la ventana. En efecto, el patio se estaba poniendo cada vez más blanco—. ¿Por qué saliste con este clima? Creí que ibas a la cocina.

—No tenía café y quería convidarte con un pastel —contestó, dejando sobre la mesa dos vasos térmicos y un paquete de una pastelería.

—No debiste hacer eso —protesté, yendo hacia él para darle un abrazo.

Me prendí de su cintura ni bien terminó de quitarse la cazadora y apoyé la cabeza sobre su pecho. Shawn me acarició el pelo y me besó en la cabeza mientras yo escuchaba los latidos de su corazón, agradecida de que los dos estuviéramos vivos y, a pesar de todo, bastante enteros.

—Nunca antes había visto nevar —comenté.

—Entonces desayunemos mirando hacia la ventana —propuso.

Abrió las cortinas y nos acomodamos de modo que los dos pudiéramos ver nevar. Terminamos conversando acerca de nuestros estudios.

Antes irme, me prestó un abrigo para que no caminara hasta mi edificio solo con el uniforme. Estaba a punto de abrir la puerta del apartamento cuando giré y nos dimos un beso. En ese momento, su compañero también apareció en el pequeño recibidor.

Shawn y el chico se saludaron. Después, él me miró.

—Hola, soy Aali —dije.

—Mucho gusto, Aali. Soy Elijah —contestó—. Acabo de ver que se estaban besando. ¿Eso también es parte de su relación o solo la tensión en las canchas de bolos?

La sonrisa y la mirada de Elijah me resultaron muy simpáticas, así que le seguí el juego.

—Solo los besos a partir de ahora. Así que tendrás que cubrirme con la seguridad de la residencia muchas veces más.

—Perfecto, eso me agrada. Por cierto, ¿te gusta la cerveza?

—Sí, claro.

—Entonces podremos sentarnos a beber y conversar algún día. Para él compramos un refresco —añadió, señalando a Shawn—. ¿Puedes creer que no le gusta el alcohol?

Miré a Shawn y apoyé un dedo sobre su abdomen.

—Shawn sí sabe lo que es sano —respondí—. Nos vemos.

Mientras caminaba hacia mi edificio, miré el cielo y sonreí. Lo que para otros era moneda corriente, para mí se había transformado en un espectáculo maravilloso. Pasé un rato afuera a pesar del frío. Toqué la nieve y reí al darme cuenta de que, lejos de parecer una nube, como había imaginado, no era más que un poco de hielo. ¡Pero se veía tan bella! Que todo se cubriera de blanco me fascinó. Era increíble cómo podía cambiar la vista de un lugar gracias a eso.

Hurgué por dentro de la manga del abrigo y olí mi muñeca. Tanto ella como el abrigo olían a Shawn. Llevar en mí un pedacito de ese lugar tan tierno y cálido que era él me reconfortó. Volví a extrañarlo. Su habitación se sentía como un refugio, y el exterior, como una selva.

Me di cuenta de que no habíamos intercambiado nuestros números de teléfono, y pensé que lo primero que haría en cuanto terminara mis obligaciones del día sería ir a su edificio, tocarle el timbre y decirle algo de todo lo que se agolpaba en mi interior con cada hora que transcurría.

Mis planes se frustraron a medida que la ensoñación se fue tiñendo de amargura. Me puse a imaginar la situación en la que Shawn y mi padre se habían encontrado, la respuesta que le había dado Belle, la violencia de Cameron, y sentí que todo había sido tan injusto y dañino para él que yo no merecía estar a su lado. Siempre había sabido que nuestros mundos no debían mezclarse, que mi entorno podía lastimarlo. A fin de cuentas, había sucedido.

Tenía que reconocer que yo también me había equivocado: lo había prejuzgado y, a diferencia de él, por orgullo y por dolor, no lo había buscado. Además, tenía sentimientos encontrados acerca de las personas de mi entorno. Si bien sabía que lo que habían hecho estaba mal, eran las únicas amistades y parientes que conocía. Me sentía feliz con Shawn y presentía que podía reír y bromear con su amigo Elijah. Pero no eran como yo. No eran "mi gente".

Se sentía bien estar enamorada, pero tenía claro que la fantasía de que una sola persona es suficiente para llenar todos los espacios es mentira. Necesitaba a mi familia, mis amigos, mis raíces. Me llevaba bien con muchas personas que había conocido en Ohio: Lateefa, Diego, los chicos del bar y del gimnasio. Pero no eran mis amigos. Ni siquiera podía contarles una cuarta parte de lo que había vivido hasta ese día, no tenía tanta confianza con ellos. No compartíamos los mismos códigos, ni gustos, ni orígenes. Tampoco con Shawn, pero con él era distinto. No encajaba con nadie más de ahí, eso era todo.

Lo angustiante fue reconocer que, desde hacía un tiempo, tampoco sentía que encajara en mi pasado. Por ejemplo, jamás hubiera cambiado la residencia por mi casa. Tampoco estudiar, hacer las prácticas y trabajar en el bar por volver a la cafetería de Raimon o al salón de belleza, por más agotada que estuviera. Debía reconocer que ni siquiera cambiaría pasar la madrugada estudiando Anatomía por ir a toda velocidad en el coche zigzagueante de Cameron, bebiendo y escuchando música con el volumen al máximo.

Era difícil romper las cadenas que me ataban a lo único que conocía, pero había llegado al límite de comprobar cuánto daño podían hacer a los que amaba. Entonces, aunque me sintiera mejor con Ollie que con Lateefa, aunque las dos no tuvieran siquiera comparación en mi corazón... tenía que poner un límite a ese entorno terrible que, lo sabía, tampoco era bueno para mí.

Fui a mi habitación, me mudé de ropa e inicié una videollamada para hablar con Ollie sin preguntarle si podía atender en ese momento.

Respondió, claro. Porque así eran las amigas.

—¡Ey! —dijo—. ¿Qué ocurre? ¿Y esa cara?

—¿Por qué me mintieron? —pregunté.

—¿De qué hablas?

—¿Por qué Cameron y tú no me contaron desde un primer momento que Shawn había ido a tu casa para saber de mí? ¿Por qué lo golpearon?

—¡Te defendimos!

—¿De qué? Ustedes no estuvieron en el accidente. ¿Con qué argumentos sostienen que Shawn tuvo la culpa?

—¡La tuvo!

—¿Cómo lo sabes?

—Él conducía.

—¿Y qué? Conducir y tener un accidente no lo convierte en culpable.

—¡Eres una malagradecida!

—Solo quiero entender qué pasó por la mente de ustedes cuando golpearon a una persona que no les había hecho nada, que estaba tirada en el suelo y que ni siquiera se defendía.

—Estábamos haciendo justicia por nuestra amiga, porque aquí somos leales. No como tú que, de pronto, de la nada, sales a defender a ese.

—¿Justicia? ¿Golpear a una persona inocente solo porque quieren y pueden te parece justo y leal? ¡Shawn estaba indefenso! Se creen matones ¡y ni siquiera tienen códigos!

—¿Quién te crees que eres? Desde que te fuiste a Ohio piensas que eres más que nosotros solo porque vas a la universidad. Para tu información, naciste y te criaste en este barrio, haciendo exactamente lo mismo que nosotros. Así que no te la des de superior, perra. No importa cuánto intentes disfrazarte, jamás dejarás de ser lo que eres.

La pantalla se puso negra de repente, y yo sentí que esa misma oscuridad envolvía mi interior. Puse el móvil boca abajo y me quedé quieta un momento, procesando la discusión que acababa de tener con mi mejor amiga. ¿O debía decir mi "ex" amiga?

Me acosté en posición fetal y me permití llorar. Extrañaría a Ollie con todo mi corazón, pero ya no quería hablar con ella. Desde que estaba en Ohio había notado que nuestra relación no era la misma. Gracias a esa última conversación, me di cuenta de que yo había pasado a ser una más de "los otros". Lo era para ella desde hacía mucho tiempo, solo que antes no se había atrevido a decírmelo y solo lo demostraba con indirectas. Ahora a mí también me miraba con esa bolsa enorme de prejuicios que las personas que me rodeaban tenían acerca de los "ricos", es decir, de cualquiera que no viviera allí y que no bebiera, se drogara y resolviera sus problemas con violencia para conseguir un lugar de poder ficticio en la vida.

Haber salido de esa burbuja me permitía reconocerlo, pero también me hacía sentir muy sola. Todavía más de lo que ya lo estaba. Pero era fuerte, siempre lo había sido, y superaría también eso. Si había podido soportar esos meses accidentada junto a mi padre, podía soportarlo todo. Shawn y yo lo merecíamos. No podía ni quería apartarme de él ni de mí misma. Así que tenía que apartarme de lo que nos hacía daño.

Ollie tenía razón: yo era una chica de ese barrio, igual que ella. Ruda, terca, decidida. Entregaba el alma luchando por lo que quería. Y, sí: jamás dejaría de ser lo que era. Pero yo decidía cómo usar esas cualidades y podía transformarlas en algo bueno.

La penumbra de la habitación me obligó a espabilarme. Salí de la cama, me sequé las lágrimas y volví al escritorio para ver la hora en el móvil. Era bastante tarde y todavía nevaba. Debía ir a comprar algo para la cena antes de que cayera la noche. Me abrigué, extraje dinero de mi cajita con ahorros y, antes de salir, le pregunté a Lateefa si necesitaba algo del supermercado. Ella me encargó toallas sanitarias y algo para el dolor.

—Mi más sentido pésame —le dije en broma. Menstruar a veces podía ser un suplicio. Ella rio. Al menos eso nos unía, entre tantas diferencias.

Me tomó del brazo antes de que me fuera.

—¿Estás bien? Tienes los ojos muy irritados, como si hubieras estado llorando —comentó.

—Lloré, sí —admití.

—¡Oh! —exclamó ella con tono apenado—. ¿Extrañas a tu familia?

—No. Corté el vínculo con quien era mi mejor amiga.

—No digas eso. La distancia puede ser difícil, pero hay lazos que nunca se rompen.

—Esta vez quiero que se rompa —sentencié con fortaleza, aunque también con dolor—. Voy al supermercado. En cuanto tenga lo tuyo, te lo alcanzo.

Bajé por las escaleras, ya que las aprovechaba para hacer ejercicio evitando el elevador. Al salir del edificio, me quedé en shock.

Shawn estaba allí, con las manos en los bolsillos de su sobretodo gris, mirando la puerta. Me acerqué a él lo más rápido posible y lo sujeté de una manga.

—¿Qué estás haciendo aquí? —indagué.

—Te estaba esperando. Dijiste que vivías en el edificio G, pero no en qué piso y apartamento.

—¡Shawn! ¿Hace cuánto que esperas? Debes estar congelado. ¿Por qué no pediste mis datos en la recepción?

—Lo hice, pero no quisieron dármelos. Me dijeron que eran privados.

Jalé de su brazo y lo llevé al edificio de la recepción. Nos sentamos en una zona tranquila, donde no había gente, y le tomé las manos. Aunque las tenía en los bolsillos, no llevaba guantes, por eso igual estaban frías. Comencé a frotarlas con las mías y, de pronto, mi corazón angustiado comenzó a sentirse un poco más alegre.

—Estuviste llorando. ¿Qué ocurrió? —preguntó.

Lo miré, sorprendida por su observación, y bajé la cabeza.

—Estoy triste. Rompí mi amistad con Ollie y, aunque me duela, no quiero retomarla. No puedo soportar lo que hizo.

—¿Entonces fue por lo que viste en el video?

—Sí. Pero también por muchas otras cosas. Ya no somos compatibles.

—Lo siento —susurró.

—Me llamó "perra". Así es como llamábamos a las chicas con las que nos peleábamos —suspiré y me pasé una mano por la frente para apartarme el cabello enmarañado—. Perdóname. Te estoy contando una tontería cuando tienes asuntos mucho más importantes.

—No te atrevas a decir eso —replicó, ayudándome con el pelo, mucho más suave con él que yo.

—Es la verdad. Te estoy diciendo que me siento triste por una tonta pelea con una examiga cuando tú estás intentando superar todo lo que esa gente te hizo. Todavía no entiendo cómo quieres tenerme cerca.

—Estuve pensando mucho en lo que me contaste acerca de tu padre. Tú sabes, tengo imaginación de sobra y, cuando algo me interesa, retengo bastante información.

»La noche de la fiesta en la playa me dijiste que no creías que pudiera salir algo bueno de pasar tiempo conmigo y que, alejándote, me estarías haciendo un favor. Después, cuando llegó Frank, huiste.

»¿Sabes por qué te esperé una hora en la puerta de tu edificio? —me quedé mirándolo fijamente—. Primero, porque estoy un poco loco, así que tengo permitido hacer locuras, ¿verdad? —reí de lo tragicómico del chiste y lo miré con ternura—. No fue de tóxico, te lo juro. Fue porque tenía miedo de que huyeras, como la noche de la discoteca.

»Te diré la verdad: lo que tu padre y tus amigos me dijeron me lastimó, es cierto. Pero nada me lastimaría más que el hecho de que te alejaras por lo que ellos pudieran hacer o decir. Prométeme que no lo harás, que no me convertiré en otro Frank.

—Nunca fuiste otro Frank, porque de verdad siento que te quiero y me gusta la manera en que me quieres. Seré egoísta, pero aunque tendría que alejarme, no puedo apartarme de ti.

Shawn me abrazó, y yo me hundí en su abrigo con una necesidad enorme de volver a pasar la noche con él. Estaba prohibido hacer eso, así que deberíamos dejar el quiebre de las reglas solo para momentos especiales.

—¿A dónde ibas? —me preguntó.

—Al supermercado.

—¿Puedo acompañarte?

Eché la cabeza atrás para mirarlo.

—Solo si pagas el peaje —respondí, e hice un ruido con los labios.

Él entendió enseguida el mensaje. Sonrió y me besó rodeándome la cara con las manos.

Me acompañó al supermercado, donde compramos sándwiches, papas fritas y refrescos. Le alcancé sus cosas a Lateefa y volví al edificio de la recepción para encontrarme con Shawn. Cenamos juntos en una mesa de la cocina colectiva.

A medianoche, decidimos que ya era hora de ir a dormir, cada uno en su habitación. Me acompañó hasta la puerta del edificio.

—¿Crees que podrías darme tu número, así no pesco una pulmonía cada vez que quiera hablar contigo? —preguntó, ofreciéndome su móvil. Reí mordiéndome el labio y le escribí mi teléfono en la agenda—. Gracias —susurró y se alejó.

33

(SHAWN)

—¡Qué fantástico, Shawn! ¡Qué semana! —exclamó la licenciada Brown en el teléfono—. Por lo que relatas, esa chica Aali sí que es inteligente, tal como la describiste. No es extraño, tienes una gran intuición.

—Sí, lo es.

—¿Y cómo te sientes respecto de lo que te dijo? Deberías estar mucho más tranquilo.

—En parte sí, lo estoy.

—¿Por qué "en parte"? Te dijo que sabe que el accidente no tiene un culpable, que te quiere, que sería una tonta si te perdiera. ¡Hasta recapacitó y te pidió perdón por lo que te había dicho antes!

—Sí, lo sé.

—¿Entonces?

Me tomé un instante para poner en orden mis pensamientos.

—Siento que estoy conteniéndome.

—¿A qué te refieres?

—Es como si tuviera un océano en mi interior pero solo abriera la compuerta unos milímetros para que saliera apenas un hilo de agua.

—¿Podrías poner en palabras concretas la metáfora?

—Siento que la amo —suspiré—. La amo demasiado. Pero si ella dice que me quiere, me cuesta creerlo. Si desea pasar tiempo conmigo, pienso que no será para siempre. Estoy aterrado.

—¿A qué le temes?

—A sufrir. Al dolor. A que mañana Aali ya no se sienta enamorada de mí o a que un nuevo "accidente" termine por destruir otra parte de nosotros. ¿Cómo recompondría eso? ¿Sería capaz de volver a reunir las piezas de mí mismo y adherirlas, aunque queden un poco torcidas? No sé. Pienso muchas cosas y todas me atemorizan. Entonces, termino conteniéndome. No quiero pensar que nuestra relación es real, ni ilusionarme con que esta vez va a perdurar. Además, está el tema de los antidepresivos y la inhibición sexual. Si volvemos a salir y queremos tener sexo, quizás ni siquiera pueda por culpa de esas píldoras. Y así con todo.

—Espera. Hay una palabra para esto que estás sintiendo y tú la conoces. Dímela.

—Ansiedad.

—Exacto. Estás preocupado por un futuro que todavía no existe.

—No sé cómo evitarlo. Quisiera disfrutar de lo que está pasando, pero… no me sale.

—Lo más importante es que ya has tomado conciencia de ello. Si estás registrando que la ansiedad te controla, puedes controlarla a ella.

—¿Y si me ilusiono y termino herido o acabo lastimándola? ¿Para qué amarnos, si todo algún día se termina?

—Sabemos que todo se termina, claro. La existencia de la muerte nos hace conscientes de ello. Pero, si solo pensáramos en el día final, no le encontraríamos sentido a la vida.

—Quizás no lo tiene.

—Por eso, cuando estamos tristes o ansiosos, es mejor no hacernos esa pregunta.

»En cuanto a los antidepresivos, no te preocupes. Por lo que tengo entendido, si bien es cierto que esa medicación puede disminuir el deseo sexual, no te vuelve impotente. Tómala por la mañana y a la noche estarás bien.

»Me preocupa más otra cosa. Dices que ella puede dejar de amarte y abandonar la relación. ¿Y si es al revés? ¿Si tú te desenamoras y quieres dejarla algún día?

—Eso no ocurrirá. Nunca amé a nadie tanto como a ella.

—Y quizás ella nunca amó a nadie como a ti, pero… Shawn, las relaciones duran lo que duran. Algunas más, otras, menos. A veces puede que duren hasta el final definitivo de uno de los dos integrantes de la pareja. El destino de cualquier vínculo es incierto, pero eso no quiere decir que no sean significativos.

»Amar es confiar. Es arriesgar. Si una relación con Aali es lo que quieres, solo tienes que disfrutarla mientras dure. Sin vueltas. Sin preguntas sobre el destino de esa pareja. Pensar en un final trágico cuando apenas estamos en el comienzo de algo ¡claro que paraliza! Resulta aterrador.

»A ti que te gustan las metáforas. ¿Recuerdas lo que me contaste del viaje con tus amigos? ¿Qué era lo que más habías disfrutado?

—Los paisajes.

—¿Y cuál era el destino final?

—Los Ángeles.

—¿Dónde estaban los paisajes?

—En varios estados. Creo que los que más me gustaron estaban en Colorado.

—¿Te das cuenta? Si hubieras emprendido ese viaje pensando solo en el destino final, la ciudad de Los Ángeles, te hubieras perdido lo más hermoso: el viaje en sí mismo con sus paisajes, incluidos los de Colorado. ¿Entiendes?

»Vamos a ponerlo en otras palabras. Imagina un personaje. Es un hombre de unos treinta años que conoce a una mujer de treinta y dos, se enamoran y se casan. Tienen una hija que aman con locura, la llaman Emma. Cuando Emma tiene seis años, se separan, porque ya no funcionan como pareja. ¿Dirías que su relación no valió la pena? Si no se hubiera concretado, Emma no existiría.

»No todas las relaciones nos dejan un hijo, por suerte —rio—. Pero sí nos dejan algo. Y, quien sabe, alguna pueda perdurar hasta el final definitivo, si las dos personas así lo desean y trabajan para ello.

»¿No te tienta descubrir qué es tu Emma en esta relación, Shawn? ¿Qué es eso que tiene que dejarte y dejarle a Aali? Entonces, ¿por qué no te entregarías, por qué no confiarías y arriesgarías, si vale la pena?

—Te prometo que lo pensaré e intentaré ser yo mismo de nuevo. Al menos en esto.

—Tal vez deberías hacer lo contrario. Deja de pensar, la ansiedad se alimenta de eso. Y cuanto más la alimentas, peor te sientes.

—Entonces te prometo que intentaré no pensar.

—Espero de corazón que lo logres.

»Antes de que se nos termine el tiempo, quiero dejarte una tarea. Hace un rato dijiste que le temes a que mañana Aali ya no se sienta enamorada de ti. Al parecer, tenemos que trabajar esa inseguridad que siempre te hace pensar que las personas te abandonarán. Quiero entender por qué estás tan convencido de que no tienes cualidades con qué retenerlas, si es que podemos llamarlo de esa manera.

»Quiero que hagas un cuadro con dos listas. En la primera columna escribirás tus virtudes. En la otra, tus defectos. ¿Podrás terminarlo para la sesión del jueves que viene?

Le aseguré que lo haría y nos despedimos.

No sabía si otro día tendría fuerzas para completar la tarea, así que me puse con ella de inmediato.

El problema fue que casi no se me ocurrieron virtudes pero sí muchos defectos.

Virtudes	Defectos
Sincero	Demasiado sensible
Buen investigador	Aburrido
Interesado en la escritura	Malo en deportes
	Pésimo cocinero
	Vergonzoso
	Tímido
	Débil
	Temeroso
	Feo
	Inseguro

Esa noche, cené con Elijah y Madison en una hamburguesería de la ciudad. El único rato que Aali había tenido libre entre la universidad y su trabajo, yo estaba en terapia, así que no nos habíamos visto en todo el día. Aunque me llegaron algunas notificaciones de ella, no las había respondido. De algún modo, me sentía aliviado sin tener contacto. Si bien la extrañaba muchísimo, haber hablado de ella en la sesión y reconocer que no le estaba brindando todo lo que tenía para darle, me hacía sentir culpable. Era un espiral del que necesitaba salir para no lastimarla; no quería que mi ansiedad terminara por destruir lo que podíamos llegar a construir poco a poco.

—Entonces, ¿nos contarás la historia? —preguntó Madison.

Creí que no se dirigía a mí, pero me miraba y Elijah permanecía en silencio, así que tenía que estar hablándome.

—¿Qué historia? —indagué, confundido.

—Me contó Wyatt que te vio en un lugar apartado del edificio de la recepción con una chica. No estaban en plan de conquista. Dijo que parecían... novios.

—Yo no fui —se defendió Elijah, alzando las manos.

—Ya dije que fue Wyatt. Pero veo que tú lo sabías. Chicos, me siento menos amiga —bromeó.

—No lo eres —repuse—. Al parecer, me vio con la chica de la fiesta.

—¿La que te atacó?

—¿Entonces la situación incómoda de los bolos no fue la primera? —interrogó Elijah.

—¿Qué situación de los bolos? —preguntó Madison.

—Antes de que continúen relatándose cosas y extraigan conclusiones equivocadas sobre Aali, prefiero ser yo quien les cuente la historia.

Les resumí la historia de cómo nos conocimos, por qué nos separamos y qué consecuencias trajo para Aali lo que habíamos vivido. No me pareció importante incluir las mías ni cómo ella había terminado allí.

—¡Qué fuerte! —exclamó Elijah. Nunca lo había visto tan serio.

—¿De verdad no tienes idea de cómo terminaron los dos aquí? —interrogó Madison.

—No —respondí—. No sabía que Aali estudiaría aquí, mucho menos que viviría en la misma residencia.

—Si hubieras sabido que se reencontrarían, ¿igual hubieras venido?

—No. No hubiera querido interferir en su camino. Pero, si algo tiene de bueno no saber el futuro, es que puede sorprendernos. Y creo que fue mejor que nos encontráramos. Los dos nos debíamos una conversación y una oportunidad.

Pensé en eso que les dije a Madison y a Elijah todo el camino hasta la residencia. En la puerta, miré hacia la esquina y vi el bar a lo lejos. Por la dirección del viento, la música se oía levemente desde la acera del predio de la residencia, y las lámparas iluminaban una multitud del otro lado de las ventanas.

Volví a sentir las cosquillas en el estómago que experimentaba cada vez que estaba cerca de Aali en esos días que pasamos juntos en el verano, y también cuando la esperé en la puerta de su edificio y ella apareció para ir al supermercado. No resistí un instante más sin ella, y les dije a los chicos que nos veíamos luego.

Caminé hasta la esquina y me quedé entre unos autos que se hallaban aparcados en la calle del bar. Miré la hora: ya casi eran las tres.

Esperé un rato hasta que Aali salió. Cuando me vio, dejó escapar el aire y se acercó. Mientras ella caminaba, yo le sonreí y abrí los brazos.

—¡Shawn! —exclamó, abrazándome—. Estaba preocupada. Te escribí varias veces en el día pero no contestaste ningún mensaje.

—Lo sé. Lo siento. Hoy tuve la sesión de terapia, y esos días no suelen ser fáciles.

Alzó la cabeza y me miró con expresión preocupada.

—Entiendo. Pero si desapareces de esta manera, empiezo a pensar cosas. Tal vez esté apresurándote. Quizás no quieras volver al punto en el que había quedado nuestra relación y prefieras empezar de nuevo. O no empezar en absoluto. Respetaré lo que decidas, sin rencores ni escenas. Solo dejaré que todo fluya.

—No —dije enseguida—. Por favor, no pienses eso. Sería imposible regresar a cualquier punto del pasado que no sea el que estamos o no querer esta relación contigo.

—Tal vez quieras relacionarte conmigo, pero como amigos. Lo entenderé, te lo juro.

—Tampoco quiero eso. Solo necesito tiempo para procesar algunas cuestiones. No es tu responsabilidad. Es mía. Te quiero, Aali. No tengo dudas de eso. Solo temo que mi mente me haga lastimarte, como hice hoy.

—No dramaticemos. No me estoy muriendo. Pero sí pensé cosas y me sentí culpable al creer que te había presionado a ir a un punto que no querías.

—Aali. Vine a buscarte porque te extraño y quiero pasar todo el tiempo que pueda contigo. ¿Quieres que saltemos algunas reglas y durmamos juntos esta noche? Sabes que Elijah es nuestro cómplice.

—¿Estás seguro?

Reí de manera genuina y volví a abrazarla con fuerza.

—Como de que eres la persona más hermosa de este mundo.

Otra vez pasamos la noche juntos, durmiendo abrazados. Me sentía bien con ella, como en un sueño hecho realidad. Cuando estaba con Aali en ese cuarto, nada más existía, ni siquiera mis malos pensamientos.

A la mañana siguiente, me levanté primero, me duché y preparé el desayuno. Ella se fue después de terminarlo. Mientras se cambiaba de ropa, yo aproveché para terminar un libro que tenía que leer para la clase de Introducción a la Ficción y luego pasé a buscarla por su edificio para ir juntos a la universidad.

Esa noche, cuando volví a ocuparme de la tarea que me había dejado la psicóloga, encontré que la lista ya no era la misma. La leí con un nudo en la garganta. Aali la había modificado, sin dudas mientras yo creía que ella todavía dormía.

Virtudes	Defectos
Sincero	← ~~Demasiado~~ sensible (¡Eso, en este
Buen investigador	mundo, es una virtud!)
Interesado en la escritura	~~Aburrido~~
•~~Aprendiendo a cocinar~~	~~Malo en deportes~~ (¿A quién le
~~Bueno~~	importa?)
Responsable	~~Pésimo cocinero~~ *
Generoso	~~Vergonzoso~~
Idealista	~~Tímido~~
Tierno	~~Débil~~
Cariñoso	~~Temeroso~~
Humilde	~~Feo~~ (¡Tú sí que estás loco!)
Creativo	~~Inseguro~~ (Depende la ocasión)
Respetuoso	Demasiado duro conmigo mismo
Amable	
Compañero	
Atractivo	
Paciente	
Buen amigo	
Amoroso	
Inteligente	
Justo	

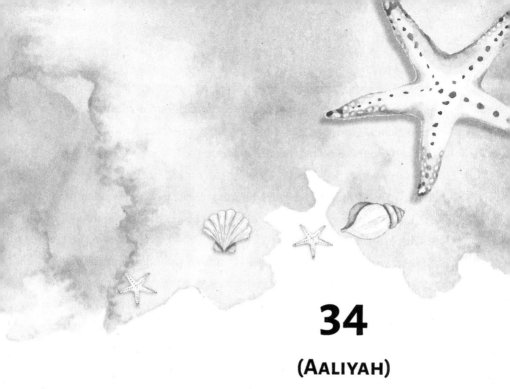

34

(Aaliyah)

El lunes, no dejaba de pensar en la lista de Shawn. Estaba segura de que era una especie de tarea para su tratamiento psicológico. Lo que no podía entender era por qué se percibía a sí mismo de una forma tan distinta de como lo veía yo.

¿Aburrido? Aburrido era un día de lluvia en la cafetería de Raimon. ¿Cómo podía considerarse aburrida una persona que tenía una vida interior tan interesante y semejante imaginación? Me había olvidado de escribir esa cualidad: imaginativo. Esperaba haberla abarcado con "creativo". En realidad, se me ocurrían muchas más virtudes de Shawn que no había escrito. Tampoco hubiera hecho a tiempo.

Mientras estaba en la clase de Diagnóstico y Manejo Musculoesquelético, recibí un mensaje de un número desconocido. Lo abrí con disimulo para que la profesora no pensara que no me interesaba la explicación y lo leí.

> ¡Aali! ¿Cómo estás? Soy Frank. Ollie me dio tu número hace unas semanas, pero no había tenido ni un rato para escribirte con tranquilidad. Creo que nos debemos una conversación. ¿Así que estás en Ohio? Cuéntame un poco más.

Activé el modo silencioso y volví a mirar la pizarra. Dejé que la pantalla del móvil se apagara sola. Parecía mentira que, cuando quería dejar el pasado atrás, el pasado viniera a buscarme.

Ni bien terminó la clase, bloqueé el número y eliminé el mensaje. Si había podido decirle adiós a mi mejor amiga, ¿cuánto más a un exnovio? Resultaba curioso cómo Ollie había prejuzgado a Shawn y cómo había actuado con él sin saber nada del accidente y que, en cambio, no le llamara ni un poco la atención lo mal que me había tratado Frank en el pasado a raíz de lo que había hecho mi padre y que hasta le hubiera dado mi número.

No tenía nada que hablar con él, todo había sido dicho ya. Y, aunque quisiera retractarse de lo que me había acusado, ¿para qué? Alguien que, ante la dificultad, se comporta así una vez, tiende a repetirlo. Y yo no quería sentirme en falta toda la vida. No necesitaba alrededor personas que no confiaran en mí, porque eso me impedía a mí confiar. Necesitaba dejar eso atrás.

Miré otras notificaciones por arriba mientras salía de la clase. Justo llegó un mensaje de Shawn y me arrancó una sonrisa.

> Hola. Te escribo ahora porque sé que terminó tu clase, espero que haya sido interesante. Te dejé una sorpresa en tu casillero de correspondencia de la residencia. Ojalá te guste. Te quiero.

Lo llamé y le dije que no podía dejarme con la intriga. Hasta lo amenacé para que me diera una explicación, pero no hubo caso. Tan solo rio y me sugirió que me diera prisa.

Por supuesto que le hice caso. Creo que nunca había llegado tan rápido desde la universidad hasta la residencia. Además, era la primera vez que recibía correspondencia. Nadie me había enviado, siquiera, una tarjeta para Navidad.

En el pequeño casillero encontré un chocolate envuelto en un papel. Lo abrí y leí el contenido. Estaba escrito con la letra de Shawn.

Soy feliz incluso en el silencio
si tu presencia es la que habla,
y te amo aunque el tiempo
borre las huellas de tu voz.
Porque tus ojos me anhelan en la distancia
y el sándalo endulza tu sabor.

Todos buscan la felicidad,
pero pocos se atreven a encontrarla.

¿Qué es esto? ¿Lo escribiste tú?, le pregunté por mensaje. No podía borrar la sonrisa de mi rostro ni desacelerar los latidos de mi corazón.

Shawn.
Es mi tarea de Introducción a la Poesía. La hice pensando en ti.

Aali.
¿En dónde estás?

Shawn.

Esperándote en un lugar bonito.

Aali.

¿Muriéndote de frío de nuevo?

Shawn.

Jaja, no. Esta vez no. ¿Ves el pasillo? Ve hasta el final, a la sala de cine.

Me apresuré a ir a donde me había indicado. Me moría de ansiedad, pero, por las dudas, golpeé a la puerta antes de abrir. Lo encontré en el enorme sofá que estaba frente a la pantalla. Solté la mochila y fui a abrazarlo.

—Nunca me habían escrito un poema, ¡gracias! Ahí dice que me amas. Yo también te amo —confesé, y comencé a darle besos en la cara.

—¿Te gustó?

—Demasiado.

—En mi opinión, puede mejorar. Pero, para ser mi primer poema, estoy conforme. Además, en mi mente, tú lo haces mucho más bonito.

Sonreí y me oculté en su costado, con las piernas acurrucadas en el sillón.

—¿Vamos a mirar una película? —pregunté.

—No voy a mentirte: reservé la sala solo porque quería estar a solas contigo en un lugar privado donde nadie pueda decir que estamos quebrando alguna regla. Pero, ya que estamos, alquilé una película de superhéroes, como a ti te gustan. Sé que no terminaremos de verla: tú tienes que ir a las prácticas, y yo, a estudiar con unos compañeros a la biblioteca. Pero al menos estaremos un rato tranquilos. ¿Qué opinas?

—¡Me encanta la idea!

—¿Almorzaste?

—No. Pero no importa. Prefiero que nos quedemos aquí. No perdamos tiempo en ir al supermercado.

—No lo haremos —dijo, y extrajo una bolsa de papel del costado del sofá.

La abrí con entusiasmo. Había sándwiches y refrescos.

—¿Hay algo en lo que no hayas pensado? —pregunté, riendo.

Volví a acomodarme contra su costado mientras él accionaba la película con el control remoto y comencé por beber media lata de refresco. A decir verdad, tenía más sed que hambre, y unas ganas enormes de estar abrazada a Shawn.

Lo que pude ver de la película me gustó. Como era nueva y últimamente yo no tenía tiempo para nada, no la había visto. Sin embargo, no le presté mucha atención. Por un lado, me sentía tan a gusto y relajada, que los ojos se me cerraban. Por el otro, algunos pensamientos eligieron justo ese momento para empezar a dar vueltas.

Recordé otra vez su lista y algunas situaciones con las que me había demostrado para siempre quién y cómo era él. Empezando porque, en cuanto había entrado corriendo a su habitación y le había pedido un abrazo, me lo había dado sin dudarlo, sin ningún tipo de rencor o restricción por lo mal que yo lo había tratado en nuestros encuentros previos.

Me regalaba lo que a mí me gustaba, como mirar una película de superhéroes, o lo que yo necesitaba, como un almuerzo. Incluso si me remontaba un año y medio atrás, cuando nos conocimos, siempre intentaba que yo fuera feliz, porque eso lo hacía sentir bien.

Desde que había corrido a su habitación aquel día tenía una idea, pero no había querido darle importancia. Aunque todo encajaba, no podía ser.

—Pon la pausa —solicité, y mientras Shawn buscaba el control remoto, me senté a horcajadas sobre sus piernas. Apoyé las muñecas en sus hombros y comencé a tantear su cuello—. Tienes contractura muscular. Tengo que ejercitar para la clase de Diagnóstico y Manejo Musculoesquelético. ¿Me dejarías practicar contigo esta noche?

—¿Diagnóstico y Manejo qué? —rio.

—No te preocupes, solo te haré unos masajes para aliviarte un poco —dije—. No creo hacerte daño. Está bien que solo estoy en el segundo semestre, pero no puedo ser tan brusca. Supongo.

Shawn volvió a reír a la vez que comenzó a introducir las manos por debajo de mi camiseta para acariciarme la cintura.

—Claro que puedes practicar conmigo, seré tu primer paciente. ¿A qué hora? ¿En tu cuarto o en el mío?

—En el que esté más lejos del guardia de seguridad en ese momento —contesté, y dejé pasar un momento antes de decir lo que en realidad me importaba—. Oye... ¿De verdad tus padres no pudieron pagar otra inscripción a Princeton? Tal vez con un préstamo o con un crédito... ¿No averiguaron si hacían devoluciones, aunque sea de una parte del dinero?

Se puso tenso, tal como la vez que habíamos hablado de ello antes. Bajó la mirada, cuando casi siempre buscaba mis ojos.

—Si quieres que me vaya... —murmuró. No lo dijo en serio, pero tampoco en broma.

—No seas idiota —contesté y le di un golpecito en el pecho—. Solo me preocupa que hayas dejado atrás tu sueño.

Al fin me miró y sonrió.

—Quería estudiar Literatura. No me importaba tanto el lugar, Princeton era más bien un deseo de mi madre. En cuanto a pagar de nuevo o solicitar un préstamo, los negocios de mis padres no han ido bien desde hace un tiempo. Mi madre intentó expandir su pequeña marca de ropa abriendo una tienda en otra ciudad, pero no le fue bien y hasta hoy no logra recuperar la inversión que hizo. Mi padre, por su parte, tiene una farmacia, pero las cadenas se están devorando todo, y las ventas caen cada vez más. Estamos bien, pero no tan tranquilos como hace unos años.

—¿Tuvieron que usar el dinero que tenían ahorrado para Princeton?

—Aali, ¿podemos dejar de hablar de dinero? —pidió.

—No estoy hablando de dinero, sino de tu interés en otra universidad. Aunque digas que, en realidad, era un deseo de tu madre, parecías muy convencido de ir allí.

—No cambiaría por nada del mundo el haberme encontrado contigo aquí. Para mí, vale mucho más estar a tu lado que Princeton. Además, en Ohio conocí personas muy interesantes, me hice de nuevos amigos. Estudio lo mismo, con buena calidad y profesores muy preparados. No estoy dejando de lado lo que me gusta, solo lo hago en otro sitio. Hasta pude escribir un poema, aunque sea malo. ¡No podría estar mejor!

Lo abracé con fuerza, sin tener certeza de mis sospechas, pero, por alguna razón, tampoco dudas.

—Lo siento —dije.

—Aali —murmuró él. Me tomó de la cintura para desprenderme de su pecho y obligarme a mirarlo—. ¿Qué ocurre?

—Nada —dije, y regresé a mi sitio del sofá—. Acciona la película. Tengo que irme en diez minutos —tomé su mano y le di un beso en los nudillos—. Te extrañaré mucho hasta esta noche.

Esa tarde, mientras ayudaba a la kinesióloga a colocar algunos aparatos en los pacientes y luego mientras transcribía las anotaciones de la traumatóloga a las fichas de los estudiantes, seguí extrayendo conclusiones de lo que había hablado con Shawn.

Tenía sensaciones encontradas y, sobre todo, mucha confusión.

Cerca de las siete de la tarde, acordamos que yo iría a su habitación, ya que no tenía tanta confianza con Lateefa como él con Elijah, y me daba miedo que le disgustara que quebrara la regla de no dormir con compañía en el apartamento. Cada vez que lo hacíamos, nos exponíamos a una sanción por parte de la residencia, incluso a la expulsión, y no podía jugarme mis estudios por eso. Debía respetar a las personas que me estaban ayudando para que pudiera estar allí. Hubiera muerto de vergüenza si me echaban de la residencia y se lo comunicaban a la organización de padrinos.

Cuando llegué a la puerta del edificio, le envié un mensaje a Shawn y él bajó a abrirme. Subimos por las escaleras para reducir el riesgo de que alguien nos viera y entramos al apartamento ocultándonos de las cámaras de seguridad del pasillo como dos tontos.

Elijah estaba allí y había acordado con Shawn que cenaría con nosotros. Shawn había comprado cervezas para él, cumpliendo así su promesa, y de paso, también para mí. En ese rato pude comprobar que lo que había percibido de ese chico era cierto: se trataba de una persona simpática y divertida. Sin dudas era un buen amigo para Shawn.

Conversamos y reímos hasta las nueve. Después jugamos un poco en su ordenador y más tarde nos despedimos.

Antes de ir a la cama, Shawn cerró la puerta de la habitación, y yo extraje un pote de la mochila.

—Quítate la camiseta —le pedí, jugando con un tono sensual.

Él obedeció y se recostó boca abajo. Yo me senté sobre su cadera, con una rodilla a cada lado de su cuerpo, y comencé a frotar su piel con la crema. Emprendí la tarea de hacerle masajes, tal como me habían enseñado en la clase.

—Si te duele o te incomoda, me avisas —solicité.

—¿Incomodarme? —rio él—. Me parece muy sexy.

Reí y me acerqué a su oído.

—Entonces, seré muy profesional y lo haré lo más sexy que pueda.

No creí que hablara en serio hasta que, después de unos minutos, empecé a pensar en mucho más que la teoría que habíamos visto en clase.

—Aali... —murmuró él, al unísono con mis deseos.

—¿Sí? —contesté.

—Eres muy buena.

—¿Te sientes más relajado? ¿Tus músculos se están distendiendo?

—Las dos cosas: relajado y con "un deseo inmenso por ti". ¿Recuerdas ese eufemismo?

Los dos reímos.

—Entonces soy una verdadera profesional, en todo sentido —concluí.

Me tomó de la mano y jaló suavemente de mí hasta que terminé acostada junto a él. Con una mano me apartó el pelo de la cara y me acarició el costado, desde la sien hasta el muslo. Me dio un beso en la nariz, otro en la mejilla y el último en los labios. Con su lengua abrió los míos despacio y nos encontramos en un juego apasionado.

Adoraba sentir la textura de su piel bajo mis dedos y la fuerza de su cuerpo. Cerré los ojos mientras él me besaba el cuello y yo continuaba disfrutando de esa extensión maravillosa que era su espalda.

Me quitó la camiseta despacio y se posicionó sobre mí, mientras que yo busqué el cierre de su pantalón.

—Aali... —murmuró. Me quedé quieta y lo miré. Parecía nervioso—. Realmente te deseo, pero puede que los antidepresivos no me ayuden. Quizás me lleve un poco de tiempo.

Lejos de sentirme decepcionada, como seguro creía él, lo comprendí. No estábamos frente a un impedimento, sino frente a una oportunidad.

—Mejor —le dije—. Los chicos siempre van muy rápido y somos nosotras las que necesitamos más tiempo. Además, hacer el amor es mucho más que esa parte a la que te estás refiriendo. De todos modos, me gusta tener sexo. Así que puedes confiar en mis habilidades —le guiñé el ojo y llevé mi mano a su entrepierna—. Por lo que veo, no creo que te lleve tanto tiempo. Así que olvídalo y tan solo relájate.

Lo tomé de la nuca y volvimos besarnos.

Claro que no le llevó tanto tiempo como él imaginaba. De hecho fue incluso mejor que nuestra primera vez, porque había en juego más amor y más vivencias. Los dos habíamos madurado mucho, y eso se percibía también en nuestra manera de hacerlo.

Fue increíble revivir lo bien que se sentía estar juntos y descubrir un poco más de cada uno, cuánto podíamos dar y recibir, qué estábamos dispuestos a hacer por el otro.

Vivimos un acto de amor, pero también de entrega y de generosidad. Porque así era él: generoso. Y yo no podía devolverle menos.

35

Recién estaba amaneciendo, pero ya me encontraba despierta y no podía dejar de mirar a Shawn. Mientras él dormía, yo me deleité con sus gruesas pestañas negras, con las comisuras de sus labios tan deseables y la paz que irradiaba cada parte de su ser. Shawn derrochaba ese tipo de tranquilidad que yo necesitaba y no lograba encontrar hasta que apareció él.

Sentir nuestros cuerpos desnudos uno junto al otro me hizo tomar conciencia del nivel de intimidad que nos envolvía. Lo amaba tanto que a veces me daba miedo. Miedo de herirlo o de que él creyera que me lastimaba, y por eso perdernos. Ya nos habíamos alejado una vez, no quería que volviera a suceder.

Mi vida nunca había sido fácil. Pero, dejando de lado el accidente y sus consecuencias, era mucho mejor desde que Shawn había aparecido.

Estaba segura de que siempre intentaría hacerme bien. Por eso, a cada minuto me convencía más de que la única persona capaz de ayudarme a cumplir mis metas más inalcanzables era él.

Tragué con fuerza cuando lo vi abrir los ojos.

—Hola… —susurró—. ¿Es muy tarde? ¿Tenemos que ir a la clases?

Le acaricié la cicatriz del mentón con un dedo.

—Es temprano —dije para tranquilizarlo—. ¿Tienes sueño?

—Un poco. ¿Por qué tú no? Siempre estás quedándote dormida —murmuró con ternura y apretó el abrazo.

—Shawn —dije, con un nudo en la garganta, y me aparté un poco para mirarlo—. ¿Eres tú?

Él frunció el ceño.

—¿Si soy yo?

—¿Tú eres mi padrino?

Creo que la contractura que logré quitarle la noche anterior volvió de repente a cada uno de sus músculos. Me miró, y pude notar que en sus ojos estaba oculto todo el miedo del mundo. Negó con la cabeza.

—Eres un pésimo mentiroso, ¿lo sabías? —protesté con ternura y, a la vez, con dolor—. Intuyo la respuesta, pero necesito escucharla de tus labios. ¿Eres tú? —esperé. Él guardó silencio—. ¿Por qué no me lo dices? ¿Por qué no contestas?

—Si te dijera que sí, te sentirías culpable y te irías. Jamás lo aceptarías —aseguró—. Así que no, Aali. No soy yo. Y prométeme que nunca más volverás a pensar en la identidad de esa persona. ¿No te dijeron que son anónimos?

—Eso es un sí —dije con los ojos húmedos—. ¿Cómo fue? ¿Dividiste tu dinero conmigo, por eso no fuiste a Princeton y viniste aquí? ¿Tus padres estuvieron de acuerdo?

—No hablemos de dinero. Es un lindo día. ¿Qué quieres para el desayuno?

—Necesito una respuesta. No me iré, te lo juro. ¿Eres tú?

—No llores, por favor —rogó Shawn, y secó con su mano una lágrima que rodaba por mi mejilla.

—¿Por qué lo hiciste? —pregunté.

—Porque era justo.

El silencio que nos envolvió se sintió como un manto de bondad y devoción.

—Era tu dinero, tu futuro. No tenías que compartirlo conmigo.

—Merecías estar aquí tanto como yo. Si estaba en mis manos que lo lograras, ¿por qué no ayudarte a hacerlo? Por favor, Aali. No te enojes. Te juro que no lo hice para que dependieras de mí ni tuve cualquier mala intención que puedas imaginar. Ni siquiera sabía que vendríamos al mismo lugar o que volvería a verte.

—No pienso eso —repliqué, llorando.

—Tampoco tienes que irte. Es solo dinero, no le des tanto valor. Lo que importa es que puedas graduarte y llevar la vida que quieras.

—Ya te dije que no me iré. Estoy demasiado agradecida para hacer eso —hipé y le acaricié una mejilla—. Gracias, Shawn. Gracias de verdad. Me has salvado la vida en todos los sentidos de esa palabra.

Me eché a llorar sobre su pecho, llena de sentimientos que no cabían en mí.

Shawn me abrazó más fuerte y acarició mi pelo mientras me suplicaba que no llorara y susurraba otras palabras tranquilizadoras.

—Quisiera poder ayudarte del modo que tú lo has hecho conmigo —murmuré, acongojada—. Si tan solo fuera capaz de arrancar toda esa angustia y esos malos pensamientos que tienes…

—¡Lo haces! No tienes idea de cuánto me ayudas —contestó él, y me besó en la cabeza.

Nos quedamos mucho tiempo abrazados y en silencio, sin deseos de separarnos. La alarma sonó y Shawn la apagó. Tardó un rato más de lo debido en ir a la cocina para preparar el desayuno, así que, para cuando lo trajo, solo nos quedaban diez minutos para tomarlo.

Antes de que me levantara para recoger la mochila, me sujetó la mano sobre la mesa y me miró a los ojos.

—Por favor, ahora que lo sabes, no pienses en ello. Prométeme que lo sentirás como algo que yo quise hacer y no como una deuda. No me debes nada, Aali. Lo único que necesito es tu amor. Quiero que seas feliz.

Me levanté y me senté sobre sus piernas. Puse las manos sobre sus hombros y lo besé en la mejilla.

—Te amo, Shawn. Tienes mi amor y mi felicidad, que te la debo a ti.

—Te pedí que no lo sintieras como una deuda.

—No lo siento así, pero tampoco puedo negar la verdad. Si no fuera por ti, no estaría aquí, ni sería feliz en mi trabajo, ni estaría estudiando una carrera que me gusta. Así que tendrás que soportar mi agradecimiento, aunque prefirieras esconderte en el anonimato.

»Me voy. Se me hace tarde y, si me va mal en alguna asignatura, temo defraudar a mi padrino. Te amo.

Lo besé antes de que se le terminara de dibujar una sonrisa y me fui.

Casi no pude prestar atención a la clase. Si bien la sospecha de que Shawn era mi padrino se había ido transformando en una certeza poco a poco, haberlo comprobado me exponía a mis propios miedos.

En el pasado, si algo así sucedía, hubiera hecho un escándalo. Recibir ayuda de conocidos siempre me había hecho sentir incómoda. Pensaba que, aceptando, para ellos me transformaba en alguien débil.

Por otro lado, tenía claro que Shawn no era una de esas personas con las que tuviera que ser fuerte todo el tiempo y que jamás se aprovecharía de que yo bajara la guardia. Entonces me decía a mí misma que no tenía por qué sentirme tan mal de que me ayudara a ir a la universidad, que hacía bien en aceptarlo.

Solo me preocupaba el hecho de que, por repartir su dinero conmigo, no había llegado a Princeton, por más que él dijera que eso fuera en realidad un deseo de su madre. Sencillamente, no tenía obligación de ayudarme, y menos sus padres. Si tan solo pudiera conseguir un empleo donde me pagaran más y rechazar el resto de la donación… Pero ¿en qué tiempo estudiaría y haría las prácticas? Por ahora, era imposible negarme a recibir la ayuda si quería seguir en mi carrera. Además, quizás ahora sus padres, al haber gastado buena parte del dinero en mí, tampoco pudieran pagar otra universidad, y él había dejado claro que no quería cambiar, que estaba bien en Ohio.

Tenía que aceptar que Shawn había decidido compartir su futuro conmigo, y que eso no tenía por qué ser malo. Me avergonzaba, sí. Me hubiera gustado tener una familia unida y responsable para no necesitar ayuda ajena, pero eso no podía cambiarlo. Tan solo podía aceptar mi realidad y ser agradecida con quienes me ayudaban a modificarla.

Todavía me sentía envuelta por los brazos de Shawn, por su protección y su infinito cariño, y quería regresar allí lo antes posible. Por supuesto, los dos teníamos que ocuparnos también de otras cosas, y tuvimos que conformarnos con un par de mensajes, al menos por ese día. Él tenía que entregar un trabajo a la mañana siguiente, y yo debía volver a estudiar por capítulos si no quería atrasarme y que luego me resultara demasiado difícil retomar.

El domingo, sin embargo, decidimos hacer una pausa y, aprovechando que no hacía tanto frío, fuimos de paseo. Elegimos el conservatorio y el jardín botánico Franklin, aunque ninguno de los dos entendiera casi nada de plantas.

Caminamos de la mano, nos dimos algunos besos y abrazos y nos tomamos fotografías. Las primeras juntos.

Al terminar nuestro recorrido, nos sentamos en una cafetería.

—¿Qué opinas? ¿Subimos alguna foto a Instagram? —preguntó.

—¿Tú quieres que lo hagamos?

—No subo casi nada.

—Yo tampoco, solo letras de canciones y alguna fotografía mía cada tanto.

—Lo sé. Las estuve mirando cuando nos dimos las direcciones nuevas. Mi favorita es la que estás en el bar, junto a la mesa de billar, con un pulóver verde.

Sonreí y enseguida recordé mi fotografía favorita de él: no estaba en Instagram, sino en la vida real, y ocurría cada vez que amanecíamos juntos y nuestros ojos se encontraban. Tenía la mirada más profunda del mundo.

—Mi cuenta es privada, y ya no me siguen muchas personas —analicé en voz alta.

—La mía también. Pero, a decir verdad, no me importaría que todos me vieran contigo.

—¿Y tus padres? ¿A ellos no les molestaría verte conmigo? Supongo que no les debo llevar buenos recuerdos.

—Ni siquiera saben que tengo una cuenta nueva. No hay parientes allí, solo amigos. De todos modos, sé que mi padre lo aceptaría. Mi madre es un poco más complicada.

—Me odia, ¿verdad? ¿Cree que yo te distraje mientras conducías o algo por el estilo, y que por eso ocurrió el accidente?

—No te odia. Solo le molestaron algunas decisiones mías.

—¿Que fueras mi padrino, por ejemplo?

—¿Subimos la fotografía o desistimos?

Entendí que, si no quería contestar mi pregunta, se debía a que su madre sí había desaprobado su deseo.

—No me gusta que tengamos que ocultarnos como si fuéramos delincuentes, pero tampoco quisiera enfurecer a tu madre. Supongo que es mejor que no la subamos, al menos por ahora.

—Entonces la pondré como fondo de pantalla en mi móvil —dijo, manipulándolo en ese mismo momento—. Nadie me privará de verte tanto tiempo como quiera.

—Haré lo mismo —dije, riendo—. ¿Por qué insististe en venir caminando? —pregunté, mientras colocaba la imagen como fondo de pantalla—. Tardamos una hora para llegar, cuando podríamos haber estado aquí en quince minutos.

—Digamos que subir a vehículos no es una de mis cosas favoritas por el momento —confesó.

Lo miré de golpe, conmovida por sus palabras, aunque intenté ocultarlo.

—¿Tus terapeutas qué dicen al respecto?

—Que está bien que me tome mi tiempo, pero que procure viajar de manera normal cada vez más seguido.

—¿Y lo haces?

—Lo intento. Pero sería un poco más difícil de lo usual subir a un vehículo contigo.

—Entiendo. Pero nada va a pasar. Lo sabes, ¿verdad? Además, si tomáramos un taxi para regresar, tú no estarías conduciendo.

—Detendré uno para ti.

—¿De verdad me dejarás volver sola? —pregunté, fingiéndome molesta—. ¿Y si el conductor se propasa conmigo o es un chico superatractivo que intenta seducirme? —bromeé. Shawn rio—. ¿Podemos intentarlo? Si no lo resistes, bajamos en la primera esquina.

Permaneció un momento en silencio, meditando. Aun así, ya me había dado cuenta de que accedería.

Solicité un vehículo con una aplicación y lo esperamos en la puerta de la cafetería. Subir no fue tan problemático como imaginé que podría serlo, pero sí noté que Shawn se puso pálido y tenso en cuanto cerramos la puerta. Le di tres golpecitos en el brazo con un dedo y él me miró. Entonces, sin preaviso, lo sujeté de la nuca y le di un beso largo y profundo.

—No te enojes, puse una dirección de destino diferente en la aplicación —confesé sobre sus labios.

—¿A qué te refieres? —preguntó.

—Es una sorpresa.

Entre el beso y la excitación por la intriga, supuse que el viaje en automóvil se le pasaría mucho más rápido.

Así fue. Descendió frente al motel que yo había reservado bastante más relajado que como había subido al coche.

Me colgué de su brazo y reí por su expresión de completo desconcierto.

—Es un motel muy barato, pero al menos podremos estar tranquilos de que nadie golpeará a la puerta para decirnos que estamos expulsados por romper una de las reglas más importantes de la residencia. Además, podremos hacer de cuenta que estamos viajando por todo el país. Quiero hacerlo algún día, por eso necesito que en algún momento vuelvas a conducir. ¡No voy a conducir tanto yo sola! ¿Qué dices? ¿Quieres pasar la noche conmigo imaginando que nos encontramos en el medio de un desierto en Texas?

Shawn se echó a reír.

—¿Ya te dije que eres la persona más fuerte y decidida que conozco, y que por eso te admiro más que a nadie?

Lo empujé mordiéndome el labio.

—¡Cállate! —exclamé.

—¿Por qué tengo que soportar que rellenes todo un cuadro con mis virtudes y yo no puedo decirte dos de las tuyas?

—¡Entonces lo viste! ¿Cómo te fue con eso? ¿Era una tarea para terapia?

—Sí. Le leí las dos versiones: la tuya y la mía.

—¿Y con cuál coincidió más?

—Con la tuya, por supuesto.

—Entonces es hora de que tú también empieces a reconocerte tal como eres y no como crees que eres. A decir verdad, me quedaron muchos adjetivos más en la mente, pero hay uno que me gustaría decirte ahora, a ver si eso te incentiva todavía más para esta noche: eres un excelente amante —dije, y le guiñé el ojo antes de correr a la recepción.

Esa noche, cuando intentamos tener sexo de nuevo, otra vez Shawn lo interrumpió.

—No puedo —dijo. Me quedé helada, creyendo que se refería a la medicación—. No sabía que vendríamos aquí y no traje condón. Pero también puedo ser muy profesional y…

—Yo tengo —intervine, aliviada—. Están en la mochila.

—¿Cómo? —rio.

—Las ventajas de salir con una chica que te desea todo el tiempo, en todo lugar —contesté, y esta vez reímos los dos.

Pasamos una noche estupenda. Si bien no se trataba de un lugar lujoso, era limpio y podíamos pagarlo cada tanto. Por eso decidimos que volveríamos en algunas oportunidades para evitar recibir un apercibimiento de la administración.

Regresamos a la residencia a la mañana siguiente para mudarnos de ropa e ir a la universidad. Hacía mucho que no iba al gimnasio, así que aproveché la tarde, antes de encerrarme a estudiar, para hacerlo.

Cuando menos lo esperaba, Diego se instaló en la máquina de al lado.

—¡Aali! —exclamó—. Hacía bastante que no nos encontrábamos. ¿Cómo has estado?

—Muy bien, ¿y tú?

—Excelente.

Nos pusimos a conversar sobre nuestros estudios y su próxima competencia de natación.

—Oye…—me dijo mientras caminábamos a los vestuarios—. Desde que comenzó el semestre estás muy distante. Contestas mis mensajes, con suerte, cada dos días, y siempre que te invito a hacer algo, me dices que estás ocupada o que tienes que hacer otra cosa. Ni siquiera coincidimos más en el gimnasio. Se me hace que estás evitándome. El beso que nos dimos la noche de la fiesta fue muy lindo. Me gustaría que pudiéramos conocernos de otra manera.

Suspiré, un poco incómoda, y me detuve para mirarlo. Me honraban sus palabras tan respetuosas, pero no podía responder lo que él quería.

—Sucede que estoy saliendo con alguien —revelé—. Es una larga historia, podríamos resumirla en que tuvimos algo en el pasado y ahora resurgió. Él estaba en esa fiesta, vio nuestro beso y, desde que volvimos, no creo que esté bien que yo alimente de cualquier manera una posible relación con otra persona.

—¿Por qué no me lo dijiste antes? No te hubiera molestado más con mis mensajes.

—Es que no me molestan. Tampoco me atrevía a pedirte que no intentáramos iniciar nada, porque no me lo ofrecías explícitamente. ¿Y si yo estaba equivocada y solo querías que fuéramos amigos? Además, todavía no estaba saliendo formalmente con él. A decir verdad, tampoco formalizamos ahora, pero es más firme. Salimos, sí. Somos novios. Eso fue lo que ocurrió. Lamento si te pareció que jugaba contigo o que no quería hablarte más. No fue mi intención.

—Gracias por decírmelo ahora, al menos. Nos vemos.

Me saludó con un gesto de la mano y se alejó sin darme lugar a despedirme. Era evidente que se había desilusionado.

A partir de esa semana, el semestre se tornó más complicado. Las horas de estudio se intensificaron, como también las prácticas para mí y las lecturas que Shawn debía completar para cada clase. Para poder pasar tiempo juntos, empezamos a estudiar a la par, en su habitación o en la mía. Por lo menos no estaba prohibido recibir visitas durante el día.

A él le gustaba sentarse a leer en una silla junto a la ventana, donde la luz natural del sol iluminara las páginas. Yo me recostaba en la cama, mirando hacia ese lado. Cuando él tenía calor, se quitaba la camiseta. Para mí, verlo leer allí, con el torso desnudo, era un hermoso espectáculo. A veces le pedía que me leyera alguna parte de lo que estaba estudiando, y así escuché hermosas frases de los más grandes de la literatura.

Hubo una que me gustó más que otras, y la escribí en mi pizarra, frente al escritorio: "Nunca hemos de avergonzarnos de nuestras lágrimas, porque son la lluvia que limpia el cegador polvo de la tierra que recubre nuestros corazones endurecidos". Era del libro *Grandes esperanzas*, de Charles Dickens, y me recordaba que todo lo que alguna vez habíamos llorado no nos hacía débiles, sino humanos. Necesitaba recordarlo para no sentirme frágil cada vez que me emocionaba o me dolía algo.

También Shawn comenzó a hacer anotaciones en su pizarra. Cosas buenas que le pasaban cada día y por las cuales la vida valía la pena.

Hoy comencé a escribir mi primera novela.

Hoy me enviaron más mensajes emocionantes de las personas que leen mis textos en la revista de estudiantes.

Hoy pude correr cinco kilómetros con Aali. ¡Ya soy todo un atleta! :P

En cuanto a nuestras fotografías, mandamos a imprimir algunas y las colgamos en los enrejados con broches que había en el pasillo de entrada de nuestras habitaciones. No necesitábamos de las redes sociales, incluso nos olvidamos bastante de ellas.

La vida real era mucho más interesante.

Pasábamos juntos mucho tiempo. Salíamos con Elijah, Madison y Wyatt, le hacía masajes y, aunque sin técnicas de kinesiología, él también me los hacía a mí. Vivimos decenas de cosas que jamás hubiera imaginado, de esas que antes no creí que alguna vez tendrían lugar en mi vida. Por ejemplo, algo tan simple como acompañarnos o tan complejo como ayudarnos a ser la mejor versión de nosotros mismos cada día.

Celebramos con un beso en la puerta de mi colegio mis primeras calificaciones finales aprobadas de ese semestre, y con otro en la puerta de la residencia las de él.

—¡Lo lograste! —exclamé—. ¿Por qué siempre tienes dudas de que te vaya a ir bien?

—Me pone muy nervioso rendir exámenes.

—¡Pero ya ves que eres un genio! —repliqué, y volvimos a besarnos mientras yo lo abrazaba por el cuello y él me tenía sujeta de la cintura.

En ese momento, una voz desconocida pronunció su nombre.

Me soltó de golpe y giró hacia la izquierda, rígido como una piedra. Mi mirada siguió la trayectoria de la suya y se encontró con dos pares de zapatos: unos de tacón, muy elegantes, y otros masculinos. Seguí subiendo: pertenecían a un hombre de ojos grandes y cabello oscuro, y a una mujer que me miraba con desaprobación.

—¿Qué significa esto? —indagó ella.

Y todo se oscureció.

36

(SHAWN)

—Mamá, papá… —dije, sorprendido—. ¿Qué hacen aquí?

Di un paso al frente con intención de abrazarlos, pero papá se adelantó y lo hizo él. Más allá de que deseara el contacto, tuve la sensación de que me estaba protegiendo.

Cuando nos soltamos y miré a mamá, noté que ella tenía los ojos clavados en Aali.

—Quiero presentarles a alguien —me apresuré a indicar. Le di la mano a Aali y la hice avanzar un paso—. Ella es Aali. Me hubiera gustado que la conocieran en otra ocasión, pero…

—Muéstranos tu habitación, Shawn —me interrumpió mamá—. Tenemos que hablar —volvió a mirar a Aali—. A solas.

Nos pasó por al lado en dirección a la puerta de la residencia sin decir más. Miré a papá y, aunque a él se lo notaba más relajado, también había preocupación en su semblante. Me dediqué entonces a Aali. Su rostro había girado en dirección a mi madre y apretaba los dientes, me di cuenta de que contenía sus impulsos.

—Espérame en la recepción —le pedí a papá. Él asintió y se retiró—. Aali —murmuré, y la hice girar hacia mí colocando una mano en su mejilla—. Lo siento.

—¿Por qué me mira con desprecio? ¿Quién se cree que es? —bramó ella con actitud desafiante; estaba agitada. Tragó con fuerza y bajó la cabeza—. Disculpa. Es tu madre. Pero ¿por qué tengo la sensación de que cree que me conoce? Entiendo que me odie por lo del accidente, pero no que me mire como si fuera basura.

—Tienes razón: su actitud es injusta. Pero, por favor, no te enojes. Yo hablaré con ella. Y... Aali. Te amo. Nunca lo olvides. ¿Y tú? ¿Me amas?

—¿Por qué me preguntas eso? Claro que te amo.

—Entonces no tenemos nada que temer —aseguré, y la besé en los labios—. Te escribo más tarde —prometí antes de acercarme a donde me esperaban mis padres.

Cuando entré, encontré a mamá hablando con el recepcionista. Papá vino a mi encuentro y volvió a abrazarme.

—Hijo, ¿cómo estás? —preguntó—. ¿Cómo te sientes?

Lo miré a los ojos, preocupado por esa aparición repentina.

—Estoy bien. ¿Y ustedes? ¿Ocurrió algo malo? ¿Por qué no me avisaron que vendrían?

En ese momento, mamá se sumó y apoyó una mano en mi cabeza.

—Shawn —musitó, y me abrazó—. ¡Te extrañé tanto!

Respondí a su cariño; yo también la había extrañado. Pero su actitud me resultaba a cada instante más confusa.

—Ya pedí permiso para que nos muestres tu habitación —continuó explicando ella—. Tenemos mucho de qué hablar, y no podemos hacerlo en un lugar público.

Jamás pensé que mis padres querrían visitar mi cuarto. Sabía que, ni bien pusieran un pie allí, me sentiría invadido.

—¿Es necesario?

—Créeme que sí —contestó papá, apoyando una mano en mi brazo, entonces entendí que no tenía opción.

Los conduje al edificio y luego a mi apartamento. Mamá estudiaba todo con interés. Antes de abrir, golpeé por si Elijah estaba en alguna situación comprometida.

Lo encontramos en calzoncillos en mi habitación.

—¡Wooo! —exclamó, abriendo los brazos.

—Disculpa, es que… —intenté explicarle, pero una protesta de mamá cubrió mi voz.

—Creímos que pagábamos por una habitación individual.

—Así es —expliqué—. Pero las dos se consideran parte de un mismo apartamento y, como tenemos confianza, no cerramos la puerta de nuestros cuartos.

—Lo siento —dijo Elijah, y me mostró algo que tenía en la mano—. Me había quedado sin jabón y pensé que podías prestarme. ¿Puedo usar este y te lo devuelvo en la semana?

—Sí, claro —dije.

—Por cierto, soy Elijah. Mucho gusto —dijo a mis padres.

—Mucho gusto, Elijah —replicó papá, y señaló su ropa interior—. Será mejor que vayas a tu cuarto a vestirte antes de pescar un resfriado.

—Sí. Lo siento. Adiós —contestó él, visiblemente incómodo, y se retiró. En cuanto la puerta se cerró, volví a concentrarme en mamá. Ella miraba las fotos que estaban en el enrejado.

—Entonces, ¿es por esto que quisiste estudiar aquí? —preguntó, señalando las imágenes donde Aali y yo reíamos, nos besábamos o hacíamos tonterías.

—No. No sabía que Aali también estaría en Ohio.

—Se me hace difícil creer eso.

—Susan —intervino papá—. Shawn nunca nos ha mentido.

—Ahora tengo mis dudas —respondió ella, y apoyó su bolso sobre el escritorio. Miró la pizarra.

—¿Eso también tienes que leerlo? —me atreví a objetar. Allí volcaba mis sentimientos. Que los leyera me hacía sentir desnudo.

—Tienes todo tirado. Deberías ser más ordenado —musitó.

—Es su cuarto, Susan —replicó papá.

—¿Piensas discutirme mucho más? —se molestó ella.

—¿Qué está sucediendo? —pregunté, perdido en la situación. Nunca había visto a mis padres tan raros.

Mamá avanzó hacia la habitación. Papá se asomó por la ventana. Yo me senté en la cama en espera de una explicación, pero fue mi madre la que siguió exigiéndolas.

—¿Por qué sales con esa chica? —preguntó—. ¿No te das cuenta de cómo es ella? ¿De pronto ya no estás sufriendo? ¿Todo está bien y se besan, comparten salidas y se toman fotografías? ¿Cuándo empezó todo esto? ¿Por qué no nos contaste que estaba aquí? Me harás pensar que seguimos pagando tu terapia por deporte.

—¡Susan! —bramó papá.

—Es lo único que puedo pensar cuando lo veo besarse con esa vividora —se hizo silencio. Volvió a mirarme—. ¿Qué esperas? ¡Contesta!

—¿Para qué? Si a ti no te importa lo que yo tenga para decir. Solo te escuchas a ti misma —respondí.

—Y tú no escuchas a nadie. ¡Me cuesta aceptar que seas tan ciego! ¿Acaso no sabes de qué contexto proviene? ¿No entiendes que te está usando? ¡Creí que eras un chico inteligente!

—Shawn —intervino papá—. Nos preocupa que esa chica pueda tener malas intenciones contigo. Somos tus padres y te amamos. Te hemos visto sufrir muchísimo a causa de ese accidente y no queremos que nada te cause tanto dolor de nuevo.

—Aali no me causa dolor —aseguré—. Ella me da vida.

Mamá dejó escapar el aire de manera ruidosa.

—Se terminó. Te vas de aquí —decretó.

Lejos de angustiarme, me puse nervioso y reí.

—No eres tú la encargada de decidir eso —contesté, procurando mantener un tono calmado—. Es mi vida, y yo elijo quedarme aquí. También elijo a Aali, aunque a ti no te guste. Tampoco te agrada que estudie en esta universidad, ¡ni siquiera aprobabas mi carrera!

»Lo entiendo: no puedes volver a tener veinte años, entonces intentas que tu hijo haga todo lo que a ti te hubiera gustado y que, por alguna razón, no hiciste. También sé que quieres lo mejor para mí. Pero yo no soy tú, no comparto todas tus ideas; haré lo que sienta. Y siento que quiero estar aquí, en esta universidad, con estos profesores, con estos amigos y con Aali, como una vez quise estudiar Literatura aunque para ti fuera una carrera menor.

—Estoy segura de que eso te lo dijo tu psicóloga, hace tiempo que me di cuenta de que estamos malgastando el dinero —contestó ella—. No entiendes. No se trata de la universidad, ni de los profesores, ni de tus nuevos amigos, como ese que te estaba robando el jabón en calzoncillos. Se trata pura y exclusivamente de esa chica.

Volví a sonreír y me humedecí los labios antes de darle una respuesta.

—Yo también tomo cosas prestadas de Elijah. Y, aunque sea tarde, siempre las devuelve. Josh usó mis útiles como si fueran suyos toda la escuela primaria y jamás me devolvió nada. Tú lo sabías y no te quejabas. No me importa. Mi vida no pasa por cuánto valen las cosas, sino por cuánto más valor tiene contar con buenas personas, y Elijah lo es. También Aali, aunque no lo creas. ¿Por qué están aquí? ¿Por qué no me avisaron que vendrían? No se ofendan, pero ya no tengo doce años, y que sean mis padres no los autoriza a entrometerse en mis asuntos.

—Pagamos esta habitación donde estás alojado, tengo derecho a conocerla —replicó mamá.

—Y yo tengo derecho a que me pregunten si pueden hacerlo.

—¿Qué ocurre contigo? Jamás te atreviste a contestar de esta manera. Habiendo conocido a los amigos de esa chica, no cabe duda de que es ruda y violenta. ¡Una mala influencia!

—¿Por qué culpas a Aali? ¿Por qué la prejuzgas? ¡Eres igual que ella! Aali también prejuzgaba, ¿sabes? Para ella, yo era un niño malcriado y rico del que era mejor alejarse. Como tú crees que ella es una mala influencia y una vividora solo porque nació en un contexto difícil. ¿Por qué lo sería?

—De tal padre, tal hija.

—Eso es mentira. Fui yo el que decidió compartir los ahorros para mis estudios con ella, Aali no lo sabía y jamás me pidió nada. Nos encontramos aquí por la misma casualidad que nos unió en el pasado. No hay secretos ni mentiras. ¿Por qué tenía que informales a ustedes que ella estaba aquí o que salíamos? ¿Desde cuándo mis padres tienen que saberlo todo?

—¿No podías salir con otra? ¿Tiene que ser con ella? —protestó mamá.

Papá apoyó los codos sobre las rodillas.

—Es cierto: tienes derecho a mantener tu intimidad en privado

—intervino—. Pero ponte en nuestro lugar: nosotros te vimos padecer las consecuencias del accidente que tuviste con esa chica. Te vimos sentir culpa, angustia y remordimiento. ¿Cómo estás con eso, teniéndola tan cerca?

—Ya casi no pensamos en el pasado. Nos dijimos lo que teníamos que decir acerca del accidente y decidimos dejarlo atrás. Todavía sufrimos las consecuencias, claro. Pero creo que, así como nos hundimos juntos ese día, poco a poco estamos saliendo a flote, y nos hace bien hacerlo juntos. Nos ayudamos.

—Hay miles de chicas en este mundo —añadió mamá—. Déjala y búscate a otra. Eres joven, crees que estás enamorado, pero en realidad no es cierto. Tan solo te atrae, te fascina.

—Me sorprende la facilidad con la que crees estar dentro de mi mente y de mis emociones.

—¡¿Qué parte no entiendes de que Aaliyah Russell no te conviene?!

—Nunca lo entenderé, porque no es cierto.

—¿Así que no es cierto? —masculló ella, y comenzó a hurgar en su bolso.

—Susan, no —ordenó papá, poniéndose de pie.

Mamá no le hizo caso y arrojó un papel sobre la cama.

—La demanda que hizo el padre de esa chica, finalmente, llegó a un juez de Los Ángeles. Si te consideran culpable, su abogado pide cinco años de prisión para ti o una suma millonaria que nos obligaría a vender la casa y nuestros negocios. Nos quedaríamos en la calle, Shawn. O, peor, tú te quedarías en la cárcel. Léelo. Lee por ti mismo de qué te acusa ese malnacido y dime si todavía te quedan ganas de besarte con la hija.

37

(AALIYAH)

La madre de Shawn sí que me caía mal. No tenía nada que decir de su padre, casi ni me había mirado, pero ella… Percibía que jamás estaría de acuerdo con que una chica como yo saliera con su hijo, y sabía que eso sería un gran problema.

Imaginaba que estaría molesta conmigo por el padrinazgo o por alguna suposición sobre del accidente, pero no que me miraría con tanto desprecio. Pues, para su información, yo también despreciaba a la gente como ella. Si no le hubiera prometido a Shawn que intentaría controlarme y si no se hubiera tratado de su madre, la habría puesto en su lugar a la primera mirada de soslayo. ¿Quién se creía? ¿Por qué pensaba que el dinero la hacía más digna que yo? ¿Qué sabía ella de lo que yo sentía por su hijo o del sacrificio que estaba haciendo para dejar de vivir de acuerdo con las normas del lugar donde me había criado?

Me detuve de golpe, consciente de que estaba mal pensar así de la madre de mi novio. Por más que ella se creyera una reina mirando a una esclava, yo tenía que cumplir mi promesa. Debía confiar en que Shawn mediaría entre nosotras para que las chispas no provocaran un incendio. Lo amaba demasiado para perderlo. Así que, por él, soportaría a su madre lo máximo que pudiera.

Por suerte pude calmarme y me vestí para ir al bar con más preocupación que ira. Shawn no estaba al tanto de que sus padres lo visitarían. ¿A qué se debería su aparición repentina?

Comencé a tejer algunas hipótesis. Quizás había fallecido algún pariente o le habían dado una sorpresa aprovechando que iban de viaje a otra parte. Me moría por enviarle un mensaje y preguntarle si todo estaba bien, pero preferí darle su espacio. Ya me contaría qué había ocurrido cuando sus padres le dieran un momento.

Salí de la habitación poniéndome la cazadora. Estaba a punto de abrir la puerta del apartamento cuando sentí que mi móvil vibraba en mi cintura. Lo extraje, esperanzada de que se tratara de Shawn, pero la llamada provenía de un número desconocido con prefijo de Los Ángeles.

No atendí. No quería hablar con nadie de allí, excepto mamá, y ella solo me llamaba desde su número. Si se hubiera tratado de Dee, también habría contestado, pero sospeché que podían ser papá o Frank. No recordaba de qué teléfono me había escrito mi exnovio.

La llamada se repitió. Volví a mirar el móvil. Esta vez sí era del número de mi madre.

—¿Mamá? —pregunté, extrañada de que me llamara a esa hora. Ella sabía que yo trabajaba los viernes, y ya casi era mi horario de entrada. Además, ¿por qué primero había intentado comunicarse desde otro número?

—No cortes, Aali. Es importante —replicó.

Oí algunos ruidos extraños, como si estuviera moviendo el móvil, y después resonó la voz de mi padre.

—¡Aaliyah! —escucharlo me heló la sangre. En especial porque parecía de buen humor, y cuando se encontraba de esa manera, estaba a punto de ocurrir algo muy malo—. ¿Cómo estás, tanto tiempo? Me bloqueaste. Qué mal. Eso no se le hace a tu papá.

—¿Qué quieres? —pregunté, cortante.

—Escucha, tengo buenas noticias. El juzgado se ocupó de tu caso y el juez nos recibirá el lunes. ¿No es grandioso?

—¿Qué juzgado? ¿Qué caso? ¿Otra vez te metiste en problemas?

—¡No, tonta! ¿Acaso no escuchas? Esta vez es a nuestro favor. Pagarán, Aali. Lo sé. ¡Estaremos libres de tus deudas! Tienes que regresar. Llegó una citación a tu nombre, además de las nuestras. El juez nos espera. Vamos a exprimir a esos ricos de mierda.

—¿Qué? No. ¡No! —grité, creyendo entender—. Yo no inicié ninguna demanda.

—Lo hice yo. Tú eras menor de edad y, siendo tu papá, tenía el derecho de velar por la salud de mi hija. Esos malditos padres que pusieron un auto en manos de un chico irresponsable pagarán, y él también, por malcriado. Ya puedo sentir su dinero en mis manos —siguió diciendo mientras reía.

—¡Basta! —exclamé—. No puedes hacer eso. No lo hagas. Quiero que te retractes. Dile al juez que anulas la demanda, o lo que sea que hayas hecho.

—¿Por qué lo haría? Todavía estamos pagando por lo que esas porquerías te hicieron.

—¡Nadie me hizo nada! Fue un accidente. Quiero que te desdigas de esa demanda ahora mismo.

—Ya es tarde. Hay una audiencia esperando. Regresa a casa, Aali. Tengo la intuición de que ganaremos.

Lateefa salió de su habitación y me preguntó si todo estaba en orden. Giré para que no me viera desencajada y comencé a vociferar insultos. Mi padre no se molestó en terminar de escucharlos; cortó antes de que pudiera liberarme de todo lo que tenía para decirle.

Al instante llegó un mensaje de mamá con la foto de la citación. Mi padre y un abogado, sin dudas de esos que están pendientes de cualquier excusa para hacer dinero, reclamaban en compensación por las consecuencias que el accidente me había ocasionado miles de dólares o años de prisión para Shawn.

—¡Mierda! —bramé, llorando, y salí del apartamento como si acabaran de anunciarme que se derrumbaría.

Corrí hasta la esquina y entré al bar llorando. Cuando Adam me vio dirigirme hacia el otro lado del mostrador en ese estado, dejó de atender al cliente con el que hablaba en ese momento y me sujetó del brazo. Me llevó a la cocina.

—Aali, ¿qué sucede? —preguntó, preocupado.

—Necesito dinero —le dije—. Mi padre está a punto de cometer una locura y tengo que regresar a Los Ángeles para detenerlo. He estado ahorrando para ir en las vacaciones, pero no me alcanza. Si pudieras adelantarme un sueldo…

—Claro. Claro que sí. No te preocupes.

—Gracias.

—Sacaré tu pasaje con mi tarjeta de crédito y luego me pagas, ¿de acuerdo? ¿Para cuándo lo necesitas?

—Para lo antes posible.

—Está bien. Veamos qué conseguimos.

Por primera vez me invitó a su casa, que estaba al lado del bar, y nos sentamos frente al ordenador. Señalé un pasaje que podía pagar con mis ahorros y el adelanto. Era para el domingo a la tarde.

Mientras él terminaba de concretar la compra, le dije que iba al baño, pero en realidad quería llamar a Shawn. No podía perder un instante más sin hacerle saber lo que ocurría, tenía que estar prevenido. Excepto que sus padres hubieran ido por eso. ¡Claro! ¡Ese era el motivo!

No hice a tiempo a llamarlo.

El móvil vibró entre mis dedos y en la pantalla se reflejaron su nombre y su imagen. Tragué con fuerza y comencé a temblar. Me sentía descompuesta. No me atrevía a responder después del dolor que le estaba causando. ¿Y si esto lo hacía recaer? Me había contado que sus padres no tenían tanto dinero como yo suponía, que sus negocios iban mal y que no lograban reponerse de algunas deudas. ¿Y si no podían pagar y él terminaba en la cárcel?

Atendí sin pensar más. No podía tan solo alejarme.

—Shawn —dije, presa del llanto—. Supongo que ya lo sabes, pero mi padre…

—Lo sé. Aali, te espero en nuestro motel.

—No puedo, siento mucha vergüenza.

—Estoy en un taxi, ven rápido —y cortó.

Justo en ese momento, recibí el comprobante de la compra que Adam había realizado y mi pasaje.

Guardé el móvil y salí del baño.

—Tengo que irme —le dije.

—Lo imaginaba —contestó, acercándose, y puso las manos sobre mis hombros—. Aali, sea lo que sea que esté ocurriendo, cuentas conmigo, ¿de acuerdo?

—Sí. Gracias —respondí, y le di un abrazo rápido antes de salir corriendo.

Debía ahorrar cada centavo, pero para llegar al motel rápido tuve que pedir un taxi. Lo esperé en la esquina del bar, temerosa de que los padres de Shawn todavía estuvieran en la residencia y me vieran desde la puerta. Subí de forma urgente en cuanto llegó.

Bajé en el motel y pregunté por Shawn Sterling en la recepción. Me dieron el número de habitación, entonces me dirigí allí y golpeé a la puerta.

Shawn abrió enseguida. Intentó abrazarme, pero yo lo esquivé y me detuve del otro lado de la cama, cerca del baño. Él cerró y giró para mirarme.

—Lo siento —balbuceé, llorando—. Es un maldito.

—Aali... —murmuró, negando con la cabeza, e intentó acercarse.

Se detuvo en cuanto alcé una mano para que lo hiciera. ¿Cómo podía hablar con tanta calma, a pesar de que tenía los ojos húmedos, si yo me estaba muriendo?

—Te juro que nunca hubiera querido que hiciera esto.

—Lo sé.

—Debí alejarme de ti. Sabía que esto pasaría. Es decir... Robó una vez. ¿Por qué no dos? Desde que estafó al padre de Frank, siempre tuve en mente que debía alejarme de los chicos como tú. Pero creí que lo nuestro solo duraría un verano o que, si conseguíamos que perdurara, sería en otra parte. Cuando nos reencontramos aquí, él ya no estaba en mi vida. O eso creí. No debí exponerte así. Tendría que haber rechazado bailar contigo la noche de la fiesta en la playa, como había hecho primero. Entonces, esto no estaría ocurriendo.

»Cuando yo estaba en el hospital dijo que te demandaría. Lo hizo. Pero nunca más habló de eso y creí que por una vez no me arruinaría la vida. Lo peor es que no solo arruina la mía, sino que en ello arrastro a otras personas. Personas inocentes que no merecen lo que él hace.

»Lo siento. Por favor, perdóname, Shawn. Regresaré a Los Ángeles y pondré todo en orden. Te juro que regresaré y detendré esta locura.

—Aali…

—¡Voy a matarlo! —grité, y golpeé el marco de la puerta del baño.

Conocía la violencia: una vez que das un golpe, la sed se intensifica y necesitas más. Entonces me la agarré con el mueble que estaba debajo del televisor.

Me vi forzada a detenerme en cuanto Shawn me abrazó de atrás, tomándome de la cintura, y me dio un beso en la mejilla.

—Tranquila —susurró en mi oído—. Aali, basta, te vas a lastimar.

Caí de rodillas y él acompañó mi movimiento. Me abrazó con fuerza mientras yo lloraba, aferrada a su camiseta.

—Si te ocurre algo por su culpa, lo destrozaré. Te juro que lo destrozaré —balbuceé—. Necesito que desaparezca de mi vida. ¡Necesito que no sea mi padre!

—Y yo te necesito a mi lado —replicó sobre mi frente, y luego bajó la cabeza para mirarme—. Te amo. Y tú no tienes la culpa de lo que haga tu padre. Así que, por favor, no me dejes. No te atrevas a volver a pensar que sería mejor desaparecer de mi vida.

—Debí hacerlo antes.

—No eres tú la que tiene que dejar de lado lo que quiere por él.

—Creo que no entiendes la gravedad de la situación. ¡Puedes ir a prisión, maldita sea! Un inocente pagando por un delito que no cometió mientras el verdadero criminal está afuera, disfrutando de su dinero.

—Soy consciente, no creas que no. Pero no permitiré que él nos destruya. Por favor, no lo permitas tú.

—¿Cómo no iba a despreciarme tu madre? Todavía no sé por qué tu padre no me mira de la misma manera.

—Quizás porque piensa lo mismo que yo: no somos responsables de los actos de otros. Tú misma lo dijiste: lo que nos ocurrió fue un accidente. Entonces, debo confiar en que un juez también lo entenderá de ese modo. ¿Sabes por qué, ni bien mi madre me mostró la citación, huí aquí? ¿Sabes por qué te pedí que vinieras?

—Supuse que para pedirme explicaciones. Pero tú no eres así.

Sonrió negando con la cabeza y me acarició una mejilla.

—Fue porque, cuando estoy contigo, me siento fuerte. Hemos superado mucho juntos. ¿Con quién más superaría esto? Pase lo que pase, si estamos unidos, estaremos bien.

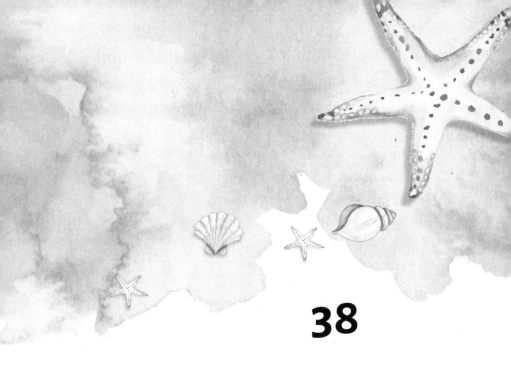

38

Amanecer pensando que esa podría ser la última vez que verás a alguien que amas es horrible. Tan horrible que te dan ganas de llorar, romper todo y desaparecer.

Así me sentía observando a Shawn mientras él todavía dormía en ese cuarto de motel. Si lo declaraban culpable y mi padre se salía con la suya, ¿cómo lo resolvería? Tenía pensado declarar a su favor y en contra de la demanda de mi padre, pero ¿acaso sería escuchada? Temía que mi palabra no tuviera valor. ¿Y si había pruebas en su contra o las inventaban? Él tenía esperanza, porque siempre había vivido en un mundo mejor, pero yo había visto muchas cosas y no creía en la justicia. Aun así, no podía quitárselas. No podía permitir que la angustia lo atrapara, o podía sufrir graves consecuencias.

Procuré pensar que, cuando se había tratado del delito de mi padre, la justicia había actuado con inclemencia. Tenía que funcionar con la misma severidad cuando el resultado no era la culpabilidad, sino una demanda sin fundamentos.

Shawn suspiró y movió el brazo que estaba debajo de mi cuello. Con la otra mano, que se hallaba en mi cintura, me atrajo contra su pecho.

—¿En qué piensas? —preguntó en voz baja.

—Creí que dormías.

—Es difícil cuando los ojos más bonitos del mundo me están mirando tan preocupados —contestó—. ¿Me vas a contar en qué piensas?

—En lo que nos espera en los próximos días. No creí que tendría que regresar a Los Ángeles tan pronto. Tendré que volver a ser yo. La otra yo, la que durante este tiempo estuvo dormida en mi interior.

—Creo que nunca dejaste de ser tú. Eso es lo que te hace tan especial y auténtica. En cuanto a mí, no te preocupes. Seré lo más fuerte que pueda, por ti y por mí. Tenemos que hacer planes.

—¿Qué tipo de planes?

—Mis padres tienen pasajes para volar a Los Ángeles esta tarde. ¿Tú también tienes que ir?

—Sí. También estoy citada para el lunes. Ya tengo mi pasaje, viajo el domingo por la tarde.

—De acuerdo. Quiero que, durante ese tiempo, estemos comunicados. Por favor, Aali, necesito saber que estás bien y que estamos unidos.

—Te escribiré —prometí.

—¿Irás a parar a tu casa?

—No hay otra opción. Ya no tengo amigos en Los Ángeles. La única persona a la que podría recurrir es mi entrenadora, pero no puedo llevarle un problema. Tiene esposo e hijos, no quisiera dormir en su casa.

—Entonces, ten mucho cuidado. Sé que es tu familia, pero también intuyo cómo puedes sentirte al regresar a tu casa de esta manera. Nunca olvides que mereces estar aquí. No importa lo que te digan o lo que te hagan sentir: tú perteneces al futuro que desees.

—Lo intentaré. También tú tienes que recordar algo, es especialmente importante que lo retengas ahora: no eres culpable. Nunca lo fuiste. Tuvimos un accidente que trajo como consecuencia un gran sufrimiento para los dos. Pero no fue tu responsabilidad. Los neumáticos estallan, los camiones frenan, las personas juzgan sin saber. Júrame que estás convencido de eso.

—No me echaré la culpa, no te preocupes. Además, les pediré a mis terapeutas una consulta de emergencia esta tarde, antes del vuelo. Ellas pueden ayudarme, son un buen sostén.

Asentí y le di un abrazo. Jamás hubiera querido soltarlo.

—Supongo que tienes que irte —dije—. Tus padres deben estar preocupados y, si tu vuelo sale hoy mismo, no les queda mucho tiempo en Ohio. Yo me quedaré en el motel un poco más. No quiero volver a la residencia todavía.

Me alzó la cara y nos miramos a los ojos.

—Necesito que recuerdes algo más. Te amo sin importar lo que diga mi madre ni lo que haga tu padre.

—Y yo a ti —contesté, y nos besamos.

Fue la despedida más tormentosa de mi vida. Lo miré subir al taxi desde la puerta de la habitación, sonreí y lo saludé con la mano. La paz en su mirada me colmó, y en lugar de sentir odio y angustia, por un instante solo pensé que al fin podía subirse a un taxi solo. Aunque se muriera de miedo, estaba siendo fuerte, y eso es lo que necesitamos para soportar la vida.

Me quedé en el motel hasta la noche, por lo cual tuve que pagar el tiempo extra. Para ahorrar caminé hasta la residencia y en cuanto entré, me puse a preparar una mochila.

Guardaba un par de calcetines cuando sonaron algunos golpes a la puerta. Abrí. Era Lateefa.

—¿Qué ocurrió ayer? ¿Te encuentras bien? —preguntó—. Parece que hubieras estado en una guerra.

—Algo así —confesé, y me senté en la cama para intentar respirar mejor.

Le conté la historia de manera resumida, dispuesta a soportar otra mirada prejuiciosa. Pero eso no ocurrió.

—Alá te recompensará, porque eres justa —dijo, tomándome las manos—. Pediré por ti. Espero verte de regreso pronto.

A las diez de la noche, Shawn me avisó que acababa de llegar con sus padres a la casa de Malibú.

"¿Alquilaron la misma residencia?", pregunté por mensaje.

Shawn.
No. El dueño es amigo de mi padre y nos la presta.

De modo que, cuando estuvimos allí, no la habían alquilado, sino que también era prestada. ¡Había prejuzgado tanto y estaba tan equivocada! Pensar en esa Aali del pasado, que había imaginado que Shawn era un niño rico y malcriado, me daba vergüenza. Pero, en el fondo, también me provocaba pena. Solo una persona que había crecido entre la injusticia podía calificar a los demás con tanta ligereza. Era el método de autoprotección más elaborado que había creado.

El domingo me dirigí al aeropuerto en transporte público. Como solo llevaba una mochila, la cargué como equipaje de mano, y eso aceleró el proceso de embarque y desembarque. Para ir a casa, también me serví del transporte público y caminé algunas manzanas.

Llegué allí de noche, escoltada por los truenos que presagiaban una tormenta. Me quedé un momento de pie en el sendero de la entrada. El césped seguía alto, y la pintura del frente estaba descascarada. Se había sumado una rotura en la puerta mosquitera. Las luces estaban encendidas. Desde la calle podía oír el ruido del televisor en un canal de deportes.

Nada cambiaba en esa casa, ni siquiera yo. Estaba muerta de miedo. Si tenía que estancarme otra vez allí, moriría.

Abrí con mi llave y entré sin pedir permiso. La primera que me vio fue Dee, que justo bajaba las escaleras. Se quedó quieta en el último escalón, boquiabierta.

—¡Aaliyah! —exclamó.

Entonces apareció mamá desde la cocina.

—¡Llegaste! —soltó—. ¡Es tan tarde! Creímos que ya no vendrías.

—¿Dónde está papá? —indagué, molesta. La había extrañado y quería abrazarla, pero también estaba muy enojada con ella.

—En el baño —contestó, señalando la puerta con el pulgar.

—¿Por qué lo dejaste iniciar una demanda? —protesté, dejando caer la mochila—. ¿Por qué permites que se comporte como un cretino?

—¿Qué dices?

—¡Sabes bien que fue un accidente! No deberías permitir que se salga con la suya. Vive de ti, y ahora quiere vivir de otros.

—Oye —se entrometió Dee—. Acabas de llegar y ya estás gritando. ¿Por qué no te vas a la mierda?

—No te metas —ordené.

—Me entrometo todo lo que quiero porque le estás gritando a mamá en nuestra propia casa. No tienes derecho después de lo que hiciste.

—¿Lo que *yo* hice?

—Nos dejaste aquí, enterrados con tus deudas. ¿Por qué te molesta que papá quiera cobrarle un poco a esa gente rica? Alguien tiene que pagar, ya que tú te has ido y no te haces cargo.

—¿Quién te dijo que son ricos? ¿Por qué tendrían que pagarnos algo?

Mi padre apareció, subiéndose el cierre del pantalón.

—¡Aaliyah! —exclamó—. Qué gusto verte. Ha llegado la estudiante universitaria —ironizó.

—¡Maldito bastardo! —le grité, y señalé la puerta de calle estirando el brazo—. Iremos ahora mismo a donde sea que iniciaste esa demanda y la retiraremos.

Él rio.

—¡Es imposible! La causa está avanzada.

—¡Me importa una mierda!

—Deja de gritar, maldita sea —protestó Dee.

—Aali, ¿por qué defiendes a esa gente rica? —preguntó mamá.

—¡Porque no son ricos, no tienen por qué mantener a tu marido vago y Shawn no tuvo la culpa!

—¡No le preguntes estupideces, Caroline! —bramó mi padre—. ¿No te das cuenta? La putita de tu hija todavía debe estar revolcándose con ese imbécil.

Toda la furia que había estado conteniendo se apoderó de mí en un instante. No medí lo que hacía, y me arrojé sobre él como un boxeador sobre su contrincante.

—¡Deja en paz a Shawn, maldito vividor! —grité, y le asesté un puñetazo en medio de la cara. No se lo esperaba. El impacto lo tumbó sobre el sillón, y yo aproveché para sentarme a horcajadas sobre él. Seguí golpeándolo. Mamá y Dee me gritaban, pero yo no entendía lo que decían—. ¡Te odio! ¡Te aborrezco! Desaparece de mi vida. Arruinaste a mi madre. La convertiste en una persona tan débil que ni siquiera se atreve a echarte de esta casa. Te mereces pudrirte en la cárcel. ¡Maldito! ¡Maldito seas!

De repente, vi llegar el enorme puño de mi padre a mi mejilla, y todo se puso negro. Sentí un fuerte golpe en la cabeza y que rebotaba en el suelo. Mis oídos comenzaron a zumbar y, literalmente, vi las estrellas. Brillaban en mis ojos; aunque los tuviera abiertos, no podía vislumbrar el techo. Solo un paño negro y destellos.

Fui recuperando el aliento poco a poco, como así también el resto de los sentidos. Entonces me di cuenta de que mamá me estaba moviendo el brazo, arrodillada a mi lado.

—¡La mataste! —gritó—. ¡La has matado!

Me senté de golpe, mareada y confundida. Pero no. No estaba muerta.

—¡Aali! —gritó mamá, con desesperación y alivio, y volvió a sacudirme.

Me aferré al apoyabrazos del sillón y, así, logré levantarme. Di unos pasos erráticos hasta que alcancé la puerta y recogí mi mochila. La abrí y salí de casa, todavía tambaleándome.

Por lo que oí detrás de mí, mamá intentó seguirme, pero mi padre la detuvo. Comenzó a vociferar que yo era una traidora, que me ponía de parte de esa gente rica y que no tenía piedad por mi familia, que por eso ella no podía ir a buscarme.

No miré atrás y seguí caminando, incluso cuando se largó a llover como si fuera el último día en la Tierra. Terminé sentada en una parada de autobús, cubierta apenas por un pequeño techo.

Pasé un rato así, temblando de frío y de nervios, pensando que acababa de golpear a mi propio padre, hasta que me di cuenta de que mi móvil vibraba sin cesar. Lo extraje de la cintura y respondí enseguida, solo porque se trataba de Shawn.

—¡Aali! —exclamó—. Por Dios, estaba tan preocupado. Te he llamado durante más de una hora y no respondías. ¿Llegaste a tu casa? ¿Estás bien?

—No —confesé, y me eché a llorar.

—Por favor, dime dónde estás.

—En una parada de autobús.

—¿Dónde?

—No sé.

—Dime las calles, por favor.

Miré alrededor hasta que creí saber dónde me encontraba y se lo dije. Pasó un momento hasta que contestó.

—Ya lo encontré en el mapa. No te vayas. Voy a buscarte.

Claro que no me iría. Me sentía tan débil que ni siquiera podía mover las piernas. Reaccioné de nuevo en cuanto vi un automóvil desconocido estacionar frente a la parada. Shawn bajó del lado del conductor y corrió hacia mí. Yo lo miré con el ceño fruncido.

—¿Estabas conduciendo? —pregunté.

—¡Aali! —exclamó él. Se arrodilló y me tocó la cara. Por su expresión, supe que debía lucir terrible—. Estás sangrando. ¿Qué ocurrió? Por favor, contéstame.

—¿Estabas conduciendo? —repetí, mientras él me revisaba las manos. Mis nudillos también sangraban.

—Había demora en los taxis, supongo que por la lluvia. Era una emergencia. Tan solo tomé las llaves del coche de alquiler de mi padre y vine. Necesitaba un transporte rápido. No lo pensé. Por favor, dime qué ocurrió y por qué estás aquí.

—Estabas conduciendo... —murmuré, aliviada.

Le sonreí entre lágrimas.

—Aali, te lo ruego —musitó él, apartándome el cabello de la cara.

—Perdí la razón, así como le sucedía a Cam a veces, y golpeé a mi padre. Me siento una bestia, pero... también me siento tan bien. Se lo merecía. Te lo juro. Lo siento.

—¡Oh, Aali! —exclamó, y me abrazó con fuerza—. Él es una bestia. ¿Tu padre te golpeó así?

—Fue para quitarme de encima. Me duele, Shawn. Me duele haberlo golpeado.

—Tranquila.

Me sostuvo mientras lloraba, besándome en la cabeza, mis quejidos mezclándose con los ruidos de la tormenta. Un trueno muy fuerte sacudió la calle, y entonces Shawn buscó mis ojos.

—Tenemos que irnos —dijo, y se levantó a la vez que recogía mi mochila.

Me dio la mano y me impulsó para levantarme. Caminamos rápido al coche. Abrió la puerta para mí y la cerró. Después lo vi pasar por delante del vehículo para ocupar su lugar. Hasta ese momento, todo transcurrió bastante rápido, pero una vez que estuvo frente al volante, el ambiente cambió. Pude percibir su miedo y su tensión.

Terminé de abrocharme el cinturón de seguridad y le acaricié la mejilla.

—Todo estará bien —aseguré—. Tan solo imagina que tenemos unos treinta años y estamos viajando por el centro de los Estados Unidos. Nos falta poco para llegar al hotel, pero se largó a llover y por eso tenemos que ir un poco más despacio. Cuando lleguemos, te prepararé un té caliente y nos abrazaremos en la cama mientras dejamos encendido el televisor, aunque no lo escuchemos. Lo único en lo que pensaremos será en besarnos y hacer el amor.

Para mi tranquilidad, él rio.

—¿No quieres escribir mi novela? —preguntó con la voz encerrada en la garganta. Yo le sonreí y me estiré para darle un beso en la mejilla. Moverme me dolió, pero evité demostrarlo para que no se preocupara.

—¿Es un romance?

—No. Es un thriller.

—¿Me la cuentas mientras conduces hacia quién sabe dónde?

—Lo intentaré —prometió, y encendió el motor.

Procuré entretenerlo haciéndole preguntas sobre la trama todo el camino, aunque algo ya me había contado en la residencia. Esta vez, no pude retener mucho; me sentía bastante descompuesta. Él tampoco estaba en su mejor momento, así que me propuse que le preguntaría de nuevo por su historia otro día.

Me tensé todavía más en cuanto me di cuenta de que estábamos frente a la casa de Malibú.

—Shawn… —murmuré—. Tus padres…

—No tenemos a dónde ir y necesitas descansar. Debemos cuidar de esas heridas. Yo me ocuparé de mi madre. Tú, tranquila.

No sabía si convenía entrar en esa casa y llevarle otro disgusto a la señora Sterling, pero Shawn tenía razón. Si seguíamos dando vueltas, temía desmayarme, y sería tortuoso para él continuar conduciendo. Acepté su decisión, apremiada por la situación.

Le tomé la mano antes de que ingresara con el auto en el garaje.

—Gracias —le dije.

—No me lo agradezcas —contestó—. Contamos el uno con el otro, siempre.

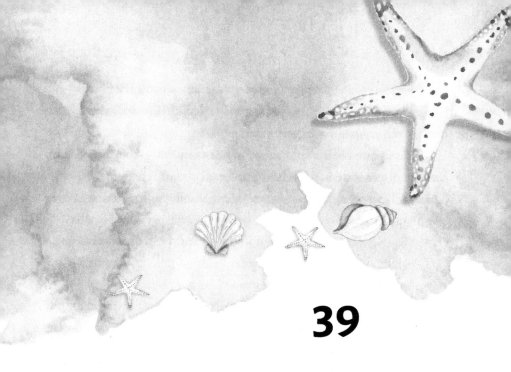

39

Me puse muy nerviosa, ¿para qué negarlo? Sobre todo cuando vi aparecer al padre de Shawn en el garaje y comencé a escuchar su voz desde que abrí la puerta.

—¡Shawn! ¿Por qué te fuiste sin avisar? ¿Dónde...? —dejó la frase en suspenso en cuanto me vio salir del coche—. Oh —murmuró, y se pasó una mano por la frente.

Bajé la cabeza y tragué con fuerza. Se sentía horrible no pertenecer a ninguna parte, que en cualquier lugar al que fuera las personas sintieran que acababa de llegar un problema.

—Papá, espero que entiendas por qué considero que Aali debe quedarse con nosotros —manifestó Shawn—. ¿Ves lo que tiene en la mejilla? —sentí que iba a desmayarme. Esta vez en serio—. Se lo hizo su padre. Sé que no es tu problema, pero sí el mío. Por eso...

—Acércate —me pidió el señor Sterling con voz calmada, mirándome.

Respiré hondo, tan incómoda que hubiera preferido que me tragara la tierra, y me aproximé con pasos lentos.

—Por lo que veo, tú tampoco te quedaste quieta —comentó. Seguro acababa de ver mis nudillos, así que intenté ocultarlos girando las manos para que solo se vieran las palmas—. ¿Te sientes bien? ¿Te golpeó en algún lado más?

—Me golpeé en la cabeza cuando caí —contesté, tocándome atrás.

—No me dijiste eso —protestó Shawn.

—Estoy bien, solo un poco mareada.

—Con permiso —dijo el señor Sterling, y tanteó mi cabeza donde yo había señalado—. No soy médico, pero Shawn te habrá contado que tengo una farmacia —asentí haciendo una mueca de dolor—. Sin dudas fue un golpe fuerte, pero no hay sangre. Eso es una pequeña ventaja. De todos modos, convendría que consultaras con un médico si el mareo perdura.

»Escucha, Aaliyah: tú sabes que mi esposa está bastante molesta con todo esto de la demanda. Yo también, pero entiendo que fue una acción de tu padre, no tuya, y que si no nos enteramos hasta hace poco fue porque él se encargó de reavivarla, no tú.

—Sí. Lo siento tanto.

—Está bien. Solo necesito que lo sepas antes de entrar en esta casa.

—No hubiera querido molestarlos.

—No molestas —repuso Shawn—. Si alguien se siente molesto por tu presencia, es su problema, no tuyo —y me dio la mano para avanzar.

Mientras subíamos las escaleras para acceder a la casa, apreté la mano de Shawn en busca de fuerzas. Su padre era un ser especial, como él. En cambio, su madre era una persona dura como yo. Lo peor de haber ido

allí estaba por llegar. De hecho, esperaba de pie en la sala, con los brazos cruzados sobre su salto de cama de color crema.

—¿Qué significa esto? —se dirigió a Shawn—. Desapareces de nuevo, para colmo llevándote el auto, ¿y regresas con el enemigo?

—Aguarda un momento, Susan —intervino el señor Sterling.

—Cállate, Mark. No te atrevas a apañarlo en esto. Bastante tengo con que me hayas convencido de dejarlo hacer ese maldito viaje. Si no hubiera existido, toda esta pesadilla no estaría ocurriendo.

—Las pesadillas suceden cuando sales al mundo —replicó Shawn—. ¿Hasta cuándo me tendrías en casa, cubierto por tu manto? Por más terrible que suene, elijo la pesadilla, porque así soy libre de tu sobreprotección.

—Esas no son tus ideas ni tus palabras. ¡Son de esa terapeuta! Cuidarte no es sobreprotección: es amor.

—Parece que todavía me ves como un niño y que por eso no puedo pensar por mí mismo, ¿verdad? —Shawn me miró—. Siéntate, Aali.

—Shawn… —contesté en voz baja, moviendo una pierna.

Me sentía cada vez peor. Venía de una terrible pelea familiar, y lo que menos quería era presenciar otra, mucho menos si se trataba de una familia tan bella como la de Shawn.

—Siéntate —repitió con calma, dejando mi mochila junto al sofá.

Aunque solo quisiera irme, le hice caso.

—Al parecer, soy la única que vela por el bien de nuestro hijo —masculló Susan, mirando a Mark, y luego volvió a Shawn—. Mañana enfrentarás una audiencia en la que un juez puede considerarte culpable de un delito y enviarte a prisión o quitarnos todo lo que tenemos. ¿Y le pides a la persona que te puso en esa situación que se siente en tu casa? Disculpen, pero no lo entiendo.

—No fue Aali, fue su padre —replicó Shawn—. Ella no es el enemigo. No hay uno, en realidad. Su padre está enfermo, por eso hace lo que hace. El juez tiene que darse cuenta de eso.

—¿Y cómo crees que son los hijos de esa clase de personas?

Me levanté de golpe. Esa discusión absurda tenía que terminar.

—Señora, ya lo sé —dije, llorando—. Sé que no soy suficiente para su hijo.

—Eso no es cierto —me interrumpió Shawn.

—Déjame hablar, por favor —le rogué, y volví a mirar a su madre—. Sé que nací en una familia que no debería existir. Que mi hermana está perdida, que mi madre parece muerta y que mi padre es un maldito, un ladrón y un vividor. Pero estoy cansada de que las personas me miren como me mira usted. ¡Porque yo no soy así! Ni siquiera me conoce. Júzgueme por cómo soy cuando me conozca, no por lo que es ese hombre. Porque usted ni siquiera imagina lo que lucho cada día para no parecerme a él.

»Estoy muy agradecida por lo que están haciendo por mí. Si bien es el nombre de Shawn el que aparece como mi padrino, indirectamente, ustedes lo son. Sé cuánto sacrificio les habrá costado reunir ese dinero para darle a él lo mejor, y que lo esté compartiendo conmigo, para mí no tiene precio. No puedo explicarles el bien que me están haciendo. Pero yo no lo pedí. No soy una interesada. No estoy a su lado porque me pague nada ni quiero quitarle lo que le pertenece.

»Aunque le suene increíble, no me importa si ustedes tienen dinero o no. Algún día tendré el mío, no necesitaré el de nadie más. Pero sí a su hijo, porque lo necesito para respirar. Necesito su paz, su amor, su bondad. Y aunque sé que soy muy poco para él, y no hablo de lo económico, porque me consta que eso a él tampoco le interesa, sino de mi personalidad... lo amo. Así como soy, lo amo demasiado. Y puedo irme de su casa, pero no me iré de su vida, porque he comprobado que también puedo hacerle bien.

—Es suficiente —sentenció Susan, alzando una mano—. Terminemos con esto, es ridículo. Quédate si quieres. Puedes dormir en el sofá.

—Rechazaría la limosna de dormir en su sofá si pudiera —contesté—. Preferiría pasar la noche en la calle bajo la lluvia antes que aquí, generándole a usted tanto malestar. Me quedaré solo porque, si me fuera, Shawn insistiría en seguirme, y no merece mi suerte. Tengo que quedarme, porque aquí está la única persona que me hace sentir mejor cuando todo lo demás me dice que soy una mierda.

Me cubrí el rostro con las manos para sentir un poco menos de vergüenza ante la confesión y el llanto, pero no hubo caso. Shawn me abrazó de inmediato, y solo así pude reponerme, al menos para tomar conciencia de nuevo de lo que me rodeaba.

—Hagan lo que quieran —dijo su madre, y se retiró, resignada.

Shawn me pidió que volviera a sentarme y se arrodilló.

—Aali, por favor... —suplicó.

—Iré por el botiquín de primeros auxilios —comentó Mark, y se alejó.

—Aali —volvió a susurrar Shawn, acomodando mi cabello enmarañado—. Tengo que ir a buscar ropa seca para ti. También te prepararé el té caliente de la historia que me contaste en el auto. ¿Está bien si te dejo sola un momento?

—Estoy bien —dije, secándome las lágrimas con la mano. Proseguí con la nariz gracias al puño de mi sudadera empapada.

En menos de dos minutos tenía a mi disposición dos toallas limpias, una camiseta, un pantalón y un par de calcetines de Shawn, un riquísimo té frutal con algunas galletas y una caja con todo tipo de elementos de primeros auxilios. Se notaba que el señor Sterling tenía una farmacia, nunca había visto un botiquín tan completo como ese.

—Gracias —dije, sin poder creer tanto despliegue repentino.

—Vístete tranquila, enseguida regreso —contestó Shawn—. Si necesitas usar el baño, ya sabes dónde queda.

Asentí con una sonrisa. Él se fue junto a su padre.

Por supuesto que necesitaba usar el sanitario, hacía más de diez horas que no iba a uno. Allí descubrí que me veía como un fantasma y que si a Shawn se le ocurría escribir una historia de terror alguna vez, debía basarla en mí.

Intenté mejorar mi aspecto peinándome y lavándome la cara. El golpe de la mejilla se veía horrible y a pesar de que logré limpiar la sangre, al hacerlo provoqué que el corte volviera a sangrar. Necesitaría los productos que el señor Sterling había dejado en la sala.

Cuando regresé, Shawn estaba esperándome. Había colocado sábanas en el sofá y una manta. Fui hacia allí y me senté frente a donde se había ubicado; él estaba en el suelo.

Me higienizó la herida del rostro y las de los nudillos. Me dolían mucho las manos, tuve que aguantar para no emitir quejidos. Después, apagó la luz de la sala, se acostó a mi lado y me abrazó.

—No seas tonto, ve a la cama —le dije.

—No necesito una cama, te necesito a ti —respondió.

Apreté con fuerza su camiseta y sentí que me invadía un temor intenso. Me agité en cuanto imaginé que esa podía ser la última vez que pudiera sentir su abrazo en mucho tiempo.

—¿Por qué respiras así? —me preguntó, y bajó la cabeza para mirarme a los ojos. La habitación estaba en penumbras, pero la luz que entraba por la ventana bastaba para encontrarnos.

—Tengo miedo de lo que pueda pasar mañana —confesé—. He ido a la cárcel un par de veces para visitar a mi padre. No es un lugar para ti. No es un lugar para nadie bueno.

—No terminaré ahí.

—Tampoco quiero que tus padres tengan que pagar. Solo espero que mi testimonio sirva de algo.

—Servirá, estoy seguro.

—¿Cómo puedes estar tan tranquilo?

—No lo estoy. Solo intento controlar la ansiedad, porque si permito que me devore, no me levantaré nunca más.

—Lo siento. No pensé en eso cuando dije que...

—No importa —me interrumpió—. Supuse que tenías miedo. Los dos lo tenemos. Pero estaremos bien.

Lo abracé fuerte mientras respiraba profundo y me juré a mí misma que haría hasta lo imposible para que fuera así.

40

Por la mañana, Shawn y yo desayunamos en la sala mientras que sus padres se quedaron en la cocina con la puerta cerrada. Creí que nadie nos acompañaría, pero su padre apareció con una taza de café poco antes de que termináramos y se sentó con nosotros en el suelo, frente a la mesita. Shawn lo miró y le sonrió. Él le dio una palmada en el hombro y también le dedicó una sonrisa. No hicieron falta palabras, era una clara señal de que no estábamos solos.

La madre de Shawn solo reapareció para ir a su habitación y a la hora de irnos. Subimos al automóvil en un silencio absoluto. Un rato después, Susan giró en el asiento y comenzó a hablarle a su hijo.

—¿Entendiste lo que te dijo el abogado? Responde solo lo que el juez te pregunte con lo mínimo indispensable.

—Sí —contestó él. Se lo notaba muy tenso.

—No podemos permitir que el caso avance a otra instancia, tenemos que cortarlo de raíz en esta, y para eso es necesario que hagas las cosas bien. Nada de sentirte culpable.

—Lo sé.

—Y en cuanto a ti... —dijo, mirándome.

Shawn me dio la mano e interrumpió a su madre.

—Aali dirá la verdad. No hace falta que le des órdenes.

—Me hubiera gustado que hablara con el abogado, ya que al parecer está de nuestra parte. Pero ayer era domingo y no contestó el teléfono.

—Su colega estará aquí, no te preocupes —terció el padre de Shawn.

Susan se volvió hacia adelante y el silencio otra vez me atravesó. Si yo estaba tan nerviosa, no quería imaginar lo que estaría sintiendo Shawn.

Lo miré y, sin pensar, le acaricié una mejilla. Después me aferré más a su mano y me apoyé en su costado. Con la otra le arrugué la sudadera a la altura del brazo. Quería retenerlo así para siempre.

En la puerta del juzgado esperaba el abogado. Si bien entramos juntos y se suponía que éramos los demandados, el hombre preguntó enseguida nuestros nombres para identificarnos.

—Me gustaría que hablara con ella —dijo enseguida Susan—. Es la hija del demandante, la que supuestamente sufrió lesiones irreversibles.

El hombre me estudió con la mirada. Por un instante, frunció el ceño, concentrado en el hematoma que yo tenía en la mejilla, pero no hizo preguntas al respecto.

—No es bueno que la vean conmigo ahora, pueden pensar que la estoy intimidando —explicó—. Si hubiéramos tenido más tiempo, podríamos haber acordado su declaración con ella. No es lugar. Ven. Vayamos a otra parte —me pidió.

—No es necesario —intervino Shawn—. Aali dirá la verdad.

—La verdad es relativa —contestó el abogado y señaló la puerta.

Shawn se volvió hacia mí y me tomó las manos.

—Está bien. No tienes que ir, Aali.

—Quiero acompañarlo —contesté, muy segura—. Haré todo lo posible para que esta locura se termine hoy mismo.

Me solté de su agarre y seguí al hombre hasta donde consideró que hablar conmigo era un poco más seguro. Conversamos en una esquina, a dos manzanas del juzgado.

—Si te llaman a declarar, necesito que respondas lo mínimo indispensable. La madre no lo entiende, pero no se trata de demostrar que tus lesiones son una mentira. Eso es imposible. Tenemos que demostrar que el accidente fue inevitable.

—Lo fue —afirmé.

—Suenas más convencida que el propio acusado. Espero que suenes de la misma manera delante del juez.

—Shawn tiene secuelas psicológicas, por eso se siente culpable. Eso también tiene que saberlo el juez.

—Lo sabe. Por eso espero que, por el bien de ese chico, esto termine pronto. ¿Cuento contigo?

—Por supuesto. ¿Necesita que diga algo en especial?

—No tenemos tiempo. Me hubiera gustado que me contaras cómo fue el accidente según tu perspectiva, para interpretar tus palabras con el criterio de un juez imparcial. Como eso ya no es posible, nos vendría bien que tan solo digas que no recuerdas casi nada.

—Es cierto, recuerdo muy poco. Solo sé que Shawn no es el responsable.

—Casi nunca contamos con la colaboración del afectado de la parte acusadora. ¿Por qué lo haces?

—Porque mi padre miente y solo quiere dinero de los Sterling.

El abogado asintió con un gesto rígido.

—Eres muy honesta y valiente. Vamos, ya es tarde. Ingresa lejos de mí. Y gracias por tu cooperación.

Para no generar problemas, me mantuve lejos del abogado y entré al juzgado recién cuando él ya había desaparecido. Esperé un poco antes de ingresar a la sala, por las dudas.

Ni bien abrí la puerta, se me revolvió el estómago. La sala estaba bastante llena. Divisé a mis padres y a Dee de un lado, y a los de Shawn, del otro. Él estaba de pie en un atril, justo frente al estrado. Verlo allí, tan vulnerable, me hizo temblar así como él estaba temblando. Sentí su profundo terror, y me desesperé porque no había podido decirle nada antes de que el abogado me llevara a aquella esquina.

Avancé por el pasillo de pisos lustrados sin pensar, abrí la pequeña reja de madera que separaba el sector del público del de los implicados y subí al atril para besarlo.

—Tranquilo —le dije. Él me miró con los ojos húmedos.

—Siento que me muero, necesito irme —dijo, tan rápido que me costó entenderlo.

—Lo sé. Tienes que resistir —"¡Señorita! ¡Retírese!", exclamó una voz de hombre—. Todo va a salir bien, te lo prometo. Te amo.

Miré hacia un costado y vi a un policía venir hacia mí con una mano en la funda del arma. Supe que no iba a usarla, pero sí intentaría apartarme.

—¡No me toque! —bramé—. Usted es un agente masculino y yo soy mujer. ¡No puede tocarme! —bajé del atril dando un paso atrás, para que no terminara acusándome.

Él se detuvo en cuanto le demostré que tenía intención de irme.

Además, tenía razón respecto de que no era aconsejable que me pusiera una mano encima. Seguí caminando de espaldas, sosteniéndole la mirada, como se solía hacer en mi barrio para que los agentes supieran que no les teníamos miedo, y entonces tuve que decidir dónde ubicarme. Elegí el fondo, del lado en el que se encontraba la familia de Shawn.

Recién en ese momento me di cuenta de que el juez ya se hallaba en el estrado, mirándome. Sentí un poco de vergüenza, porque no eran los únicos ojos que me observaban con desaprobación. Mi padre me miraba con asco por encima del hombro, con su rostro magullado por mis golpes, y mi madre, con preocupación. Recuperé las fuerzas enseguida y todo eso dejó de importarme. Había hecho lo que necesitaba sin lastimar a nadie, no tenía por qué dar explicaciones.

El juez carraspeó antes de empezar a hablar en el micrófono. Era un hombre canoso, de unos sesenta y tantos años.

—Muy bien —dijo—. Después del exabrupto que demostró quien, por la fotografía de la identificación que consta en el expediente, deduzco que es la parte afectada, comencemos con el análisis de este caso que llegó a mi escritorio.

Por primera vez tomé conciencia de que mi impulsividad podía ser de verdad muy peligrosa. Si acababa de hundir a Shawn por haber actuado sin pensar, era capaz de salir a cometer cualquier delito para terminar en prisión, como él, o enterrada por más deudas.

El juez revolvió un poco los papeles que estaban sujetos por un gancho y miró a Shawn por sobre sus anteojos de marco plateado.

—¿Shawn Sterling? —preguntó.

—Sí —contestó él con la voz quebrada.

—Según estos registros, el día viernes 19 de julio de 2019 a las dos y media de la tarde, usted conducía un automóvil azul de marca Mercedes

Benz clase CLK convertible del año 2000 registrado a nombre de Mark Sterling, su padre, por la ruta estatal 27 con dirección a Wildwood, California, en compañía de la señorita Aaliyah Russell. Aproximadamente a la altura 540 del boulevard Topanga Canyon sur, el neumático delantero izquierdo estalló y su automóvil se estrelló contra el acoplado de un camión que circulaba en la misma dirección. ¿Es correcto?

—Sí —contestó Shawn.

Su voz me impactó, se lo notaba cada vez más nervioso. Hubiera deseado acabar con su sufrimiento en ese instante, ¡me sentía tan impotente al no poder acercarme! Era horrible tener que guardar silencio mientras alguien repasaba con voz imperturbable el peor día de nuestras vidas, el que lo había cambiado todo.

—Como consecuencia de este hecho —continuó el juez—, Aaliyah Russell sufrió severas lesiones en sus piernas que le impidieron continuar con su incipiente carrera de gimnasta. Por su parte, aquí tengo un informe que indica que, unas semanas después del accidente, usted fue diagnosticado con depresión y trastorno de ansiedad. Dice aquí que aún continúa en tratamiento. ¿Es así? ¿Cómo se encuentra al respecto?

—Es cierto —confirmó él, y tragó con fuerza—. En este momento, estoy mal, solo quiero salir corriendo. Pero en reglas generales, me siento mejor.

—Me alegra oír que se está recuperando de su condición. En cuanto a lo que experimenta en este momento, no lo culpo. Un juzgado no es precisamente un lugar agradable, a veces yo también quisiera salir corriendo —respondió el juez.

Por increíble que pareciera, acababa hacer una broma, y eso me tranquilizó un poco. Ojalá hubiera tenido el mismo efecto en Shawn.

El letrado revisó otros papeles y continuó:

—Tengo aquí la pericia policial. El resultado fue negativo para la prueba de drogas y de alcohol. Además, por las marcas en el asfalto, se deduce que, a la altura de la carretera donde el neumático estalló, le resultaba imposible ver un cruce próximo, donde el camión disminuyó la velocidad, lo cual luego desembocó en el impacto.

»Ante el estallido que inició la secuencia, usted declaró que sostuvo el volante con firmeza. Pero, según la pericia, por el estado del neumático dañado es lógico que el vehículo tendiera a desplazarse hacia el lado contrario, es decir, hacia la derecha, donde viajaba la señorita Russell. Desaceleró e intentó moverse de carril, pero, según manifestó en su declaración, no lo hizo porque, de un lado, venía un vehículo de frente y, del otro, temió que el giro abrupto del volante y tocar con el costado del vehículo la valla de contención lo hiciera volcar. ¿Es así?

—Sí, señor.

—Estoy sorprendido. Manejó la situación mucho mejor que la mayoría de los conductores experimentados que conozco.

»Por lo que puedo analizar, el accidente era inevitable y, por lo que acabo de ver, una de las víctimas, me refiero a la señorita Russell, tiene una… amistad muy íntima con usted. Eso indica que usted no puede ser tan irresponsable e imprudente como esta demanda de su padre pretende hacerme creer. Pocas veces he visto ese tipo de vínculo entre un demandante y el demandado en casos como este.

»Le daré un consejo, señor Sterling: regrese a la universidad, gradúese y contribuya para bien con esta sociedad.

—¡Espere, su señoría! —bramó mi padre, levantándose del asiento—. ¿Ni siquiera va a escucharme? Mi hija pagó las consecuencias de la imprudencia de toda esta familia.

—Querrá decir que pagó las suyas —contestó el juez—. También lo investigué, señor Russell, no crea que no. Primero evalúe sus propios antecedentes y después demande a los demás con fundamento. No le haga perder el tiempo a la justicia. Bastante lo perdió ya cuando tuvo que condenarlo a usted. No tengo idea de por qué este proceso llegó a mi escritorio siquiera. El caso queda desestimado.

En cuanto dijo eso y golpeó con el martillo, Shawn se derrumbó apoyando los brazos y la cabeza sobre el atril. Yo me cubrí la boca con las manos, incapaz de creer que, por una vez en mi vida, las cosas se habían resuelto tan rápido y bien. Tal vez sí existía la justicia después de todo, al menos esta vez.

El gentío invadió el pasillo, y eso me impidió llegar a Shawn. Para cuando pude escabullirme por un rincón, no quedaba nadie en la parte del frente de la sala, sin dudas habían salido por otra parte.

Alcancé la puerta principal pidiendo permiso y logré acceder al hall, donde pude respirar mejor. Observé alrededor: no había rastro de los Sterling ni de nadie que conociera.

Salí del edificio y al fin pude verlos: Mark y Susan estaban a unos pasos del juzgado, despidiéndose del abogado. Shawn parecía buscarme con la mirada, de pie junto a sus padres, sin poder moverse. Mark lo abrazaba, como sosteniéndolo.

Estuve a punto de correr hacia ellos, pero mi corazón me detuvo. Quizás era hora de dejarlo ir. La vida había sido justa por un día, pero no era lo usual en mi mundo. Mi padre seguía allí, en las sombras, y temía que contraatacara con cualquier armamento. Shawn no merecía haber pasado por todo eso. ¿Y si por mi culpa sufría de nuevo?

Oí la voz de mamá que me llamó a mi espalda: "¡Aali!". Entonces, Shawn también se volvió y logró encontrarme. Lo miré, tragué con fuerza y di un paso atrás, a punto de llorar de rabia y de tristeza.

"No eres tú la que tiene que dejar de lado lo que quiere por él", me había dicho Shawn. Pero estaba muy confundida y me dolía el alma como nunca antes me había dolido nada, ni siquiera los golpes o lo dura que había sido mi vida.

Toda nuestra historia pasó por mi mente en un segundo: el día que nos conocimos en la calle, como si nuestro destino fuera estrellarnos el uno con el otro o la colisión de nuestros mundos. La emoción que sentí cuando lo vi esperándome en el gimnasio, sus mejillas sonrojadas mientras me mostraba por primera vez uno de sus textos, lo profundo y bello que era tener sexo con él. Las risas en la universidad, nuestros paseos, su mano tomando la mía en el automóvil, instantes después de que hubiera ocurrido el accidente. En lugar de alejarnos, creo que eso terminó de unirnos. Si él no me había abandonado, ¿cómo hacerlo yo? No quería dejarlo.

Giré con urgencia y corrí hacia mi madre. La abracé, apretándola con fuerza.

—Te amaré siempre —le dije al oído, y la solté de repente. Me dirigí a Dee tan rápido como pude—. Cuando quieras salir de allí, avísame.

Ni siquiera miré a mi padre, porque ya no lo era. No en mi corazón. Había contribuido para que yo naciera, pero eso no convertía mi vida en una deuda eterna. Criticaba a mi madre pero, a decir verdad, yo también había alimentado su poder solo con odiarlo y quererlo al mismo tiempo. Ya no sentía nada respecto de él, y eso era liberador.

Los dejé atrás, como se deja ir el pasado, y corrí hacia Shawn en otro de mis actos impulsivos. Esperaba que este fuera uno de los buenos.

Quizás creyendo que yo quería hablar con mi familia, él se había dado la vuelta y caminaba junto a sus padres en dirección al auto alquilado. Me colgué de su espalda, y él atrapó mis piernas para ayudarme a sostenerme.

—Aali… —murmuró, aliviado.

Bastó con que lo besara en la mejilla y lo apretara con mis brazos para que entendiera que me quedaría con él para siempre. Ahora me había transformado en su mochila. Una llena de problemas, pero también de amor.

41

Después de la audiencia, regresamos a la casa de Malibú. Mark me llevó al pasillo y me explicó que querían hablar a solas con Shawn. Yo me ofrecí a salir aun antes de que terminara de pronunciar la última palabra. Entendía su necesidad de intimidad y, además, yo no tenía nada que hacer ahí. Me estaban prestando una familia que ni siquiera me quería.

Fui a la playa. Primero caminé, después me senté a pensar en lo que había ocurrido esa mañana y en lo incierto del día siguiente para mí. Disfruté del sol cálido de California mientras procuraba controlar el miedo. No tenía dinero, ni hogar, ni amigos, así que no sabía qué haría cuando los Sterling decidieran partir. Temía estancarme allí otra vez, y sin tener a donde ir.

Recordé las tardes en la playa con mis amigos de la infancia: Ollie y yo haciendo castillos de arena, Cameron bajándose los pantalones y mostrándonos sus partes íntimas, y eso me ayudó a reír. A decir verdad, sin dudas se debía a que en su casa era testigo de sucesos poco apropiados para un niño, pero en ese momento, no lo sabíamos. Ollie y yo tan solo gritábamos, mientras que Gavin se echaba a reír, señalándonos con el dedo.

Me acordé de los ricos pasteles que preparaba mi madre, del día que había nacido mi hermana. A pesar de lo mal que vivíamos en casa, también habían existido algunos momentos buenos.

La mayor parte de mis memorias se asociaban con Los Ángeles. El barrio, la escuela, mis amigos. Lo agradable y lo doloroso. Casi todo estaba allí, entre ese cielo azul y esa arena amarilla.

Me quedé en la playa hasta que cayó el sol. Recién entonces regresé a la casa, aunque no sin sentir bastante desolación.

No me atreví a tocar el timbre enseguida. La contemplé un rato desde la acera de enfrente, diciéndome una y otra vez que, aunque esa no fuera mi familia y nada de su amor y su bondad me pertenecieran, ver a Shawn me haría sentir mejor. No tenía idea de qué había conversado con sus padres o si habrían intentado convencerlo de que yo no le convenía. Solo sabía que yo lo necesitaba y que había tres llamadas perdidas de él en mi móvil, así que, quizás, él también quería que volviera.

Hice sonar el timbre y esperé junto al portero eléctrico. No hicieron falta palabras de mi parte, sin dudas me vio por la cámara y bajó corriendo a abrirme. Me abrazó en cuanto salió.

—¿Dónde estabas? —preguntó y me besó en la cabeza—. Te llamé varias veces pero no respondías. Tardaste mucho, estaba comenzando a preocuparme.

—Lo siento. Fui a la playa, puse el teléfono en silencio y perdí la noción del tiempo —contesté, respondiendo al abrazo.

Me sentí aliviada de que nada hubiera cambiado en su forma de tratarme después de la conversación con sus padres. Lo había extrañado mucho en esas horas y me devoraba la preocupación de que nuestra relación se resquebrajara por cualquier motivo.

Cenamos a solas, sus padres estaban muy cansados y se habían ido a dormir temprano, por eso no volví a verlos.

—¿Puedo pasar la noche en el sofá? —pregunté en voz baja.

—Claro que no. En mi habitación hay dos camas.

—Pero tu madre…

—Hay dos camas —repitió, y me ofreció su mano.

Lavamos la cristalería sucia, ya que era poca y no valía la pena activar el lavavajillas, la secamos y la guardamos juntos. Luego fuimos a su cuarto, donde nos quedamos abrazados, conversando de tonterías. Ninguno quería volver a pensar en todo lo que habíamos atravesado.

Pasé la noche en la cama que estaba en la misma habitación que la de Shawn sin que su madre opinara absolutamente nada.

Cuando desperté, la luz entraba por la ventana y me daba de lleno en los ojos. Aunque las cortinas estuvieran cerradas, descubrí que se debía a que una de las que bloqueaban el sol estaba un poco abierta.

Como no pude conciliar el sueño de nuevo, tomé la decisión de levantarme y preparar el desayuno. Pensé que podía sorprender a Shawn llevándoselo a la cama. Le vendría bien después del día anterior, que había sido tan duro.

Antes de salir de la habitación, espié el pasillo y, desde allí, la sala. Sus padres también dormían, así que fui a la cocina tranquila.

Investigué los armarios en busca de algo que me sirviera. No hallé mucho, solo café, té, crema instantánea y un paquete de galletas. Puse a funcionar la cafetera y, por las dudas, abrí la canilla para lavar las tazas que utilizaría. Si la casa era prestada, debía pasar mucho tiempo cerrada, y quizás los utensilios tuvieran un poco de polvo.

La voz de la madre de Shawn me dejó perpleja, con las manos dentro de la taza.

—Buen día, Aali —dijo, con un tono de voz increíblemente sereno.

Giré la cabeza y respondí enseguida.

—Buen día, señora Sterling. Disculpe si hice mucho ruido, no quería molestarla.

—¡No! Tranquila, no lo has hecho. Estaba despierta, vi pasar tus pies por debajo de la puerta de mi habitación y decidí levantarme —aseguró, y se sentó en una de las banquetas del desayunador, justo la que estaba más cerca de mí.

Tanta calma presagiaba una tormenta. La vi venir: sin dudas me pediría que pensara mejor la idea de seguir adelante con la relación con su hijo. Me sugeriría que me diera cuenta de que mi contexto no era lo que Shawn merecía y que a él no le haría bien sentir el miedo de que mi padre buscara otra excusa para demandarlo. Lo peor era que tendría razón. Y aunque pensaba sostener nuestra relación a como diera lugar, siempre que Shawn así lo quisiera, sentiría mucha vergüenza.

—¿Siempre hace tanto calor en California? —preguntó.

—Más o menos —dije—. De todos modos, no se engañe: el día puede estar bonito, pero aún es invierno y el agua de la playa está muy fría.

Ella sonrió.

—Conoces muy bien los secretos de este lugar. ¿Naciste aquí?

—Sí. Y siempre viví en Los Ángeles hasta que me mudé a Ohio para estudiar.

—Ayer Shawn nos contó cómo se conocieron. Jamás se me hubiera ocurrido que se llevaron por delante en la calle.

—Ah, sí —reí, terminando de enjuagar la segunda taza—. Tuvimos una serie de encuentros bastante extraños hasta que... nos hicimos amigos.

Ella asintió.

—Supongo que sabes que es nuestro único hijo. Si bien no tardé tanto en quedar embarazada después de que Mark y yo nos casamos, tuve algunas complicaciones después, y ya no pudimos tener más niños. Me hubiera gustado darle un hermano. Siempre fue un chico tan solitario...

—No lo es en la universidad —comenté, secando las tazas—. Tiene muchos amigos y todos lo quieren. Es de esas personas que a la gente le gusta tener a su lado.

—¿De verdad? ¡Qué alegría! Nunca creí que terminara de encajar con sus amigos de Fairfield. La mayoría de las veces prefería quedarse encerrado en su habitación, leyendo o escribiendo, antes que salir con ellos. Hacía muy poca actividad física y, para colmo, siempre fue tan exigente consigo mismo que nunca se conformaba con ningún texto.

—Bueno... Si ayuda a tranquilizarla, sale a correr conmigo dos veces por semana y a veces me acompaña al gimnasio. No puedo hacer mucho esfuerzo por mis piernas, pero de lo que hago, él ya corre cinco kilómetros sin problemas. ¿No notó que los músculos de sus brazos y de su espalda aumentaron? Le gustan las máquinas mariposa del gimnasio.

—Sí, pero creí que se debía al crecimiento. No me contó nada de todo eso. Siento que estoy descubriendo un hijo nuevo a través de tus ojos.

—Entonces no sé si haga bien en contárselo, pero también publica algunos de sus textos en la revista de estudiantes, y son muy buenos. Mucha gente envía mensajes a la redacción para elogiarlos.

Susan sonrió con la ilusión desbordando su mirada, y yo pensé que no tenía idea de cuán bella se veía de esa manera. ¿Así me vería yo cuando me permitía sentir alegría?

—¡Qué alivio! Pensé que nunca creería en sí mismo. ¡Y es tan bueno! En todo sentido —de pronto rio, como recordando algo bonito—. Vivimos en una ciudad pequeña. En el verano, los sapos andan por todas partes y se convierten en el divertimento de los niños. Sam y Josh, los amigos de Shawn, solían molestarlos con palos. Adivina qué hacía mi hijo.

—Defendía los sapos, por supuesto.

Su madre asintió con la cabeza, riendo de nuevo.

—Sí. ¡Es tan parecido a su padre! ¿Te diste cuenta? Los dos ayudan a las personas a sanar: Mark, vendiéndoles medicinas, y Shawn, con las palabras. Son generosos, compasivos, altruistas. Y tan pacíficos que a veces me desesperan.

—Pero las personas como nosotras necesitamos esa clase de paz, ¿no?

—¡Ya lo creo que sí! —afirmó—. Mira, Aali, suelo ser muy impulsiva.

—Yo también —dije, tocándome el pecho.

—Primero reacciono y luego pienso. Ellos sienten, piensan y luego actúan, si es que hace falta. Pero, lo más importante, mueven a la reflexión a los demás. Espero que entiendas lo que quiero decirte.

¡Vaya! Así que no solo nos parecíamos en la impulsividad y en la facilidad para prejuzgar, sino también en la dificultad para dejar de lado nuestro orgullo. La comprendí, y no sentí la necesidad de que continuara explicándome nada. ¿Cómo no entenderla?

—Ah, y, Aali… —agregó, como si se hubiera olvidado de algo—. Les sacamos pasajes, tanto a Shawn como a ti, para que puedan volver juntos a la universidad mañana.

Temblé de pies a cabeza y los ojos se me llenaron de lágrimas en un instante.

—Oh… Yo… Gracias —dije. Y decidí ser sincera, porque reconocer que una también puede ser débil, a veces, no es tan malo—. De verdad se lo agradezco. Estaba muy angustiada, no sabía qué iba a hacer cuando ustedes decidieran irse. No tenía dinero para regresar a Ohio ni a dónde ir aquí.

Ella apoyó una mano en mi antebrazo y me dio un apretón. Por increíble que pareciera, noté que estaba conmovida.

—No te preocupes —pidió—. Fue una decisión que tomamos con Mark porque entendemos que tanto tú como Shawn pertenecen a su propio lugar. Por supuesto, eres bienvenida en nuestra casa. Cada vez que Shawn nos visite, habrá un pasaje disponible para ti también, las veces que quieras acompañarlo. Después de todo, somos tus padrinos, ¿no?

Me puse a llorar sin poder contenerlo. Tanto, que Susan también terminó con los ojos húmedos.

—Bueno, ¡basta! —prorrumpió, secándoselos con las mangas del salto de cama, y se levantó de la banqueta—. ¿Hay un café para mí?

—Sí. Sí, claro —dije, y me puse a lavar otra taza enseguida.

Al día siguiente, en el aeropuerto, por primera vez sentí que había alguien despidiéndome y alguien esperándome, alguien deseando que me fuera bien en mis estudios y en la vida. Por primera vez, sentí que tenía una familia, y eso abrigaba el alma de cualquiera.

EPÍLOGO

(SHAWN)

En cuanto los gorros volaron por el aire y se dispararon los flashes de las cámaras fotográficas, corrí a buscar a Aali.

Nos encontramos en medio de un tumulto de chicos que también se movían en busca de sus amigos y familiares, sobre el césped de color verde intenso de la universidad.

Ella gritó con la sonrisa más grande que le había visto nunca, y se subió a mi cadera de un salto. La sostuve contra mí apretándole la cintura y nos besamos.

—¡Sonrían! —exclamó la inconfundible voz de Elijah.

Los dos miramos a la cámara, aunque ya sabíamos que, antes de avisarnos, habría tomado un montón de fotografías.

Pronto se sumaron Madison, Wyatt y otros amigos que habíamos cosechado a lo largo de esos años, y terminamos posando todos juntos con nuestros títulos en la mano. En algunas fotografías salimos riendo, en otras haciendo caras y poses graciosas.

Durante el tiempo que compartimos allí juntos, vivimos muchas salidas y momentos divertidos. En uno de ellos, nos pusimos apodos relacionados con lo que estudiábamos usando a gente famosa. Así que, para ese día, el de nuestra graduación, preparamos carteles con nuestros nombres alternativos.

Yo era Hemingway, porque así me había bautizado Madison cuando nos conocimos. Elijah era Bill, por Bill Gates; a Madison la llamábamos Adam Smith, por el padre del capitalismo. Como no conocíamos kinesiólogos famosos, la noche que la broma surgió en el bar de Adam, Aali terminó convirtiéndose en Olympia, una especie de diosa de los deportes inventada por cinco chicos después de algunas cervezas y un refresco.

Tras una cena formal con mis padres, continuamos la celebración en el mismo lugar donde Aali había trabajado cada noche durante los fines de semana y donde habían surgido nuestros *alter egos*. Sí, había aprendido algo de latín cursando una asignatura sobre la Antigüedad.

Fue un día feliz, en el que sentí que había alcanzado una meta. Así como la tarde en que la doctora Taylor me liberó de la medicación y el día que me dio el alta definitiva, o cuando me despedí de la licenciada Brown, prometiéndole que la visitaría en cuanto pisara Fairfield, antes de mudarme a un lugar que todavía desconocía.

Dejar atrás la residencia, los pasillos de la universidad y la ciudad de Columbus fue bastante angustiante, pero también extraordinario. Cuando acompañé a Aali a despedirse de su jefe y de sus compañeros y la vi llorar agradeciéndoles todo lo que habían hecho por ella, creí que debíamos permanecer en Ohio, vivir ahí y no buscar más. Pero no. Había aprendido que las únicas raíces son afectivas y que estancarnos es lo peor que nos podemos hacer a nosotros mismos. Siempre hay que avanzar, sin miedo al futuro, porque desconocemos lo nuevo y puede que nos sorprenda con sus maravillas.

Fuimos al aeropuerto junto con mis padres, los dos concentrados en nuestros recuerdos de Ohio y en silencio.

—¡Ey! —exclamó mamá en la sala de embarque, estirando una pierna hacia nosotros desde el asiento de enfrente—. ¡Parece que fueran a un velatorio!

—Se siente un poco así —contestó Aali en voz baja.

—¡Ah, vamos! Lo van a pasar muy bien ahora que ya son profesionales.

Los dos sonreímos, porque eso sí que nos hacía muy felices. Pero íbamos a extrañar a nuestros amigos, las clases y las noches de estudio.

En Fairfield, visité a la licenciada Brown, tal como le había prometido.

—¡Me da tanto gusto verte! —exclamó ella del otro lado del escritorio.

—A mí también.

—¿Cómo has estado? ¿Ya decidieron a dónde irán?

—Todavía no. Pero intento no preocuparme por eso. Cualquier lugar será bueno si estoy con Aali.

Alice sonrió, casi como una madre más que como una terapeuta.

—Estoy muy orgullosa de ti —dijo—. Y no debería decir esto, pero te extrañaré. Prométeme que, al menos, me enviarás tus textos. En especial la novela, cuando la termines.

—Promesa de paciente —aseguré, riendo—. Gracias, Alice. Sin ti, no sé dónde estaría ahora.

—No fue por mí. Se debe a ti. Las personas más fuertes no son las que siempre lo aparentan, sino aquellas que, a pesar de cuánto hayan caído, tienen el coraje de levantarse. Aquí me tienes para lo que necesites. Hasta siempre, Shawn.

—Hasta siempre, Alice.

Esa tarde, en la mesa del comedor, Aali y yo desplegamos el mapa y nos miramos, llenos de expectativas, como dos grandes estrategas.

—Muy bien —le dije—. ¿Por dónde empieza nuestro viaje?

—Por cualquier lugar donde podamos establecernos un año y reunir dinero para el resto —opinó ella.

—Tiene lógica.

—¿Qué cosas no quieres?

—No me gustan las ciudades grandes.

—Okey. A mí no me gusta ver bikinis todo el año.

—Entonces —dije, y comencé a escribir en un papel—. No aglomeraciones. No bikinis. ¿Tienes alguna idea en mente?

—Ninguna. ¿Y tú?

—Tampoco.

—Entonces pongamos el dedo en cualquier lugar con los ojos cerrados. Será divertido.

Cerramos los párpados y dejamos caer nuestros dedos. Comenzamos a reír aun antes de abrirlos.

—¿Qué te tocó? —pregunté.

—No sé. Lo puse en medio de una montaña en Utah. ¿Y tú?

—Parece un pueblo. A ver... —nos acercamos para leer la letra pequeña—. Aspen, Colorado. ¡Es el estado en el que vi los paisajes que más me gustaron!

—Investiguemos un poco.

Extrajimos el móvil y comenzamos a buscar información al mismo tiempo.

—Al parecer, allí viven menos de siete mil habitantes. Eso me agrada —comenté—. Debe llenarse de turistas en algunas épocas del año, pero si solo estaremos ahí unos meses, no será tan molesto. Además, hay unas cuantas escuelas donde podría dar clases. También hospitales para ti.

—Estoy viendo ofertas de empleo —murmuró ella—. Aquí buscan una pareja joven para cuidar de una vivienda —me miró con entusiasmo—. Si consiguiéramos ese empleo, no tendríamos que pagar un alquiler, con lo cual podríamos ahorrar más dinero.

—Me gusta, ya siento que es un sitio donde querría vivir. Solo hay algo que me preocupa. Tú eres una chica acostumbrada a la calidez de California. Aspen es famosa por sus centros de esquí —fruncí el ceño—. Hace mucho frío.

Aali respiró profundo.

—No existe el lugar perfecto. Puedo resistirlo un año, como tú tendrás que resistir las aglomeraciones del turismo. Además, nunca esquié. Me muero por aprender un deporte nuevo. Claro que no podré hacer nada arriesgado, pero al menos aprenderé los movimientos básicos. Me entusiasma ir ahí.

—¿Entonces está decidido?

—Está decidido. Nos postularé para cuidar esta casa.

Después de dos entrevistas por videollamada con los dueños de la casa que deberíamos cuidar durante ocho meses, conseguimos el empleo y armamos nuestras maletas.

—¿Están seguros de que es un trabajo en serio? —preguntó mamá, persiguiéndome por la casa.

—Claro que sí. Además, no nos quedaremos solo con eso. Aali ya está enviando postulaciones a los hospitales de la región, y yo, a los colegios —me volví hacia ella, le apreté los brazos a los costados del cuerpo y le sonreí con cariño—. No te preocupes, estaremos bien. Y, si no, te llamaremos para que vayas a rescatarnos, Super Mamá. ¿Está bien?

Ella rio por mi ocurrencia, negando con la cabeza, y me dio un abrazo. Cargamos mi viejo automóvil, nos despedimos de mis padres en la puerta y emprendimos nuestro viaje hacia el primer destino, ese que nos albergaría por un año. ¿Qué seguía? No lo sabíamos. Solo teníamos claro que queríamos sorprendernos y experimentar la vida juntos.

Aali me miró con una sonrisa. Yo apreté su mano. Y mientras comenzábamos a transitar el camino de nuestro futuro, agradecí para mis adentros, como cada día, el hecho de estar vivo.

Había aprendido que no debemos esperar momentos especiales para ser felices. El secreto no está en lo grande de un suceso, sino en las pequeñas cosas que nos impulsan a levantarnos cada mañana, esas que a veces damos por sentado. El día que nos recibe con los brazos abiertos, el aire que respiramos, el canto de los pájaros. Porque algún día nos iremos con ellos, estamos aquí para aprender su vuelo.

Recopilación de textos de Blackbird

Revista Buckeyes News. Año 8, N° 5.

SÁLVAME

"¡Sálvame!", gritaste desde las profundidades de ese océano oscuro, y la vida te estaba viendo desde la orilla. Impasible, inhumana, dura. Sonrió mientras tú te ahogabas, y a ti te pareció que te había soltado la mano.

¿Por qué me dejaste, vida?, pensaste. ¿No ves que estoy aquí, hundiéndome?

Pero la vida siguió allí, inmóvil.

Pasaban los minutos, las horas, los días. Pasaban las estaciones y la vida continuaba su círculo eterno, sin que nadie notara que tú te estabas ahogando.

Seguías con el salvavidas puesto, aunque ya ni siquiera dabas manotazos. Estabas cansada. Agotada, diría. Como esos sueños que se van apagando despacio a medida que abres los ojos y a los que ya no puedes regresar por más que quieras.

"¡Sálvame!", gritaste, pero nadie oía.

Es que nadie tenía que oírte, excepto tú misma.

Entonces, cuando lo comprendiste, te salvaste.

SIETE DÍAS

Hay planetas muy calurosos; otros, demasiado fríos. Algunos son puro fuego y, muchos, hielo. Hasta hoy no sabemos cuáles tienen agua potable. Desconocemos si están habitados (aunque nuestro egocentrismo nos haga creer que no) y si alguna vez podremos llegar a ellos.

Debemos reconocer que nuestras tecnologías son insuficientes para ir tan lejos. Por eso, cada planeta es un misterio. Hasta la misma Tierra que tanto conocemos tiene lugares en los que, todavía, nunca se ha puesto un pie humano.

En el universo hay rincones oscuros, siniestros. Y otros muy luminosos. Tanto, que si los miráramos a los ojos, acabaríamos ciegos.

¿Y si tú también fueras un planeta, y tu amigo, y tu vecino, y ese que no te agrada, fueran otros? ¿Y si, a veces, los planetas se encontraran y comenzáramos a descubrirlos? Aunque tal vez no podamos ir a lo más oscuro ni a la luz pura, ni siquiera a la que se oculta en nosotros mismos, ¿acaso no sería todo más bello?

Dicen que Dios creó el mundo en siete días.

Siete días me bastaron para saber que tú, el más hermoso de los planetas, eras todo lo opuesto al mío, pero que juntos podíamos crear un Big Bang inesperado.

Porque, cuando los planetas se conocen, el universo se hace más poderoso.

COMO EL MAR EN INVIERNO

Te sacudiste como el mar en invierno, pero por dentro eras puro verano. Ese verano que acaricio y me acaricia, el que con sus manos transita mi cuerpo, absorbido por el enredo de tus piernas.

Provocas en mí las sensaciones más variadas, esas que son como el viento. Mi piel se estremece cuando sentimos que es hora del juego. Tus fichas son siempre plateadas, parecidas a la luna, y las mías se esfuerzan por no ir de prisa. Me gusta que en esos momentos no exista el tiempo, porque no importa tanto la meta, sino todo lo que está en medio.

Importan los labios, las manos, las miradas. Tus ojos, durante ese rato, son como luciérnagas preciosas, y yo soy un simple humano que se queda atrapado en ellas.

Tu pelo se escurre, se proyecta hacia la ventana a punto de ser libre. Entonces, un sonido escapa de tu boca y acaba en la mía. Te respiro.

Duerme, amor mío. Duerme mientras yo termino de escribir esto.

LO INFINITO

Un día abrimos los ojos y resulta que estamos en el mundo.

Lloramos, porque nos sentimos solos y desabrigados. Pero un par de brazos nos acuna, y enseguida desarrollamos esa cualidad tan humana de necesitar a otros.

Cuando somos niños, miramos el mundo con ojos nuevos. Todo nos sorprende, nos fascina. Claro que a veces sentimos miedo, aunque no entendamos mucho de por qué nuestro perro ya no volverá a pedirnos comida o quién fue la abuela y por qué mamá llora al hablar de ella. Pero la mayoría del tiempo, es un lugar maravilloso.

Perdemos esa capacidad a medida que crecemos y comenzamos a tomar conciencia del dolor y de sus consecuencias, del vacío y de lo que implica luchar todos los días por encontrarle un sentido a lo que hacemos.

Ese camino espinoso nos deja convertidos en máquinas para pasar así muchos años. Porque, si lloramos, seremos juzgados. También si reímos o nos ilusionamos. Como si la infancia fuera algo ajeno.

Al final, nos damos cuenta de que no era tan malo ser niños, y de alguna manera volvemos a serlo.

Un día, cerramos los ojos y resulta que estamos de nuevo en los primeros brazos que nos acunaron cuando nacimos.

Creo que hay un misterio en la vida. Me niego a pensar que pasamos por este mundo en vano. Por eso creo en lo infinito.

Tu amor muere, pero el amor sigue vivo.

Mientras tú cierras los ojos, otra persona los abre. Y así nos transformamos todos en parte de un mismo círculo.

Hoy yo cierro esta página para que, despúes del verano, otro la retome.

Estoy seguro de que hará con ella algo fantástico, como cada persona que pasa por este mundo.

Si te hice bien con ellas, lleva el mensaje a otros.

Si no fue así, prueba con nuevos tipos de textos. La lectura es maravillosa.

Gracias por ser parte de mí estos años. Y nunca dejes de ser un niño, porque ellos conocen el secreto de lo infinito.

Hasta siempre.

Blackbird.

También pueden leer el primer capítulo de su novela **Quédate**, disponible en www.blackbirdwrt.blogspot.com o escaneando el siguiente código QR:

Playlist de
EL ÚLTIMO VERANO

Blackbird, Alter Bridge
Price of Fame, Submersed
If You Could Only See, Tonic
Faster, Within Temptation
Selling the Drama, Live
Be Somebody, Thousand Foot Krutch
Fading, Matt Moore
The World I Know, Collective Soul
Ana's Song (Open Fire), Silverchair
Speaking Confidentially, Cowboy Junkies
In a Darkened Room, Skid Row
Here Without You, 3 Doors Down
Throug Glass, Stone Sour
The Reason, Hoobastank
Instant Crush, Daft Punk (feat. Julian Casablancas)

¡QUEREMOS SABER QUÉ TE PARECIÓ LA NOVELA!

Nos puedes escribir a vrya@vreditoras.com
con el título de este libro en el asunto.

Encuéntranos en

f facebook.com/VRYA México

🐦 twitter.com/vreditorasya

📷 instagram.com/vreditorasya

COMPARTE
tu experiencia con
este libro con el hashtag

#Elúltimoverano
🐦 📷 f